IRENE CAO

Ich sehe dich

GOLDMANN
Lesen erleben

Buch

Elena Volpe, eine junge Restauratorin, kehrt in ihre Geburtsstadt Venedig zurück, um ein Fresko im Palazzo des Conte Jacopo Brandolini zu restaurieren. Dort trifft sie auf den attraktiven Leonardo Ferrante, einen berühmten Chefkoch, der im Auftrag des Grafen ein Luxusrestaurant aufbauen soll. Leonardo sieht Elena und beschließt sofort, sie zu verführen. Er will ihre verborgene Sexualität hervorlocken und hat sich dafür eine ganze Reihe von lustvollen Experimenten ausgedacht. Elena wehrt sich zunächst, doch schon bald findet sie Geschmack an seiner sinnlichen Schulung und lässt sich zu allen möglichen Aktivitäten verleiten: im Palazzo, in einer Gasse, in ihrer eigenen Wohnung. Der Gipfel ist ein Fest, bei dem die Beteiligten Masken tragen und wo Elena zum ersten Mal zu dritt, mit Leonardo und einer wunderschönen Fremden, eine unvergessliche Nacht erlebt. Leonardo ist sehr fantasievoll, und Elena verfällt ihm immer mehr. Doch Leonardo hat eine Bedingung: Elena darf sich nicht in ihn verlieben. Und als die Gefühle beider füreinander immer stärker werden, verschwindet er plötzlich spurlos. Elena spielt die Vernünftige und versucht Leonardo zu vergessen, aber er hat ungeahnte Wünsche und Lüste in ihr geweckt …

Informationen zu Irene Cao
und weiteren Titeln der Autorin
finden Sie am Ende des Buches.

Irene Cao

Ich sehe dich

Erotischer Roman

Aus dem Italienischen
von Judith Schwaab

GOLDMANN

Die Originalausgabe erschien 2013
unter dem Titel »Io ti guardo«
bei Rizzoli, Mailand.

Dieses Buch ist auch als E-Book erhältlich.

MIX
Papier aus verantwortungsvollen Quellen
FSC® C014496

Verlagsgruppe Random House FSC® N001967
Das FSC®-zertifizierte Papier *Holmen Book Cream* für dieses Buch
liefert Holmen Paper, Hallstavik, Schweden.

1. Auflage
Taschenbuchausgabe Juni 2014

Umschlaggestaltung: UNO Werbeagentur München
Umschlagfoto: © getty images/MariaPavlova; FinePic®, München
Redaktion: Almut Werner
BH · Herstellung: Str.
Satz: omnisatz GmbH, Berlin
Druck und Bindung: GGP Media GmbH, Pößneck
Printed in Germany
ISBN: 978-3-442-48061-6
www.goldmann-verlag.de

Besuchen Sie den Goldmann Verlag im Netz:

Für Manuel, meinen Bruder

• 1 •

Das Gelb saugt das Sonnenlicht in sich auf, wandelt sich dann zu Orange und verglüht schließlich in einem feurigen Rot. Ein Schnitt, fast wie eine Wunde, gibt den Blick auf kleine Kerne in leuchtendem Violett frei. Meine Augen starren schon seit Stunden auf diesen Granatapfel. Gewiss, er ist nur ein winziges Detail, aber er ist auch der Schlüssel zu diesem Fresko.

Abgebildet ist der Raub der Persephone. Pluto, der gestrenge Herr der Unterwelt, in purpurrotem Gewand, packt die Göttin an den Hüften. Persephone will sich am Ufer eines Sees gerade einen Granatapfel pflücken. Eine Momentaufnahme.

Das Fresko trägt keine Signatur, weshalb unklar ist, wer es gemalt hat. Ich weiß nur, dass der Künstler zu Beginn des achtzehnten Jahrhunderts gelebt hat und ein echtes Genie gewesen sein muss, wenn man den Malstil, die Körnung der Farbe und das zarte Spiel mit Schatten und Kontrasten betrachtet. Für ihn hatte jeder Pinselstrich seine Bedeutung, und ich versuche, seinem Streben nach Perfektion mit allen Mitteln Rechnung zu tragen. Aus der Distanz der Jahrhunderte besteht meine Aufgabe darin, sein kreatives Schaffen zu interpretieren und durch meine Arbeit wiederauferstehen zu lassen.

Das hier ist die erste Restaurierungsarbeit, an der ich ganz allein tätig bin. Das empfinde ich mit meinen neunundzwanzig Jahren als große Verantwortung, aber ich bin auch stolz darauf: Seit ich meine Ausbildung zur Restauratorin abgeschlossen habe, warte ich auf eine solche Chance, und jetzt, wo sie sich bietet, tue ich alles, um sie beim Schopf zu packen.

Und so kommt es, dass ich schon seit Stunden hier auf dieser Leiter sitze und auf die Wand starre – in meinem Overall aus gewachster Baumwolle und dem roten Stirnband um den braunen Schutzhelm, aus dem sich trotzdem manchmal eine störrische Locke hervorstiehlt und mir in die Augen fällt. Zum Glück hängt nirgendwo ein Spiegel, denn es besteht gar kein Zweifel daran, dass man mir meine Müdigkeit ansieht und ich mittlerweile Ringe unter den Augen habe. Aber das macht nichts. Es sind die sichtbaren Spuren meiner Entschlossenheit.

Einen Moment lang betrachte ich mich wie von außen: Das bin wirklich ich, Elena Volpe, ganz allein in dem riesigen Vestibül eines alten und schon seit langem nicht mehr bewohnten Palazzos im Herzen von Venedig. Und ich möchte nirgendwo anders sein als hier.

Ich habe eine ganze Woche damit verbracht, den Untergrund des Freskos zu reinigen, und heute benutze ich zum ersten Mal Farbe. Eine Woche ist viel, wenn nicht zu viel, aber ich wollte kein Risiko eingehen. Es ist wichtig, mit größter Vorsicht vorzugehen, denn es genügt schon ein einziger falscher Pinselstrich, und die Arbeit ist verdorben. Wie hat doch einer meiner Lehrer immer gesagt: »Wenn du gut vorreinigst, hast du die Hälfte der Arbeit bereits geschafft.«

Einige Teile des Freskos sind vom Zahn der Zeit vollkommen ruiniert, und an diesen Stellen muss ich notgedrungen eine neue Grundierung auf dem Stuck anbringen. Schuld ist die Feuchtigkeit in Venedig, die alles durchdringt,

Stein, Holz, Mauerwerk. Doch rund um die geschädigten Bereiche gibt es auch Stellen, an denen sich die Farben in ihrer ganzen Leuchtkraft erhalten haben.

Als ich heute Morgen auf die Leiter geklettert bin, habe ich mir etwas vorgenommen: »Ich werde hier nicht mehr heruntersteigen, bis ich nicht den genau richtigen Farbton für diesen Granatapfel gefunden habe.« Aber vielleicht war ich da ein wenig zu optimistisch … Ich weiß nicht einmal, wie viele Stunden vergangen sind, und ich probiere immer noch die gesamte Skala der Rot-, Orange- und Gelbtöne durch. Ohne ein Ergebnis, das mich überzeugt. Ich habe bereits acht Probenbecher verworfen, in denen ich Pigmente mit etwas Wasser und ein paar Tropfen Öl mische, um eine entsprechende Konsistenz herzustellen. Gerade als ich mich an den neunten Becher wagen will, höre ich ein leises Klingeln aus der Tasche meines Overalls. Fast falle ich vom Gerüst, als ich nach dem Handy greife und den Namen lese, der hartnäckig auf dem Display blinkt.

Es ist Gaia, meine beste Freundin.

»Ele, na, wie geht's? Ich bin auf dem Campo Santa Margherita. Kommst du ins *Rosso*, was trinken? Heute sind mehr Leute da als sonst, es ist total abgefahren hier. Na los, komm schon!«, sagt sie atemlos, ohne mich zu fragen, ob sie mich stört, oder mir auch nur die Chance zu geben, mich zu melden.

Offenbar ist sie bereits voll im Partymodus. Gaia arbeitet für die angesagtesten Lokale in Venedig und Umgebung, organisiert Events und Feste für VIPs. Sie fängt um vier Uhr nachmittags mit der Arbeit an und ist dann ununterbrochen bis spät in die Nacht beschäftigt. Doch für sie ist das nicht einfach nur Arbeit – es ist eine echte und wahre Berufung. Ich könnte wetten, sie würde es auch machen, wenn man sie nicht dafür bezahlen würde.

»Entschuldige … wie spät ist es?«, frage ich in ihren Wortschwall hinein.

»Halb sieben. Also, kommst du?«

Das *Rosso* ist ein Lokal, in dem sich der Teil der venezianischen Jugend trifft, der nichts mit seiner Zeit anzufangen weiß und jemanden wie Gaia braucht, der den Leuten sagt, wie sie ihre Abende verbringen sollen.

O Gott, ist es wirklich schon so spät? Die Zeit ist verflogen, ohne dass ich es gemerkt habe.

»He, Ele … bist du noch dran? Alles okay? Sag doch mal was, verdammt noch mal …«, schreit Gaia so laut, dass mir schier das Trommelfell platzt. »Du wirst doch noch ganz blöd vor diesem Fresko! Du musst hierherkommen, und zwar auf der Stelle. Das ist ein Befehl.«

»Jetzt mal langsam, Gaia, in einer halben Stunde eise ich mich los, das verspreche ich dir.« Ich hole tief Luft, »Aber ich gehe dann direkt nach Hause. Bitte sei nicht böse.«

»Na klar bin ich böse, du bist doch wirklich eine blöde Kuh!«, gibt sie zurück.

Ein Klassiker. So funktioniert unser kleines Rollenspielchen immer. Gaia wird schnell sauer, aber es vergehen keine zwei Sekunden, dann ist alles wieder in Butter. Nur gut, dass sie ein Gedächtnis wie ein Sieb hat und all die Male, bei denen ich ihr einen Korb gegeben habe, längst vergessen sind.

»Also, hör zu. Dann gehst du eben nach Hause, ruhst dich ein bisschen aus, und wir gehen später ins *Molocinque*. Stell dir vor, ich hab zwei Eintrittskarten für den VIP-Bereich …«

»Danke, dass du dran gedacht hast, aber ich habe nicht die Absicht, mich mit diesen Bekloppten abzugeben«, beeile ich mich zu sagen, bevor sie weiterreden kann. Sie weiß genau, dass ich das Gedrängel in Tanzclubs nicht ausstehen kann und den Besuch dieser Örtlichkeiten vermeide, wo es nur geht. Tanzen in den überfüllten Diskotheken bedeutet doch bestenfalls, mit dem Fuß den Rhythmus zu tippen – meinen ganz eigenen Rhythmus, um ehrlich zu sein. Ich bin schüchtern, für diese Art von Vergnügungen nicht geschaffen und fühle mich immer fehl am Platze. Doch Gaia lässt nicht locker; sie schafft es immer wieder, mich zu einem ihrer Schwofabende mitzuschleppen. Und im Grunde bin ich ihr auch dankbar dafür, auch wenn ich das nie zugeben würde.

»Bist du denn schon mit der Arbeit fertig?«, frage ich sie und versuche, das Gespräch auf weniger gefährliches Terrain zu lenken.

»Ja, und heute lief es wirklich toll. Ich war den ganzen Tag mit einer russischen Managerin unterwegs. Allein drei Stunden haben wir uns bei *Bottega Veneta* Ledertaschen und Stiefel angeschaut, dann habe ich sie zu *Balbi* gebracht, wo die Dame beschlossen hat, sich zwei Vasen aus Muranoglas zu gönnen. Übrigens habe ich bei Alberta Ferretti ein paar Klamotten aus der neuen Kollektion gesehen, die dir wie auf den Leib geschneidert sind. Eins in Beige, das hammermäßig zu deinen Rehaugen passen würde … In den nächsten Tagen gehen wir mal zusammen hin, damit du es anprobierst.«

Wenn sie gerade nicht damit beschäftigt ist, den Leuten zu sagen, wo sie abends hingehen sollen, erklärt Gaia ihnen, wie sie am besten ihre Kohle ausgeben: Sie ist im Zweitberuf nämlich auch eine Art Shoppingberaterin. Sie gehört zu der Art Frau, die zu allem eine klare Meinung und dazu das große Talent hat, andere davon zu überzeugen. So groß, dass es sogar Leute gibt, die dafür bezahlen, sich von ihr überzeugen zu lassen.

Ich allerdings nicht, weil ich in den dreiundzwanzig

Jahren unserer Freundschaft Antikörper gegen ihren Meinungsterror gebildet habe. »Klar gehen wir hin. Bloß wird das wie immer so enden, dass du dir die Klamotten für dich selber kaufst.«

»Früher oder später kriege ich das schon noch hin, dass du dich anständig anziehst. Darauf kannst du dich gefasst machen, meine Liebe!«

Seit wir junge Mädels waren, befindet sich Gaia auf dem Kreuzzug gegen meinen – sagen wir etwas nachlässigen – Kleidungsstil. In ihren Augen hat es nichts mit Bequemlichkeit zu tun, in Jeans und flachen Schuhen herumzulaufen, sondern es ist eine ebenso bewusste wie unbegreifliche Methode, sich zu blamieren. Wenn es nach Gaia ginge, würde ich jeden Tag in Minirock und High Heels zur Arbeit stöckeln, und dabei spielt es keine Rolle, dass ich in meinem Beruf gezwungen bin, den ganzen Tag auf irgendwelchen wackeligen Leitern und Gerüsten herumzuturnen und stundenlang in einer Haltung zu arbeiten, die man alles andere als bequem bezeichnen kann. »Wenn ich bloß deine Beine hätte …«, sagt sie immer wieder. Und dann zitiert sie mir jedes Mal das große Mantra von Coco Chanel: »Ich kann nicht verstehen, dass eine Frau das Haus verlassen kann, ohne sich hübsch gemacht zu haben. Sie könnte gerade an diesem Tag ihrem Schicksal begegnen.« Und tatsächlich würde Gaia nirgendwo hingehen, ohne komplett geschminkt, frisiert und mit den entsprechenden Accessoires ausgestattet zu sein.

Manchmal kann ich es gar nicht glauben, dass zwischen mir und dieser Frau Welten liegen. Wäre sie nicht meine beste Freundin, fände ich sie wahrscheinlich unerträglich.

Unerschrocken geht Gaia erneut zum Angriff über. »Aber Ele«, sagt sie. »Heute Abend ins *Molo* musst du kommen.«

»Jetzt komm schon, Gaia, nimm's nicht persönlich, aber

ich hab dir doch gesagt, dass ich nicht kann.« Wenn sie sich auf eine Sache dermaßen versteift, geht sie mir wirklich auf den Keks – beste Freundin hin oder her.

»Aber Bob Sinclar ist auch da!«

»Wer?«, frage ich, während auf meiner Stirn deutlich das Zeichen FILE NOT FOUND aufleuchtet.

Gaia schnaubt empört. »Na, der berühmte französische DJ! Der war doch letzte Woche in der Jury der Filmfestspiele …«

»Ach, der!«

Jetzt ist sie gar nicht mehr zu bremsen. »Jedenfalls weiß ich aus sicherer Quelle, dass im VIP-Bereich verschiedene interessante Leute sein werden, darunter – und jetzt spitz die Ohren« – sie macht eine Kunstpause – »Samuel Belotti!«

»O Gott, der Radler aus Padua?«, stöhne ich entsetzt und mache aus meiner Ablehnung keinen Hehl. Der Knabe ist einer von vielen »berühmten« Fast-Verlobten, die Gaia überall in Italien und dem Rest der Welt vorzuweisen hat.

»Genau der.«

»Ich kapiere einfach nicht, was du an dem findest: Er ist ein arrogantes Arschloch, und mir ist schleierhaft, was an dem Typen geil sein soll.« Auch was Männer betrifft, haben Gaia und ich nicht den gleichen Geschmack.

»*Ich* weiß ganz genau, was an dem geil ist«, sagt sie mit einem ordinären Lachen.

Ich gehe nicht weiter auf die Thematik ein. »Na gut. Und der ist also auch da?«

»Ich hab ihm eine SMS geschrieben. Er hat mir nicht geantwortet, weil er momentan eine Tussi hat« – sie seufzt –, »aber ich lass nicht locker. Denn er hat mich immerhin noch nicht offiziell abserviert … wenn du mich fragst, glaube ich, der spielt nur auf Zeit.«

»Ich weiß ja nicht, wie du das immer schaffst, gewisse

Leute kennenzulernen, aber vielleicht will ich's auch gar nicht wissen.«

»Das gehört zu meinem Jobprofil, meine Liebe. Ich mache einfach nur meine Arbeit«, sagt sie, und ich sehe das süffisante Grinsen förmlich vor mir, das sich in diesem Moment auf ihrem Gesicht ausbreitet. »Öffentlichkeitsarbeit verlangt sehr viel Einsatz, weißt du …«

»Bei dir klingen die Worte *Arbeit* und *Einsatz* wie Hohn, finde ich«, versuche ich sie aus der Reserve zu locken, wobei ich auch einen Hauch von Neid empfinde. In diesem Bereich würde ich mir zu gerne eine Scheibe von Gaia abschneiden. Wo ich ernst und pflichtbewusst bin, ist sie einfach locker und strotzt nur so vor Dreistigkeit.

»Du weißt mich einfach nicht zu würdigen, Ele. Du bist meine beste Freundin und lässt kein gutes Haar an mir!«

»Na gut. Geh einfach ins *Molo* und amüsier dich ein bisschen. Aber pass auf, dass du dich nicht zu sehr verausgabst, meine Liebe.«

»War doch klar, dass du mir wieder absagst … aber das ist mir egal, und ich lass nicht locker, das weißt du. So leicht bin ich nicht zu bremsen, Schätzchen.«

Und wie ich das weiß! Mit diesen kleinen Schäkereien sagen wir uns im Grunde nur, wie gern wir uns haben.

»Aber ich hab im Moment wirklich eine schwierige Phase. Bis drei Uhr nachts schaffe ich es jedenfalls nicht aufzubleiben, sonst kann ich morgen unmöglich aufstehen.«

»Na gut, diesmal lass ich dich in Ruhe.«

Na endlich …

»Aber am Wochenende müssen wir uns sehen! Na los, versprich es«, schließt sie und kommt damit auf den Punkt.

»Ich schwör's. Ab Samstag gehöre ich ganz dir.«

Auch der neunte Probenbecher mit Tizianrot ist zum Wegschmeißen: Ich habe einen winzigen Punkt davon auf die Schale des Granatapfels getupft – aber immer noch Fehlanzeige. Gerade finde ich mich damit ab, wieder von vorn anzufangen, als ein Geräusch hinter mir mich ablenkt. Jemand ist durch den Haupteingang des Palazzos eingetreten und kommt jetzt die Marmorteppe hoch. Es sind die Schritte eines Mannes, daran besteht kein Zweifel. Nur einen kleinen Moment lang hatte ich einen Überraschungsbesuch von Gaia erwartet. Ich klettere rasch von der Leiter herunter, wobei ich aufpassen muss, nicht über die kunterbunten Probenbecher zu stolpern, die ich auf die Abdeckfolie habe fallen lassen.

Jetzt geht die Tür auf, und auf der Schwelle erscheint die hagere Gestalt von Conte Jacopo Brandolini, dem Besitzer des Palazzos. Mein Auftraggeber.

»Guten Abend«, begrüße ich ihn mit einem höflichen Lächeln.

»Guten Abend, Elena.« Er erwidert mein Lächeln. »Wie kommen Sie mit der Arbeit voran?« Er lässt den Blick über die Probenbecher schweifen, die zu unseren Füßen den Tod gefunden haben, und verknotet dabei die Ärmel seines lässig über die Schultern geworfenen Pullovers – der mit Sicherheit aus Kaschmir ist – über seiner schmalen Brust.

»Sehr gut«, lüge ich und wundere mich selbst über meine Unverfrorenheit, doch ich habe keine Lust, ihn mit Details zu belasten, die er sowieso nicht begreifen würde. Allerdings fühle ich mich bemüßigt, in meinem professionellsten Ton hinzuzufügen: »Gestern bin ich mit der Vorreinigung fertig geworden und kann mich jetzt ganz den Farben widmen.«

»Wunderbar. Ich habe vollstes Vertrauen in Sie. Alles liegt in Ihren Händen«, sagt er, hebt den Blick vom Boden und schaut mich an. Er hat kleine, himmelblaue Augen, die aussehen wie zwei Gletscherspalten. »Wie Sie wissen, liegt mir das Fresko sehr am Herzen. Ich möchte, dass es so gut wie möglich zur Geltung kommt. Auch ohne Signatur sieht man, dass es künstlerisch wertvoll ist.«

Ich nicke. »Der Maler war sicher ein großer Meister«, beeile ich mich zu sagen.

Brandolini lächelt zufrieden, als hätte er das nicht besser sagen können. Er ist vierzig Jahre alt, wirkt aber um einiges älter. Er trägt einen uralten Namen – schließlich ist er Abkömmling einer der bekanntesten Adelsfamilien Venedigs – und wirkt dabei selbst ein wenig verstaubt. Er ist klapperdürr, hat eine fast durchsichtige Haut, ein hageres und nervöses Gesicht und aschblondes Haar. Außerdem zieht er sich an wie ein alter Mann. Oder, besser, an ihm wirkt jedes Kleidungsstück altmodisch, selbst jetzt, wo er Levi's-Jeans und ein halbärmeliges hellblaues Hemd trägt. Er ist nämlich so schmächtig, dass er förmlich darin versinkt. Im Ganzen betrachtet, entsteht dadurch irgendwie die Aura eines Greises. Trotzdem geht das Gerücht, dass der Conte Glück bei den Frauen hat. Aber er ist auch ziemlich reich – anders kann ich es mir beim besten Willen nicht erklären.

»Wie fühlen Sie sich denn nun hier?«, fragt er und schaut sich prüfend um.

»Sehr gut«, sage ich und löse dabei den Knoten meines Stirnbandes, weil mir bewusst wird, wie wenig präsentabel ich damit aussehe.

»Wenn Sie etwas brauchen, fragen Sie einfach Franco. Und wenn Ihnen das Material ausgeht, kann er jederzeit neues besorgen.«

Franco ist das Faktotum des Palazzos, ein untersetztes, aber sehr nettes Männlein, zu dessen besten Eigenschaften auch seine Zurückhaltung und seine absolute Verschwiegenheit gehören. In den zehn Tagen, die ich hier arbeite, ist er mir nur zwei Mal über den Weg gelaufen, einmal, als er im Innenhof die Schmucklilien gegossen hat, und dann, als er den Messinggriff der Haustür auf Hochglanz wienerte. Er kommt nie herein, sondern bleibt immer draußen im Garten und macht etwa um zwei Uhr Feierabend. Es ist beruhigend, ihn da zu haben.

»Ich komme ausgezeichnet allein zurecht, danke.« Mir wird erst zu spät bewusst, dass meine Antwort möglicherweise etwas brüsk geklungen haben könnte, und ich beiße mir schuldbewusst auf die Zunge.

Brandolini hebt die Arme, als würde er sich geschlagen geben. »Wie auch immer«, sagt er und räuspert sich. »Ich bin vorbeigekommen, um Ihnen mitzuteilen, dass ab morgen ein Mieter in den Palazzo einzieht.«

»Ein Mieter?«

Nein – das darf doch wohl nicht wahr sein! Ich bin es nicht gewohnt, zu arbeiten, wenn mir ständig irgendwelche Leute zwischen den Füßen herumlaufen.

»Er heißt Leonardo Ferrante und ist ein berühmter Küchenchef mit sizilianischen Wurzeln«, erklärt Brandolini mit einem selbstgefälligen Schmunzeln. »Er kommt direkt aus New York zur Neueröffnung unseres neuen Restaurants in San Polo. Wie Sie wissen, ist es in drei Wochen so weit.«

Zusammen mit seinem Vater betreibt der Conte zwei Restaurants in Venedig, eines direkt hinter dem Markusplatz und ein kleineres Lokal dicht an der Rialtobrücke. Ein weiteres besitzt die Familie Brandolini in Los Angeles. Dazu kommen noch zwei Privatclubs, ein Café sowie ein luxuriöses Apartmenthotel. Im letzten Jahr hatten sie sogar in Abu Dhabi und Istanbul Neueröffnungen. Jedenfalls ist es nichts Ungewöhnliches, in den Klatschblättern und Gazetten, die Gaia so gerne liest, auf ein Foto der illustren Brandolini-Sippe zu stoßen.

Diese weltlichen Dinge bedeuten mir nicht das Geringste. Vor allem kann ich einen Störenfried im Moment alles andere als gut gebrauchen.

»Wir haben wirklich alle Hebel in Bewegung gesetzt, um das Restaurant schnell fertig zu bekommen, wobei es nicht gerade dienlich ist, dass die Mühlen hier in Venedig nur sehr langsam mahlen«, fährt Brandolini fort, ohne meinen Unmut zu bemerken. »Aber wenn man eine Sache wirklich will, sind alle Mühen schnell wieder vergessen.«

Jetzt kommen also auch noch ein paar Lektionen in Lebenskunst. Ich nicke brav wie ein Schulkind. Die Vorstellung, zu arbeiten, während ein Unbekannter sich ungehindert hier im Palazzo bewegt, irritiert mich sehr. Wieso kapiert Brandolini eigentlich nicht, dass meine Arbeit eine äußerst delikate Angelegenheit ist? Und dass es nur einer winzigen Kleinigkeit bedarf, um mich davon abzulenken?

»Sie werden sehen, dass Sie mit Leonardo bestens zurechtkommen, er ist ein sehr angenehmer Mensch«, sagt er mit einem breiten Lächeln.

Ich zwinge mich, meine Mundwinkel ebenfalls nach oben zu verziehen. »Das stelle ich gar nicht in Frage. Der Punkt ist nur, dass dieses Vestibül hier …«

Er lässt mich meinen Satz nicht einmal zu Ende reden. »Sehen Sie, ich konnte ihn doch unmöglich in einem unpersönlichen Hotelzimmer unterbringen«, fährt Brandolini mit der Selbstsicherheit eines Mannes fort, der nie jemanden um Erlaubnis bitten muss. »Leonardo ist ein Freigeist und wird sich hier wie zu Hause fühlen. Er kann kochen, wenn ihm der Sinn danach steht, mitten in der Nacht frühstücken und am Nachmittag zu Mittag essen. Er kann im

Garten lesen und von der Terrasse aus den Blick auf den Canale genießen.«

Gerade wollte ich ihn darauf hinweisen, dass alle Zimmer des Palazzos nur durch das Vestibül erreichbar sind, in dem ich arbeite, und es keinerlei andere Durchgangsmöglichkeiten gibt, was dazu führt, dass dieser Knabe notgedrungen hier vorbei*muss* – und wer weiß, wie oft am Tag. Aber das ist Brandolini sehr wohl bekannt, nur hat er offenbar beschlossen, dass es ihm schnurzegal ist. Meine Güte, gleich kriege ich die Krise!

»Wie lange wird er denn dableiben müssen, dieser Meisterkoch?«, frage ich in der Hoffnung auf eine Antwort, die mir wieder Mut macht.

»Mindestens zwei Monate.«

»Zwei Monate?«, wiederhole ich, ohne mir auch nur die geringste Mühe zu geben, mein Entsetzen zu verbergen.

»Ja, zwei Monate, vielleicht aber auch länger. Auf alle Fälle so lange, bis im Restaurant alles unter Dach und Fach ist.« Der Conte rückt noch einmal den Pullover auf seinen Schultern zurecht und schaut mir resolut in die Augen. »Ich wünsche mir sehr, dass das für Sie kein Problem ist«, sagt er. Es klingt aber eher wie: »… dass Sie keine Probleme machen.«

»Na ja, wenn es keine andere Lösung gibt«, lenke ich matt ein. Und sage ihm damit durch die Blume: »Begeistert bin ich nicht, aber mir bleibt ja wohl nichts anderes übrig, als gute Miene zum bösen Spiel zu machen.«

»Einverstanden, dann bleibt mir nur noch, Ihnen weiterhin gute Arbeit zu wünschen«, schließt er und reicht mir sein zartes Händchen. »Auf Wiedersehen, Elena.«

»Auf Wiedersehen, Conte.«

»Nennen Sie mich doch bitte Jacopo.«

Will er mir die Pille versüßen, indem er sich bei mir anbiedert? Ich schenke ihm ein etwas gezwungenes Lächeln: »Auf Wiedersehen, Jacopo.«

Kaum ist Brandolini draußen, setze ich mich auf das rote Samtsofa, das an einer Wand steht. Ich bin mit den Nerven und meiner Geduld am Ende: Jetzt ist auch der Rest meiner Inspiration flöten gegangen. Ich will nichts mehr hören – weder von seinem blöden Restaurant noch von seinem aufgeblasenen Küchenchef, und die Einweihung dieses Gourmettempels aus Tausendundeiner Nacht kann mir gründlich gestohlen bleiben. Ich will einfach nur in Frieden meine Arbeit machen, ganz allein, in aller Ruhe. Ist das etwa zu viel verlangt? Ich lege den Kopf in die Hände und betrachte die Becher voll ausgetrockneter Farbpigmente, die mich nur noch mehr an mein Scheitern erinnern. Es kostet mich große Mühe, sie nicht weiter zu beachten. Zum Teufel mit dem Fresko! Es ist mittlerweile halb acht, und meine Konzentration hat sich endgültig verabschiedet.

Jetzt reicht's.

Ich bin müde.

Ich gehe nach Hause.

Ich trete auf die Straße hinaus und lasse mir die feuchte, süßlich duftende Oktoberluft um die Nase wehen. Abends wird es schon allmählich kühl. Über der Lagune ist die Sonne fast ganz untergegangen, und die ersten Laternen brennen.

Mit schnellem Schritt durchquere ich die Gassen, doch irgendwie bekomme ich meinen Kopf einfach nicht frei. Meine Gedanken scheinen immer noch in diesem staubigen Vestibül festzuhängen, und so wie ich mich und meinen Hang zum Grübeln kenne, wird das wohl auch noch eine Weile so bleiben. Das bekomme ich nur allzu oft zu hören, sowohl von Gaia als auch von meiner Mutter: Beide behaupten, dass ich mich sofort ausklinke, wenn mir was im Kopf herumgeht – und dass ich zum zerstreuten Professor werde. Das stimmt, ich hänge gern meinen Gedanken nach und lasse mich von ihnen in fremde Welten entführen … aber das ist immer nur eine kleine Flucht aus der Wirklichkeit; ein winziges Laster von mir, auf das ich nur ungern verzichten möchte. Aus diesem Grunde liebe ich es auch so, ganz allein durch die Stadt zu streifen; dann lasse ich mich einfach treiben, und mein Geist kann sich endlich befreien, ohne dass jemand Anspruch auf meine Aufmerksamkeit erhebt.

Ein kleines Vibrieren, begleitet von einem kurzen Klingelton, bringt mich unsanft in die Wirklichkeit zurück. Auf dem Display meines Smartphones erscheint eine SMS.

Bibi, gehst du mit ins Kino?
Im *Giorgione* läuft heute der neueste Film von Sorrentino.
Bussi.

Filippo. Endlich jemand, mit dem ich selbst nach einem solchen Tag gerne den Abend verbringen möchte. Aber ich glaube nicht, dass ich noch genug Energie aufbringen kann, um mich bis ins *Giorgione* zu schleppen. Ich bin hundemüde, und die Vorstellung, zwei Stunden lang in einem muffigen Kinosaal zu hocken, übt keine große Anziehungskraft auf mich aus. Ich will nur noch auf irgendeinem Sofa – am liebsten meinem eigenen – die Füße hochlegen.

Ich simse zurück:

Und wenn wir stattdessen bei mir zu Hause essen und uns dann eine DVD anschauen? Ich bin fix und alle

und glaube nicht, dass mich Sorrentino noch hinter dem Ofen hervorlockt.

Kurz darauf die Antwort:

Dann bis später bei dir.;-)

Filippo kenne ich schon seit der Uni. Kennengelernt haben wir uns im Architekturkurs; ich war im ersten, er schon im dritten Semester. Eines Tages hat er mir vorgeschlagen, dass wir doch zusammen lernen könnten, und ich war sofort einverstanden. Mir schien er jemand zu sein, dem man vertrauen kann, und ich spürte eine gewisse Affinität zwischen uns, die mir bis heute schleierhaft ist. Einen bestimmten Grund hatte ich nicht, es anzunehmen, ich *wusste* es einfach. Intuitiv.

Wir wurden sofort Freunde. Wir gingen zusammen in Ausstellungen, ins Kino, ins Theater. Oder wir verbrachten ganze Abende mit Reden. Seit damals nennt mich Filippo auch Bibi. Er findet nämlich, dass ich der Bibi aus einem japanischen Comic ähnele, einer etwas unbeholfenen Person, die über alles grübelt und sich gerne irgendwelchen verdrehten und sinnlosen Fantasien hingibt.

Nach der Uni verloren wir uns ein wenig aus den Augen – warum das so war, kann ich gar nicht mehr so richtig sagen. Und aus heiterem Himmel war er dann auf einmal wieder da: Gaia erzählte mir letztes Jahr, dass Filippo eine Stelle bei Carlo Zonta angenommen habe, einem der bekanntesten Architekten Italiens, und nach Rom gezogen sei.

Und dann hat er sich vor nur einem Monat, als wäre statt der Jahre, die wir so weit voneinander entfernt waren, nur ein einziger Tag vergangen, mit folgender Mail bei mir gemeldet: »Ich bin wieder in Venedig. Wie lange ist es her, dass wir nicht mehr im Museo Correr waren?« Eine Aufforderung, die ebenso plötzlich kam wie die Erkenntnis, dass Filippo mir unendlich gefehlt hatte. Ich sagte sofort zu.

Und als wir dann voreinander standen, nach all den Jahren, schien sich nichts verändert zu haben zwischen uns. Wir schlenderten in aller Ruhe durch die Säle des Museums, blieben vor unseren Lieblingswerken stehen – ich wusste noch ganz genau, welche seine gewesen waren und umgekehrt – und erzählten uns, was alles passiert war, seit sich unsere Wege getrennt hatten.

Danach haben wir uns noch zwei Mal getroffen, einmal zum Essen und einmal im Kino. Wir haben sogar überlegt, ob es nicht schön wäre, ein Treffen mit den alten Kommilitonen ins Leben zu rufen, doch das haben wir schließlich, wer weiß, warum, gelassen.

Es ist kurz vor neun, und als es unten an der Haustür klingelt, stürze ich aus dem Bad, auf dem Gesicht einen Hauch Schminke und die Haare zu einem Pferdeschwanz gebunden, den man wohl nur als kümmerlich bezeichnen kann. Ich bemühe mich, mir nicht vorzustellen, was Gaia für ein Gesicht machen würde, wenn sie mich in diesem Aufzug sähe. Ich öffne die Tür in einer Jeans und einem etwa zerschlissenen Trägerhemd, über das ich, während ich auf Filippo warte, noch rasch ein überdimensionales Sweatshirt werfe. Das ist mein Look für zu Hause, doch ich bin mir sicher, Filippo hat nichts dagegen einzuwenden …

Er nimmt immer zwei Stufen auf einmal und hat zwei Pizzakartons auf der Hand. Als er oben angelangt ist, heißt ihn die warme und raue Stimme von Norah Jones auf ihrer neuesten CD willkommen.

»Komm, schnell, damit die Pizza nicht kalt wird!«, sagt

er, kaum dass er durch die Tür gekommen ist. Er lässt seine Umhängetasche auf den Boden fallen, haucht mir ein Küsschen auf die Wange und stürzt in die Küche.

»Hunger?« Ich folge ihm auf den Fersen und mache Platz auf dem Küchentisch.

»Ich sterbe!«

Er hat bereits eine Schublade geöffnet – und zielsicher die richtige gefunden, auch wenn er schon seit Jahren keinen Fuß mehr in meine Wohnung gesetzt hat – und hält das kleine Metallrädchen zum Pizza-Zerteilen in der Hand. Zuerst kommt meine dran.

Ich betrachte ihn. Sein Gesicht hat etwas Offenes, Strahlendes, irgendwie auch Beruhigendes. Vielleicht ist ja genau das der Grund, warum wir damals an der Uni Freunde geworden sind. Seine Augen sind groß und tief und leicht schräg geschnitten: Man könnte ihn beinahe für einen Asiaten halten, wären seine Augen nicht hellgrün und hätte er auf dem Kopf nicht einen dicken Schopf blonder und zerzauster Haare.

»Gemüse ohne Peperoni, genau wie du es magst«, sagt er und hält mir die Pizza hin, die in mundgerechte Stücke zerteilt ist.

Richtig, an das erinnert er sich also auch noch. Ich nicke zufrieden, und Filippo schaut mich mit diesen Augen an, die so ungewöhnlich sind und einen sofort in ihren Bann ziehen. Eine Sekunde lang verharren wir so, dann wendet Filippo seine Aufmerksamkeit der eigenen Pizza zu, und ich suche derweil nach den Gläsern, um mich zu beschäftigen.

Es war nur ein Moment, aber wir haben beide gemerkt, dass da ein seltsames Knistern in der Luft gelegen hat.

»Heute Abend bin ich auch mal Vegetarierer, damit du dich nicht so allein fühlst«, witzelt er und klappt den zweiten Karton auf. Er lächelt und zeigt seine weißen, regelmäßigen Zähne. Das ist noch so eine Sache, die mir an ihm gefällt. Ebenso wie das Grübchen in der rechten Wange.

»Aber, Bibi, du weißt schon, dass die Pizzeria hier in deinem Haus ziemlich scheiße ist, oder?«

»Klar«, antworte ich und beiße genüsslich in mein erstes Pizzastück, »aber ich gehe trotzdem weiter hin ... das ist die einzige schnelle und schmerzlose Methode, mich zu ernähren.«

»Du hast also immer noch keine Lust, kochen zu lernen?«

Ich tue so, als müsste ich mir das ein paar Augenblicke überlegen, bevor ich ihm eine Antwort gebe.

»Nö.«

Filippo klaubt eine Olive von seiner Pizza und wirft damit nach mir.

Als wir mit dem Essen fertig sind und ich mir meinen Melissentee aufbrühe, blättert Filippo meine kunterbunte Sammlung von DVDs durch, die auf dem untersten Brett meines Bücherregals stehen.

»Und das da?« Er fängt an zu lachen. »Wo hast du das denn ausgegraben?«, fragt er und schwenkt die Schutzhülle von *Darf ich bitten?*

»O Gott, die muss Gaia hier vergessen haben, schon vor Ewigkeiten!«, nuschele ich und verstecke mein rotes Gesicht hinter dem Arm.

Er schaut mich verständnisvoll an. »Ich hab damit kein Problem ... Du kannst es mir sagen, wenn dir solches Zeug gefällt, dafür musst du dich nicht schämen: Einsicht ist der erste Weg zur Besserung. Mit einem guten Freund kann man über alles reden ... ich könnte dir beim Entzug helfen, wenn du willst.«

»Blödmann.«

Das Kino ist eine der Leidenschaften, die ich immer gerne mit Filippo geteilt habe. Oft genug landeten wir in einem der Filmkunstkinos der Uni, wo wir ganz allein im Kinosaal saßen und uns bis zum Abspann irgendwelche Streifen von vollkommen unbekannten Regisseuren einer etwas einschläfernden und folglich aus gutem Grunde in Vergessenheit geratenen russischen Avantgarde anschauten, während all unsere Kommilitonen sich längst von uns verabschiedet hatten, um auf dem Campo noch etwas trinken zu gehen.

Filippo sieht sich immer noch die Titel der DVDs an und zieht schließlich *Ein besonderer Tag* von Ettore Scola heraus.

»Den hab ich bestimmt schon vier Mal gesehen, aber einmal geht noch. Was ist mit dir?«

Ich nicke. »Bei mir wäre es das dritte Mal, also von mir aus.«

Filippo fläzt sich auf das Sofa, bewaffnet sich mit der Fernbedienung und brummelt etwas über die neumodische Technik. Irgendwie ist er drollig, und ich muss lächeln. Ich setze mich mit zwei dampfenden Teetassen in der Hand zu ihm, stelle die Getränke auf den Wohnzimmertisch, pfeffere meine Flipflops in eine Ecke und nehme einen Schluck Kräutertee, wobei ich mir prompt die Zunge verbrenne … dann fläze ich mich gemütlich neben ihn.

Während der Vorspann über den Bildschirm läuft, spüre ich, wie sich unsere Knie berühren. Unerwarteterweise ist es eine Berührung, bei der mir nicht ganz wohl ist – so, als würde mir erst jetzt bewusst werden, wie nahe wir uns sind. Ich verändere meine Stellung und bringe ein paar Zentimeter Abstand zwischen uns. Filippo scheint nichts davon zu bemerken, vielleicht ist es ja nur meine eigene Paranoia …

Der Film fängt an, und er ist genau der bittersüße

Schmachtfetzen, den wir in Erinnerung hatten. In frommem Schweigen verfolgen wir den Film, nippen gelegentlich an unserem Kräutertee, der mittlerweile menschenwürdige Temperaturen angenommen hat, und spulen gelegentlich zurück, um uns die denkwürdigsten Szenen noch einmal zu Gemüte zu führen. Gerade deuten Mastroianni und Loren ein paar Tanzschritte an, indem sie dem Muster des Bodens auf der Terrasse folgen.

Aus dem Augenwinkel sehe ich, dass Filippo mich beobachtet. Aber diesen Blick spüre ich schon, seit der Film angefangen hat. Es ist ein warmer und fesselnder Blick. Ich drehe mich zu ihm und erwidere ihn. »Was ist los?«

Er lächelt verlegen, als hätte ich ihn bei etwas ertappt. »Ich hab nur gerade gedacht, dass du dich in all den Jahren überhaupt nicht verändert hast.« Er hört nicht auf, mich zu fixieren. Plötzlich werde ich ein bisschen verlegen.

»Dabei hatte ich gehofft, ich könnte mich noch verbessern«, versuche ich die Situation zu entschärfen.

»Na ja, den einzigen Makel, den du hattest, bist du ja zum Glück losgeworden.«

Ich werfe ihm einen fragenden Blick zu.

Filippo grinst keck. »Valerio, deinen Ex.«

Ich tue so, als wäre ich beleidigt, und versetze ihm einen kleinen Faustschlag auf den Arm. Mit Valerio war ich im vorletzten Uni-Jahr zusammen; Filippo konnte ihn nicht ausstehen und machte daraus auch keinen Hehl. »Zu oberflächlich und unreif für dich«, wird er mir wohl Tausende von Malen gesagt habe, bis ich es nicht mehr hören konnte.

»Ich hab eine Weile gebraucht, um es zu kapieren, aber am Ende hattest du recht«, gebe ich zu.

»Seit wann seid ihr getrennt?«

»Seit anderthalb Jahren.«

»Und jetzt? Gibt es gerade jemanden in deinem Leben?«

Volle Breitseite. Damit hatte ich nicht gerechnet.

»Nein.«

Wer weiß, warum das Schweigen, das folgt, mir irgendwie bedrückend vorkommt. Ich suche nach einer knappen Bemerkung, mit der ich die spürbare Anspannung im Keim ersticken könnte, doch es fällt mir keine ein. Ich weiß nicht, was Filippo vorhat; ich weiß nur, dass ich nie in dieser Richtung an ihn gedacht habe. Zumindest bis jetzt nicht. Dazu bin ich viel zu glücklich, den Freund in ihm wiedergefunden zu haben; der Gedanke, dass mehr daraus werden könnte, ist mir nie gekommen. Und doch scheint mein Kartenhaus der Gewissheiten auf einmal kurz vor dem Einsturz zu stehen.

»Das da ist meine Lieblingsszene«, sagt Filippo und wendet sich wieder dem Bildschirm zu. Mastroianni und Loren sind auf die Dachterrasse gegangen und falten einträchtig die Wäsche zusammen, die dort zum Trocknen gehangen hat. Vielleicht hat Filippo meine Verlegenheit gespürt und will mir aus der Patsche helfen? Das macht er aus Prinzip gern.

Ich stoße einen kleinen, kaum hörbaren Seufzer der Erleichterung aus und versuche, an etwas anderes zu denken; vielleicht ist ja gerade nur meine Fantasie mit mir durchgegangen, und er hat sich überhaupt nichts dabei gedacht. Ich konzentriere mich wieder auf den Film und entspanne mich allmählich wieder.

Draußen hat es zu regnen angefangen, und mir ist, als würden die Tropfen, die auf das Oberlicht prasseln, ganz leicht auch an mein Herz rühren. Es ist ein angenehmes Gefühl, und auf einmal verspüre ich ein unwiderstehliches Verlangen, mich gehen zu lassen …

Plötzlich, als würde ich aus einem tiefen, tiefen Koma erwachen, höre ich eine leise Stimme, die mir zuflüstert: »Bibi, ich gehe jetzt.«

Als ich die Augen öffne, steht Filippo vor mir und beugt sich über mich. Der Abspann des Filmes wandert über den Bildschirm. Ich versuche mich aufzurappeln.

»Warum hast du mich nicht geweckt?«

»Pst, bleib doch liegen.« Er legt mir fürsorglich eine Decke über die Schultern. »Ich klau dir deinen kaputten Schirm.«

»Du kannst auch den guten nehmen.«

»Nur keine Umstände … ich hab's ja nicht weit.«

Er streichelt mir mit einer Zärtlichkeit über die Wange, die ich noch nie an ihm erlebt habe, und haucht mir einen Kuss auf die Stirn.

»Ciao, Bibi.«

• 2 •

Heute Morgen habe ich beschlossen, mir eine Pause vom Fresko zu gönnen. Ich habe jede Menge nervige Sachen im Haushalt zu erledigen. Sagen wir, eine perfekte Hausfrau bin ich eher nicht: Aus dem Wäschepuff quillt ein ganzer Berg zerknüllter Kleidungsstücke, und ich finde mich damit ab, dass es mit einer Waschmaschinenfüllung wohl nicht getan ist. Dann gehe ich in der Reinigung vorbei, um ein Kleidchen abzuholen, das dort schon seit dem Sommer auf mich wartet, und stürze mich schließlich in den Supermarkt, um das zu erledigen, was bei mir Einkaufen heißt – ich stelle eine Wagenladung voller Fertiggerichte und Tiefkühlkost zusammen. Das kann ich besonders gut – Mikrowellenfraß ist meine Spezialität. Wieder zu Hause, überkommt mich kurzzeitig der Gedanke, in der Wohnung ein bisschen aufzuräumen, aber die Lust vergeht mir gleich wieder: Lieber arbeite ich. Und so nehme ich die Schlüssel und gehe.

Auf dem Weg zum Palazzo gehe ich beim Farbengeschäft Nobili vorbei, weil ich fünfzig Gramm Farbpigmente Ultramarin brauche, für den Fall, dass das, was ich habe, nicht reicht. Farbe kaufe ich lieber selbst, weil ich mit eigenen Augen sehen will, ob es der richtige Ton ist. Würde ich, so wie Brandolini vorschlägt, Franco schicken, dann käme der vermutlich jedes Mal mit der falschen Nuance zurück.

Um zwei Uhr nachmittags ist die Gasse vor dem Eingang des Palazzos menschenleer. Der Vorteil, freiberuflich in einem Gebäude zu arbeiten, zu dem praktisch nur ich die Schlüssel habe – na ja, zumindest war das bis gestern so –, liegt darin, dass ich, wenn ich mit meinem Zeitplan hinterherhinke, auch am Samstag arbeiten kann, wenn weniger Leute unterwegs sind: Studenten sind keine da, und die Touristen konzentrieren sich hauptsächlich auf die Gegend rund um den Markusplatz und die Rialtobrücke, die ziemlich weit weg von hier liegen.

Ich stecke den langen Schlüssel ins Schloss der Eingangstür, drehe ihn einmal nach links und zweimal nach rechts und höre sofort, dass er nicht greift. Das Tor ist also offen und die Alarmanlage nicht aktiviert. Besser so, denn es hat bereits eine Situation gegeben, in der der Alarm versehentlich losgegangen ist, das einzige Mal, wo ich auf die Hilfe von Franco angewiesen war. Wahrscheinlich ist er auch da drinnen. Ich steige die Marmortreppe hoch und drücke gegen die kleinere Seitentür, die sich auf das Vestibül öffnet wie auf eine Bühne.

Aha. Leider ist der gefürchtete Moment bereits gekommen. Auftritt des Störenfriedes.

Direkt vor mir zeichnet sich die wuchtige Rückenpartie eines Mannes im roten Hemd ab. Das ist er. Der Mieter. Ich habe nicht damit gerechnet, dass er schon da ist. Er steht da und betrachtet wie gebannt die Wand mit dem Fresko. Reglos. Riesig. Zu seinen Füßen steht eine Reisetasche, der man deutlich ansieht, dass sie sich schon auf mehr als einem Flughafen bewähren musste. Seitlich ragt der Zipfel einer Jeansjacke heraus.

Ich deute ein leises Hüsteln an, um ihn auf mich aufmerksam zu machen. Der Mieter dreht sich um und mustert mich mit einem so intensiven Röntgenblick, dass ich am liebsten direkt wieder umkehren würde. Seine Augen sind von undurchdringlichem Schwarz, strahlen dabei jedoch unter den dichten Augenbrauen ein solches Licht aus, dass mir irgendwie die Luft wegbleibt.

»Salve, ich bin Elena«, sage ich, als ich einen Teil meiner Selbstsicherheit zurückgewonnen habe. Ich werfe einen kurzen Blick in Richtung Fresko. »Die Restauratorin.«

»Ciao«, sagt er und lächelt mich an. »Ich bin Leonardo. Freut mich.« Er drückt mir die Hand, und ich spüre seine raue Haut. Bestimmt kommt das von seiner Arbeit in der Restaurantküche. »Jacopo hat mir schon viel von dir erzählt.«

Tiefe Augenringe, fleischige Lippen, eine ausgeprägte Nase, ein Dreitagebart mit rötlichem Schimmer, rabenschwarze Haare, die schon eine ganze Weile keine Schere mehr gesehen haben: Der Mann sieht aus, als käme er direkt aus einem Gemälde von Goya. Ich schätze ihn auf knapp vierzig, doch dabei wirkt er so tief verwurzelt und beständig wie ein jahrhundertealter Baum.

»Das ist ein Bild von einzigartiger Sinnlichkeit«, sagt er und wendet sich wieder der Wand zu. Seine Stimme hat einen ganz leichten sizilianischen Akzent. Ich nutze die Situation, um ihn genauer zu betrachten: Er trägt eine schwarze Leinenhose und ein (halb aufgeknöpftes) Hemd aus dem gleichen Material, unter dem sich ein beeindruckendes Muskelspiel erahnen lässt. Auf der gebräunten Brust sprießen ein paar schwarze Härchen, fällt mir auf. An den Füßen trägt er ein Paar Turnschuhe, die an einigen Stellen Löcher haben. Von ihm geht eine faszinierende Kraft und Wildheit aus, als könnte er jeden Moment aus seinen Klamotten platzen.

»Rein technisch handelt es sich um eine Vergewaltigung«, präzisiere ich. Wenn ich mich nicht ganz wohl fühle und auf Distanz gehen will, kehre ich gern die Dozentin heraus; es ist einfach stärker als ich.

Leonardo schaut mich an, und ich senke den Blick. Ein Anflug von Verlegenheit treibt mir die Röte ins Gesicht. »Es ist eine Szene aus der antiken Mythologie, der Raub der Persephone«, füge ich in etwas weniger überheblichem Ton hinzu.

Er nickt, wieder ganz in die Betrachtung des Freskos vertieft. »Pluto schändet Persephone und entführt sie in den Hades. Bevor er sie auf die Erde zurückbringt, wo sie sechs Monate bleiben wird, lässt er sie neun Granatapfelkerne essen. Es ist ein Mythos, der mit dem Wetter und den Jahreszeiten verknüpft ist.«

Eins zu null für den sizilianischen Koch, der seine antiken Sagen und Mythen ganz offenbar studiert hat. Er hat mich sprachlos gemacht, und das geschieht mir recht.

Leonardo lässt seinen bewundernden Blick in die Runde schweifen und stößt einen langen Seufzer aus. Ich bemerke, dass er im rechten Ohrläppchen einen kleinen Silberohrring trägt. »Dieser Palazzo ist wirklich eine Augenweide. Es muss doch das reine Glück sein, hier zu arbeiten, oder?«

Das ist es bis heute gewesen, denke ich, *bevor du Depp hier aufgetaucht bist*. Aber natürlich hätte ich nie den Mut, ihm das zu sagen.

»Alles in Ordnung, mein Freund, wir können gehen«, unterbricht uns Jacopo. Er ist urplötzlich aus dem Flur aufgetaucht, der links vom Vestibül abzweigt, und beeilt sich, mich zu begrüßen, als er mich bemerkt. »Salve, Elena.«

»Guten Tag, Conte … äh … Jacopo.« Ich habe immer noch meine Schwierigkeiten, meinen Arbeitgeber mit seinem Vornamen anzusprechen.

»Wie ich sehe, habt ihr euch schon miteinander bekannt gemacht.«

»Ja«, sagt Leonardo. »Elena war so freundlich, mir zu erklären, woran sie gerade arbeitet.« Das ist eine glatte Lüge – ich bin alles andere als freundlich gewesen –, und er begleitet sie mit einem verschwörerischen Blick, den ich jedoch nicht erwidere.

Brandolini lächelt wohlgefällig. »Komm, Leo«, sagt er und nimmt den Koch am Arm, »ich zeig dir jetzt deine Zimmer. Gestern war Olga da und hat alles für dich hergerichtet.«

Leonardo greift nach der Reisetasche am Boden, hängt sie sich über die Schulter und macht Anstalten, dem Conte zu folgen.

Bei der Erwähnung der Putzfrau kommt mir ein beunruhigender Gedanke. »Jacopo, entschuldigen Sie ...« Meine Stimme klingt schriller, als mir lieb ist.

»Ja?« Der Conte und Leonardo drehen sich wie auf Kommando um.

»Nichts, ich wollte Sie nur um einen Gefallen bitten.« Ich schalte meinen Ton wieder auf den *Herzlich*-Modus. »Wenn es möglich ist, sagen Sie doch bitte Olga, sie soll im Vestibül nicht putzen. Staub wäre den Restaurierungsarbeiten nicht sehr zuträglich.«

»Natürlich, machen Sie sich keine Gedanken«, beruhigt Brandolini mich. »Das hat man ihr bereits gesagt.«

Wieder spüre ich Leonardos Blick auf mir ruhen. Ich versuche ihn zu ignorieren, doch das ist unmöglich. Seine Augen sind wie Magnete.

»Danke«, antworte ich und versuche mich durch eine Drehung dem Bannstrahl seines Blicks zu entziehen. Die beiden grüßen und gehen.

Ich hole tief Luft, um dieses seltsame Gefühl der Unruhe abzuschütteln – ohne großen Erfolg –, und mache mich gleich an die Arbeit: Ich möchte unbedingt das Blau ausprobieren, das ich gerade gekauft habe. Ich gehe zum Wasserhahn in der Küche und fülle meine Karaffe mit der Filterkartusche zur Hälfte. Der Kalkgehalt des Wassers in Venedig ist tödlich für Fresken und schadet der Leuchtkraft der Farben ernsthaft. Das habe ich von ganz allein herausgefunden, zu meinem Leidwesen während eines Auftrages, und es ist eine Entdeckung, auf die ich sehr stolz bin.

Ich höre die Stimmen und Schritte der beiden Störenfriede aus dem rechten Flügel des Palazzos. Daran werde ich mich ab jetzt wohl gewöhnen müssen. Wie das genau gehen soll, weiß ich allerdings noch nicht. Ich hoffe bloß, dass dieser Leonardo ein diskreter Zeitgenosse ist. *Hoffentlich bleibt er den ganzen Tag in seinem Restaurant und verbringt die restliche Zeit auf seinem Zimmer,* denke ich. *Ich hab echt keine Lust, dass er mir zwischen den Füßen herumläuft.*

Wenn ich ehrlich zu mir bin, bereitet mir seine Anwesenheit irgendwie Unbehagen.

Ich gehe auf der Schutzfolie auf die Knie und beginne, drei Probenbecher mit weißen und blauen Pigmenten in verschiedenen Mischungsverhältnissen anzurühren. Die Farbe des Gewandes von Persephone scheint im Gegensatz zum Granatapfel nicht allzu problematisch zu sein. Beim dritten Becher habe ich bereits fast den richtigen Ton getroffen. Noch bin ich in der Testphase, doch meinem Hang zu Perfektionismus muss Rechnung getragen werden. Außerdem möchte ich ausprobieren, ob die Pigmente wirklich von guter Qualität sind.

»Liebe Elena, ich gehe dann jetzt.« Brandolini taucht wieder im Vestibül auf. Er ist jetzt allein. »Ich lasse Sie in guter Gesellschaft zurück. Sie werden sehen: Mit Leo kommen Sie ausgezeichnet zurecht.«

Das ist schon das zweite Mal, dass er das sagt, und ich weiß nicht, warum mir das wie ein schlechtes Omen vorkommt. Brandolini fährt mit dem Zeigefinger über die Klinke der Seitentür, als wolle er einen Hauch Staub wegwischen, der gar nicht da ist. »Frohes Schaffen weiterhin. Auf Wiedersehen.«

»Auf Wiedersehen, Signor Conte ... ich wollte sagen, Jacopo.«

Mittlerweile ist es schon fast sechs, und Leonardo hat sich bislang noch nicht wieder blicken lassen. Eine Weile habe ich klassische Musik aus dem oberen Stockwerk gehört, doch irgendwann wurde es still. Schätzungsweise hat er den ganzen Nachmittag verschlafen; wenn er direkt aus New York kommt, muss er erst mal seinen Jetlag überwinden. Jedenfalls ist es mir nur recht, wenn er in seinem Bau bleibt und nicht herauskommt.

Ich gehe ins Bad. Zeit für eine kleine Runderneuerung. Ich ziehe mein Arbeits-T-Shirt und die Jeans aus und eine saubere Hose sowie ein Baumwollhemd an, die ich mir in einer Sporttasche mitgebracht habe. Das entspricht genau meiner Vorstellung von Eleganz, da kann Gaia sagen, was sie will.

Heute Abend bin ich bei meiner Familie eingeladen. Mein Vater feiert seinen Ausstand aus der Marine mit einem festlichen Abendessen, zu dem die offizielle Bekanntmachung allerdings noch aussteht. *Nach fünfundvierzig Jahren verdienstvoller Tätigkeit zieht sich Lorenzo Volpe ins Privatleben zurück.*

Es ist eine Ironie des Schicksals, dass ausgerechnet ich als Tochter eines ehemaligen Seemannes schwimme wie eine bleierne Ente. Daran ist vielleicht meine Mutter schuld, die mich während unserer Sommerferien am Lido aus Angst, dass ich vom Schwimmen nicht mehr zurückkäme, immer gleich zurückpfiff, sobald ich mich zu sehr vom Ufer entfernte. Ich bin mir sicher, dass ich meinen ängstlichen und, das muss ich zugeben, ein wenig zur Paranoia neigenden Charakter ihr verdanke. Während mein Vater ganz laut »Hier!« geschrien haben muss, als es um die Verteilung von grenzenloser Tollkühnheit und bedingungsloser Hingabe an seinen Beruf ging.

Ich weiß jetzt schon, wie das nachher laufen wird: Kaum habe ich die Schwelle meines Elternhauses überschritten, kommt mir meine Mutter entgegen und sagt, ich sei viel zu dünn. Außerdem sähe ich müde aus und sei obendrein viel zu nachlässig gekleidet. Auch meine akribischen Bemühungen, meinen Stress mit Rouge und Lippenstift zu kaschieren, werden mir da nichts nutzen.

Papa hingegen wird mich den ganzen Abend schweigend beobachten. Und wenn ich dann wieder aufbreche, wird er mich mit geschwellter Brust und auf dem Rücken verschränkten Händen zur Tür begleiten und skeptisch fragen: »Alles in Ordnung?«

Erst wenn ich mit »Ja« antworte, wird er mich gehen lassen. Das kenne ich schon alles.

»Wenn du irgendwas brauchst, weißt du, wo du uns findest«, wird er dann sagen. »Wir sind immer für dich da.«

Und ich? Ich werde ihm wie üblich sagen, dass er sich keine Sorgen machen solle, und ihm einen Kuss auf die Wange geben. Und dann werde ich in heiterer Stimmung und so entspannt den Heimweg antreten, wie es nur der Fall ist, wenn ich bei meinen Eltern war.

Es ist eine Weile her, seit ich sie zuletzt gesehen habe, und ich habe richtig Lust, mich ein bisschen verwöhnen zu lassen.

Ich reibe vor dem Spiegel die Lippen aufeinander, um

den Lippenstift besser zu verteilen, den ich etwas nachlässig aufgetragen habe, werfe alles in die Tasche und bin zu allen Schandtaten bereit. Bevor ich hinausgehe, werfe ich noch einen verstohlenen Blick auf die Treppe. Leonardo scheint sich immer noch in seinen Gemächern verschanzt zu haben, und ich weiß nicht, ob ich ein »Wiedersehen« hochrufen soll. Vielleicht ist das ja aber auch gar nicht angebracht.

Ich entscheide mich dagegen.

Als ich die massive Holztür hinter mir schließe, achte ich darauf, keinen Lärm dabei zu machen, und als ich auf der Straße stehe, drehe ich mich instinktiv noch einmal um, um mir den Palazzo anzuschauen. Auf der Beletage, dem Piano Nobile, brennt Licht. Es ist ein sonderbarer Gedanke, dass ich ab heute nicht mehr allein mit meinem Fresko sein werde.

Es ist später Nachmittag an einem langweiligen, aber ungewöhnlich heißen Sonntag in Venedig. Ich bin mit Gaia zum Aperitif im *Muro* im Rialto-Viertel verabredet. Vorhin hat sie mir am Telefon ernsthaft gedroht: »Wenn du nicht wie eine Frau angezogen kommst, lass ich dich vom Türsteher hochkant rausschmeißen!« Gewöhnlich ignoriere ich ihre Ratschläge, doch ab und zu gefällt es mir auch, etwas zu tun, was sie zufriedenstellt. Ein Paar furchterregende High Heels mit Zwölf-Zentimeter-Absätzen anzuziehen kommt zwar nicht in Frage, dafür habe ich mich aber für Sandalen aus grünem Wildleder mit mittelhohem Absatz entschieden. Dazu trage ich ein winziges, ärmelloses Kleidchen mit schwarzem Blazer.

Diese Geste verlangt mir großen Mut ab: Weiblicher als so kann ich mir mich nämlich beim besten Willen nicht vorstellen. (Na ja, vielleicht hätte ich ja bei der Frisur ein bisschen mutiger sein können … jetzt habe ich eben nur diesen braven Bubikopf.) Ich weiß allerdings jetzt schon, dass ich für meine Entscheidung büßen muss, weil man im abendlichen Venedig zu Fuß ständig treppauf, treppab über Brücken und Kopfsteinpflaster unterwegs ist. Ein Wassertaxi kostet ungeheuer viel, und außerdem verkehren die Vaporetti auch nur schleppend. Hoffentlich sieht Gaia ein, welches Opfer ich ihr damit bringe.

Im *Muro* ist es bereits rappelvoll. Alle Gäste drängen sich zwischen dem Tresen und den großen Fenstern, die auf den Campo hinausgehen. Die Vorstellung, mich in dieses Gemetzel stürzen zu müssen, erfüllt mich nicht gerade mit Begeisterung, aber es muss wohl sein, und wenn es nur dazu dient, der geradezu übermenschlichen Anstrengung, die es mich gekostet hat, es auf hohen Absätzen bis hierher zu schaffen, einen Sinn zu verleihen. Mit ein paar gezielten Ellbogenremplern (die einem Topmodel am Ende seiner Karriere durchaus zur Ehre gereicht hätten) gelingt es mir schließlich, mir durch die dichte Menge vor der Eingangstür einen Weg zu bahnen. Und tatsächlich: Mit wenigen, entschlossenen Schritten lande ich unversehrt im Lokal. Hier herrscht ein vollkommenes Tohuwabohu – die Filmmusik zu diesem Streifen würde bestimmt keinen Blumentopf für dezente Untermalung gewinnen –, und die alkoholbedingte Erheiterung hat bereits ein solch bacchantisches Maß erreicht, wie man es um gerade mal sieben Uhr wohl kaum erwarten würde. Da ich selbst praktisch nie trinke, fühle ich mich in Situationen, in denen alle dem Alkoholgenuss frönen, immer etwas unwohl. Gaia hingegen ist durchaus dazu in der Lage, sich innerhalb einer Stunde drei Mojitos reinzupfeifen, ohne sich auch nur einen leichten Schwips anmerken zu lassen.

Und da ist sie, die Königin der mondänen Welt! Wie ein Schlachtschiff schippert sie von einem Tisch zum nächsten und beglückt alle mit ihrem zwinkernden Lächeln und honigsüßen Begrüßungen in einer Tonhöhe jenseits des Ultraschalls. Ihr blonder Pferdeschwanz wippt munter über den Köpfen der Menge hin und her. Gaia ist schon von Natur aus groß, trägt aber wie immer Absätze in Kampfhöhe. Jetzt ist sie inmitten eines Grüppchens von Leuten stehen geblieben, die ich auch kenne. Ich stelle mich auf die Zehenspitzen und mache ihr aus der Ferne ein Zeichen. Zum Glück hat sie mich bereits auf dem Radar und gibt mir mit einem heftigen Winken zu verstehen, ich solle zu ihr kommen. Mit einigen beherzten Remplern stürze ich mich in die menschlichen Fluten und stehe kurze Zeit später vor ihr.

»Endlich! Wo zum Henker warst du nur?« Sie drückt mir ein Küsschen auf die Wange. Dann scannt ihr prüfender Blick mich kritisch von Kopf bis Fuß. Filmreif, ihr Auftritt. An Dramatik kaum zu überbieten. »Und diese Sandalen da? Ein hochmodisches Grün … Gut gemacht, Ele, das gefällt mir!«, trötet sie schließlich.

Prüfung bestanden. Wenigstens muss ich mich heute nicht mehr mit dem Türsteher herumschlagen.

»Und, wie ging es vorgestern Abend mit deinem Radler?«, flüstere ich Gaia ins Ohr und kneife sie vertraulich in die Hüfte.

»Er war nicht da.« Gaia zieht ein nur wenig glaubhaftes, niedergeschlagenes Gesicht. »Ich fürchte, der hat momentan echt anderes im Kopf …«

»Ach komm!«, sage ich und täusche Erstaunen vor.

Jetzt winkt sie ab. »Auch schon egal. Ich lass mich doch nicht auf Belotti festnageln! Nein, nein, nein, nein, nein! Kommt gar nicht in Frage!« Kurz verdüstert sich ihre Miene. Und dann gesteht Gaia leise: »Na ja, das heißt … ein

Plätzchen in meinem Herzen wird er immer haben, aber das muss er schon selber herausfinden. Wenn er mich will, muss er kommen, um mich zu holen.«

»Das wird schon …« Ich begreife immer noch nicht, was sie an dem Typen findet. Die unergründlichen Mysterien der Liebe. Oder, im Fall von Gaia, die unergründlichen Mysterien der Hormone.

»Außerdem habe ich mir gestern im *Piccolo Mondo* Thiago Mendoza geschnappt. Du weißt schon, das Armani-Model? Wir haben Telefonnummern ausgetauscht«, kichert sie jetzt.

»Du lässt nichts anbrennen, oder?« Ich kenne Gaias neueste Errungenschaft nicht, aber es ist typisch, dass sie sich nach einer Enttäuschung gleich auf die nächste Eroberung stürzt.

Sie bricht in schallendes Gelächter aus und wendet sich dann an den Rest der Gruppe: »Leute, ich hab Durst. Noch einen Sprizz für alle?«

Die Gruppe nickt brav, worauf Gaia mich am Unterarm nimmt und mich erneut in die Schlacht führt.

»Nico, machst du mir bitte acht Aperol Sprizz?«, bittet sie den Barmann, stellt sich an den Tresen und klimpert ausgiebig mit den dick getuschten Wimpern.

»Sofort, *amore*.«

Das ist typisch für Venedig, dass Männer wie Frauen sich bereits mit *amore* anreden, wenn man sich gerade mal eine Stunde kennt. Da macht auch Nico, Barmann und Möchtegernschauspieler, keine Ausnahme.

»Und eine Coca-Cola für meine Freundin«, fügt Gaia hinzu und kommt meinem Getränkewunsch zuvor.

Indessen ist auch der Rest des Grüppchens an den Tresen getreten, wie von Zauberhand tauchen die Drinks auf und werden mit einem kurzen Anstoßen weitergegeben.

»Gehen wir eine rauchen«, schlägt einer vor, und die ganze Herde zockelt einträchtig nach draußen. Gaia bleibt bei mir und nimmt auf dem Barhocker vor mir Platz. Die Coca-Cola lässt auf sich warten.

»Kommt denn auch Filippo zum Essen mit?«, fragt Gaia.

»Ich glaube schon.«

»Ich freue mich, ihn mal wieder zu sehen.«

Als ich Filippo kennenlernte, war Gaia bereits eine Weile nicht mehr an der Uni. Als ich sie einander vorstellte, entdeckten die beiden ziemlich schnell, dass sie gemeinsame Freunde haben. Venedig ist ein Dorf, und irgendwann kennt man so ziemlich alle, besonders, wenn sie mit dem Party-Virus infiziert sind wie Gaia.

Auf einmal ruft sie jemand aus dem Chill-Bereich mit den Sofas. »Entschuldige, ich muss nur schnell jemanden begrüßen«, sagt sie und ist bereits vom Hocker gehüpft.

»Geh schon, geh«, antworte ich. »Tu nur deine Pflicht!«

Gaia zwinkert mir zu und macht sich für einen kleinen Catwalk in ihren hautengen Jeggings bereit, wobei es sich, wie ich erst kürzlich – natürlich durch sie – erfahren habe, um Jeans handelt, die so eng anliegen, dass ihrer Trägerin jederzeit der Erstickungstod drohen kann. Gaia trägt die Dinger oft, obwohl sie etwas dicke Waden hat, wie ich finde. Das ist ihr größter Makel – doch sie denkt gar nicht daran, deshalb auf modische Statements zu verzichten. Ich genieße die Show von meinem Hocker aus: ihre katzenartigen Bewegungen, das Ringerhemdchen aus leicht verschossenem Baumwollstoff, das der Fantasie nur wenig Raum lässt. (Auch wenn der Inhalt des Ausschnitts zum größten Teil einem gefütterten Push-up geschuldet ist, denn in natura hätte Gaia nur ein A-Körbchen ... Aber das wissen außer mir nur die Männer, mit denen sie ins Bett gegangen ist).

Endlich stellt Nico mir meine Cola hin.

»Könntest du mir noch ein bisschen Eis reintun?«, frage ich ihn.

»Willst du auch Zitrone, *amore*?«

»Ja, danke.«

Ich nehme gerade einen ersten Schluck aus dem Strohhalm, als mein Handy vibriert. Eine SMS von Filippo.

Bibi, ich verspäte mich.
Komme in einer halben Stunde.
Bussi

Ich antworte ihm gleich, in der Hoffnung, dass er in die Gänge kommt.

Okay, wir warten auf dich.

Kaum habe ich ihm geantwortet, legt sich eine Hand auf meine nackte Schulter. Ich drehe mich um, und vor mir steht Leonardo Ferrante, *der Mieter.*

»Salve, Elena«, begrüßt er mich. »Venedig ist wirklich ein Dorf.« Leonardo sieht immer noch ziemlich ramponiert aus, finde ich – das Hemd hängt aus einer zerknitterten Hose –, doch er scheint sich aufrichtig darüber zu freuen, mich zu sehen.

»Hallo …« Ich fühle mich ein wenig überrumpelt und rutsche unsicher auf meinem Hocker herum. Ob ich mich umgekehrt auch freue, ihm zu begegnen, weiß ich nicht so recht. Dieser Mann ist mir wirklich ein Rätsel. In seiner Anwesenheit kann ich nicht mehr klar denken. Und das ist nicht in Ordnung.

Ohne Aufforderung nimmt er neben mir Platz und richtet seine rabenschwarzen Augen auf mich. »Bist du allein hier?«, fragt er ganz unverblümt und berührt mich ganz leicht am Arm, was mich aus unerfindlichen Gründen in noch tiefere Verwirrung stürzt.

»Nein, ich bin mit Freunden da«, antworte ich dann hektisch und fuchtele ein wenig mit der Hand in der Luft herum, um anzudeuten, dass sie zwar gerade alle irgendwo verstreut, aber durchaus vorhanden sind.

Da ist etwas an Leonardo, das mich trifft wie ein Schlag in die Magengrube.

Ich möchte, dass er geht.

Vielleicht.

Plötzlich dreht er sich zu einer Gruppe von Leuten um, die gerade an einem Tisch Platz nehmen. »Bestellt schon mal«, ruft er in befehlsgewohntem Ton. »Ich bin gleich bei euch.« Dann wendet er sich an mich: »Das ist die ganze Belegschaft aus dem Restaurant. Meine Mitarbeiter«, erklärt er mit einem Nicken in Richtung Tisch.

»Ach, aber wenn Sie gehen müssen …«, beeile ich mich zu antworten.

»Nein, nein, es freut mich, dass ich dich getroffen habe«, sagt Leonardo und strahlt mich begeistert an. Damit ist es also offiziell: Obwohl ich ihn nach wie vor sieze, hat er beschlossen, ebenso hartnäckig beim vertrauteren Du zu bleiben.

»Was hältst du davon, mich zu duzen?«, fragt Leonardo auch prompt.

Ich runzele die Stirn und schaue auf meine Hände hinab. Kann der Knabe Gedanken lesen?

»Ja, klar«, murmele ich.

Nur aus Höflichkeit und um meine Verlegenheit zu überspielen, beschließe ich, Konversation zu machen. »Ich hab mich bemüht, leise zu sein, als ich gestern den Palazzo verlassen habe. Hoffentlich habe ich dich nicht geweckt«, sage ich und werde rot. Sofort bereue ich, was ich da gerade gesagt habe. Müsste nicht vielmehr *er* darum besorgt sein, mich nicht zu nerven? Wieso meine ich eigentlich, mich rechtfertigen zu müssen?

»Keine Sorge, wenn ich schlafe, höre ich überhaupt nichts.«

Leonardo richtet den Blick auf den Barista, der sich in der Zwischenzeit genähert hat. »Für mich einen Martini Bianco«, höre ich ihn jetzt sagen.

Nico füllt ein Glas, und Leonardo zückt gleich den Geldbeutel.

»Ihres geht auch auf mich«, sagt er und nickt in meine Richtung.

»Nein, das ist doch nicht nötig …«, sträube ich mich und greife rasch in meine Handtasche. Er hält meine Hand fest. Mein Handgelenk wirkt in seiner Pranke winzig. Leonardos Griff ist leicht, aber bestimmt. Er schüttelt kaum wahrnehmbar den Kopf, und ich strecke die Waffen.

»Na gut … Also dann … danke.«

Während er seinen Martini schlürft, blickt er starr auf mein Glas. »Wieso trinkst du keinen Alkohol?«

»Ich trinke nie«, rechtfertige ich mich mit einem Achselzucken.

»Schlecht, sehr schlecht«, lächelt er ein wenig schief. »Wer nur Wasser trinkt, hat etwas zu verbergen.«

»Aber ich trinke nicht bloß Wasser. Da hier zum Beispiel ist Cola.«

Leonardo lacht und bleckt dabei seine weißen Beißerchen. Irgendwie habe ich den Eindruck, dass er nicht über meine Äußerung lacht, sondern über mich. Dann nimmt er noch einen Schluck aus seinem Schwenker und fixiert mich mit ernster Miene.

»Es stört dich, dass ich im Palazzo wohne.«

»Nein …«, antworte ich automatisch und halte sofort

inne. Das war keine Frage, sondern eine Feststellung, und es liegt auf der Hand, dass er mit meiner falschen Höflichkeit nichts anfangen kann. Deshalb versuche ich es noch einmal von vorn: »Klar hätte ich es vorgezogen, allein dort arbeiten zu können«, sage ich in einem Anflug von Tollkühnheit. »So bin ich nun mal. Ich kann mich einfach nicht konzentrieren, wenn Leute um mich herum sind. Restaurieren sollte man am allerbesten in möglichst isolierter Umgebung.«

Ich rechne damit, dass Leonardo jetzt etwas in der Art sagt wie: »Ich verstehe und werde mich bemühen, dich so wenig wie möglich zu stören.« Aber Fehlanzeige. Er sitzt nur da und blickt mich forschend an, als wäre ihm gerade etwas klar geworden, was mir entgangen ist.

Urplötzlich streckt er eine Hand nach mir aus. Ich weiche instinktiv ein Stück zurück – wann habe ich dem Typen eigentlich die Erlaubnis gegeben, mich zu berühren? –, aber seine Finger wühlen sich in meine Haare, dort, wo die Spitzen den Hals berühren.

»Vorsicht, der ist dir aufgegangen.«

Zwischen Daumen und Zeigefinger hält er einen meiner Ohrringe. Ich schaue ihn etwas perplex an, nehme das Schmuckstück dann rasch entgegen und befestige es wieder an meinem Ohrläppchen.

»Das passiert oft, die sind irgendwie kaputt«, rechtfertige ich mich und weiche seinem Blick aus. Eine Mischung aus den verschiedensten Rottönen ergießt sich über mein Gesicht. Jetzt wäre es mir wirklich recht, wenn er endlich abdampfen würde.

Glücklicherweise ruft in diesem Moment einer seiner Mitarbeiter nach ihm. Leonardo nickt ihm zu und wendet sich dann noch einmal an mich. »Entschuldige, ich muss zu meinen Leuten«, sagt er. »Wir sehen uns morgen.«

»Klar. Bis morgen.«

Ich schaue ihm hinterher, wie er sich seiner Gruppe am Tisch anschließt, und merke, während ich noch einmal den Sitz meines abtrünnigen Ohrrings kontrolliere, wie diese absurde Verlegenheit von vorhin langsam von mir abfällt.

Kurz darauf taucht Gaia wieder auf, der es offenbar gelungen ist, sich von ihren PR-Pflichten loszueisen. Sie lässt sich wieder auf dem Hocker nieder und richtet einen beinahe inquisitorischen Blick auf mich. Ich bereite mich innerlich auf ihre peinliche Befragung vor.

»Ele, *Schätzchen …«,* sagt sie, und ich merke schon an ihrem Ton, worauf sie hinauswill. »Was war das denn für ein Typ?«

»Wer?«

»Jetzt tu doch nicht so«, fährt sie mir über den Mund. »Der, mit dem du bis vor wenigen Minuten gequatscht hast.«

»Das ist der Knabe, den Brandolini mir freundlicherweise im Palazzo vor die Nase gesetzt hat. Er heißt Leonardo und ist Küchenchef.« Ich gebe meiner Stimme einen leicht genervten Klang.

»Interessant …« Gaia beobachtet ihn aus der Ferne. »Wie alt ist er denn?«

»Was weiß ich? Ich habe bloß ein paar Worte mit ihm gewechselt.«

»Den hättest du mir aber schon mal vorstellen können … der ist ja wohl zum Umfallen sexy!«

»*Mamma mia,* Gaia, du bist aber auch immer auf der Jagd!« Ich breite die Arme aus. »Dabei verstehe ich wirklich nicht, was du an dem findest, das ist doch ein Grobian«, sage ich und schaue mir Leonardo zur Sicherheit selbst noch mal etwas genauer an.

»Jedenfalls ist er nicht von schlechten Eltern. Das ist ein

richtiger Mann, kein Warmduscher, wenn du mich fragst, Ele …« Gaia beißt sich auf die Lippe.

Ich suche nach Worten, um ihr zu widersprechen, aber mir fällt nichts ein.

»He, Mädels!« Eine wohlbekannte Stimme rettet mich vor einer Lektion in Sachen männlicher Anatomie, die Gaia gerade anstimmen wollte.

Filippo drängt sich durch die Zecher und gibt uns beiden zur Begrüßung ein Küsschen auf die Wange. »Entschuldigt, aber ich hatte ein Problem im Büro. Dieser Sack von Zonta lässt mich sogar sonntags zur Arbeit antanzen. Der und seine stinkreichen Klienten … Gaia, wie lange haben wir uns nicht mehr gesehen?«

»Etwa zwei Jahre, Filippo. Und sag mir jetzt bitte, ich sei um keinen Tag gealtert, auch wenn du in Wirklichkeit was anderes denkst.«

Wir brechen alle drei in Gelächter aus. Gaia reicht ihm einen Sprizz. »Dann trinkst du den jetzt, und anschließend gehen wir essen.«

»Habt ihr schon beschlossen, wohin es gehen soll?« Filippo nippt gehorsam an seinem Cocktail.

»Warum gehen wir nicht in dieses vegetarische Restaurant im Ghetto?«, schlage ich vor, schließe aber sofort aus ihren Blicken, dass meine Idee auf keine große Gegenliebe stößt.

»Ele«, sagt Gaia, »wie soll ich das sagen … du und deine fixen Ideen zum Thema Fleisch gehen mir langsam auf den Keks.«

»Na gut, ich hab nichts gesagt. Auch egal.« Ich ziehe einen kleinen Flunsch, bin aber eigentlich nicht wirklich beleidigt.

»Dann gehen wir doch zu *Mirai*«, mischt sich Filippo ein. »Das japanische Restaurant in Cannaregio.«

»Ja!«, ruft Gaia begeistert. »Ich liebe Sushi, und die machen das wirklich göttlich dort.«

»Na gut, dann kriege ich wenigstens ein bisschen Reis und Gemüse.«

»Also, sind wir uns einig?« Filippo schaut mich an, als wollte er sagen: »Hab ich nicht einen guten Kompromiss gefunden?«

Ich lächele ihm zu und nicke. »Also los, gehen wir.«

Das Abendessen bei *Mirai* war angenehm. Am Ende saßen wir zu zehnt am Tisch, weil Gaia im *Muro* die Einladung auf ein paar Leute ausgedehnt hatte, die ihr über den Weg gelaufen waren. Offenbar war das ein geplanter Schachzug, denn am Ende konnte sie als Königin der Nacht die gesamte Truppe ihrer Untertanen ins *Piccolo Mondo* abschleppen, eine der Diskotheken, für die sie PR macht. Alle außer mir und Filippo.

Nachdem ich die Einladung in den Tanzschuppen abgelehnt habe, schlägt Filippo mir vor, den Abend weiter mit ihm zu verbringen, und jetzt ziehen wir gemeinsam durch die Gassen. Es sind immer noch Leute unterwegs und die Temperaturen noch so mild, dass man Lust hat, sich draußen aufzuhalten. Die Bars sind voller Leute, und ab und zu sehen wir jemanden heraustorkeln. Auch ich fange langsam zu schwanken an, allerdings nicht aufgrund des Alkohols, sondern wegen meiner Sandalen, die mich schrecklich quälen.

»Warte mal kurz«, winsele ich. »Ich kann gleich nicht mehr! Lass uns einen Moment stehen bleiben.«

Kaum habe ich meinen Satz vollendet, lasse ich mich bereits auf eine leere Bank fallen und wühle in der Hoffnung, ein Pflaster zu finden, in meiner Handtasche. Nichts. Ich hatte sogar tatsächlich daran gedacht, welche mitzunehmen, bevor ich das Haus verließ, es dann jedoch vergessen. Als ich vorsichtig die Sandalen ausziehe, sind meine Füße rot und geschwollen, die Riemchen haben tiefe Striemen im Fleisch hinterlassen. *Wer schön sein will, muss leiden,* denke ich mit einem lautlosen Seufzer.

»O Gott, was habe ich euch bloß angetan«, murmele ich meinen geschundenen Extremitäten zu und beginne, den Fuß zu reiben. Aber es ist ein hoffnungsloser Fall.

Kurzerhand nimmt Filippo meinen rechten Fuß und legt ihn sich aufs Knie, wodurch ich gezwungen bin, ihm meinen ganzen Körper zuzudrehen.

»Was machst du denn?«, frage ich überrascht.

»Kleine Notbehandlung«, erwidert er und beginnt mit dem Massieren. Er scheint tatsächlich etwas davon zu verstehen, denn ich spüre sofort, wie das Blut wieder zu zirkulieren beginnt. Eine Weile gebe ich mich einfach nur dieser Wohltat hin und genieße die Berührung seiner weichen Hände, die sich an meinen Füßen zu schaffen machen. Dann jedoch weicht das Wohlgefühl ganz allmählich Verlegenheit. Da sitze ich, hingegossen auf eine Parkbank, mitten in der Nacht, mit Filippo, der mir die Füße massiert. Es ist eine etwas sonderbare Situation … und was er da tut, ist für uns beide deutlich zu intim. Ich schaue ihn an und merke, dass auch er mich betrachtet. Aber sein Blick ist nicht der eines guten Freundes. Unsere Gesichter sind sich jetzt ganz nah. Gleich werden wir uns küssen – ich spüre, dass es gleich passieren wird. Ich will es, aber ein bisschen macht es mir auch Angst. Ich halte die Luft an …

Ein Handy klingelt und bringt uns unsanft in die Wirklichkeit zurück. Es ist meins.

»Ele, entschuldige, dass ich so spät noch anrufe. Hast du schon geschlafen?«

Es ist Gaia.

»Nein, nein …«

Der Zauber ist gebrochen. Ich ergreife wieder Besitz von meinen Füßen und stecke sie rasch in die Sandalen zurück. Während ich die Riemchen schließe, werfe ich Filippo einen Blick schräg von der Seite zu: Er wirkt irgendwie enttäuscht, und vielleicht bin ich das auch. Aber da ist nichts mehr zu machen, jetzt fordert Gaia meine gesamte Aufmerksamkeit. »Hörst du mich – wo bist du?«

»Ja, entschuldige. Ich bin noch unterwegs …«

»Du, hör mal, ich steck in der Patsche! Ich hab im *Piccolo Mondo* mit Frank gestritten … das ist vielleicht ein Bekloppter, ruft mich ins Büro hoch und fängt an, mich zu beschimpfen, weil ich ihm das letzte Mal angeblich nur Abschaum in die Kneipe gebracht habe. Ich bin einfach gegangen und hab die Tür hinter mir zugeknallt. Dabei hab ich allerdings meine Schlüssel auf seinem Schreibtisch liegen lassen.«

»Und kannst du nicht mehr zurück, um sie zu holen?«

»Nein, Ele, ich will dieses Arschloch nicht mehr sehen. Ich gehe morgen hin, wenn die Disko geschlossen und er nicht da ist. Aber heute … nee, beim besten Willen nicht. Sag, kann ich vielleicht bei dir übernachten?«

»Klar, ich warte zu Hause auf dich. Bis gleich.«

»In zwei Minuten bin ich da.«

Zwei Minuten? Dann war sie sich also sicher, dass ich Ja sagen würde!

Ich drücke auf Aus und wende mich Filippo zu. »Entschuldige, aber Gaia kommt noch zu mir, sie hat ihre Hausschlüssel liegen lassen und braucht jetzt eine Schlafgelegenheit.«

Er lächelt, aber in seinen Augen steht auch ein Hauch von Bedauern, als er sagt: »Kein Problem, Ele, ich bring dich noch zum Vaporetto.«

Fast schweigend warten wir eine Viertelstunde, und unsere Verlegenheit ob des verpassten Kusses liegt spürbar in der Luft. Nur ab und zu tauschen wir ein paar höfliche Floskeln aus, um die Anspannung etwas aufzulockern. Als das Vaporetto endlich da ist, kommt es mir vor wie der berühmte Märchenprinz, der zu meiner Rettung eilt. Ich habe es eilig, einzusteigen.

»Bibi … du meldest dich doch, oder?«, fragt mich Filippo von der Anlegestelle aus.

»Klar, bis bald«, antworte ich und winke. Dann gleite ich auf dem Wasser davon.

Vor meiner Haustür treffe ich auf Gaia, die immer noch stinksauer ist. Während wir die Treppe hochsteigen, erzählt sie mir haarklein, wie der Streit mit Frank vonstatten ging, und einen kurzen Moment lang werde ich von meinen Gedanken an Filippo abgelenkt. Aber ich muss sie daran erinnern, die Stimme zu senken; es ist spät, und in meinem Haus schlafen bereits alle.

Während wir im Bad stehen und uns abschminken, merke ich, dass Gaia mich im Spiegel beobachtet.

»Sag mal, du verschweigst mir doch nicht etwas, oder?« Da ist sie wieder, die Großinquisitorin, und sofort legt sie auch schon die Daumenschrauben an.

»Und was sollte ich dir verschweigen?«, nuschele ich, weil ich mir gerade die Zähne putze.

»Ich weiß nicht, du und Filippo, ihr habt doch etwas zu verbergen. Kann es sein, dass ich euch vorhin bei irgendwas unterbrochen habe?«

»Gaia, wir sind bloß gute Freunde.«

Das überzeugt sie jedoch nicht im Geringsten. »Mmm … meiner Meinung nach steht er auf dich. Nein, er stand schon immer auf dich.«

Ich zucke mit den Achseln.

»Und du? Stehst du auf ihn?«

»Ich weiß nicht. Hab noch nie so richtig drüber nachgedacht.« Und das entspricht auch der Wahrheit. Wenigstens bis heute Abend …

Wir schlüpfen in meinem breiten Doppelbett unter die Decke, und irgendetwas an der Sache versetzt uns plötzlich in alberne Stimmung. Gaia pfeffert mir ein Kissen ins Gesicht, und sofort müssen wir an all die Pyjamapartys und Kissenschlachten zurückdenken, die wir früher gemacht haben. Wir lachen und lachen, über die Hühnchen, die wir einmal waren, und was jetzt aus uns geworden ist. Schließlich knipse ich die Nachttischlampe aus, und wir wünschen uns schöne Träume.

Doch kaum bin ich eingenickt, da reißt mich Gaias Stimme noch einmal aus dem Schlaf.

»Ele …«

»Hm?«, antworte ich verschlafen.

»Aber dieser Leonardo … du sagtest doch, der wohnt in dem Palazzo, wo du arbeitest?«

»Ja.«

»Und wo genau?«

»Das erkläre ich dir morgen«, gähne ich. »Und jetzt schlaf.«

• 3 •

»Ele!«

Jemand rüttelt mich an der Schulter.

»Komm schon, Ele, aufwachen!« Die Stimme von Gaia bringt mich unsanft in die Wirklichkeit zurück.

»Was is denn?«, brumme ich mit belegter Stimme.

»Mist, mir ist eingefallen, dass ich Contini am Flughafen abholen muss … den Regisseur … Er hat einen Termin im Atelier von Nicolao wegen der Kostüme für seinen nächsten Film.«

Der Duft von frisch gebrühtem Kaffee steigt mir angenehm in die Nase.

»Aber wie viel Uhr ist es denn?«

»Es ist Viertel nach sieben. Ich hoffe bloß, dass der Flug aus Rom Verspätung hat.«

Ich reibe mir die Augen, um besser zu sehen. Gaia ist bereits angezogen und geschminkt. Ich weiß nicht, wie sie es schafft, sich immer noch auf den Stiefelchen von gestern Abend auf den Beinen zu halten.

»Ich muss los. Der Kaffee ist fertig und steht auf dem Herd.« Sie gibt mir ein Küsschen auf die Wange. »Danke für deine Gastfreundschaft.«

»Keine Ursache«, brummele ich und drehe mich auf die Seite. »Ist doch herrlich, wenn einem jemand die ganze Nacht Tritte verpasst.«

Gaia verwuschelt mir die Haare und macht die Tür hinter sich zu. Jetzt muss ich von ganz allein versuchen, den

Schlaf abzuschütteln. Ich folge ihr in Gedanken die Treppe hinunter, stelle mir vor, wie sie schon wieder an ihrem BlackBerry hängt und über Klamotten, Accessoires und Flitter parliert. Mit einer Anstrengung, die mir schier unmenschlich vorkommt, stütze ich mich auf dem Kopfende des Bettes auf. Mein Körper ächzt. Vielleicht sollte ich ja doch einmal in Erwägung ziehen, mit Gaia ins Fitnessstudio zu gehen. Ganz sicher sieht man ihr ihre neunundzwanzig Jahre nicht an – mit ihrer Energie ist sie einfach nicht zu bremsen.

Die Vorstellung von mir, wie ich im Fitnesstudio in bunten Leggings vor einem Spiegel ungelenk zu irgendwelchen Beats herumhampele, bringt allerdings jede Begeisterung für die Konservierung eines jugendlichen Körpers sofort wieder zum Erliegen. Dann werde ich wohl mit knirschenden und eingerosteten Gelenken leben müssen und mir daraus eine schöne Ausrede basteln.

Ich steige aus dem Bett und stürze mich auf meinen Kleiderschrank, wo ich wahllos nach einem Rock und einem sportlichen T-Shirt greife und mich dann ins Badezimmer trolle.

Vor der Haustür empfängt mich das erste Licht dieses Oktobermorgens. Es ist ein zartes Licht, das wärmt, ohne zu blenden. Heute nehme ich nicht das Vaporetto, weil es von San Vio zur Ca' Rezzonico nur etwa zehn Minuten zu Fuß sind, die ich mir heute gönnen möchte.

Ganz allmählich gewöhne ich mich an die Helligkeit. Heute dürfen mich meine Augen nicht im Stich lassen, denn ich will mich mit Leib und Seele diesem Granatapfel widmen: Ich habe mir vorgenommen, heute genau die richtige Farbnuance dafür zu finden.

Ich gehe ohne Eile, langsam und entspannt; ein wenig liegt das daran, dass mir von gestern Abend noch die Füße wehtun, aber auch, dass es einfach unmöglich ist, sich von der Ruhe und Gelassenheit eines frühen Morgens in Venedig nicht anstecken zu lassen.

Die allererste Brücke des Tages erinnert mich daran, dass die Seele dieser Plätze das Wasser ist und nicht der Stein. Und es gefällt mir, diesen kurzen Moment auf der Brücke zu verweilen und mir die Welt von oben anzuschauen. Der Rio von San Vio unter mir ist ein schmaler, eigenwilliger Wasserweg, kaum mehr als ein Streifen, der den Canal Grande mit Zattere verbindet und das Viertel in zwei Hälften teilt. Von hier aus sieht man die beiden Gesichter Venedigs: San Marco auf der einen und die Giudecca auf der anderen Seite. Das Venedig der Touristen und das Venedig der Venezianer.

Der Campanile von Sant' Agnese schlägt neun Uhr. Ich lege einen Zahn zu, denn ich bin spät dran. Als ich an den Gallerie dell' Accademia vorbeikomme, bittet mich eine übergewichtige Blondine auf Englisch, ein Foto von ihr und ihrem Freund zu schießen. Eigentlich habe ich keine große Lust dazu, weil ich in Eile bin, aber dann erkläre ich mich doch bereit. Strahlend reicht sie mir die Kamera und zeigt mir, welchen Knopf ich drücken muss. Ich hänge meine Tasche quer über die Schulter und stemme die Beine fest in den Boden, um besser zu stehen. Die beiden schauen etwas starr, aber lachend in die Kamera.

Scharf stellen, *Klick*. Der erste Versuch. *Klick*. Jetzt ein gestelltes Foto, Lächeln mit zweiunddreißig Zähnen und ein Bildausschnitt wie auf einer Postkarte: das Bild, das sie wahrscheinlich für ihr Album auswählen werden. *Klick*. Das dritte Foto kommt unerwartet, als sie nicht mehr posieren. Und es wird das beste.

Das Paar löst sich aus der Umarmung und bedankt sich überschwänglich. Wie so viele sind auch diese beiden nicht nur nach Venedig gekommen, um die Stadt zu besichtigen, sondern um romantische Tage zu erleben. Und dazu haben sie auch das Recht. Denke ich zumindest …

Ich deute ein Lächeln an und laufe weiter. Eine leichte Brise zerzaust mir das Haar. Noch ist es kein scharfer Wind, aber dennoch ein Vorgeschmack auf den Herbst, der vor der Tür steht.

Es riecht nach frischen, heißen Hörnchen und nach Cappuccino – dieser herrliche Morgenduft, der mich immer begleitet, wenn ich zu Fuß in die Arbeit gehe. Eigentlich frühstücke ich nie in einer Bar. Morgens nehme ich noch nichts zu mir, weil mich ein voller Magen nur schläfrig macht. Stattdessen gehe ich kurz in die Tabaccheria in den Arkaden, um mir eine Packung Lakritz zu kaufen – das hilft mir dabei, konzentriert zu bleiben und chronische Leistungsabfälle zu vermeiden.

Die Gasse, an der der Palazzo liegt, führt direkt zum Canal Grande. Man kann sie leicht verpassen, besonders bei Nacht. Es ist ein namenloses, verstecktes Gässchen, wenig beleuchtet und wenig vornehm, an vielen Stellen mit Unkraut übersät, das aus den Mauerritzen wuchert. Kaum zu glauben, dass sich am Ende dieses schmalen Streifens aus Kopfsteinpflaster der Eingang zu einem der schönsten Gebäude von ganz Venedig verbirgt.

Allerdings ist diese Stadt auch eine städtebauliche Anomalität. Alles sieht nach Ruine aus, als würde es jeden Moment in die Lagune stürzen, und strotzt doch zugleich vor Leben; ein Augenschmaus von atemberaubender Schönheit.

Pinsel und Farben befinden sich an genau der Stelle, wo ich sie am Samstag zurückgelassen habe, akribisch geordnet. Niemand hat sie angerührt, und das beruhigt mich. Auch dem Fresko geht es gut; ihm ist nichts passiert. Das klingt wie eine Selbstverständlichkeit, aber es gibt unendlich viele Dinge, die einem Kunstwerk in der Restaurierungsphase zustoßen können, wenn es unbeaufsichtigt bleibt. Jedenfalls habe ich jeden Morgen Angst, da oben an der Wand einen feuchten Fleck, eine Ameisenstraße oder gar menschliche Fingerabdrücke zu entdecken.

Aus Leonardos Wohnräumen dringt kein Lebenszeichen. Vielleicht ist er ausgegangen.

Ich ziehe meine Arbeitskluft an, in der ich aussehe wie ein Geisterjäger aus *Ghostbusters,* und schon bin ich bereit zum Anfangen. Fast bereit zumindest ... zuerst muss ich mir beruhigende Tropfen in die Augen machen. Wegen Gaia, die sich die ganze Nacht im Bett umhergewälzt hat – und, um ehrlich zu sein, auch wegen Filippo, der mir im Kopf herumspukte –, habe ich heute Nacht nicht sonderlich gut geschlafen. Meine Augen sind dick und fühlen sich an, als wären sie aus Blei.

Einen Moment lang sehe ich wieder die Szene mit Filippo vor mir, wie er mir auf jener Bank die Füße massiert. Das war gestern Abend, aber jetzt, am helllichten Tag, kommt es mir fast so vor, als hätte ich das alles nur geträumt. Die Erinnerung selbst ist verschwommen, und was genau ich dabei empfunden habe, kann ich nicht mehr heraufbeschwören. Seltsam.

Ich ziehe das blaue Fläschchen mit den Tropfen aus der Tasche meines Overalls, lege den Kopf in den Nacken und lasse jeweils zwei Tropfen ins rechte und ins linke Auge fallen. Am Anfang brennt es ein wenig, lässt jedoch nach wenigen Momenten nach, und ich fühle mich wie neugeboren.

Plötzlich ist in der Halle ein glockenhelles Lachen zu hören. Wegen der Tropfen sehe ich immer noch ein wenig verschwommen, kann aber trotzdem zwei Gestalten erkennen, die direkt auf mich zusteuern. Sie halten Händchen. Es sind Leonardo und ... ich muss blinzeln, um Genaueres zu erkennen ... eine wunderschöne Frau mit duftigem Haar und Porzellanteint. Sie trägt ein eng anliegendes kurzes Kleid aus rotem Satin, das nicht nur ihre wohlgeformten, schlanken Beine vorzüglich zur Geltung bringt, sondern den Rücken komplett frei lässt. Die Frau bewegt sich mit einer Eleganz, bei der Audrey Hepburn vor Neid erblassen würde, und hat einen strahlenden, zufriedenen Blick.

»Guten Tag, Elena«, sagt Leonardo, als die beiden an mir vorbeikommen. Seiner Kleidung nach zu schließen, hat er nicht vor, auszugehen, denn er trägt Sweatshirt und Flipflops. Ein sonderbarer Kontrast zur Eleganz seiner Begleiterin.

»Salve«, antworte ich mit betonter Reserviertheit.

Die Diva nickt mir zu und stöckelt Leonardo klappernd über den Steinboden hinterher. Während sie auf den Treppenlauf zugehen, der zum Ausgang führt, lässt er in einer ebenso sinnlichen wie beschützenden Geste die Hand über ihren nackten Rücken gleiten. Der Kontrast zwischen seiner dunklen Haut und ihrer schneeweißen Rückenansicht ist so aufregend und verwirrend, dass ich mich kaum davon losreißen kann. Es liegt auf der Hand, dass die beiden die Nacht miteinander verbracht haben – der Geruch nach Sex liegt fast greifbar in der Luft.

Ich möchte mich endlich in meine Arbeit stürzen, werde aber erneut abgelenkt, diesmal von einem Getöse draußen, das die Wände zum Wackeln bringt. Es klingt wie der Motor eines Bootes. Neugierig geworden, schiebe ich den Vorhang vor einer der Glastüren zurück, die auf den

Canal Grande hinausgehen, und sehe, dass ein weißes Motorboot an der Anlegestelle des Palazzos festgemacht hat. Auf dem Holzsteg steht die Diva; gerade hat sie sich die High Heels ausgezogen und ist in eine schwarze Lederjacke geschlüpft. Jetzt nähert sie sich dem Boot und schaut sich noch einmal nach Leonardo um. Der lässt sich nicht lange bitten, beugt sich über die Mole, um ihr einen Kuss auf die Lippen zu hauchen, lüpft dann das Tau vom Pfosten des Ankerplatzes und hebt die Hand zum Gruß. Die Diva setzt eine dunkle Sonnenbrille auf, legt einen Hebel am Armaturenbrett um, und schon schießt das Boot davon, einen silbernen Streifen Gischt hinter sich herziehend. Es ist wie eine Szene aus einem Film, und doch ist alles wirklich passiert, hier vor meinen Augen.

Ich ziehe den Vorhang zu und wende mich sofort wieder meiner Arbeit zu. *Das Ganze interessiert mich nicht die Bohne*, rede ich mir ein, und ich versuche krampfhaft, an etwas anderes zu denken.

Kurz darauf kommt Leonardo wieder herein. Ich tue so, als wäre ich mit dem Mischen von Farbpigmenten beschäftigt und blicke nicht auf. Ohne ein Wort zu sagen, geht er an mir vorbei und verschwindet pfeifend in seinem Zimmer.

Ich rühre ein bisschen Rot an, klettere auf die Leiter und wende mich dem Granatapfel zu. Jetzt hoffe ich, endlich in aller Ruhe arbeiten zu können, doch wie üblich gehen meine Gedanken ihrer eigenen Wege, und mir bleibt nichts anderes übrig, als ihnen zu folgen. Wer weiß, ob das eben die Freundin von Leonardo war oder nur das Abenteuer einer Nacht … Das Bild, wie er ihr mit der Hand über den nackten Rücken streicht, geht mir einfach nicht aus den Kopf, ebenso wie dieser Kuss, so flüchtig und doch so sinnlich.

Jetzt höre ich im Bad Wasser laufen. Dann stimmt eine

ebenso kräftige wie nicht ganz tonsichere Stimme ein Lied ein, das nach Sommer und Meer klingt. Leonardo scheint es sich heute Morgen richtig gut gehen zu lassen; offensichtlich hat er keine große Eile, zur Arbeit zu kommen.

Als ich mich umdrehe, um nach einem bestimmten Pinsel zu greifen, merke ich, dass er aus dem Bad getreten ist und auf das Vestibül zugeht. Seine Brust ist nackt. Um die Taille hat er sich ein blaues Handtuch geschlungen, seine Haare sind nass und die Füße bloß. Er erinnert an einen Krieger aus der Antike, wie er energischen Schritts auf mich zukommt. Der leicht unebene Boden vibriert unter seinen schweren Schritten.

»Na, Elena, wie geht's?«

»Danke, gut«, sage ich fast flüsternd und täusche Gleichgültigkeit vor. Dabei versuche ich den Blick nicht vom Fresko abzuwenden. Ich fühle mich unwohl, klein und irgendwie unförmig in meiner Malerkluft. Warum zieht der Typ sich eigentlich nicht an?

»Und die Arbeit?« Er schüttelt den Kopf, und eine Wolke aus Wassertropfen spritzt aus seinem nassen Haar. Ich sehe ihn aus dem Augenwinkel. Glücklicherweise befindet er sich in sicherem Abstand von der Wand mit dem Fresko.

»Na ja.«

»Weißt du was? Da oben auf der Leiter siehst du viel entspannter aus als auf einem Barhocker.«

»Das nehme ich als Kompliment.«

»Soll es auch sein.«

Leonardo macht keinerlei Anstalten zu gehen. Ich fühle mich beobachtet, fast wie bei einer Prüfung, und das gefällt mir nicht.

»Entschuldige, aber ich bin ziemlich beschäftigt …«, sage ich und wende mich wieder in Richtung Fresko.

»Klar«, antwortet er, setzt ein etwas zerknirschtes Lächeln auf und hebt die Hände. »Du hast nicht gerne Leute um dich herum, wenn du arbeitest. Das hast du gestern Abend ja klar und deutlich gesagt …«

»Genau«, brummele ich und sehe ihm hinterher, wie er die Segel streicht und auf sein Zimmer geht. Aber ich weiß nicht, ob ich das wirklich gesagt oder nur gedacht habe.

Kaum bin ich allein, steige ich von der Leiter: Jetzt brauche ich dringend Lakritze. Mich würde jeder nerven, wenn ich arbeite und allein sein will, doch Leonardos Anwesenheit bringt mich vollkommen aus dem Konzept.

Ich atme genüsslich durch und beschließe, mit meinem Lakritzstück auf der Zunge, weiterzumachen. Verdammt, die Farbe im Becher ist vollkommen ausgetrocknet. Ich habe sie zu dick angerührt. Jetzt muss ich die Becher ausleeren, sie spülen und noch einmal Farbpigmente abwiegen. Diesmal werde ich den flachen Pinsel ausprobieren, wenigstens für den ersten Probeanstrich, weil ich dann zügiger arbeiten muss.

Ich steige wieder auf die Leiter und betrachte den Farbton der Granatapfelkerne aus der Nähe, um ihn mir gut einzuprägen.

Dann probiere ich eine neue Mischung aus Rot und Violett aus.

Aus dem Korridor zu meiner Rechten nähern sich schon wieder Schritte. Instinktiv drehe ich den Kopf: Jetzt ist er angezogen. Er trägt Vintage-Jeans und ein weißes Leinenhemd – dieser Mann scheint süchtig nach Leinen zu sein. Um den Hals hat er sich einen Schal aus schwarzer Seide geschlungen, der bei jeder Bewegung flattert. Ich weiß nicht, wie er das macht, nicht zu frieren. Immerhin ist es schon Oktober …

Leonardo bleibt direkt vor der Leiter stehen und legt einen Arm auf eine Sprosse. Mir läuft ein Schauder über den Rücken, und ich verliere ganz leicht das Gleichgewicht. Ich habe nicht den blassesten Schimmer, was eigentlich mit mir passiert, aber es gefällt mir auf alle Fälle nicht.

»Ich gehe für das Restaurant einkaufen«, sagt er und schaut zu mir hoch. »Im Rialto. Brauchst du was?«

»Nein danke, ich brauche nichts.«

»Sicher?« Als er den Kopf ganz leicht auf die Seite legt, fängt sich das Licht in Leonardos Ohrring und bringt ihn zum Funkeln. Auch in seinen Augen liegt ein seltsames Glitzern. Fast scheinen sie zu lächeln. Noch nie habe ich ganz gewöhnliche Krähenfüße so sexy gefunden. O Gott, jetzt ergreift auch noch Gaias Geist Besitz von mir …

»Ja, wirklich. Ich meine es so.« Ich reiße mich zusammen und wende mich meiner Wand zu, um nicht schon wieder Maulaffen feilzuhalten. Das Fresko ist jetzt meine einzige Rettung. »Ach, um nach Rialto zu kommen, solltest du das Vaporetto nehmen, sonst läufst du Gefahr, dich zu verirren«, füge ich hinzu, wobei ich mich bemühe, beiläufig zu klingen.

»Aber es ist so schön, sich in Venedig zu verirren.« Leonardo zuckt mit den Achseln.

»Das hab ich bloß gesagt, damit du nicht so viel Zeit verlierst. Ich kann mir vorstellen, dass du tausend Sachen zu erledigen hast.«

»Klar hab ich das, aber ich sorge dafür, die unangenehmen Sachen meinen Mitarbeitern zu überlassen. Auf mich wartet nur die unterhaltsame Seite der Arbeit.« Er lächelt, als wäre er sich seiner selbst sehr sicher. Insgesamt macht Leonardo den Eindruck eines Menschen, der vollstes Vertrauen in sein eigenes Talent hat, jemand, dem einfach von Natur aus alles gelingt, ohne dass er sich groß anstrengen muss.

»In der Küche sind noch heiße Hörnchen und Kaffee, wenn du frühstücken möchtest.«

»Nein danke. Morgens esse ich fast nie etwas … Außerdem kann ich die Arbeit jetzt nicht unterbrechen.«

»Wie das?«, fragt er, offenbar neugierig geworden.

»Ich muss mit den Augen ganz auf die Farbe konzentriert bleiben, sonst verliere ich sie.«

Leonardo stützt das Kinn in die Hand und schaut mich an. »Die Farbe dieses Granatapfels?«

»Ja.« Ich nicke und schaue vor mich hin. »Darüber zerbreche ich mir schon seit Tagen den Kopf, und das macht mich wahnsinnig. Diese Kerne haben tausend verschiedene Nuancen, die alle höchst kompliziert herzustellen sind, ganz zu schweigen von den Kontrasten …« Ohne es eigentlich zu wollen, werde ich redselig, aber wenn die Rede auf meine Arbeit kommt, gerate ich richtig in Fahrt. Auch Leonardo scheint das bemerkt zu haben, denn er lächelt. Aufmerksam betrachtet er erst den Granatapfel, dann mich, als würde er über etwas nachdenken.

Ich verstumme; ich weiß zwar nicht, was er denkt, aber ich sage mir, dass mir das auch egal sein kann. Außerdem habe ich durch ihn schon viel zu viel Zeit verloren. Gerade will ich mich von ihm verabschieden, als eine wohlbekannte Stimme ertönt und mir die Worte im Halse stecken bleiben.

»Ele, bist du hier?« Das unmissverständliche Klappern von Absätzen auf der Treppe. »Hallo? Ele, wo bist du? Ist niemand da?«

Leonardo schaut mich fragend an, und ich gebe ihm mit einer Geste zu verstehen, dass alles unter Kontrolle ist. Jetzt taucht Gaia in der Eingangshalle auf: Offenbar ist sie zu Hause gewesen, um sich umzuziehen, weil sie nicht mehr die Klamotten von gestern Abend anhat und wie immer wie aus dem Ei gepellt ist. Sie grüßt Leonardo noch vor mir.

»Ciao …«

»Ciao.« Er kontert mit einer kleinen Verbeugung.

»Ich wollte nur mal kurz Hallo sagen«, meint sie mit einem unschuldigen Lächeln. *Dieses Lügenmaul.* Seit ich in diesem Palazzo arbeite, ist sie mich noch nie besuchen gekommen, nicht ein einziges Mal. Gaia ist nur seinetwegen hier! Die Adresse des Palazzos muss sie irgendwo bei mir zu Hause gesehen und gleich notiert haben. Wenn Gaia will, legt sie in der Tat beachtliche detektivische Fähigkeiten an den Tag.

Ich bleibe wie angewurzelt auf meiner Leiter sitzen. Den Teufel werde ich tun und extra hinabsteigen. Außerdem kann ich von hier oben die Szene in ihrer ganzen Pracht bewundern. »Aber hattest du heute Morgen nicht eine hochwichtige Sache zu erledigen?«, frage ich aus purem Sadismus, um sie ein bisschen ins Schwitzen zu bringen.

»Schon erledigt! Und meine Tasche habe ich auch schon aus dem *Piccolo Mondo* geholt«, beeilt Gaia sich zuckersüß zu antworten und bedenkt mich dabei mit einem Blick, der ganz eindeutig bedeutet: Worauf-wartest-du-noch-jetzt-stell-ihn-mir-endlich-vor-und-zwar-dalli!

Ich bemerke, dass Leonardo sie durchaus erfreut einer Musterung unterzieht, eine Hand in der Hosentasche seiner Jeans, einen Finger an die Lippen gelegt.

»Das ist meine Freundin Gaia«, sage ich. Meine Vorstellung klingt von hier oben aus seltsam feierlich.

»Angenehm. Leonardo.« Er schüttelt ihr kräftig die Hand. Seinen Gesichtsausdruck kann ich aber beim besten Willen nicht deuten. Ist das nun Wohlgefallen oder eher Amüsement? Um zu zeigen, dass mich das, was da anderthalb Meter unter mir vorgeht, nicht im Geringsten interessiert, widme ich mich demonstrativ wieder dem Farbenmischen.

»Angenehm …«, höre ich jetzt die Stimme von Gaia und bin mir sicher, dass sie dazu ihren vielsagenden Augenaufschlag zur Schau stellt. Auch wenn ich sie nicht sehe, ist mir klar, dass sie ihr Bestes gibt und aufs Ganze gehen wird.

Plötzlich höre ich sie ausrufen: »Was für eine irre Arbeit hast du dir da vorgenommen, Ele! Das Ding ist ja riesig! Toll!« Ich schaue sie mit einer Mischung aus Erstaunen und Argwohn an: Für Restaurierung und Fresken hat sie sich bisher kein bisschen interessiert.

»Nicht wahr?«, fügt sie, an Leonardo gewandt, hinzu. Klar wie Kloßbrühe: Sie sucht nur nach einem Vorwand, mit ihm anzubandeln.

»Elena ist in ihrer Arbeit mit großer Leidenschaft zugange, das sieht man.« Das warme Vibrato seiner Stimme steigt bis in meine luftigen Höhen empor.

Für Gaia hat sich jetzt ein idealer Anknüpfungspunkt ergeben, den sie sich erwartungsgemäß auch nicht entgehen lässt. »Und du, was machst du beruflich?«

»Ich bin Küchenchef. Im Moment bereite ich die Eröffnung des neuen Restaurants der Brandolinis vor.«

Ich weiß genau, was Gaia jetzt sagen wird: »Küchenchef … wie wundervoll!«

»Ein wundervoller Beruf, Küchenchef.«

Knapp daneben, aber immerhin. Ich lächele, schließlich können die beiden mich ja nicht sehen.

Gaia fängt an, Leonardo mit den üblichen Fragen zu bombardieren: wie lange er schon in Venedig sei, wie lange er zu bleiben gedenke, wie es ihm hier gefalle …

Sie kichert und nickt feierlich zu jedem Wort, das er von sich gibt. Gaia will es wirklich wissen, und ich kenne sie in- und auswendig, um die Dramaturgie ihres Verführungs-Repertoires voraussagen zu können: schmachtende Blicke; Finger, die wie zufällig mit den Haaren spielen; wissendes Lächeln; Schmollmund …

Ich lehne mich ein wenig von der Leiter, um mir nichts von dem Spektakel entgehen zu lassen und auszuloten, welche Wirkung es auf Leonardo hat.

Es scheint zu wirken. Wie alle Männer lässt auch er sich von Gaia umgarnen. Dann erinnert er sich jedoch plötzlich an mich und hebt den Blick. Ich ziehe schnell den Kopf ein und lasse dabei fast einen Farbbecher fallen.

»Stören wir dich vielleicht, Elena?«

Ich beschließe, ein wenig Säure zu versprühen. »Wonach sieht's denn aus?«, gifte ich.

Jetzt wendet sich Leonardo erneut an Gaia. »Ich gehe dann jetzt besser. Außerdem bin ich sowieso schon ziemlich spät dran. Aber es war mir ein Vergnügen.«

»Gleichfalls«, erwidert Gaia und schmilzt dahin wie eine Praline an der Sonne.

Leonardo verabschiedet sich von uns und eilt in Richtung Ausgang. Gaia bewundert seine Rückenansicht, und als ich sie anschaue, ist es unvermeidlich, dass auch mein Blick auf das Objekt ihrer Begierde fällt. Schließlich begegnen sich unsere Blicke.

»Nicht schlecht …« Das haben wir beide gedacht, aber nur sie spricht es aus. »Wie schaffst du es nur zu arbeiten, wenn ein solches Mannsbild in der Nähe ist?«

»Wie schaffe ich es bloß zu arbeiten, wenn ihr beiden Turteltäubchen da unten flirtet, was das Zeug hält? *Das* solltest du besser fragen!«, erwidere ich verärgert. »Und du tust auch noch so, als würdest du mich besuchen … Du bist wirklich schamlos …«

»Irgendwas musste ich mir doch ausdenken, nachdem

du so wenig kooperativ bist. Würdest du jetzt bitte mal von dieser Leiter runterkommen?«

»Nein.«

Gaia seufzt, stellt einen Fuß auf den Stützteil der Leiter und einen Arm auf eine Treppenstufe und schaut sehnsüchtig in die Richtung, in die Leonardo verschwunden ist.

»Jedenfalls ist dieser Mann der Wahnsinn, Elena. Das musst du zugeben, sonst schmeiß ich dich von der Leiter«, droht sie dann grinsend.

Ich entscheide mich für eine Strategie der Gleichgültigkeit. »Gib mir doch bitte mal das Schwämmchen da, dann machst du dich wenigstens nützlich.«

Gaia tut, wie ihr geheißen, und schaut sich dann ausgiebig in der Halle um, wozu sie bislang ja noch keine Gelegenheit hatte.

»Und er wohnt dort?«, fragte sie und zeigt auf den Flur, der zum linken Flügel des Hauses führt.

»Ja.«

»Hast du jemals seine Gemächer gesehen?«

»Nein, wieso?«

»Das kann ich gar nicht glauben ... bist du denn überhaupt nicht neugierig?«

»Nein, bin ich nicht ...« Mir läuft es vor Angst kalt über den Rücken, als mir klar wird, worauf sie hinauswill.

»Ich schon«, sagt sie und setzt sich prompt in Bewegung, ohne auf mich zu warten.

»Gaia, komm sofort zurück!«, schreie ich ihr hinterher, aber offensichtlich vergebens. Notgedrungen steige ich von der Leiter und laufe hinter ihr her. »Was hast du denn vor? Bleib sofort stehen!« Ich hole sie ein und packe sie am Ärmel, aber sie ist stärker als ich und so wild entschlossen, dass sie mich einfach mit sich fortzieht.

»Komm schon, nur einen kurzen Blick«, beharrt sie, ganz aufgeregt.

Mittlerweile haben wir den Flur hinter uns gebracht und steigen die Treppe hoch, die in den ersten Stock führt, wo sich das Schlafzimmer von Leonardo befindet. Da ich Gaia nicht aufhalten kann, bin ich gezwungen, ihr zu folgen, um zu vermeiden, dass sie irgendwelchen Unsinn anstellt oder – noch schlimmer – Spuren hinterlässt.

»Hör mal, du bringst mich in schreckliche Schwierigkeiten, ich arbeite hier!«, versuche ich es jetzt mit der Mitleidsschiene, vergesse dabei jedoch, dass das Thema Arbeit bei meiner besten Freundin noch nie sonderlich gezogen hat.

Die Tür zu Leonardos Schlafzimmer steht offen. Es ist so riesengroß, wie ich es mir vorgestellt habe, fast wie die Suite eines Luxushotels. Das Himmelbett, das mitten im Raum steht, ist ungemacht, die Seidenbettwäsche hängt zerknautscht an einer Seite herunter. Die rotgoldenen Tapeten spiegeln sich vielfach in den riesigen Spiegeln, die die Wände zu beiden Seiten des Baldachins schmücken. Es ist ein warmes, elegantes Ambiente, eingerichtet mit einem gewissen Augenzwinkern. Und es ist sicher kein Zufall, dass Brandolini ihm ausgerechnet dieses Zimmer gegeben hat.

»Was für ein Stil!«, ruft Gaia aus.

»Was für ein Chaos!«, kommt das Echo von mir. Alles ist durcheinander. Anscheinend hat es Leonardo nicht so mit dem Aufräumen. Auf dem roten Samtsessel liegen etwa zehn Hemden übereinandergeschichtet, zwei Hosen sind achtlos auf dem Perserteppich gelandet.

»Ist doch normal, dass es unordentlich ist«, meint Gaia naseweis. »Schließlich ist er Künstler.«

»Was ist das denn für ein Unsinn?«, entrüste ich mich. »Leonardo ist Koch! Außerdem sind diese ganzen Geschichten über Genies und ihr ausschweifendes Leben doch Humbug, oder bloß ein Vorwand für …«

»Mag ja sein, aber in seinem Fall stimmt's«, gibt Gaia entschieden zurück. »Komm schon, das merkt man doch, wenn man ihn nur anschaut, dass er eine exzentrische Persönlichkeit und ein kreativer Kopf ist.«

»Ach so? Dann hast du ihn ja schon vollkommen durchschaut«, spotte ich.

»Gewisse Dinge sind eben offensichtlich. Punkt.«

Auf dem Nachttischchen stehen eine entkorkte Flasche Moët & Chandon sowie zwei Gläser auf einem Silbertablett. Eines der Gläser trägt deutliche Lippenstiftspuren.

Gaia wirft mir einen vielsagenden Blick zu, und ich bestätige das, was sie bereits ahnt.

»Heute Morgen war eine Frau bei ihm, und es war deutlich zu sehen, dass die beiden die Nacht miteinander verbracht hatten.«

Vielleicht habe ich ja jetzt ein Mittel gefunden, ihr den Wind aus den Segeln zu nehmen, und deshalb setze ich gleich noch eins drauf. »Übrigens war sie sehr schön, ziemlich reich und absolut faszinierend. Praktisch unerreichbar. Selbst für dich, meine Liebe. Aber jetzt gehen wir – Ende der Vorstellung!«

»Mhhm, langsam wird das Spielchen richtig interessant.« In Gaias Augen steht unbezwingbare Neugier. Dann habe ich wohl genau das Gegenteil von dem erreicht, was ich wollte. *Na toll.*

Gaia kann von ihren Vermutungen nicht ablassen. »Vielleicht ist sie ja gar nicht seine Freundin. Sonst würden die beiden doch zusammenwohnen, oder?«, fährt sie fort. »Na ja, und bei Licht betrachtet ist es doch eigentlich ziemlich normal, dass ein solcher Mann mehr als eine Geliebte hat, oder?«

Das nächste Mal muss ich daran denken, dass ich alles nur noch schlimmer mache, wenn ich versuche, sie zu entmutigen.

Statt das Zimmer zu verlassen, wie ich es gerne täte, geht Gaia jetzt nämlich zum Schrank und öffnet ihn ungeniert. Mein Blick fällt kurz auf den Aschenbecher, der mitten auf einem mit Intarsien geschmückten Tischchen steht, und ich merke, dass darin die Überreste eines Joints liegen. Ich sage Gaia nichts, weil ich ihr Interesse nicht noch unnötig steigern möchte.

»Er ist ein großer Fan von Knitterleinen«, konstatiert sie und lugt begeistert hinter einer Schranktür hervor. Dann geht sie auf den Sessel mit dem Kleiderhaufen zu und befingert mit verträumter Miene Leonardos getragene Klamotten. »Er ist elegant, hat Geschmack ... perfekt ... glaub mir, das ist eine seltene Eigenschaft bei einem Mann.«

»Jetzt reicht's aber, langsam nervst du mich!«, stoße ich hervor und beschließe resigniert, keine weiteren psychologischen Strategien mehr aufzufahren. »Jetzt gehen wir. Bitte!«

Ich nähere mich Gaia, um sie am Arm zu packen, als mich ein überaus angenehmer und intensiver Duft in der Nase kitzelt. Möglicherweise Ambra. Ich weiß sofort, was das ist: Leonardos Geruch, der an all seiner Kleidung haftet. Ich fühle mich sofort unwohl, als wäre er im Raum und hätte uns ertappt. Panisch zerre ich Gaia am Ärmel.

»Jetzt komm, hör auf, mich zu nerven ... Nur einen Moment noch ...«, protestiert sie und versucht sich zu befreien.

Plötzlich lässt uns ein Geräusch von draußen erstarren. Wir hören, wie quietschend eine Tür geschlossen wird. Mein Gott, Leonardo ist zurück!

»Siehst du?«, knurre ich, von Panik ergriffen.

Wir stürzen aus dem Zimmer, rennen die Treppe hinunter. In dem Moment, als wir in die Halle kommen – atemlos und mit klopfendem Herzen –, merken wir fast zu unserer Enttäuschung, dass es nicht Leonardo ist, sondern nur Franco, das Faktotum des Palazzos.

Ich erlange sofort meine Fassung wieder und begrüße ihn, als könnte ich kein Wässerchen trüben. »Guten Tag, Franco.«

»Guten Tag, Signorina. Ich wollte nur mal kurz vorbeischauen. Alles in Ordnung?«

»Ja, danke, alles bestens.« Ich bin noch etwas atemlos von unserem kleinen Sprint von eben. »Ich habe nur gerade meiner Freundin, die mich besucht, den Palazzo gezeigt.«

»Salve«, sagt Gaia und hebt sogar die Hand zum Gruß. Franco schenkt uns einen wohlwollenden Blick, den er, da bin ich mir sicher, ausschließlich braven Mädchen vorbehält.

»Na gut, dann gehe ich jetzt wieder«, schließt er und geht in Richtung Haustür. »Wenn Sie etwas brauchen …«

»Danke, Franco, ich bin wunschlos glücklich. Bis morgen.«

»Auf Wiedersehen.«

Als die Tür ins Schloss fällt, schauen Gaia und ich uns an. Am liebsten würde ich sie zermalmen, aber dann spüre ich, wie meine Gesichtsmuskeln ganz allmählich einem anderen Impuls nachgeben. Wir brechen in Gelächter aus, und es nützt auch nichts mehr, sich die Hand vor den Mund zu halten – wir prusten einfach los, so wie damals, als wir noch kleine Mädchen waren und mal wieder etwas angestellt hatten.

Ich zwinge mich dazu, wieder ernst zu sein. »Aber jetzt machst du die Flatter, verstanden?«, flüstere ich ihr in bedrohlichem Ton zu. Ein Blick auf die Uhr lässt mich erschrocken zusammenfahren. Wie spät es schon ist! Ich muss mich wirklich ranhalten, wenn ich auch nur den Hauch einer Chance haben will, die verlorene Zeit wieder aufzuholen.

»Na gut, ich lass dich in Frieden.« Gaia macht Anstalten zu gehen, doch an der Tür dreht sie sich noch einmal um. »Aber wir hatten einen Mordsspaß, findest du nicht? Und wie immer ist das mein Verdienst …« Sie zwinkert mir zu.

»Verschwinde«, sage ich lächelnd.

»Ciao, du blöde Kuh.«

Mittlerweile ist es schon nach sechs, und ich beschließe resigniert, nach Hause zu gehen, auch wenn der Tag nicht so produktiv gewesen ist, wie ich mir das gewünscht habe. Es ist sinnlos – bei diesem ständigen Kommen und Gehen von Leuten kann man einfach nicht arbeiten! Den Morgen habe ich praktisch ganz vertrödelt, erst am Nachmittag habe ich wenigstens halbwegs zu etwas Konzentration zurückgefunden, den Granatapfel jedoch vorerst zurückgestellt und dafür mit dem ersten Auftrag des Gewandes der Persephone begonnen. Wenigstens das ist mir einigermaßen gut gelungen.

Als ich das große Tor zur Gasse öffne, merke ich, dass ich die alarmierenden Wasserstandsmeldungen von gestern Abend zu sehr auf die leichte Schulter genommen habe: Das Wasser steigt mit beängstigender Geschwindigkeit. *Ich hätte früher gehen sollen,* schelte ich mich im Stillen. *Schließlich habe ich die Sirene für die Ausgangssperre ja gehört*. Aber so ist das immer mit mir – ich finde ständig irgendwelche anderen Gründe, nicht zu reagieren. *Das Wasser braucht sicher noch ein bisschen, bis es steigt. Und überhaupt: Manchmal steigt es ja auch überhaupt nicht.*

Diesmal sitze ich allerdings wirklich in der Patsche. Die

Gummistiefel habe ich prompt zu Hause gelassen – schließlich schien heute Morgen noch die Sonne! Es ist ein Klassiker: Die Stiefel habe ich nur dabei, wenn ich sie dann nicht brauche. Es ist dasselbe Trauerspiel wie mit dem Regenschirm …

Ein paar Meter versuche ich vorwärtszukommen, indem ich in meinen Wildleder-Ballerinas auf den Zehenspitzen durch das Wasser gehe, das bereits langsam, aber unaufhaltsam über den Boden läuft. Es ist ein schwieriges Unterfangen. Bis ich am Ende der Gasse angelangt bin, sind meine Füße komplett durchnässt. Ich könnte mir zwei Plastiktüten suchen, sie über die Füße stülpen und an den Knöcheln zubinden. Aber dafür ist es offenbar auch schon zu spät, wenn man bedenkt, dass das Wasser in den vergangenen fünf Minuten gut und gerne dreißig Zentimeter gestiegen ist.

Ich rette mich auf ein Mäuerchen, das noch trocken geblieben ist, um mein weiteres Vorgehen zu überdenken … auch wenn mir bewusst ist, dass in dieser Situation weder von »Vorgehen« noch von »Überdenken« die Rede sein kann. Entweder ich bewege mich weiter in Richtung meiner Wohnung, wo ich mit Sicherheit patschnass und in Klamotten ankommen werde, die zum Wegschmeißen sind, oder ich kehre zum Palazzo zurück, wo ich riskiere, bis spät in die Nacht festzusitzen, ehe das Hochwasser wieder gesunken ist.

Während ich mir noch über diese beiden Möglichkeiten den Kopf zerbreche – im wahrsten Sinne des Wortes die Wahl zwischen Pest und Cholera –, tritt Leonardo pfeifend aus dem Palazzo, an den Füßen Anglerstiefel.

»Ciao, Elena, was machst du denn hier?«, fragt er, als er mich so jämmerlich auf dem Mäuerchen hocken sieht wie eine gebadete Maus.

»Ich hab gerade versucht, nach Hause zu gehen«, antworte ich, verzweifelt um Haltung bemüht. »Aber wolltest du nicht ins Restaurant?«

»Ja, aber um fünf war ich schon wieder da«, sagt er und kommt auf mich zu, wobei er mehrere Kubikmeter Wasser vor sich her schiebt. »Du warst bloß so in deine Arbeit versunken, dass du es nicht gemerkt hast, und ich wollte dich nicht stören.«

»Aha.«

Jetzt ist er bei mir angelangt. Aus meiner erhöhten Warte befinde ich mich in etwa auf gleicher Höhe mit ihm.

»Und was machen wir jetzt?« Leonardo betrachtet argwöhnisch den Wasserstand. »Soll ich dich nach Hause bringen?«

»Und wie willst du das machen?«

»Huckepack«, sagt er und klopft auffordernd auf seine Schulter. »Den Rest überlass einfach mir.«

Der Vorschlag klingt irgendwie ungehörig. Ich schaue ihn skeptisch an. Am liebsten würde ich ihm antworten: »Nur keine Umstände, irgendwie schlag ich mich schon durch«, aber so erbärmlich, wie ich aussehe, wäre das unglaubwürdig. Ich fürchte, dass mir nichts anderes übrig bleibt und ich das Angebot wohl oder übel annehmen muss.

»Bist du dir wirklich sicher? Das kostet dich doch endlos viel Zeit«, zaudere ich noch und schaue mit großen Augen auf den Wasserpegel. Man kann ihm förmlich beim Steigen zusehen. *Und wenn ich es doch mache …?*

Leonardo winkt ab, um weitere Einwände im Keim zu ersticken, und kehrt mir dann den Rücken zu. Na gut.

Es ist ein breiter Rücken, wie ein Berg, den es zu erklimmen gilt. Unter dem obligatorischen Leinenhemd zeichnen sich deutlich Muskeln ab. Ich hebe einen Fuß an, stelle ihn aber unentschlossen wieder ab. *Verflucht noch mal, wieso habe ich eigentlich ausgerechnet heute Morgen einen Rock und blickdichte Kniestrümpfe angezogen?* Ich komme mir genauso unbeholfen vor wie damals in der Grundschule, wenn die Turnlehrerin mich unter den hämischen Blicken meiner Klassenkameraden die Kletterstange hochjagte. Ich versuche es noch einmal, lege ihm zuerst eine Hand auf die Schulter, dann die andere, und halte mich fest, um mich dann mit dem restlichen Körper an seinen Rücken zu drücken. Leonardo packt eines meiner Beine und schlingt es sich um die Leibesmitte. Ich mache das Gleiche mit dem anderen Bein.

»Bist du bereit?«, fragt er mich.

»Ich glaube schon.« Jetzt hänge ich an ihm wie ein Äffchen. »Und du? Meinst du, du schaffst das?«

Er lacht. »Du bist so leicht wie eine Feder.« Er hält meine nackten Oberschenkel fest, beginnt mit seinen Siebenmeilenstiefeln durchs Wasser zu pflügen und ist in Windeseile an der ersten Brücke vorbei. Ich spüre, wie sich meine Brüste an seine Wirbel drücken und schlinge ihm die Arme um den Hals, um nicht herunterzurutschen. Er riecht gut – es ist der gleiche Duft, den ich heute an seinen Klamotten erschnuppert habe. Darunter jedoch erahne ich noch einen anderen Duft, der echter und wilder ist: den Duft seiner Haut. Er riecht nach Wind und nach Meer.

»Wohin?«, will Leonardo jetzt wissen, als wir die Brücke überquert haben.

Ich zeige ihm die Richtung und nenne ihm die Adresse. Weil ich nur wenige Zentimeter von seinem Ohr entfernt bin, sage ich es ganz leise, in einem Flüsterton, der aus irgendwelchen Gründen etwas Verruchtes hat. Unbeirrt marschiert er weiter, als wäre es die normalste Sache der Welt, eine Wildfremde huckepack durch die Gegend zu tragen, während ich mich frage, was um alles in der Welt ich da gerade mache. Mit einem Mann, den ich nicht kenne. *Das ist ja total absurd,* denke ich. Aber irgendwie gefällt es mir auch. Von Leonardos Rücken geht eine Wärme aus, die den Wunsch in mir weckt, nie wieder von diesem stattlichen Ross absteigen zu müssen, sondern einfach immer hier bleiben zu dürfen, auf Leonardos Rücken. Plötzlich wird mir bewusst, dass ich meine Muschi an ihn presse: Nur der Stoff meines Slips trennt uns, da die Strümpfe mir ja nur bis zum Knie gehen. Ich bin mir sicher, Gaia würde ein kleines Vermögen dafür ausgeben, jetzt in meiner Haut zu stecken.

O nein, ich rutsche …

»Bist du sicher, dass du es bequem hast? Du bist wirklich leicht wie ein Flöckchen. Ich spüre dich fast gar nicht …« Leonardo drückt meine Beine etwas fester und bringt mich mit einem kleinen Hüpfer in eine bessere Position.

»Ja …«

Er ist stark, seine Muskeln sind angespannt; heiß pulsiert das Blut in seinen Adern. Seine Hände gleiten mit einer solchen Selbstverständlichkeit über meine Oberschenkel, dass jede Verlegenheit in mir wie weggeblasen ist. Es kommt mir fast so vor, als würde er meinen Körper bereits kennen, und das verwirrt mich. Ich weiß beim besten Willen nicht, was ich denken soll.

In der Calle della Toletta legen Bedienstete der Stadt Holzplanken für die Fußgänger aus. Einige grinsen süffisant und geben bei unserem Anblick deftige Kommentare ab. Dabei glotzen sie, als wäre ich eine arabische Prinzessin auf dem Rücken eines Kamels. Als wollten sie sagen: »Die macht's richtig.« Mein Unbehagen steigt mit dem Wasser, das mittlerweile ungehindert aus den Schächten sprudelt, die Mauern durchnässt und die Holzplanken überspült.

Zum Glück kann Leonardo die Röte nicht sehen, die mir in die Wangen steigt.

In den Geschäften werden in wilder Hast die Waren aus den untersten Regalen geräumt. An allen Ecken und Enden hört man Fluche, was das Zeug hält. Hochwasser ist etwas Schreckliches, weil es sich einfach alles nimmt und mit nichts und niemandem Erbarmen hat. Und während ich auf Leonardos Rücken reite, muss ich es mir wirklich eingestehen: Heute habe ich's richtig gemacht.

Da wären wir. Vor uns ragt die Holzbrücke der Accademia auf. Von dort sind es noch hundert Meter bis zu mir nach Hause, und glücklicherweise ist hier bereits alles mit Holzplanken ausgelegt.

Ich zupfe Leonardo leicht an der Schulter. »Jetzt kannst du mich runterlassen«, sage ich, »von hier aus schaffe ich es allein.«

Leonardo bleibt stehen. »Sicher? Noch ein paar Meter machen mir wirklich nichts aus.«

»Ist schon gut so. Du warst wirklich ein Schatz.« Einen Moment lang ziehe ich in Erwägung, ob ich ihn noch zu mir hoch bitten und ihm etwas zu trinken anbieten soll, aber ich möchte keine Missverständnisse aufkommen lassen. Für heute haben wir uns genug angenähert, beschließe ich. Außerdem herrscht bei mir daheim das absolute Chaos, und ich beschließe, mir für heute weitere peinliche Momente zu ersparen.

»Ende der Reise«, sagt er, nimmt die Hände von meinen Oberschenkeln und streift dabei ganz leicht mein Höschen. Bestimmt hat er es nicht gemerkt. Vielleicht habe ich es mir ja auch selbst nur eingebildet … Dann geht er in die Knie, packt mich an den Schultern und hilft mir beim Absteigen.

Ich trete auf die Holzplanke und rücke meine Klamotten

zurecht. »Danke, du hast mich gerettet«, sage ich – und meine es auch so.

»War mir ein Vergnügen.« Leonardo lächelt breit.

Ich schaue ihm verwundert in die Augen. *War es das wirklich? Von mir kann ich das jedenfalls behaupten …*

»Dann also ciao. Bis dann.«

»Ciao, Elena, bis morgen.« Er macht einen Schritt in das trübe Wasser zurück und dreht sich dann noch einmal um. »Es war schön, durch das Hochwasser zu stapfen, findest du nicht? Das wollte ich schon immer mal machen … aber ich hätte mir in meinen kühnsten Träumen nicht vorgestellt, dass ich es mit dir zusammen tun würde.«

Ich lächele ihn an. Leonardo erwidert mein Lächeln, und dann lässt er mich allein zurück, während Venedig sich von den Fluten streicheln lässt.

• 4 •

Heute gibt es keine Ausreden mehr: Ich muss den Granatapfel in Angriff nehmen, auch wenn ich mich hundeelend fühle. In der Nacht hatte ich schreckliche Alpträume, und als ich die Augen aufmachte, lag ich quer über dem Bett; das Laken war verwurstelt und das Kissen auf dem Boden gelandet. Nur mit Mühe habe ich mich aufgerappelt – das Herz klopfte mir bis zum Hals –, und selbst zwanzig Beruhigungstropfen haben keine Wirkung gezeigt. Ich habe versucht, Dehnübungen zu machen, um meine schmerzenden Muskeln zu entspannen, aber als mir bewusst wurde, dass mir meine Fußspitzen noch nie so weit weg vorgekommen sind, habe ich die Idee sofort wieder verworfen.

Angesichts meiner körperlichen Verfassung und der finsteren Stimmung habe ich beschlossen, für den Weg in die Arbeit das Vaporetto zu nehmen; ein Fußmarsch kommt heute Morgen einfach nicht in Frage.

Ich hocke mich auf die Leiter und betrachte den Granatapfel von unten. Dabei entfährt mir ein Seufzer; eine Mischung aus Staunen und Mutlosigkeit.

Obwohl ich mir einrede, dass ich voller Energie bin und es sicher schaffen werde, habe ich Angst, dass die Restaurierung nicht so optimal verläuft, wie ich es mir wünsche, und ich mich am Schluss vielleicht nur mit einem mittelmäßigen Ergebnis zufriedengeben muss – etwa einer Farbe, die nicht genau die richtige ist und die dem Original nur halbwegs nahekommt. Was dann passiert, weiß ich jetzt schon: Der unbekannte Maler meines Freskos wird mich in meinen Träumen heimsuchen und mir vorwerfen, dass ich sein Meisterwerk verhunzt habe.

Ich fahre mir durch die Haare, um diese blöden Gedanken zu verscheuchen, und ziehe mein Stirnband über. Ich muss konzentriert bleiben und irgendwie mit diesem verdammten Granatapfel fertig werden. Wenn ich so weitermache, riskiere ich, auch den Blick für das Ganze zu verlieren und damit meine komplette Arbeit aufs Spiel zu setzen.

Der Campanile von San Barnaba hat gerade elf geschlagen. Normalerweise lege ich zu dieser Uhrzeit ein zweites Frühstück ein – wie in der Schule –, wobei es sich dabei eigentlich um mein verspätetes erstes Frühstück handelt, aber gerade habe ich überhaupt keinen Hunger. Der Morgen hat schlecht begonnen und scheint noch schlechter weiterzugehen. Außerdem habe ich zu allem Überfluss auch noch meine Augentropfen verloren – ausgerechnet jetzt, wo ich sie so dringend bräuchte.

»Du bist mit dem Kopf immer ganz woanders«, würde meine Mutter sagen. Und sie hätte recht.

Ich suche das Fläschchen auf dem Boden der Halle, weil es mir sehr gut aus der Tasche gerutscht sein könnte, aber Fehlanzeige. Verflixt, und jetzt? Soll ich in die Apotheke gehen und mir ein neues holen? Klar, weil ich ja bisher auch schon so wahnsinnig produktiv war …

Na gut, zum Teufel mit den Augentropfen. Ich massiere mir die Lider mit den Fingerspitzen und steige wieder auf die Leiter, wobei ich mir mein übliches Mantra vorsage – *du kannst es schaffen, Elena –,* dann hocke ich wieder da, Auge in Auge mit dem Granatapfel. Er schaut mich herausfordernd an.

Ich fürchte dich nicht, nein, ich fürchte dich überhaupt nicht.

Ich bin etwa eine Stunde bei der Arbeit – mit nur spärlichen Ergebnissen –, als eine Stimme die empfindliche Blase meiner Konzentration, in die ich mich hatte einschließen können, zum Platzen bringt.

»Ciao, Elena.«

Ferrante. Der hat mir gerade noch gefehlt.

»Leonardo ...«, begrüße ich ihn mit einem zerstreuten Nicken, in der Hoffnung, dass ihm der Sinn nicht nach Plaudern stehen möge. Wir sind uns schon seit Tagen nicht mehr über den Weg gelaufen, seit er mich huckepack nach Hause getragen hat. Allerdings stand er seither des Öfteren – und ohne dass ich es wollte – im Mittelpunkt gewisser geheimer und unzüchtiger Fantasien, die ich normalerweise gleich im Keim ersticke, sobald sie auftauchen ...

Aus dem Augenwinkel sehe ich, dass er eine braune Papiertüte in der Hand hat, wie man sie beim Einkaufen auf dem Markt bekommt.

Er betrachtet das Fresko, kratzt sich zweimal am Kinn, geht dann zu dem kleinen Sofa, das an der Wand steht, und wirft die Papiertüte darauf, die mit einem dumpfen Geräusch von der Samtpolsterung abprallt. Dann kehrt er mir den Rücken zu, zieht sich die Lederjacke aus und steht nur noch in einem weißen, kurzärmeligen T-Shirt da. Sein Teint ist dunkel und sonnenverbrannt, die Armmuskeln klar akzentuiert; deutlich zeichnen sich auch die Venen ab. Er ist ein sehr schöner Mann. Da ist nichts zu machen – ich muss Gaia recht geben.

»Kannst du mal eine Minute runterkommen?«, fragt er mich.

Ich drehe mich zu ihm um, ziehe die Stirn in Falten und schüttele den Kopf.

»Na los jetzt«, fährt er in entschiedenem Ton fort. »Ich will ein Experiment machen.«

»Was für ein Experiment?«

»Komm runter, dann erklär ich's dir.« Ein zweideutiges Lächeln gleitet über Leonardos Lippen.

Ich weiß nicht, was er vorhat, sein Blick ist nicht sehr beruhigend, trotzdem hat seine Aufforderung etwas Unwiderstehliches, und ich bin neugierig geworden. Meiner Verlegenheit tut dies indes keinen Abbruch – ich spüre, dass ich knallrot geworden bin –, und um sie zu überwinden, bleibt mir nichts anderes übrig, als ohne große Umschweife seinen Anordnungen zu folgen. Seufzend stelle ich Becher und Pinsel auf der untersten Sprosse der Leiter ab und steige vorsichtig hinab.

Dann stehe ich vor ihm.

Leonardo sieht mich an, betrachtet mich wie mit Röntgenaugen.

»Gut.« Er stößt einen tiefen Seufzer aus. »Und jetzt musst du die Augen schließen.«

»Wie bitte?« Ich schlucke. »Darf ich vorher bitte noch erfahren, was du vorhast?«

»Ist nur ein Versuch«, umgarnt er mich. »Aber wenn es funktioniert, wirst du mir dankbar sein. Versprochen!«

Ich merke, dass meine Hände ganz leicht zittern. Das kann doch nicht normal sein, dass dieser Mann mich hier einfach in der Arbeit unterbricht, mir irgendwelche Anweisungen gibt und ich nicht in der Lage bin, ihm eine entsprechende Antwort darauf zu geben. Doch irgendwie wirkt er auf mich wie ein Magnet, und diese Anziehungskraft ist so stark, dass ich sie weder unter Kontrolle halten noch ihr widerstehen kann.

Ich hole tief Luft. Dann noch einmal. Schließlich lasse ich die Arme hängen und mache die Augen zu. Ich vertraue mich ihm an, weil ich das Gefühl habe, gar keine andere Wahl zu haben.

»Du musst mir schwören, dass du die Augen nicht eher aufmachst, bevor ich es dir sage.«

»Okay.« Ich nicke. »Ich komme mir übrigens ein bisschen blöd vor.«

»Hab Vertrauen, Elena«, versucht Leonardo mich zu beruhigen. Jetzt ist seine Stimme ganz sanft geworden.

Ich spüre, dass er sich einige Schritte von mir entfernt. Dann höre ich, wie Papier aufgerissen wird. Vermutlich kramt er in der Markttüte. Ich versuche, die Lider ein wenig zu öffnen und etwas zu erkennen, doch Leonardo steht hinter mir, und ich sehe nichts. Dann kann ich sie ja auch gleich wieder zumachen. Kurz schießt mir der Gedanke durch den Kopf, ob es nicht angebracht wäre, Angst zu haben; schließlich kenne ich den Mann überhaupt nicht ... aber nein, wenn ich es mir recht überlege, ist das Blödsinn, ich habe nichts zu befürchten. Ein Lächeln stiehlt sich auf meine Lippen.

»Ich sehe, dass du dich amüsierst! Gut. Das ist wahrscheinlich auch besser so«, kommentiert er.

O Gott, dann hat er es also gemerkt. Mir wird ganz heiß vor Aufregung. Jetzt kommt er wieder auf mich zu. Nur ein paar Zentimeter von meinem Gesicht entfernt bleibt er stehen – so scheint es mir jedenfalls, weil ich plötzlich seinen Atem spüren kann.

»Jetzt denk einfach an nichts. Hör nur zu«, befiehlt er mir mit Bestimmtheit.

Als Nächstes dringt eine Art leises Krachen an mein rechtes Ohr. Es ist ein undefinierbares Geräusch, zuerst hart und dann weicher. Als würde etwas auseinandergebrochen, zerteilt.

»Was ist das?«, frage ich überrascht.

»Du musst es erraten, das ist das Spiel.«

Ich ahne, dass Leonardo lächelt; sein Atem streift meine Wange wie ein Flügel. Er kommt immer näher.

»Riech mal daran.«

Er hält mir das mysteriöse Objekt unter die Nase, und ich schnuppere vorsichtig daran. Es ist ein ganz eigenartiger Geruch, der mir tief in die Kehle steigt. Es riecht ein bisschen muffig, wie nach Erde … lebendig.

»Ist es eine Frucht?«, mutmaße ich.

Leonardo antwortet mir nicht. Er greift sanft nach meinen Händen und dreht die Handflächen nach oben. Eine heiße Welle läuft mir über den Rücken und verliert sich in der Ritze meines Gesäßes.

»Berühre es«, flüstert er mir zu. Er legt mir zwei Hälften von etwas Rundem in die Hände.

Ich krümme ganz leicht die Finger, um die Beschaffenheit dieser seltsamen Kugel genauer zu ertasten. Außen ist sie glatt und rau zugleich. Im Inneren liegen dicht an dicht kleine Kerne, eingehüllt in eine leichte, pelzige Haut, die an einigen Stellen zerrissen ist.

Jetzt habe ich's vielleicht. »Ist das ein Granatapfel?«

»Gleich wirst du's erfahren.« Leonardo lässt meine Hände los. »Mach den Mund auf und koste.«

Ich zögere, weil mir der Gedanke, nicht zu sehen, was ich mir in den Mund stecke, nicht besonders gefällt, aber dann tue ich, wie mir geheißen. Einige Kerne gleiten mir auf die Zunge, und ich zerbeiße sie. Sie haben einen leicht säuerlichen Geschmack, der ein wenig auf der Zunge prickelt. Der Saft selbst ist wässrig und zuckrig und hat eine holzige Note.

»Jetzt öffne die Augen!«, flüstert Leonardo.

Ich klappe langsam die Lider auf. Er steht direkt vor mir und schaut mich mit zufriedener Miene an.

»Und das ist ein echter Granatapfel. Die süßesten kommen aus Spanien, wusstest du das?«, sagt er. »Ich glaube, du musst von dem hier ausgehen, wenn du bei dem dort ankommen willst«, sagt er und zeigt erst auf die Frucht in meiner Hand und dann auf den gemalten Granatapfel des Freskos.

Ich schaue ihn mir an, während das Fruchtfleisch der Kerne in meinem Mund immer noch seinen intensiven Geschmack abgibt. Und tatsächlich: Plötzlich ist dieses Detail des Freskos, das vorher nur ein Zusammenspiel von Formen und Farben war, zu etwas Lebendigem geworden. Ich schmecke es, rieche es, habe es im Bauch statt einfach nur im Kopf. Und mir scheint, dadurch sehe ich es wirklich zum ersten Mal und kann ihm vielleicht sein Geheimnis entreißen. Ich weiß nicht, was ich sagen soll, so perplex bin ich. Ich blicke Leonardo fragend an.

Er lächelt mir zu.

»Manchmal genügt es nicht, nur mit den Augen zu schauen, um alles zu sehen, stimmt's?«

Ich nicke, immer noch unsicher. »Ich glaube, jetzt habe ich verstanden, was du mir sagen willst.«

»Dann solltest du jetzt gleich wieder an die Arbeit gehen. Ich lass dich jetzt in Ruhe.« Er macht Anstalten zu gehen.

Er wendet sich in Richtung Korridor, dreht sich dann aber noch einmal um und kommt zurück, als hätte er etwas vergessen. Vielleicht die Tüte mit den Granatäpfeln oder die Jacke? Doch nein. Einen Moment lang senkt er den Blick, wühlt in einer Tasche seiner Jeans und zieht dann meine Augentropfen hervor.

»Das habe ich gestern in meinem Zimmer gefunden«, erklärt er und hält mir das Fläschchen hin. »Vielleicht brauchst du das noch.«

Wie versteinert nehme ich die kleine Flasche entgegen und wünsche mir nur eins: dass sich ein Loch im Boden auftut und ich darin verschwinden kann, um nie wieder aufzutauchen.

»Danke, das habe ich den ganzen Morgen gesucht«, sage ich ungerührt und versuche vergeblich die Verlegenheit zu überspielen, die in mir aufsteigt. »Ich weiß wirklich nicht, wie das in dein Zimmer gekommen sein soll«, fahre ich fort – aber ich mache wahrscheinlich alles nur noch schlimmer. Meine Wangen müssen glutrot sein. *Schon wieder*. Verzweifelt suche ich nach irgendeiner Ausrede, aber im Lügen bin ich noch nie besonders gut gewesen. Diese blöde Kuh Gaia! Und ich bin noch blöder und gehe ihr hinterher! Jetzt wird er denken, dass ich eine Schnüfflerin bin oder – noch schlimmer: dass ich ihn verfolge, denn es ist offenkundig, dass in seinen Augen *ich* die Missetäterin bin.

Leonardo wirft mir einen verschwörerischen Blick zu, als wüsste er ganz genau, was in meinem Kopf vorgeht. Amüsiert hebt er die Schultern und schenkt mir ein freundschaftliches Lächeln, als wollte er mir sagen: »Sei ganz beruhigt, es ist doch gar nichts passiert.« Dann geht er, ohne ein weiteres Wort, und lässt mich mitten im Vestibül stehen. Und ich bin hin- und hergerissen, ob ich einfach so tun soll, als wäre nichts gewesen, oder ob ich mir doch irgendein Loch suchen soll, in dem ich mich verkriechen und in dem mich niemand finden kann.

Als ich den Palazzo verlasse, ist es fast dunkel. In der Gasse brennen bereits die Straßenlaternen, und die Oktoberluft ist so frisch, dass ich rasch den Kragen meines Trenchcoats hochschlage. Gerade streiche ich mir das Haar zurecht, als ich eine Stimme höre, die leise nach mir ruft.

»Pst … Bibi!« Es ist Filippo.

Er sitzt mitten auf dem kleinen Platz auf der Brunneneinfassung. Als sich unsere Blicke begegnen, lässt er sich heruntergleiten und landet auf dem Sockel. Er schüttelt seinen rauchgrauen Trench aus.

»Dieses Fresko lässt dich ja gar nicht mehr los …« Er schiebt sein Handy in die Tasche und kommt auf mich zu.

»War ein produktiver Tag«, antworte ich, beschließe aber, das Experiment mit Leonardo nicht zu erwähnen. »Was machst du denn hier in der Gegend?«

»Ich wollte zu dir«, sagt Filippo und rückt den Gurt seiner Notebook-Tasche auf der Schulter zurecht. »Ich hab dich nicht angerufen, weil ich weiß, dass du während der Arbeit nicht drangehst.«

»Na ja, bei dir hätte ich vielleicht eine Ausnahme gemacht.« Ich haue ihm scherzhaft auf die Schulter und setze mich in Bewegung.

Wir gehen in Richtung Campo San Barnaba. Ich freue mich, dass Filippo da ist. Er hat die außerordentliche Fähigkeit, dass ich mich in seiner Anwesenheit gleich wohler und entspannter fühle.

»Ich muss dir was sagen.« Er kratzt sich am Hals, als müsste er nach Worten suchen. Auf einmal blicken seine Augen traurig.

»Was denn?«

»Ich muss morgen nach Rom. Und ich bleibe dort.« Das sagt er alles in einem Atemzug.

»Ach, aber …« Ich weiß nicht, wie ich auf diese Neuigkeit reagieren soll. Jedenfalls hat er mich damit komplett überrumpelt. Vielleicht ist es ja gut für ihn, und es steht mir gar nicht zu, dem Bedauern, das in mir hochsteigt, Ausdruck zu verleihen.

»Davon hast du mir gar nichts gesagt«, bemerke ich lahm.

»Ich hab's auch erst vor zwei Stunden erfahren«, sagt Filippo und breitet in einer Geste der Hilflosigkeit die Arme aus. »Entscheidung vom Chef. Er hat beschlossen, mich nach Rom zu schicken, weil ich seiner Meinung nach am besten qualifiziert bin.«

»Das klingt nach einer Beförderung.«

»Scheint so, zumindest hat Zonta das so formuliert. ›Nimm es als wichtigen Schritt auf deiner Karriereleiter‹, hat er gesagt und mir in seiner üblichen, arroganten Art ein paar Papiere auf den Schreibtisch geschmissen.« Filippo vergräbt die Hände in den Hosentaschen und fixiert mit den Augen einen unbestimmten Punkt am Horizont. »Ich kriege eine Gehaltserhöhung und offenbar auch ein dickes Spesenkonto. Klingt nach einem dieser Vorschläge, die man nicht ablehnen kann«, fügt er mit der Stimme des *Paten* hinzu. Sehr glücklich kommt er mir dabei aber nicht vor.

»Und, freust du dich nicht?«, frage ich Filippo ganz direkt.

»Doch, ich freue mich«, antwortet er. »Es ist bloß alles so plötzlich gekommen. Gerade hatte ich mich in Venedig häuslich eingerichtet, und jetzt muss ich schon wieder fort.« Er schaut mich an, und einen Moment lang hoffe ich, er fügt hinzu: »Und dich möchte ich auch nicht gern zurücklassen«, aber ich verbiete mir den Gedanken sogleich. Das hier ist *sein* großer Moment. *Seine* Karriere. Das, worauf er so lange im Schweiße seines Angesichts hingearbeitet hat. … Ich sollte mich für ihn freuen und meinen Egoismus augenblicklich ad acta legen.

»Wie lange musst du denn wegbleiben?«, frage ich ihn und versuche, nicht weinerlich zu klingen.

»Genau weiß ich es nicht, aber sicher ist die Rede von Monaten … und die erste Zeit wird natürlich der helle Wahnsinn sein, was die Arbeit angeht.« Filippo holt tief Luft, als müsste er sich darauf vorbereiten, ein Geständnis zu machen. »Das Büro hat eine Partnerschaft für die Errichtung eines Gebäudes bekommen, das von Renzo Piano geplant wird.«

»Mensch, Fil, herzlichen Glückwunsch! Und das sagst du mir jetzt erst?« Das ist nicht nur eine gute Nachricht, sondern geradezu sensationell. Leider. Ich gebe ihm ein Küsschen auf die Wange und strahle ihn mit aufrichtiger Begeisterung an. »Das ist die Chance deines Lebens.«

Filippo lächelt gesetzt. Seine Bescheidenheit ist entwaffnend und ein Zug an ihm, der mir sehr gefällt. Dabei weiß ich, dass er durchaus auch stolz auf das ist, was er leistet, ohne jemand zu sein, der gleich abhebt. Ihm würde es nicht einmal zu Kopf steigen, wenn man ihm die Neugestaltung des Empire State Buildings auftragen würde.

»Du, hör mal, ich habe jetzt ein Abendessen mit den Kollegen aus dem Büro. Die haben das anlässlich meines Abschiedes organisiert.« Aus seinem Blick schließe ich, dass Filippo keine große Lust darauf hat, jedoch schon allein aus Höflichkeit daran teilnehmen muss. Schade, ich hatte wenigstens gehofft, den letzten Abend mit ihm verbringen zu können. Immerhin tröstet es mich, dass es ihm genauso zu gehen scheint.

»Und wir? Wir können uns doch nicht einfach so verabschieden, oder?«, protestiere ich.

»Tut mir leid, Bibi«, sagt er mit zerknirschter Stimme und blickt zu Boden. »Morgen muss ich so viel für meine Abreise vorbereiten, dass ich wohl kaum noch viel Zeit haben werde.«

»Verdammt, Fil.« Das geht mir alles viel zu schnell.

Er legt den Finger unter mein Kinn, hebt es an und schenkt mir ein ermutigendes Lächeln.

»Aber ich warte auf dich. Du musst mich unbedingt in Rom besuchen.«

»Natürlich«, antworte ich und verziehe das Gesicht.

»Gib mir einfach ein bisschen Zeit, damit ich mich akklimatisieren kann, und dann machen wir ein Wochenende aus, okay?«

»Okay.« Aber das ist mir kein großer Trost.

»Ich bin froh, dass du traurig bist, weißt du das?« Filippo streicht mir eine Haarsträhne aus dem Gesicht. »Mir geht es genauso. Aber ich kann das nicht besonders gut zeigen. Tja, und jetzt muss ich leider los, sonst lynchen die mich … oder, noch schlimmer, sie sind schon sturzbesoffen, wenn ich hinkomme.«

»Du wirst mir furchtbar fehlen«, flüsterte ich mit einem dicken Kloß im Hals.

»Du mir auch.«

Wir nehmen uns fest in die Arme, als wollten wir uns mit dieser einen Umarmung den Körper des anderen so fest einprägen wie nur möglich. Dann küssen wir uns auf die Wangen, stehen einen Moment lang unentschlossen voreinander und schauen uns an. Vielleicht würden wir uns in diesem Moment lieber einen anderen Kuss geben, doch dann wenden wir den Blick ab und nehmen wieder die Rolle der alten Studienfreunde ein.

»Dann gehe ich jetzt. Wir hören bald voneinander, ja?«

»Gute Reise, Fil. Und viel Glück.«

Eine letzte schnelle Umarmung, dann verlassen wir den Platz in unterschiedliche Richtungen. Noch einmal drehen wir uns um, winken uns zu, und dann geht es weiter – vorerst auf getrennten Wegen.

Während ich mich ganz langsam auf den Heimweg mache, spüre ich, wie eine große Traurigkeit Besitz von mir ergreift. Dass Filippo ausgerechnet jetzt weggehen muss, kommt mir wie eine gewaltige Ungerechtigkeit vor, weil wir uns doch gerade erst wiedergefunden und begonnen hatten, die wahre Natur unserer Beziehung zu begreifen. Blöderweise merke ich erst jetzt, wie wichtig mir seine Anwesenheit in den vergangenen zwei Monaten war.

Seit mehr als einem Jahr bin ich solo, doch dieser Zustand hat mich nie sonderlich belastet. Ich habe entdeckt, dass ich eigenständiger und unabhängiger bin, als ich das je für möglich gehalten habe. Doch dann trat Filippo erneut in mein Leben, und ich habe mich ihm so nahegefühlt wie keinem anderen. Zum ersten Mal nach so langer Zeit hatte ich ernsthafte Zweifel an meiner Berufung zum Single-Dasein.

Einen Moment lang erscheint vor meinem inneren Auge grausamerweise das Bild von Valerio, meinem letzten Freund; eine Liebe, die in der sorglosen Zeit der Universität begonnen hatte und beim Eintritt in das wirkliche Erwachsenenleben ein jähes Ende fand. Wenn ich daran zurückdenke, frage ich mich, ob das, was ich damals geliebt habe, wirklich er war oder nur die fälschliche Sicherheit unserer Beziehung. Nachdem ich die Uni abgeschlossen hatte, begann mich meine unsichere Arbeitssituation zu nerven, ich war voller Zweifel bezüglich der Zukunft und immer unzufrieden. Es waren Jahre, in denen Valerio einen der wenigen Fixpunkte meines Lebens darstellte. Ich hatte es so nötig, an unsere Beziehung zu glauben, dass ich gar nicht merkte, wie viel zerbrechlicher als ich er war. Ich begriff einfach nicht, dass aus unser beider Schwäche eben nicht ein starkes Ganzes entstand. Ihn zu verlassen war sehr schmerzhaft, doch im Nachhinein glaube ich, für uns beide das Richtige getan zu haben. Valerio war nicht mehr als ein Fluchtweg aus der Wirklichkeit für mich. Das Problem ist, dass ein solcher Fluchtweg manchmal einer Liebe verflixt ähnlich sehen kann. Doch mich von ihm abzunabeln, da bin ich mir mittlerweile sicher, hat für mich den Übergang zum Erwachsenenleben bedeutet. Und ich bin stolz darauf, dass damals ich diejenige war, die die Entscheidung für uns beide getroffen hat.

Jetzt bin ich zu Hause angelangt. Ich habe genug über die Vergangenheit gegrübelt, beschließe ich. Sie ist aus und vorbei, und jetzt wäre es sinnvoll, mich den neuen Dingen zu öffnen, die auf mich warten. Hätte ich doch nur mehr Zeit mit Filippo verbringen können, dann hätte sich unsere Freundschaft – auch wenn es mir im Moment schwerfällt, unsere Beziehung nur als solche zu definieren – möglicherweise in etwas anderes verwandelt. Doch wer weiß, vielleicht ist ja noch gar nicht alles verloren, und wir finden irgendwie doch noch zusammen. Eins ist sicher: Unsere gemeinsamen Abende, unsere Diskussionen über Filme, unsere Restaurantbesuche und unser gemeinsames Lachen werden mir fehlen! Das zu leugnen ist sinnlos.

Nach dem Abendessen ziehe ich meinen Hausanzug an und fläze mich aufs Sofa, um zu zappen. Ich bin kurz davor, vor einem Dokumentarfilm über die Tiere der Savanne einzunicken, als es an der Tür klingelt. Ich schaue auf die Uhr: Es ist fast Mitternacht. Wer kann das um diese späte Stunde noch sein? Ein wenig ängstlich spähe ich durch meinen Spion und erblicke einen blonden Haarschopf. Und darunter die grünen Augen von Filippo.

»He, hallo!«, rufe ich und mache ihm, etwas verblüfft, die Tür auf.

»Ich kam gerade hier vorbei und wollte sehen, ob du noch wach bist«, sagt er mit einem verschmitzten kleinen Lächeln.

»Ja, ich hab noch ferngeschaut«, antworte ich fröhlich und lasse ihn herein.

Filippo tritt ein, und ich folge ihm ins Wohnzimmer. Irgendwie wirkt er komisch auf mich, angespannt, verlegen. Ich weise aufs Sofa und setze mich neben ihn. Er ist geradezu leichenblass, und ich beginne, mir Sorgen um ihn zu machen.

»Was ist denn los?«, frage ich vorsichtig.

»Nichts, ich wollte einfach noch mal mit dir reden, bevor ich …«

»Fil, du hast es dir doch nicht anders überlegt, oder? Dass du doch nicht weg willst, meine ich?«

»Nein, das ist es nicht …«

»Also, was dann?«

»*Du* bist es, Elena.«

Ich bin es. Nun, dann wird mir alles klar. Filippo hat beschlossen, sich zu erklären, und tut es, wenige Stunden bevor er in eine andere Stadt umzieht. Wunderbar: Ich bin rein gar nicht darauf eingestellt, habe die unförmigsten Sachen aus meinem Kleiderschrank an und mir noch nicht mal die Zähne geputzt.

»Ich wollte nicht gehen, ohne dir zu sagen, wie viel du mir bedeutest«, fährt er fort.

»Schau, ich weiß doch, dass du mich gerne magst.« Etwas Besseres fällt mir nicht ein, und ich versuche, den Ton unseres Gespräches leichter zu machen, indem ich ihn anlächele und ihm die Haare verwuschele. Fast hoffe ich, dass er es dabei bewenden lässt und nichts mehr weiter sagt.

»Nein, das weißt du nicht.« Filippo nimmt meine Hände und drückt einen innigen Kuss darauf. Die Wärme seiner Lippen fährt mir durch den Arm wie ein Blitz und trifft mich mitten ins Herz. Ohne ein weiteres Wort kommt er näher und küsst mich auch auf die Lippen, ganz leicht, unsicher. Fast so, als wolle er mich erst um Erlaubnis bitten.

Ich weiche nicht zurück, ganz im Gegenteil. *Du darfst,*

Fil. Jetzt werden seine Lippen noch mutiger, und seine Zunge sucht nach der meinen. Seine Hände, die so weich und zärtlich sind, umschließen meinen Kopf, als wollten sie auch meine Gedanken festhalten, sie alle in dem kleinen Raum bewahren, der jetzt noch zwischen uns liegt. Ich schließe die Augen, halte die Luft an. Jetzt küssen wir uns wirklich.

Und gerade, als es am schönsten ist, macht Filippo sich los und schaut mir in die Augen.

»Das habe ich schon so oft tun wollen, Bibi. Aber ich war mir nie sicher, ob du es auch wolltest.«

»Ich habe mir nichts anderes gewünscht.«

Wir küssen uns wieder und wieder, als könnten wir gar nicht genug voneinander kriegen, doch wir wagen nichts mehr zu sagen. Jetzt drückt Filippo mich sanft auf das Sofa hinab und legt sich neben mich. Ohne mit dem Küssen aufzuhören, schiebt er eine Hand unter mein Sweatshirt und berührt meine Brust ganz leicht mit den Fingerspitzen. Ein Schauder durchfährt mich. Dabei sieht er mich an, als wäre ich das Kostbarste auf der ganzen Welt. Als könnte er seinen Augen nicht trauen. Und auch ich kann es kaum glauben, dass wir nach all dem Zögern und Zaudern, nach all den verpassten Gelegenheiten endlich hier beisammen sind, eng umschlungen und mit Schmetterlingen im Bauch. Dass wir endlich eine Nacht miteinander verbringen. Eine Nacht, die all die verlorene Zeit ungeschehen macht.

»Ich hab dich immer schon begehrt. Schon vom ersten Moment an«, flüstert er mir ins Ohr und küsst mich noch leidenschaftlicher. Jetzt fährt er mit der Hand über meine Haut und streichelt mir die Brüste, hält nur einen Moment lang bei dem kleinen, herzförmigen Muttermal inne, das ich direkt unter der linken Brust habe. Dann setzt Filippo sich unvermittelt rittlings auf mich und zieht mir mit einer raschen Bewegung Sweatshirt und Hemdchen aus. Darunter trage ich nichts weiter, und einen Moment lang ist mir unwohl dabei. Rasch wende ich den Blick ab und knipse die Lampe aus. Es wird dunkel.

Jetzt sehe ich, wie sein Umriss sich über mich beugt, ich spüre seinen Mund, der sich um meine bereits harten Brustwarzen schließt und genüsslich daran saugt wie an einer süßen Leckerei. Ich schmelze dahin, fahre ihm mit den Fingern durchs Haar, genieße diesen Moment reinster Zärtlichkeit.

Filippo wandert mit den Händen zum Reißverschluss meiner Jeans und zieht ihn auf. Ich spanne meine Bauchmuskeln an, während sich seine Hand einen Weg in meinen Slip bahnt. Ohne mit dem Küssen meiner Brust aufzuhören, streichelt er meine Klitoris. Kurz hört er auf, aber nur, um mir die Jeans auszuziehen, zusammen mit dem Slip. Auch ich ziehe ihm jetzt das T-Shirt aus; bei den Jeans macht Filippo das selbst. Jetzt sind wir nackt.

Im Halbdunkel kann ich seinen schlanken Oberkörper und den steifen Schwanz erkennen, der sich mir entgegenreckt. *Mein Gott, ich bin gerade dabei, mit Filippo ins Bett zu gehen,* denke ich wieder und wieder. *Es passiert tatsächlich, hier bei mir*! Unter seinen Berührungen ist es, als würden die Gedanken immer langsamer fließen, in unseren Köpfen, in unseren Körpern.

Jetzt ist er wieder bei meiner Klitoris, streichelt sie immer heftiger, und dann suchen seine Finger sich einen Weg zwischen den Schamlippen, dringen in mich ein. Überrascht ziehe ich mich ein wenig zurück.

»Alles in Ordnung?«, fragt Filippo.

»Ja«, versichere ich ihm.

Es ist fast ein Jahr her, dass ich mit jemandem geschlafen habe, und um die Wahrheit zu sagen, habe ich ein wenig

Lampenfieber. Filippo wartet, bis ich bereit bin, dann legt er sich auf mich, nimmt sein steifes Glied in die Hand und dringt sanft in mich ein, ganz behutsam, ohne Eile. Als er ganz drinnen ist, stößt er einen tiefen Seufzer aus und beginnt sich zu bewegen. Ich lege ihm die Arme um den Hals, recke ihm das Becken entgegen, wiege mich in seinen Bewegungen und lasse mich einfach gehen. Ich wusste gar nicht mehr, wie schön das sein kann. Wie erfüllend.

Während sein Schwanz tief in mich eindringt, durchlaufen mich Schauder der Lust, die immer intensiver werden, mehr und mehr. Filippo stößt mich noch fester, und ich klammere mich an ihn. Ein Seufzer entringt sich meiner Kehle. Und da ist er – ein Orgasmus, so weich und süß. Er durchläuft mich wie eine Welle. Ich bebe in seinen Armen, verliere vollkommen die Kontrolle, das Gefühl für Ort und Zeit. Wie überwältigend, dass Filippo mir das schenkt. Ich bin glücklich. So glücklich, wie ich es schon lange nicht mehr war.

Filippo senkt sich über mir herab, um mich zu küssen, bewegt noch immer das Becken, auf dem Weg zu seiner eigenen Lust. Jetzt ist auch er so weit, ich spüre, wie sein Schwanz in mir pulsiert, dann bricht er mit einem fast befreienden Schrei über mir zusammen.

Wir küssen uns, umschlingen uns, beinahe ein wenig verwundert. In diesem Moment gibt es keine Worte für uns. Wir haben uns geliebt, und es war schön. Keiner von uns will sich der Frage stellen, was morgen geschehen wird, nicht jetzt.

»Elena«, sagt Filippo und nimmt mein Gesicht in die Hände. »Ich möchte heute Nacht bei dir schlafen. Darf ich?«

»Ja«, antworte ich leise.

Händchenhaltend stehen wir vom Sofa auf, und ich führe ihn mit noch etwas zittrigen Beinen zu meinem Bett, wo wir unter die Decken kriechen. Der Schlaf übermannt uns, noch während wir uns in den Armen halten.

Ich mache die Augen auf. Das Zimmer ist in ein bläuliches Licht getaucht. Gestern habe ich die Rolläden nicht geschlossen, weshalb jetzt das Morgenlicht durchs Fenster hereinkommt. Ich drehe mich zu Filippo, der bereits aufgestanden ist und sich anzieht. Er lächelt mir zu.

»Schlaf weiter, es ist noch früh. Ich muss packen gehen.«

Ich höre nicht auf ihn, sondern setze mich und lehne mich gegen das Kopfende des Bettes. Wir schauen uns an und wissen, dass es jetzt noch schwerer wird, Adieu zu sagen. Filippo setzt sich neben mich aufs Bett und streicht mir durch die Haare, die bestimmt total zerzaust sind. Oje, ich will doch nicht, dass das Letzte, was er von mir in Erinnerung hat, mein zerknautschtes Morgengesicht ist!

»Bitte keine Trauermiene, Bibi.«

»Hast du denn keine Angst, dass wir alles nur verkompliziert haben, Fil? Vielleicht haben wir ja das Richtige getan, aber eben im falschen Moment.«

»Möglich, aber ich bereue es nicht. Ich wollte dich. Und ich will dich immer noch«, sagt er leise.

»Und was machen wir jetzt?«

»Wir müssen keine Entscheidung erzwingen. Wir haben alle Zeit der Welt. Bibi, bitte komm doch erst gar nicht auf den Gedanken, dass das ein Abschied für immer ist …«

»Nein, gewiss nicht …«, erwidere ich, obwohl ich mir da plötzlich gar nicht mehr so sicher bin. »Große Entscheidungen machen mir Angst, das weißt du doch.«

»Ich weiß, aber wir haben doch keine Eile. Wenn wir uns wiedersehen, machen wir einfach da weiter, wo wir jetzt aufgehört haben.«

»Dann verschieben wir also alles auf bessere Zeiten?«, frage ich und klinge wohl ziemlich verzagt.

»Ja, wenigstens solange ich in Rom bin und du in Venedig.«

»Mir scheint das eine sehr weise Entscheidung zu sein, Fil«, sage ich tapfer und mit überraschend fester Stimme.

»Es ist die einzige Methode, nicht wahnsinnig zu werden, Bibi.«

Wir nehmen uns fest in die Arme und küssen uns ein letztes Mal, dann steht er auf. Ich möchte ihn nach draußen begleiten, doch er will das unter keinen Umständen. Stattdessen deckt er mich gut zu.

»Nein, bleib hier im Warmen.«

Ein letzter Kuss auf die Stirn, dann verschwindet er hinter der Zimmertür. Ich strecke mich im Bett aus und ziehe mir die Decke über den Kopf. Am liebsten würde ich schlafen und mein Gehirn ausschalten, aber das ist vollkommen aussichtslos, weil mir tausend Dinge im Kopf herumschwirren.

Diese Nacht, die ich mit Filippo verbracht habe, war zärtlich und aufregend. Ich frage mich, ob ich mich wirklich in ihn verlieben könnte. Verstanden haben wir uns immer sehr gut … Aber wird das reichen? Das muss ich herausfinden, denn den Luxus, einen Fehler zu machen und ihn dann zu bereuen, kann ich mir mit Filippo nicht erlauben. Ich muss einen klaren Kopf behalten und herausfinden, ob ich freundschaftliche Zuneigung nicht mit etwas Tieferem verwechsele. Die Entfernung zwischen uns wird sicher beschwerlich sein, doch vielleicht ist das hier auch genau die Belastungsprobe, die wir brauchen, um zu begreifen, wie unsere Gefühle füreinander wirklich geartet sind.

Ich werfe mich im Bett herum, schmore ewig in meinen

letztlich doch müßigen Analysen – eine einzige Liebesnacht, und schon kriege ich die Paranoia? –, beschließe dann resigniert aufzustehen und gehe in die Küche, um mir einen Tee zu machen.

Auf dem Tisch, eingeklemmt unter dem Obstkorb, liegt ein Zettel. Es ist eine Skizze, das mit dem Bleistift gezeichnete Bild einer Frau. Das bin ich. Als ich das Blatt umdrehe, sehe ich, dass ganz unten in der Ecke etwas geschrieben steht. Es ist eine regelmäßige, sorgfältige Schrift.

Wie schön du bist …
Du hast heute Nacht so tief geschlafen …

Und direkt darunter eine Unterschrift: *Filippo.*

Ich sinke auf den Stuhl, lasse die Arme hängen, lege den Kopf in den Nacken und stoße einen tiefen Seufzer aus. *Das gilt nicht, Fil. Wie soll ich einen klaren Kopf behalten, wenn du so was machst?*

• 5 •

Filippo ist vor drei Tagen abgereist. Kaum war er in Rom, hat er mich angerufen, und vorgestern haben wir geskypt.

»Bibi, ich will dich nicht verlieren. Nicht jetzt.« Mit diesen Worten hat er unser Gespräch beendet.

Wir müssen versuchen, möglichst oft voneinander zu hören, haben wir uns vorgenommen, auch wenn wir wissen, dass Mails und Telefonate nicht genügen werden, um die räumliche Distanz zwischen uns zu überbrücken.

Seit drei Nächten schlafe ich schlecht.

Während des Tages gelingt es mir, mich auf die Arbeit zu konzentrieren, doch kaum lege ich mich ins Bett, kommen Zweifel und Gedanken in mir auf. Dann meine ich, Filippos Geruch wahrzunehmen, eine Erinnerung an unsere einzige gemeinsame Nacht. Was wird aus uns werden? Es kann ein Morgen geben – und nach all den Monaten gewollter Einsamkeit habe ich ein gewisses Recht, darauf zu hoffen, finde ich. Oder hat es sich tatsächlich nur um eine einzige Nacht gehandelt, in der wir uns von unseren Abschiedsgefühlen hinreißen ließen? Was empfinden wir wirklich füreinander? Und vor allem: Was empfinde *ich*?

Als wäre das nicht genug, haben mich heute Nacht auch noch die beiden Katzen meiner Nachbarin, der Signora Clelia, wach gehalten. Die alte Schachtel sperrt sie das ganze Jahr über in ihrer Dreißig-Quadratmeter-Wohnung ein, doch wenn die Stubentiger rollig werden, drehen sie durch, und dann lässt Clelia sie auf die Straße hinaus. Das laute Maunzen und Miauen in diesen Nächten stellt mein Nervenkostüm immer mindestens auf dieselbe harte Probe wie meine Tierliebe.

Um vier Uhr morgens war ich mit meiner Geduld am Ende und trat mit Ringen unter den Augen, die den Olympischen Spielen alle Ehre gemacht hätten, ans Fenster, um mir notgedrungen das Nachtprogramm zu Gemüte zu führen, das auf dem Platz gegeben wurde: Rund um die beiden Katzen von Clelia hatten sich fünf oder sechs streunende Kater versammelt und lieferten sich einen erbitterten Kampf um ihre Gunst.

Ein wildes Knäuel aus Katzenbuckeln, Fauchen, gesträubtem Fell, und dann ging es richtig los – mit Zähnen und Klauen und lautem Geschrei. Bis sich die beiden Weibchen plötzlich, aus heiterem Himmel, nur noch ihren Begierden hingaben, auch wenn ich nicht richtig erkennen konnte, wer es in dieser kätzischen Orgie mit wem trieb. Heute Morgen wird Clelia sie bestimmt überall in der Nachbarschaft hysterisch suchen … und in zwei Wochen sind sie dann wieder da, die beiden Miezen, abgemagert, voller Schrammen, aber glücklich. Beneidenswert!

Das leise Summen meines iPhones reißt mich in die Wirklichkeit zurück. Ich lege den Pinsel auf der Abdeckfolie ab und schaue schnell nach, wer es ist, sogar ohne mir die Gummihandschuhe auszuziehen, denn ich kann es mir schon denken. Und tatsächlich ist es Filippo, der mir eine MMS geschickt hat. Ich lade mir das Foto gleich herunter: Er steht im Vordergrund eines supermodernen Gebäudes, oder besser einer Baustelle.

Guten Tag, Bibi. Bin schon bei der Arbeit. Und du? Du fehlst mir.

Ich betrachte das Foto ein wenig traurig. Er fehlt mir auch.

Der Gedanke, ihn zu besuchen, treibt mich immer stärker um, und ich muss zugeben, dass mich die Vorstellung, er könnte in unserer Hauptstadt neue Bekanntschaften schließen, ziemlich eifersüchtig macht. Vielleicht ist jetzt ja wirklich der Moment gekommen, dass auch ich mich wieder auf den Markt werfe und mir ein erotisches Abenteuer hole …

Ich reibe mit dem Ärmel meines Overalls über das Display des Handys und antworte ihm.

Hocke wie üblich vor dem Fresko, aber es wird ganz gut … Du fehlst mir auch. Bussi.

Ich mache ein Foto von mir, mit dem Fresko im Hintergrund, und hänge es an die SMS an. Trotz meiner schlaflosen Nächte und meiner inneren Unruhe macht die Restaurierung gute Fortschritte. Sei es, dass ich mich immer sicherer fühle, sei es, dass Leonardos Experiment gefruchtet hat (und das hat es wirklich, das muss ich ihm zugestehen), oder ganz einfach deshalb, weil man irgendwann einfach Erfolg haben *muss*, wenn man etwas wieder und wieder probiert … Jedenfalls kommt es mir wie ein Wunder vor: Heute hat der Granatapfel endlich die richtige Farbnuance bekommen, an der ich schon seit Tagen herumbastele.

»Na, trödelst du rum?«, ertönt hinter mir eine vertraute Stimme. Ich drehe mich um und sehe Gaia an der Tür stehen. Von ihrem Arm baumelt eine Designer-Tasche, und an den Füßen trägt sie die üblichen Stelzen.

Das ist nicht zu fassen! Trotz all meiner Ermahnungen und Drohungen ist sie schon wieder hier aufgetaucht. Dabei habe ich ihr von dem peinlichen Nachspiel unseres Streifzuges erzählt und ihr gesagt, sie solle sich hier nicht mehr blicken lassen. Statt meiner Aufforderung Folge zu leisten, steht sie jetzt aber schon wieder da, auf dem Gesicht den altbekannt dreisten Gesichtsausdruck eines Menschen, der nichts zu befürchten hat.

Ich schließe die Faust um den mit Tempera beschmierten Pinsel und recke ihn ihr entgegen: *»Weiche von mir, Satan!«*, rufe ich. Dann fällt mir etwas ein: »Wie bist du überhaupt hier reingekommen? War die Tür nicht zu?«

»Ich habe das Faktotum bezirzt.« Gaia zwinkert mir zu. Dann hat sich also auch der gute Franco bereits von ihr um den Finger wickeln lassen.

»Hau auf der Stelle ab!«, befehle ich ihr. »Ich arbeite, habe tausend Sachen zu erledigen und will kein Durcheinander hier!« Dabei schwenke ich meinen Pinsel bedrohlich in Richtung ihrer Seidenbluse.

Gaia hebt die Hände und bringt dieses Lächeln zum Vorschein, von dem sie überzeugt ist, dass sie damit die ganze Welt erobern kann. »Ele, jetzt komm schon … So einen Aufruhr wegen eines Fläschchens Augentropfen?«

»Augentropfen? Du bringst mich in Schwierigkeiten, darum geht es, verdammt noch mal!« Ich wende den Pinsel wieder der Wand zu, merke aber sogleich, dass das ein Fehler wäre: In Gaias Augen sah das aus wie eine Kapitulation. Und tatsächlich tritt sie näher, auf dem Gesicht eine kumpelhafte Miene.

»Na komm schon … so schlimm ist das auch wieder nicht.«

Während ich anfange, mein Malwerkzeug zu reinigen, um wieder berufliche Autorität auszustrahlen, legt sie den Kopf schief, sucht meinen Blick. Anscheinend findet Gaia meine Unduldsamkeit amüsant. »Wenn Leonardo es dir nicht übel genommen hat, dann heißt das doch, dass unsere *Aufmerksamkeit* ihn insgeheim freut, oder?«

Ich lege theatralisch die Hand an meine Schläfe. »Oder

er betrachtet uns als zwei arme, bekloppte Hühner, auf deren Interesse man nicht besonders stolz sein muss.«

»Den Narzissmus eines Mannes darf man nie unterschätzen«, erwidert Gaia mit wissender Miene. »Und da sind sie alle gleich: Letztlich gefällt es jedem, hofiert zu werden.«

»Das könnte aus einem Handbuch für Stalker stammen«, ätze ich.

In genau diesem Moment taucht Leonardo aus dem Nichts auf, wie eine Gottheit aus einer griechischen Tragödie, die vom Himmel fällt, nur dass er zerrissene Jeans und eine schwarze Lederweste trägt. Bei seinem Anblick leuchten Gaias Augen auf, und mir steigt spontan die Röte ins Gesicht.

»Guten Tag«, begrüßt er uns herzlich, anscheinend ohne unsere unterschiedlichen Reaktionen zu bemerken, aus denen, bei jeder auf ihre Weise, eine gewisse Nervosität spricht.

»Guten Tag«, antworten wir im Chor.

Leonardo wirft einen kurzen Blick auf das Fresko und lächelt mir verschwörerisch zu. »Das sieht jetzt aber wirklich nach einem Granatapfel aus.«

»Schon.« Ich nicke. »Wenn man probiert und probiert, wird es schon irgendwann ...«, sage ich und halte mich bewusst im Vagen. Dabei vermeide ich jegliche Anspielung auf unser »Experiment«, weil ich keine Lust habe, Gaias Neugier anzufachen. Dann beginne ich, voller Energie die Farbe von einem Probenbecher zu kratzen, in der Hoffnung, dadurch besonders beschäftigt zu wirken.

Leonardo wendet sich an Gaia. »Besuchst du Elena oft?«

»In Wirklichkeit kam ich eigentlich nur zufällig hier vorbei ...«

DICH besucht sie oft, denke ich und fuhrwerke an der Farbe in meinem Probenbecher herum.

Obwohl ich mich demonstrativ und absolut ungastlich heraushalte, kommt das Gespräch zwischen den beiden reibungslos in Gang. Leonardo scheint über Gaias Anwesenheit erfreut zu sein – sicher hat er gemerkt, dass sie ihn anbaggert. Vielleicht hat sie ja auch recht, und die Welt ist voller egozentrischer Schönlinge, die nur darauf warten, angehimmelt zu werden.

Plötzlich jedoch wendet Leonardo sich an mich. »Ich hab ganz vergessen, euch etwas Wichtiges zu sagen.« Er fährt sich mit der Hand durch die Haare. »Ihr seid alle beide zur Eröffnung des Restaurants eingeladen.«

Ich höre mit dem Kratzen auf und brauche den Bruchteil einer Sekunde, um mich wieder auf ihr Gespräch einzustellen.

»Ach ja? Und wann ist die?«, fragt Gaia und versucht, sich ihre Aufregung nicht anmerken zu lassen.

»Heute in einer Woche. Nächsten Mittwoch.«

Das hat uns gerade noch gefehlt. Ich klappe den Mund auf und will schon sagen: »Was, nächsten Mittwoch? Ach, schade, da sind wir schon anderweitig beschäftigt ...«, doch Gaia kommt mir zuvor: »Danke, die Einladung nehmen wir gerne an! Stimmt's, Elena?« Ohne mich auch nur anzuschauen, zieht sie schnell ihr BlackBerry aus der Tasche. »Schau, das trag ich mir gleich in meinen Kalender ein.« Mit flinken Fingern bringt sie ihre Termine auf den neuesten Stand und nutzt – als Meisterin ihres Fachs – sogleich die Gelegenheit, Leonardo nach seiner Nummer zu fragen. »Nur für den Fall, dass in letzter Minute was dazwischenkommt ...«, präzisiert sie mit einem schelmischen kleinen Lächeln.

Es ist ein solches Spektakel, Gaia in Aktion zu sehen, dass ich sie wie hypnotisiert betrachte und ganz vergesse, sauer auf sie zu sein. Gaia ist mein unerreichtes Vorbild, was Abschlepptechniken angeht. Direkt danach kommen gleich Clelias Katzen.

Als hätte er meine Verblüfftheit gespürt, wirft mir Leonardo einen aufmunternden Blick zu und sagt: »Nur damit das klar ist: Ich rechne mit euch beiden.«

Ich nicke, glaube ihm aber nicht so recht. Er schaut mich ernst an.

»Ich hab gesehen, mit welcher Leidenschaft du an deine Arbeit herangehst, Elena. Und so geht es mir auch. Deshalb möchte ich dir auch gerne zeigen, was ich mache.« Das sagt er so, als würde es ihm wirklich etwas bedeuten, und ich komme nicht umhin, ihm zu glauben. Dennoch überrascht es mich, und aus lauter Verlegenheit versuche ich einmal wieder, mich wichtig zu machen.

»Ich weiß nicht so recht ... Momentan habe ich so viel zu tun ...«

Leonardo wendet sich an Gaia, ohne mich dabei jedoch aus den Augen zu lassen: »Ich zähle auf dich, Gaia. Du wirst es schon schaffen, sie mitzuschleppen. Dann also bis Mittwoch, Mädels.« Mit diesen Worten geht er und lässt seine zwei »Mädels« in einem Zustand zurück, der diametral entgegengesetzt ist – die eine ist hellauf begeistert, die andere verwirrt und beunruhigt.

»Wieso hast du bloß zugesagt?«, fahre ich Gaia an, weil mir sogleich wieder alle möglichen Gründe eingefallen sind, sauer auf sie zu sein.

»Weil es keinen Grund gab, Nein zu sagen.« Wie immer bringt Gaia die Sache auf den Punkt.

Ich verschränke die Arme auf der Brust.

»Ich komme jedenfalls nicht, nur dass du's weißt. Ich lass mich doch nach der Peinlichkeit von letztens nicht von ihm zum Essen einladen«, bocke ich.

»Bist du immer noch bei dieser Geschichte?«, blafft Gaia

zurück. »Ach, komm, Ele, wenn du mich fragst, hat Leonardo das längst vergessen. Wir verbringen einen schönen Abend bei ihm, essen gut, lernen vielleicht interessante Leute kennen …«

»Nur über meine Leiche!«

»Du hör mal, wenn du nicht gehst, geh ich auch nicht!«

»Was mir ganz entsetzlich leidtut!«

»Und du lässt es zu, dass mir eine solche Gelegenheit entgeht? Eine schöne Freundin bist du! Ich würde das jedenfalls für dich machen, wenn es dir wichtig wäre!«

»Jetzt komm mir nicht mit moralischer Erpressung!«

Gaia wirft rasch einen Blick auf ihre Uhr, deren Zifferblatt über und über mit Swarovski-Steinchen besetzt ist. »Du hör mal, ich muss jetzt gehen. Überleg es dir, und dann reden wir noch mal.«

Ich kann einfach nicht verstehen, wie aus meinem eindeutigen Nein in ihren Ohren auf einmal ein »wahrscheinlich doch« geworden ist.

»Na, meinetwegen«, gebe ich klein bei. »Hauptsache, du hörst auf, mich zu nerven.« Für mich ist das Gespräch damit beendet.

»Hast du gerade wirklich *na meinetwegen* gesagt? Hab ich richtig gehört? Ja, du hast *na meinetwegen* gesagt!« Gaia reckt mir ihren rotlackierten Finger entgegen.

»Nein, ich wollte sagen …«

Sie lässt mir keine Chance zu antworten.

»Zu spät, jetzt hast du es schon gesagt. Du bist es mir schuldig und basta. Ich ruf dich an!«, flötet sie, haucht mir eine Kusshand zu und klappert in Windeseile auf ihren Zebraabsätzen über den alten Steinfußboden davon.

Jetzt könnt ihr es schriftlich haben: Ich hasse sie.

• 6 •

Das Rot steht dir besser«, sagt Gaia und schiebt mich vor den Wohnzimmerspiegel. »Schau dich doch nur an, du siehst toll aus!«

Ich gehe auf die Zehenspitzen und drehe mich halb um die eigene Achse, doch was ich im Spiegel sehe, entlockt mir nur ein Naserümpfen. Ich bin nicht überzeugt. Heute Abend findet die – zumindest von Gaia – lang ersehnte Einweihung des neuen Restaurants von Brandolini statt – und das ist auch der Grund, warum ich halbnackt in meiner Wohnung herumhetze, verzweifelt auf der Suche nach etwas Passendem zum Anziehen. Gaia weicht mir dabei schon seit zwei Stunden nicht von der Seite, was ziemlich nervig ist. In der Furcht, dass ich es mir in letzter Minute anders überlegen könnte, ist sie bereits in voller Montur bei mir erschienen, perfekt geschminkt und frisiert und mit einem Rollkoffer sowie zwei großen Maxibags voller Klamotten und Accessoires im Schlepptau. Und jetzt möchte sie, dass ich den Look anprobiere, den *sie* für mich ausgesucht hat.

»Das ist zu kurz, Gaia«, protestiere ich und zeige auf meine Oberschenkel. »Das sieht ja so aus, als hätte ich gar nichts an … und das Rot ist wie die Faust aufs Auge.«

Gaia schüttelt den Kopf und hebt den Blick zum Himmel. »Du bist echt hoffnungslos. Von Mode kapierst du wirklich gar nichts …«

»Komm, lass mich noch mal das schwarze Gucci probieren«, lenke ich ein und wappne mich für die tausendste Frontalbegegnung mit dem Spiegel.

Gaia bewegt sich mit katzengleicher Geschmeidigkeit auf ihren türkisfarbenen Sandalen, die in der Farbe exakt auf das Satinkleidchen abgestimmt sind, das sie trägt, und holt mein Kleid aus dem anderen Zimmer. »Da«, schnaubt sie und wirft es mir herüber. »Mach doch, was du willst. Wenn dir so daran liegt, dass dich keiner bemerkt …«

Während sie im Bad ist, um ihr Make-up aufzufrischen, steige ich aus dem roten Kleid, entferne mich ein paar Schritte vom Spiegel und ziehe rasch das schwarze an, um einen näheren Blick auf meinen bleichen und wenig durchtrainierten Körper zu vermeiden. Ein Blick aus der Ferne auf die gesamte Figur, einen auf Brusthöhe, dann eine komplette Drehung auf der Stelle. Das ist es, ich hab's. Das Kleid überzeugt mich am meisten, auch wenn ich glaube, dass es wohl gar kein Kleid gibt, das mir wirklich perfekt steht.

»Aber es ist ein bisschen sehr ausgeschnitten!«, rufe ich laut in Richtung Bad und versuche dabei, mein Dekolleté zurechtzurücken.

»Absolut nicht«, protestiert Gaia und lugt hinter der Badezimmertür hervor. »Es steht dir ausgezeichnet. Das Rote von Prada war besser, aber auch in diesem Gucci-Fetzen wirst du keine Gefangenen machen …«

Ich lege die Hände auf die Hüften und ziehe den Bauch ein. Meine Diät aus Pizzen und Tiefkühlkost ist nicht wirklich optimal für die Linie, das muss ich zugeben. »Ich würde ja gerne mal wissen, wo du diese Fummel aufgetrieben hast. Diese Kleider kosten doch sicher ein Vermögen.«

»Ganz einfach, ich hab sie übers Internet gemietet«, sagt Gaia augenzwinkernd.

Ich werfe einen letzten Blick in den unerbittlichen Spiegel und versuche mir mittels Autosuggestion einzureden, dass mir das Kleid gut steht, dass ich hübsch bin … na ja, wenigstens präsentabel.

»Und der BH? Da bräuchte ich einen trägerlosen.« Ich schaue Gaia an, in der Hoffnung, dass sie eine Lösung parat hat.

»Sag mal, wofür hältst du mich eigentlich? Für eine blutige Anfängerin?« Gaia zieht aus einer der beiden Maxibags einen mit schwarzer Spitze eingefassten Push-up und wedelt damit vor meinen Augen hin und her.

Ich ziehe ihn an und habe wie durch Zauberhand auf einmal eine Körbchengröße mehr. Zweifelnd betrachte ich mich: Ist das nicht ein bisschen ordinär, dass man die Spitze sieht?

»Hier.« Gaia befestigt ein Schälchen aus weißer Seide an meinem Hals. »Aber bedeck dich nicht ganz, nur ein bisschen.«

Ich lächele. Wenn sie ihre Kundinnen so gut versteht, wie sie mich versteht, dann ist sie die teuflischste Shoppingberaterin der Welt.

»Und jetzt kommen wir zu den Schuhen«, fährt sie geschäftig fort und wühlt in einer der Taschen. Allein bei dem Gedanken an die Auswahl, die sie mir gleich präsentieren wird, fangen mir die Füße an wehzutun.

»Paciotti aus schwarzem Satin, Zwölfer-Absatz«, spricht Gaia ihr Urteil und reicht mir ein paar Mausefallen in Sandalenform. »Und keine Widerrede.«

»Ja, ist ja gut …« Ein hysterisches Lachen entringt sich meiner Kehle. »Und anschließend brauche ich einen Rollator.«

»Ach Mensch, Ele, einen Abend lang wirst du das ja wohl aushalten können! Davon stirbt man nicht!«

Ich hole tief Luft. »Na gut, aber die ziehe ich erst eine

Sekunde, bevor wir ausgehen, an. Wenn ich mir damit ein bisschen Martyrium ersparen kann …«

»Mach, was du willst, aber so bleibt dir keine Zeit, dich daran zu gewöhnen … selber schuld!« Mit diesen Worten zieht sie das beängstigende Handwerkszeug eines Make-up-Artists aus dem Trolley.

»Und jetzt, meine Liebe, Frisur und Make-up«, sagt sie mit siegessicherem Lächeln.

Ich schaue sie zweifelnd an.

»Aber bitte Vorsicht, ja«, befehle ich ihr. Normalerweise schminke ich mich kaum bis gar nicht. Und wenn ich dann einmal all meinen Mut zusammennehme und mich anmale, habe ich immer das Gefühl, es damit eher schlimmer zu machen. Dabei sind die Grundregeln die gleichen wie beim Restaurieren: Zuerst reinigt man. Dann kommt die Grundierung. Anschließend werden die Farben aufgetragen und schließlich die Akzente gesetzt. Bloß ist das bei einer Wand die eine Sache und bei meinem Gesicht eine ganz andere.

Gaia fängt damit an, dass sie unter meinen Augen Korrekturstift aufträgt, dann greift sie zu einer lang anhaltenden Grundierung und tupft sie mit einem Schwämmchen auf die Haut. Ich vertraue ihr. Sie versteht genug von der Materie, um gute Arbeit zu leisten.

Sie blickt prüfend in mein Gesicht, nimmt mein Kinn in die Hände.

»Hast du eine Wimpernzange?«, fragt sie.

»Sonst noch Fragen?«

»Ich hab dich doch nicht gefragt, ob du einen Vibrator hast!«

»Da bist du die Expertin.«

»Und tatsächlich besitze ich beides«, gibt sie stolz zurück.

»Wie willst du die Haare haben?«, fährt sie dann geschäftsmäßig fort und stäubt mir Rouge auf die Wangen.

»Seitenscheitel und fertig.« Ich halte rein gar nichts davon, mich mit Spangen und Klammern malträtieren zu lassen, auch weil das Kopfweh hinterher schon programmiert ist.

»Mhhm ... aber ich werd versuchen, dir ein paar Wellen reinzumachen, damit der Bob ein bisschen weicher fällt. Heute Abend wirst du aussehen wie eine Göttin.«

Aus der Nummer komme ich beim besten Willen nicht mehr raus.

Nach zweieinhalb Stunden Vorbereitungsmarathon gehen wir endlich in die Zielgerade. Gaia steht bereits draußen auf dem Platz, um eine Zigarette zu rauchen. Ich ziehe einen leichten Trench über, dazu trage ich einen Seidenschal und eine silberfarbene Pochette. Die Sandalen klemme ich mir unter den Arm. Dann lösche ich das Licht, schließe die Tür ab und gehe auf bloßen Füßen die Treppe hinunter.

Kaum sieht sie mich aus der Haustür kommen, tritt Gaia ihre Fluppe unter ihrer Plateausohle aus. Ich schnalle mir die Mausefallen an die Füße, und los geht's. Gott steh mir bei!

Es ist halb zehn Uhr abends, und auf dem Campo San Polo, am Eingang des Restaurants, hat sich bereits eine Schlange gebildet. Es gilt »Geschlossene Gesellschaft«, Eintritt nur mit Einladung. Für Gaia ist das ein gutes Zeichen, weil nur ausgewählte Leute reinkommen. Ich weiß nicht so recht, was ich davon halten soll, aber ich bin auch keine Expertin für mondänes Leben; meine einzige Hoffnung für diesen Abend ist, dass ich nicht stolpere, nirgendwo hängen bleibe oder mit jemandem zusammenrumpele.

Als wir vor dem Eingang ankommen, zeigen wir dem Türsteher im schwarzen Zweireiher unsere Einladungen. Der Typ sieht aus wie ein Geheimdienstler, mit kahl rasiertem Schädel und Knopf im Ohr. Er wirft einen zerstreuten Blick auf die Einladungen und öffnet uns anstandslos die Absperrung aus roter Kordel.

»Bitte«, sagt er und lässt uns hinein.

»Danke«, antworten wir im Chor. Gaia zwinkert mir aufgeregt zu. Sie ist ganz in ihrem Element.

Gleich hinter dem Eingang laufen wir über den roten Teppich im Innenhof, der mit Fackeln und Kerzen beleuchtet ist. Das Blitzlicht eines Fotografen blendet mich. Ich hoffe nur, dass er mich nicht erwischt hat, weil ich in genau dem Moment – und wahrscheinlich eher unbeholfen als mit großer Geste – meine *Göttinnen*-Mähne wieder in Form gebracht (oder das zumindest versucht) habe. Ich verfluche Gaia dafür, dass sie mir die Haare in Wellen gelegt und dann auch noch eine Dose Haarlack daraufgesprüht hat. Die Finger bleiben regelrecht daran kleben.

Zwei Models in makellosen schwarzen Schlauchkleidern haken unsere Namen auf der Gästeliste ab und wünschen uns einen schönen Abend.

Im Inneren des Restaurants herrscht eine heimelige und vornehm-verspielte Atmosphäre, die Einrichtung ist eine Mischung aus venezianischem Patrizierstil und arabischen Elementen. Das Restaurant befindet sich auf zwei Ebenen, die untere ist von Glasflächen umgeben, die auf einen Innenhof mit Garten hinausgehen. Es plätschert leise, unaufdringliche Musik durch den Raum.

Eine Schar von Kellnern geht mit Tabletts voller Champagnerkelche zwischen den Gästen umher. Ich nehme mir einen, benetze mir aber nur die Lippen damit und reiche ihn dann an Gaia weiter, die ihr Glas bereits heruntergestürzt hat.

Wir gehen in den Garten hinaus, wo wir buchstäblich wie verzaubert stehen bleiben, denn das alles erinnert an einen Märchenwald: all die Gäste, die zwischen Fackeln und auf halber Höhe baumelnden Lampions umherflanieren oder an den Tischen sitzen – ein buntes Spektakel aus Chiffon, Seide, Spitze und Taft. Nur die ständigen Blitze der Fotografen stören den Zauber. Auch ein Kamerateam ist da: Ein Reporter geht, mit dem Mikrofon in der Hand und einem Kameramann im Schlepptau, zwischen den Gästen umher und fängt begeisterte Kommentare zu der festlichen Abendgala ein. Er kommt auch auf mich zu und teilt mir mit, die Sendung werde auf einem bekannten Sender zu sehen sein, doch ich gebe ihm zu verstehen, dass ich kein Interesse an einem Interview habe; allein bei dem Gedanken werde ich knallrot vor Verlegenheit.

Gaia hingegen ist kaum zu bremsen. Sie begrüßt Personen, die mir unbekannt sind, zwinkert nach links und blinzelt nach rechts.

»Sag mal, kennst du die alle?«, frage ich sie verstohlen.

»Mehr oder weniger«, antwortet sie. »Einige nur vom Sehen, aber es ist immer gut, wenn man sich blicken lässt.«

Sie schüttelt resigniert den Kopf und wirft mir einen Blick zu, als wollte sie sagen: »Dir muss man aber auch alles beibringen, du Schäfchen!«

Und tatsächlich könnte ich einiges von ihr lernen, vorausgesetzt, ich wollte wirklich meinen gesellschaftlichen Horizont erweitern. Stattdessen schaue ich mich aber lieber ein wenig um und versuche, alles auf mich wirken zu lassen. Denn dass ich dazugehöre – dieser Illusion gebe ich mich nicht hin. Denn mal ehrlich: Was habe ich im Grunde schon mit diesen Leuten zu tun? Zu sagen, ich fühlte mich wie ein Fisch auf dem Trockenen, wäre noch untertrieben.

Zwei Männer, die ganz in der Nähe stehen, erwidern meinen Blick mit einem Lächeln. Was haben die denn zu grinsen? Vielleicht sehe ich sehr ungekämmt aus, oder ich habe Zahnpasta auf den Lippen … Ich verschanze mich hinter einem Kellner und tue so, als würde ich sie nicht sehen. Plötzlich fällt mir ein, wie wenig Stoff ich auf dem Leib habe, und lege mir schnell den Seidenschal über die Schultern. Gaia ist bereits außer Sicht.

Als ich nach drinnen gehe, um nach ihr zu suchen, sehe ich aus der Ferne Jacopo Brandolini: endlich ein bekanntes Gesicht! Ich war noch nie so glücklich, ihn zu sehen. Er ist in ein lebhaftes Gespräch mit ein paar Leuten vertieft, hat mich jedoch entdeckt und begrüßt mich mit einem Winken.

Ich will gerade auf ihn zugehen, als im Publikum Applaus aufbrandet. Die Gäste, die sich noch im Garten aufhielten, beeilen sich, wieder hereinzukommen, und alle wenden sich einem Podium zu, das mitten im Restaurant aufgebaut ist und auf dem ein eleganter Mann im Smoking jetzt *das* Ereignis des Abends ankündigt: »Sehr verehrte Damen und Herren, es ist mir eine große Ehre, Ihnen einen Mann vorzustellen, der aus dem Kochen eine Kunst gemacht hat – puren Genuss sowohl für die Augen als auch für den Gaumen. Begrüßen Sie mit mir Leonardo Ferrante.«

Die Lichter werden gedämpft, und die Stimmung heizt sich auf, während man wartet. Geigentöne erfüllen die Luft, und mehrere bläuliche Scheinwerfer richten sich auf ein Podest, wo jetzt eine bildhübsche Geigerin im roten Kleid erscheint. In ihren wunderschönen, schmalen Händen, die in schwarzen Spitzenhandschuhen stecken, hält sie eine elektrische Geige aus durchsichtigem Glas, in der ein blaues Licht aufleuchtet, als sie den Bogen ansetzt. Ich kenne dieses Kleid und sogar diese Dame – vielleicht bilde ich mir ja alles nur ein, aber mir scheint, es ist dieselbe Frau, die ich vor einiger Zeit zusammen mit Leonardo aus dem Palazzo habe kommen sehen. Die Diva vom Motorboot. Ja, sie ist es, jetzt bin ich mir sicher.

»Ele, hast du gesehen?« Gaia erscheint wie durch Zauberhand an meiner Seite. »Die Tante, die da spielt, ist berühmt.«

»Ach ja?«

»Das ist Arina Novikov, die russische Violinistin. Am vergangenen Samstag hat sie ein Konzert in der Arena von Verona gegeben.«

»Pa, was du nicht sagst. Das ist übrigens auch die Tante, die neulich mit Leonardo die Nacht verbracht hat«, erwidere ich und freue mich bereits auf Gaias Überraschung.

»Was?«

»Die Frau mit dem Motorboot.«

»Wirklich?«

»Ja, ja, ich bin mir sicher.«

»Krass!« Gaia scheint das sehr zu amüsieren. Der Gedanke, mit dieser Göttin in Konkurrenz zu treten, beunruhigt sie offenbar kein bisschen, ja, er erregt sie sogar sichtlich. Gaia ist eben eine Frau, die keine Herausforderung scheut.

Jetzt stimmt die Geigerin das unverwechselbare Thema des Winters aus Vivaldis *Vier Jahreszeiten* an, und die Darbietung ist schlicht und ergreifend überwältigend. Im Gegensatz zu Gaia kann ich sie nicht anschauen, ohne zu denken, dass sie hundertmal schöner und talentierter ist als ich.

Doch nun richten sich alle Blicke erneut auf die Mitte des Saales, wo sich ein neuer Programmpunkt ankündigt.

Unter donnerndem Applaus nimmt Leonardo seinen Arbeitsplatz ein. Er trägt eine schwarze Kochjacke mit Stehkragen, weißen Manschetten und Knöpfen. Seine Haarmähne wird von einem weißen Seidenband gebändigt, das über der Stirn zusammengerollt ist, wodurch er aussieht wie ein asiatischer Krieger. Er hat im wahrsten Sinne des Wortes eine magnetische Ausstrahlung.

Ein gelber Scheinwerfer beleuchtet ihn von hinten, und zwei Feuerfontänen schießen rechts und links von der Bühne hoch. Begleitet von Vivaldis Crescendo beginnt die Vorführung. Gaia gibt mir ein Zeichen, näher an die Bühne zu rücken, damit wir besser sehen können, und mit ein paar gezielt eingesetzten Remplern gelingt es uns, einige Meter gutzumachen. Jetzt stehen wir fast direkt vor ihm.

Leonardo packt das Messer und beginnt, eine Tranche Schwertfisch in hauchdünne Scheiben zu schneiden, wobei er den Fisch mit einer Hand auf dem Marmorschneideblock festhält. Die Sicherheit, mit der er ihn greift, kommt mir bekannt vor, und mir fällt wieder ein, wie sich seine Finger in meinen Oberschenkel bohrten, als er mich huckepack durch die überfluteten Gassen Venedigs trug. Während die Musik schneller wird, bestreut Leonardo den aufgeschnittenen Fisch mit etwas, das aus unserer Warte wie Mohn aussieht. Hauchfein rieseln die schwarzen Körner aus seinen entschlossenen Händen und legen sich auf das rosa Fleisch des Fisches wie ein Muster aus schwarzen Tröpfchen. Dann hackt er eine rote Paprika zu so kleinen Würfelchen, dass sie aussehen wie schimmerndes Pulver, und schneidet mit der Präzision und Schnelligkeit einer Maschine Fenchel, Zucchini und Sellerie in feine Julienne-Streifen.

Mir bleibt die Luft weg: Leonardo ist ein Meister. Einen Moment lang drehe ich mich zu Gaia, suche bei ihr nach Bestätigung und stelle fest, dass auch sie wie gebannt ist.

Auf ihrem Gesicht spiegelt sich pures Staunen; sie kann den Blick nicht von ihm wenden, und ihr Mund steht halb offen.

Jetzt verteilt Leonardo den Schwertfisch auf mehrere Förmchen, die mit Mürbeteig ausgelegt sind, und gibt als Dekoration die Gemüsemischung sowie den Abrieb einer Orange darauf. Er ist extrem konzentriert und selbstsicher in seinen Gesten; seine Kinnlade wirkt entschlossen, und an den Schläfen treten deutlich die Adern hervor. Er formt und verwandelt seine Zutaten mit den Händen eines Künstlers – denn nichts anderes als ein Künstler ist er, und seine Schöpfungen sind kleine Wunderwerke, die zweifelsohne auch noch köstlich schmecken. Leonardo verführt mit seinem Essen und ist sich dessen voll bewusst; er benutzt seine Kochkunst, um die Sinne und den Verstand zu betören, wie ein Hexenmeister. Einen Moment lang begegne ich seinen schwarzen Augen und habe den Eindruck, dass er mir ein kaum wahrnehmbares Lächeln schenkt. Ich weiß nicht, ob es nur Einbildung ist, doch in diesem Moment kitzelt mich ein Schauder der Lust im Nacken.

Jetzt ist die Musik bei ihrem abschließenden Crescendo angelangt. Leonardo gibt gehackte, rohe Scampi und ein paar hauchdünn aufgeschnittene Seeigel auf ein Schneidebrett. Er bearbeitet den Fisch mit so geschmeidigen Bewegungen, dass es aussieht, als würde er mit einer Flüssigkeit hantieren, formt aus dem Fischtartar lauter kleine Herzen, die in der Mitte geteilt sind. Schließlich bestreut er die runden Formen mit Orangenblüten, Pfeffer und Sesam. Dann wird alles auf drei eleganten Serviertellern appetitlich angerichtet, während Leonardo zu den letzten Geigenklängen dem Publikum ein angedeutetes Lächeln schenkt. Sofort brandet Beifall auf, laut und lang. Leonardo hat sie für sich erobert. Alle.

Nach der Kochvorführung verteilen sich die Gäste im Garten, wo ein großes Büfett angerichtet ist. Zusammen mit Gaia folge ich den Massen und wage mich an das köstliche Fingerfood, das in allen Formen und Farben angeboten wird. Vor uns erstreckt sich eine wahre Pracht von außergewöhnlichen und eigens kreierten Miniaturspeisen, die alle dazu gedacht sind, mit zwei Fingern gepackt und auf einen Haps verspeist zu werden. Ich überlege, wie lange es wohl gedauert hat, das alles zuzubereiten, und wie schnell es dann von gierigen Mündern verschlungen wird. Im Grunde ist das der einzige Unterschied zu einem Kunstwerk: Beides sind Schöpfungen eines kreativen Geistes und kundiger Hände, doch im Gegensatz zu einem Kunstwerk aus Leinwand oder Stein ist Essen nicht für die Ewigkeit gemacht.

»Leonardo war großartig«, kommentiert Gaia und schlägt ihre Beißerchen in ein Stückchen Lachs in Muschelhülle.

»Unglaublich … Du hast recht daran getan, mich hierherzuschleppen«, antworte ich ihr. »Aber ein solches Spektakel hätte ich nie erwartet.«

Ich schreite die schier endlose Reihe der Häppchen ab, wobei mir durchaus bewusst ist, dass sie zwar schön anzuschauen sind, aber meinen vegetarischen Gepflogenheiten widersprechen. Meeresheuschrecken mit einer Füllung aus mariniertem Lachs, Austern auf Champagnerschaum mit Ingwersalsa, Crostini mit Gänsestopfleber und Taubenbrust. Sie sehen allesamt wunderschön aus, die Tapas, und sind bestimmt köstlich, aber nichts für mich. Ich beschränke mich darauf, die beiden einzigen fleischlosen Häppchen zu probieren: eine hauchdünne Waffel aus Parmesan mit Radicchio und Kastanien und Selleriestängel mit Robiolakäse, Birnen und Walnüssen. Aber wie so oft, wenn ich mich nicht ganz wohl in einer Umgebung fühle, habe ich sowieso keinen großen Hunger – erst recht, weil ich von Leonardos Vorführung ein flaues Gefühl im Magen habe, wer weiß warum.

Gaia nimmt mich am Arm und fragt mich: »Ist das da vorn Brandolini?«

Ich entdecke den Besagten neben zwei Blondinen, die ihn mit liederlichem Lächeln und katzenhaften Blicken anschmachten. »Ja, das ist er. Immer von Damen umringt, der Conte.«

»Aber ... der ist nicht von schlechten Eltern«, kommentiert Gaia.

Meint sie das etwa ernst? Ich werfe ihr einen prüfenden Seitenblick zu. Ja, das tut sie. Ganz offensichtlich.

»Der hat was«, haucht Gaia. »Man sieht gleich, dass er Klasse hat. Noch so einer, den du mir mal vorstellen solltest ... aber wenn ich da auf dich warte ...«

Ich beobachte den Conte unter dem Gesichtspunkt, was man wohl an ihm finden könnte, merke aber, dass ich nicht objektiv bin: Brandolini ist mein Arbeitgeber, und streng, wie ich in diesen Dingen bin, gelingt es mir nicht, ihn unter einem anderen Aspekt zu sehen als dem klassischen Chef-Angestellten-Verhältnis. Plötzlich taucht hinter ihm Leonardo auf. Er hat sein Stirnband abgenommen und trägt statt der Kochjacke eines seiner zerknitterten Leinenhemden; diesmal weiß. Jacopo drückt ihm die Hand und gibt ihm einen freundschaftlichen Klaps auf die Schulter, beglückwünscht ihn.

»Hat er uns gesehen?«, fragt Gaia und baut sich mit dem Rücken zu Leonardo vor mir auf.

Ich spähe über ihre Schulter hinweg zu ihm hinüber, während er mit dem Conte und seinem Harem plaudert.

»Ich glaube nicht.«

»Was meinst du, gehen wir hin und sagen guten Tag?«

»Vielleicht warten wir lieber, bis er frei ist«, schlage ich schüchtern vor.

Gaia nimmt einen ungeduldigen Schluck aus ihrem Sektglas. »Wir wollen uns doch von den beiden Schnepfen da drüben nicht in die Suppe spucken lassen …«, ruft sie energisch und will schon losstürmen. Buchstäblich in letzter Sekunde bekomme ich sie aber noch zu fassen.

»Warte, jetzt haben sie sich von den beiden Tussis verabschiedet und kommen auf uns zu«, raune ich Gaia zu.

Leonardo schlägt den direktesten Weg zu uns ein, mit Brandolini im Schlepptau. Er begrüßt zuerst Gaia – die sich mit gespielter Überraschung umdreht – und kommt dann zu mir. Mich küsst er auf die Wangen. Es ist das erste Mal, dass das geschieht, und ich bemerke, wie rau sein rötlicher Dreitagebart ist. Ganz leicht streift er meine Hüfte mit den Fingern.

»Gratuliere, das war wirklich eine spektakuläre Eröffnung«, sage ich zum Conte und drücke ihm die Hand.

»Alles das Verdienst unseres großen Küchenchefs.« Brandolini deutet mit einem zufriedenen Lächeln auf Leonardo und richtet dann den Blick auf Gaia. Wo er ihn auch erst einmal belässt: Der Conte inspiziert mit offensichtlichem Wohlgefallen jeden Zentimeter von ihrem Luxuskörper.

Leonardo nimmt meine Vorstellung vorweg. »Das ist Gaia. Sie macht PR«, sagt er.

»Angenehm, Jacopo.« Der Conte gibt meiner Freundin die Hand und deutet eine Art Verbeugung an.

»Freut mich«, sagt Gaia und zwinkert Brandolini zu.

»Dann beschäftigst du dich also mit Events«, sagt der Conte und zeigt reges Interesse. Ich begreife nicht, wieso er Gaia sofort duzt, mich aber immer noch siezt.

»Ja, wir haben eine Agentur, meine Partnerin und ich.« Gaia übernimmt souverän das Ruder des Gesprächs. »Begonnen hat es eigentlich nur so zum Spaß, aber dann ist daraus eine echte und ernsthafte Arbeit geworden.«

»Ich bin mir sicher, sie könnte dir von größtem Nutzen sein, Jacopo«, interveniert Leonardo. »Warum erzählst du ihr nicht, welche PR-Maßnahmen du für das Lokal planst?«

Der Conte fängt den ihm zugespielten Ball geschickt auf und beginnt ein intensives Gespräch mit Gaia. Die ist einerseits zwar geschmeichelt über seine Aufmerksamkeit, wirft aber trotzdem noch so manchen sehnsüchtigen Blick in Richtung Leonardo. Der wiederum kommt auf mich zu und verschlingt mich förmlich mit den Augen.

»Du siehst sehr schön aus heute Abend«, sagt er mit weicher Stimme.

»Danke«, antworte ich etwas sparsam, weil ich zu gerne wüsste, ob er das ehrlich meint oder nur höflich ist.

»Auch wenn ich sagen muss, dass dir dein Arbeitsoverall genauso gut steht.« Er streicht sich über das Kinn und lächelt schelmisch.

»Meine Güte, das würde ich ja nicht sagen.«

»Glaub mir. Ich bin nicht gerade ein Mann, dem Komplimente leicht über die Lippen gehen.«

Ich glaube ihm, und eine kleine Bauchpinselei kann gelegentlich nicht schaden, sage ich mir. Einen Moment lang vergesse ich sogar meine schmerzenden Füße und versuche mich an einer besseren Haltung, indem ich das Rückgrat durchdrücke und die Schultern gerade mache.

Währenddessen wird die Unterhaltung zwischen Gaia und Jacopo immer lebhafter; die beiden lachen viel und tauschen einvernehmliche Blicke. Es hat den Anschein, als würden sie sich schon ein ganzes Leben lang kennen. Bis plötzlich ein Kellner auf Brandolini zukommt und ihm etwas ins Ohr flüstert, worauf dieser sich an Leonardo wendet und ihn am Arm packt. »Leo, wir müssen gehen. Die Zanin warten auf uns, sie wollen über den Wein sprechen.«

Und schon ist mein glorioser Moment wieder vorbei. Ich sacke in mich zusammen wie ein angepikster Ballon.

»Mädels, ich bin untröstlich«, entschuldigt sich der Conte, »aber die Pflicht ruft. Wir sehen uns sicher später noch.« Rasch wirft er noch einen vielsagenden Blick in Gaias Dekolleté, bevor er sich abwendet und mit Leonardo entschwindet.

Nachdem sie gegangen sind, bombardiert mich Gaia mit Fragen zu Leonardo. Sie will haarklein alles wissen, worüber wir geredet haben.

»Hat er versucht, bei dir zu landen?«, fragt sie mich am Ende. *Das musste ja kommen*, denke ich genervt.

»Red keinen Schwachsinn.«

»Ele, der hat dich doch mit den Augen verschlungen!«

»Jetzt hör aber auf!«

»Ganz ruhig, ich nehm's dir ja gar nicht übel … Erstens bin ich kein eifersüchtiger Typ, und zweitens kann ich mich immer noch mit dem Conte trösten«, sagt Gaia mit einem Augenzwinkern.

»Wie großzügig du bist.«

»Für meine beste Freundin tu ich doch alles«, lächelt sie, als könnte sie kein Wässerchen trüben. »Jedenfalls ist Jacopo ein cooler Typ, der gefällt mir wirklich.«

Wenn sie das sagt …

Aber könnte Leonardo wirklich Interesse an mir haben? Ich verfalle ins Grübeln. Wenn auch Gaia das bemerkt hat, ist vielleicht wirklich was dran? … Nein, wahrscheinlich hat sie das nur gesagt, um mir Mut zu machen.

»Ele, dein Lippenstift ist ein bisschen verschmiert.«

»Ich gehe ins Bad und leg neuen auf. Kommst du mit?«

»Nein, ich setz mich hierhin und warte auf dich«, sagt Gaia und nimmt auf einem kleinen Sessel unter der Pergola Platz. »Mir dreht sich ein bisschen der Kopf, wer weiß, vielleicht hab ich ein bisschen mit dem Champagner übertrieben.«

»Bist du sicher, dass du keine Hilfe brauchst?«

»Klar, geh nur«, sagt sie und versetzt mir einen Schubs.

»Okay, aber rühr dich nicht vom Fleck.«

»Keine Sorge, ich hätte gar nicht die Kraft dazu«, sagt sie lächelnd und breitet die Arme auf der Brüstung der Laube aus.

Als ich aus dem Bad zurückkehre, ist Gaia verschwunden. Ich suche sie in der Menge, im Garten, bei den Tischen, dann drinnen – sogar im oberen Stockwerk, doch nichts … sie scheint sich einfach in Luft aufgelöst zu haben. Am Schluss kehre ich in den Garten zurück und finde mich damit ab, warten zu müssen und nichts weiter tun zu können. *Früher oder später wird sie hier schon vorbeikommen,* sage ich mir.

Nach einigen Minuten setze ich mich, ziehe mein iPhone aus der Pochette und schicke ihr eine Droh-SMS. Dann versuche ich sie anzurufen, doch Gaias Handy ist ausgeschaltet. Wer weiß, wo die sich herumtreibt! Und vor allem mit wem …

Während ich immer noch suchend umherschaue, taucht plötzlich Leonardo auf. Er setzt sich neben mich und sieht mich fragend an.

»Na, hat dir der Abend bis jetzt gefallen?«

»Ja, sehr.« Ich ziehe mein Kleid herunter, damit es seine Pflicht tut und mich bedeckt.

»Hast du was gegessen?«

»Ja, ein bisschen …«

»Ein *bisschen?*« Leonardo macht ein entsetztes Gesicht.

»Mhmmm … na ja, ich bin Vegetarierin, weißt du. Seit Jahren.«

»Aha.« Er lächelt.

Was ist eigentlich so lustig an der Tatsache, dass ich kein Fleisch esse? Leicht genervt versuche ich, dem Gespräch eine andere Richtung zu geben. »Die Show hat mir gefallen«, sage ich. »Deine Schöpfungen kommen mir vor wie Kunstwerke. So schön, dass es einem fast leidtut, sie zu essen.«

Leonardo legt den Kopf schief. »Und wer hat dir eingeflüstert, dass man etwas Schönes nicht essen darf?«, wirft er mir einfach so hin. Dabei schaut er mich seltsam an, als wolle er etwas verbergen. »Je schöner etwas ist, desto größere Lust bekomme ich, es zu verspeisen …«

Warum habe ich nur den Eindruck, dass er damit mich meint? Plötzlich nimmt er meine Hand und steht auf.

»Komm, ich möchte, dass du was ganz Besonderes probierst«, sagt er und zieht mich ein paar Meter weiter, zu einem Tisch, auf dem verschiedene Pralinenspezialitäten mit Rum und Schokolade angerichtet sind.

»Die hier habe ich gerade erst gemacht.« Leonardo nimmt eine Praline aus Schokolade vom Tablett; an der Oberseite ist ein so feines Blumenmuster eingeritzt, dass sie aussieht wie ein kleines Schmuckstück. Er hält sie mir vor den Mund.

»Na los«, feuert er mich an, mit einem Blick, der töten könnte.

Ich klappe den Mund auf, spüre, wie die Schokolade mit einem leisen Knacken zerbricht und eine süße Creme mit Zitrusaromen daraus hervorquillt. Ich behalte den wundervollen Geschmack noch eine Weile auf der Zunge, wo er sich entfaltet und wie eine köstliche Welle durch meinen ganzen Körper strömt.

»Das ist lecker.« Ich schaue Leonardo an und fühle mich vollkommen entwaffnet. Einen Moment lang habe ich das Gefühl, auf meinem Gesicht stehe ein Ausdruck wohliger Benommenheit – wie nach einem Orgasmus –, und hoffe, dass das nicht allzu deutlich zu sehen ist.

»Ich hab in die Füllung was reingemischt, das du mittlerweile ziemlich gut kennen müsstest«, vertraut Leonardo mir mit einem schelmischen Lächeln an. Ich reiße überrascht die Augen auf und überlege, was er wohl meint.

»Ja, klar ... Granatapfelsaft. Zusammen mit Orangenextrakt und Orangenblüten.« Er fährt mit dem Daumen über meine Oberlippe, wahrscheinlich um ein Stückchen Schokolade zu entfernen.

O Gott, denke ich, *mir scheint, Gaia hat recht, und er versucht mich anzubaggern*. Auf einmal fällt sie mir wieder ein, und um meine Anspannung zu lindern, krame ich in meiner Pochette nach dem Handy. Ich versuche sie anzurufen, aber ihr Telefon ist immer noch ausgeschaltet.

Leonardo schaut mich vielsagend an. »Wenn du Gaia suchst, die hab ich gerade mit Jacopo weggehen sehen«, teilt er mir nonchalant mit. »Und ich glaube nicht, dass sie noch mal wiederkommt«, fügt er höchst amüsiert hinzu.

»Dann hat sie mich also hier sitzen lassen?«

»Na ja, *ich* bin ja da«, wendet Leonardo ein und zieht die dicken Augenbrauen zusammen. Wenn er mich beruhigen wollte, ist ihm das jedenfalls nicht gelungen. Einerseits fühle ich mich geschmeichelt von seinem Interesse, doch andererseits erschreckt es mich so sehr, dass ich am liebsten davonlaufen würde.

»Wie auch immer. Es ist spät geworden«, bemerke ich

mit einem nervösen Lächeln auf den Lippen. »Ich gehe dann jetzt besser.«

»Ich begleite dich noch ein Stück.«

»Das ist nicht nötig, du hast doch bestimmt noch zu tun.«

»Die überleben das auch ohne mich«, beendet Leonardo die Diskussion mit einer wegwerfenden Handbewegung. »Außerdem habe ich Lust auf einen Spaziergang.« In seinen Augen steht die tiefe Befriedigung eines Raubtieres, das seine Beute bereits in den Fängen hat.

Ich sitze in der Falle.

Lange Zeit gehen wir schweigend die Straße entlang, folgen Gassen und Gässchen, die ich wie meine Westentasche kenne und in denen ich mich trotz der Dunkelheit sicher fühle. Mir tun die Füße weh, was ich mir jedoch nicht anmerken lassen will. Deshalb befleißige ich mich einer besonders würdevollen Gangart. Oder versuche es zumindest.

Die Straße ist menschenleer, und aus den Kanälen quillt ein dichter Dampf empor, der einem tief in die Nase steigt und durch die Haut bis in die Knochen geht. Dann, urplötzlich, wie aus dem Boden gestampft, steht vor uns die Frarikirche.

»Da drinnen ist das Gemälde von Tizian, das mir am allerbesten gefällt«, sage ich, um die unangenehme Stille zwischen uns auszufüllen. Ich weise mit dem Kinn in Richtung Kirche. »Ab und zu schleiche ich mich hier rein, um es anzuschauen ... Ich weiß nicht, warum, aber ich bin überzeugt davon, dass es mich inspirieren kann.«

»Komm, gehen wir rein, ich bin neugierig«, schlägt Leonardo spontan vor.

»Wo denkst du hin, das geht nicht. Nachts ist hier zu.«

»Ich glaube nicht, dass das ein Problem ist.« Aus seinem Ton spricht nicht einmal der Hauch eines Zweifels.

Blitzschnell hat Leonardo eine kleine Seitentür entdeckt, die in die Sakristei führt und sich ohne große Mühe öffnen lässt. Er schlüpft hinein, nimmt mich an der Hand und zieht mich hinter sich her. Warum schaffe ich es eigentlich nie, Nein zu sagen, wenn er mich wieder zu irgendeiner Aktion bewegen will? Ich habe Angst, dass ein Alarm losgeht oder wir von jemandem gesehen werden könnten. Schließlich ist das, was wir machen, nicht erlaubt. Mich erfüllt eine Mischung aus prickelnder Spannung und Angst.

Durch die Sakristei kommen wir im Seitenschiff heraus und stehen schließlich vor dem Hauptaltar, über dem sich der Hochaltar mit Tizians *Assunta* erhebt. In der Kirche ist es stockfinster, doch die Beleuchtung über dem Gemälde ist eingeschaltet, zusammen mit einer Überwachungskamera – zumindest kommt es mir so vor. *Na toll!* Bei meinem Glück werde ich wegen Einbruchs festgenommen.

»Da, das ist das Gemälde«, sage ich und versuche einfach, nicht daran zu denken.

»Das ist ja riesig«, sagt Leonardo staunend. »So groß hab ich mir das nicht vorgestellt.«

»Ja, es ist fast sieben Meter hoch.«

»Stark, all dieses Rot«, kommentiert er mit bewunderndem Blick.

»Für seine Zeit war Tizian sehr gewagt«, sage ich und nicke. »Bei der Darstellung ihrer Himmelfahrt hatte vor ihm noch niemand Maria je in ein rotes Kleid gesteckt.«

»Ist das Motiv der Grund, warum dir das Bild so gut gefällt? Oder die Farbe?«

»Nicht nur … vor allem ist es die vertikale Spannung, die durch das ganze Bild geht, bis nach oben«, erkläre ich Leonardo und unterstreiche die Bewegung mit den Händen. »Siehst du diesen Apostel im Vordergrund, der die Arme nach der Muttergottes ausstreckt? Es sieht doch fast so aus, als hätte er sie in die Luft geworfen und damit ihren Aufstieg in den Himmel in Gang gesetzt, oder?«

»Dann siehst du also das darin …«

»Ja.«

Unsere Schultern berühren sich, während wir das Gemälde betrachten, und mir läuft ein Schauder nach dem anderen über den Rücken. Kurz begegnen sich unsere Blicke, doch ich wende mich gleich wieder dem Altarbild zu und rede weiter.

»Da ist noch ein interessantes Detail. Wenn du genauer hinschaust, siehst du, dass das Gesicht der Muttergottes nicht ganz ausgeleuchtet ist. Das bedeutet, dass sie noch nicht im Paradies angekommen ist: Der Schatten verweist auf die irdische Welt, an die die Madonna so lange gebunden bleibt, bis sie ihre Himmelfahrt vollendet hat.«

Leonardo nickt und betrachtet schweigend das Gemälde. Vielleicht interessiert ihn ja wirklich, was ich sage … Ich würde zu gerne wissen, was in seinem Kopf vorgeht – wage aber nicht, danach zu fragen.

»Jetzt gehen wir aber, ja?«, flehe ich ihn an. »Bevor uns noch jemand festnimmt.«

Draußen setzen wir unseren Weg fort. Ich gebe sowohl das Tempo als auch die Richtung vor, während mir Leonardo brav und geduldig folgt, als hätte er nichts anderes zu tun. Plötzlich merke ich, dass er ein wenig zurückgeblieben ist; als ich mich umdrehe, sehe ich, dass er sich über die Brüstung einer Brücke lehnt. Er betrachtet eine Gondel, die kunterbunt bemalt ist. Ich trete zu ihm. Erst jetzt merke ich, dass er gar nicht die Gondel anschaut; seine Augen ruhen auf dem Wasser.

»Wer weiß, was darunter ist? Hast du je darüber nachgedacht?«, fragt er mich.

Jetzt schaue auch ich hinab. Darüber habe ich tatsächlich noch nie nachgedacht.

»Stimmt. Diese Stadt ist so sehr damit beschäftigt, sich über Wasser zu halten, dass man nie ergründet, was eigentlich da unten liegt, in ihrem tiefsten Inneren«, überlege ich laut.

Leonardo schweigt einen Moment lang, der mir vorkommt wie eine Ewigkeit, wendet sich dann zu mir und fragt mich flüsternd: »Würdest du denn nicht gerne bei allen Dingen entdecken, was sich in ihrem tiefsten Inneren verbirgt?« Wieder fixiert er mich mit seinen tintenschwarzen Augen. Sein Blick geht mir durch und durch. Einen winzigen Moment lang blitzt etwas Wildes in seinen Augen auf, dann löst er sich mit einem unverbindlichen Lächeln von der Balustrade und geht weiter, als wäre nichts geschehen.

Ich folge ihm, ein wenig verstört. Die Nähe dieses Mannes, wie er redet, wie er mich berührt, sein betörendes Parfüm – all das versetzt mich in eine sonderbare Unruhe.

Wir sind jetzt fast bei mir zu Hause angelangt, und ich bereite mich bereits auf den Moment des Abschieds vor. Wird er versuchen, mich zu küssen? Kurz steigt das Bild von Filippo vor meinem geistigen Auge auf, verschwindet aber gleich wieder, als hätte ich es nicht festhalten können. Oder geht nur meine Fantasie mit mir durch? Vielleicht ist Leonardo ja wirklich mit der Motorboot-Göttin zusammen und hatte heute Abend nur Lust auf einen Spaziergang – einen Spaziergang, nicht auf einen Kuss mit mir. Was mich ehrlich gesagt ein wenig enttäuschen würde.

»Ist diese Geigerin eigentlich deine Verlobte?«, rutscht es mir heraus. Und ich merke kaum, dass ich es mit lauter Stimme gefragt habe.

Leonardo schaut mich an und deutet ein Lächeln an. »Nein, Elena … mit Verlobungen habe ich's nicht so.«

»Verstehe.« In Wirklichkeit kapiere ich rein gar nichts. Was bedeutet denn, dass er es nicht mit Verlobungen hat? Dass er allein bleiben will? Dass er für ein Leben mit einer Partnerin nicht geeignet ist? Kurz hoffe ich, dass er mir irgendeinen Hinweis darauf gibt, wie ich diese etwas kryptische Aussage interpretieren soll, doch Leonardo schweigt. Und ich hüte mich davor, ihm weitere Fragen zu stellen. Ich habe mich schon viel zu weit aus dem Fenster gehängt.

Endlich stehen wir vor meiner Haustür.

»Danke, hier wohne ich.«

»Gern geschehen. Dich nach Hause zu begleiten wird mir allmählich zur angenehmen Gewohnheit«, sagt er mit warmer Stimme. Sie klingt wie Musik in meinen Ohren.

»Also dann, ciao.« Ich gehe einen Schritt auf ihn zu.

Leonardo hebt eine Hand an mein Gesicht und wickelt sich eine Haarsträhne um den Finger. Mir bleibt die Luft weg. Ich richte tapfer die Augen auf ihn, und mit ein wenig Mut gelingt es mir, ihnen standzuhalten. Dann fällt mein Blick auf seine Lippen. Ich habe solche Lust, sie auf mir zu spüren.

Er senkt jedoch keusch die Lider, lächelt auf seine schiefe Art und lässt die Hand auf meine Schulter herabgleiten.

»Ciao, Elena, das war wirklich ein schöner Abend.«

Er haucht mir einen Kuss auf die Stirn und tritt einige Schritte zurück, dreht sich dann um und geht einfach davon, die Hände in den Jackentaschen. Ich sehe ihm verblüfft hinterher. Und fühle mich, als hätte ich gerade eine Ohrfeige bekommen.

Ich laufe die Treppe hoch, stürze in meine Wohnung, reiße mir das Kleid vom Leib und pfeffere es auf den Boden.

Dann ziehe ich mir irgendein T-Shirt an und suche, ohne mich abzuschminken, Zuflucht in meinem Bett.

Die Gedanken beginnen in mir zu kreisen, endlos, und ich schaue zur Decke. Wie blöd ich doch war, zu denken, dass einer wie Leonardo sich für eine wie mich interessieren könnte! *Du hast einfach zu viel Fantasie, Elena!*, schelte ich mich. Und ich kriege ihn nicht mehr aus dem Kopf – seine Blicke, diesen Finger an meinem Mund und diese Hand, die sich in mein Haar wühlt ... *Genug jetzt, Elena, schlaf. Sonst kannst du morgen nicht aufstehen und kriegst das Fresko nie fertig.*

Ich lege mein iPod aufs Nachttischchen und stecke mir die Kopfhörer ins Ohr. Jetzt ist die Zeit reif für tibetische Musik. Wenn es ganz schlimm kommt ... Normalerweise falle ich damit auf der Stelle in einen tiefen Schlaf.

Gute Nacht, Elena. Und denk einfach nicht mehr daran.

• 7 •

Heute Nacht habe ich so tief geschlafen wie schon lange nicht mehr. Das wird entweder an dem tibetischen Wiegenlied oder vielleicht doch eher an meiner über Tage angesammelten Müdigkeit gelegen haben. Wie auch immer – jedenfalls bin ich sofort in einen halb komatösen Zustand gefallen und erst heute Morgen wieder aufgewacht. Es fühlte sich an, als hätte ich eine Zeitreise hinter mir.

Kaum hatte ich die Augen aufgeschlagen, meldeten sich auch schon wieder die Gedanken zur Stelle, und zwar genau an dem Punkt, wo sie gestern Abend aufgehört hatten, mich zu quälen. Leonardo ist mit seiner ganzen geballten Mischung aus Verführungskünsten und Ungreifbarkeit über mich hereingestürzt, und es hat mich große Selbstkontrolle gekostet, mich von ihm zu lösen und wieder einen halbwegs freien Kopf zu bekommen. Jetzt, wo ich bei der Arbeit bin und in aller Ruhe – wenn man das überhaupt sagen kann – das Geschehene Revue passieren lasse, wird mir bewusst, wie sehr ich mich gestern Abend wieder einmal von meinen Fantasien habe beeinflussen und mitreißen lassen. Leonardo war äußerst galant zu mir und hat sich nichts zuschulden kommen lassen; dass er mich dann aber doch in Versuchung geführt hat, möglicherweise sogar ohne es zu wollen, ist eine ganz andere Geschichte. Eine Geschichte, die ich mir sogleich aus dem Kopf schlagen muss. Wenn er hier vorbeikommt, werde ich ihn grüßen wie jeden Morgen, als hätte es diesen nächtlichen Spaziergang nie gegeben, als hätte ich nichts von alldem empfunden, das mir doch noch lebhaft in Erinnerung ist. Auch jetzt noch. Es wird mich eine gewaltige Anstrengung kosten – bin ich denn nun eine Meisterin der Selbstkontrolle oder nicht? –, aber Leonardo wird es nicht einmal bemerken, denn im Gegensatz zu mir denkt er sich gewiss nichts dabei.

Und jetzt, Elena, konzentrier dich auf deine Arbeit.

Ich lege mein Werkzeug auf den Boden und trete in die Mitte des Vestibüls zurück, sodass ich ungefähr zwei Meter vor dem Fresko stehe. Ab und zu muss ich eine Pause machen und aus einer gewissen Entfernung prüfen, wie die Farben wirken, damit ich weiß, ob sich meine Arbeit in die richtige Richtung bewegt. Ich richte meinen Blick auf den Hintergrund, fokussiere ihn dann auf den Granatapfel, der, von hier aus gesehen, fast dreidimensional wirkt. Er ist wirklich gut geworden; ich bin stolz auf mich.

Ich mache noch zwei kleine Schritte zurück und stoße gegen etwas. Noch bevor ich mich umdrehen kann, packen mich zwei kräftige Hände um die Taille. Leonardo! Sein unverwechselbarer Ambraduft steigt mir in die Nase, während sich mein Körper an ihn presst, wie eingespannt in einen zarten Schraubstock.

Ohne ein Wort zu sagen, schmiegt er die Nase in meine Haare und atmet tief ein, beugt sich dann vor und gibt mir einen leidenschaftlichen Kuss auf den Hals. Seine rauen Bartstoppeln kitzeln mich auf der Haut. Ein heißer Schauder nach dem anderen überläuft mich, und die unerwartete und so erregende Berührung seiner Lippen entzündet ein loderndes Feuer in meinem Bauch. Ich bin völlig benommen von der Erkenntnis: Er will mich wirklich. Was ich nicht zu hoffen gewagt hatte, wird wahr. Da ist er, und er ist gekommen, um mich zu verführen.

Er löst den Knoten meines Stirntuchs im Nacken und

schleudert es in einer heftigen Bewegung zu Boden. Dann packt er mich an den Haaren und flüstert meinen Namen in mein Ohr.

»Elena …« Seine Stimme ist so heiß, so fordernd.

Die Glut in mir ist entfacht, und ich kann nichts mehr sagen. All die Fantasien, die ich mir nie eingestanden habe, werden gerade Wirklichkeit. Aber will ich das denn auch?

»Wir haben ein Problem …« Seine Lippen pressen sich an mein Ohr.

Ich will ihn …

Er streichelt mir die Wange, fährt mit dem Finger ganz zart bis zum Kinn hinab, dann lässt er die Hand nach unten gleiten und öffnet mit einer schnellen Bewegung den Reißverschluss meines Overalls bis zur Brust.

Mein Atem geht schneller, zusammen mit meinem Puls.

»Ein ernstes Problem«, fährt er mit einer Stimme fort, die immer heißer, immer sinnlicher wird. »Ich will dich.«

Plötzlich dreht er mich um, als wäre ich nur eine Puppe ohne eigenen Willen. Stillschweigend lasse ich es zu, doch als sich unsere Blicke begegnen, kann ich ihm nicht in die Augen schauen. Er nimmt mein Kinn zwischen zwei Finger, hebt es zu sich an. Dann packt er mein Gesicht mit beiden Händen und steckt mir die Zunge in den Mund. Er küsst mich. Jetzt. Das ist nicht möglich.

Niemand hat mich jemals so erobert. Von der Gewalt, der puren, lustvollen Gewalt dieses Kusses dreht sich alles in meinem Kopf. Gleich werde ich die Kontrolle verlieren, das spüre ich.

Ohne sich von meinen Lippen zu lösen, mit einer einzigen, schnellen Handbewegung, zieht er den Reißverschluss ganz herunter und befreit mich von dem Overall, der zwischen Temperafarben, Schwämmen und Pinseln zu Boden fällt. Mir bleibt nur eine Sekunde, um es zu realisieren, doch dann liege auch ich auf dem staubigen und mit Putz beschmierten Boden, inmitten all meiner kunterbunt verstreuten Werkzeuge. Es ist wie in einem Traum, doch dieser Traum ist Wirklichkeit: die Kälte der Bodenfliesen, die Hitze meines und seines Körpers. In diesem Moment wünsche ich mir nichts anderes als das.

Noch bevor es mir bewusst wird, sitzt Leonardo rittlings auf mir. Er umschließt mit einer Faust meine beiden Hände und hält sie mir über dem Kopf fest, als wollte er mich wehrlos machen. Dabei stößt er einige von den Probenbechern um, und ein Schwall von Farben ergießt sich auf den Boden. Purpurrot auf den Fliesen, auf seinen Händen, auf meinem bleichen Arm. Ich spüre, wie die Farbe auf mich zuläuft, an der Hüfte entlang. Ich mache Anstalten aufzustehen, weil ich das schmierige Gefühl der Farbe an mir nicht ertragen kann, doch er drückt mich entschlossen auf den Boden zurück.

»Was hast du denn vor, Elena?«, flüstert er mir ins Ohr. »Ich finde diese Farbe unheimlich geil«, und während er das sagt, beginnt er, mich mit seinen farbverschmierten Fingern zu streicheln, überall, am Kopf, am Bauch, wobei er blutrote Striemen auf meinem Gesicht und auf dem weißen T-Shirt hinterlässt.

Er hat mich in seiner Gewalt, schießt es mir durch den Kopf, und die Mischung aus Angst und Verlangen, die mich bei diesem Gedanken erfüllt, bringt mein Herz zum Hämmern. Während er mich küsst, sehe ich auf einmal alles klar und deutlich vor mir: mich, Leonardo, diesen leeren Palazzo, und das, was wir gleich tun werden.

Zögernd löse ich meine Lippen von den seinen. »Es könnte jemand kommen …«, murmele ich mit einem winzigen Stimmchen.

»Sssch. Denk einfach an gar nichts.« Leonardo wandert

mit den Augen über mich hinweg und legt mir einen Finger auf den Mund. Er weiß genau, was er will und was er tut. Seine Selbstsicherheit erregt mich.

Er zieht mir die Jeans und das T-Shirt aus. Gierig ruht sein Blick auf mir. Dann ist seine Zunge wieder in meinem Mund, forsch, fordernd. Ich habe Lust auf ihn und beginne ihn auszuziehen, mit einer Ungeniertheit, die ich mir nicht erklären kann, die ich so gar nicht an mir kenne. Ganz langsam knöpfe ich ihm das Hemd auf, öffne den Ledergürtel. Darunter ist er vollkommen nackt – nicht einmal Boxershorts trägt er. Er ist nackt und erregt und bereit, in mich einzudringen.

Er beugt sich über meine Beine, schiebt sie mit den Händen ein wenig auseinander. Und dann küsst er mich mit einer Unersättlichkeit, die mir den Atem raubt. Ganz langsam wandert seine Zunge an meinen Schenkeln hoch, bevor er mit den Zähnen meinen Slip aus schwarzer Spitze packt. Seine Hände helfen mit, und er landet in einem duftigen Häufchen auf dem Boden.

Wenigstens habe ich heute Morgen nicht die Liebestöter aus Baumwolle angezogen …

Seine Zunge kommt immer näher, jetzt gleitet sie in mich hinein. Ich bin schon nass, öffne mich, kaum dass seine Hände mich dazu auffordern.

»Du schmeckst gut, das wusste ich. Lass dich vernaschen …« Und er erkundet mich mit der Zunge, wirbelt und wütet so köstlich, dass ich mir ein paar Seufzer der Lust nicht verkneifen kann.

»Gut, Elena, so ist es gut …« Seine Stimme ist prall vor Begehren.

Ich schließe die Hände um seinen Kopf und ziehe ihn an den Haaren zu mir hoch, während er sich fertig auszieht, auch die Hose, die neben meinem Overall auf dem Boden landet. Dann mache ich die Beine noch breiter, und sein harter, glatter Schwanz drückt sich gegen meine geschwollenen Schamlippen.

Ich weiß nicht mehr, wer ich bin. Ich habe Angst, doch zugleich würde ich niemals im Leben wollen, dass Leonardo mit dem aufhört, was er da tut. Die Konzentration steht ihm im Gesicht geschrieben; seine Muskeln sind angespannt, und von ihm geht eine Energie aus, die alles in mir entfesseln könnte. Mit einer einzigen, heftigen Bewegung dringt er in mich ein. Dann bleibt er so, wie er ist, regungslos, und seine Augen begegnen den meinen. Sie sind dunkel vor Begehren, wie betäubt.

»Elena«, flüstert er und knabbert an meinem Ohr. »Ich spüre dich. Und du willst das auch.«

Ich schließe die Augen und sage mit einem Seufzer: »Ja, ich will es.« Meine Stimme ist brüchig vor Erregung.

Ganz langsam beginnt er sich in mir zu bewegen, als hätte er Angst, etwas kaputtzumachen; bewegt sich mit einer Trägheit, die köstlich und quälend ist. Dann ein einziger Stoß, kräftiger, tiefer, der mich ohne Vorwarnung ganz ausfüllt. Ich beiße die Zähne aufeinander und stöhne. Leonardo wird schneller, aber nur ein bisschen, und mein Atem wird kürzer, meine Brust hebt und senkt sich zuckend, während sich meine Beine um ihn schlingen, sich an ihn klammern. Jetzt erhöht er noch den Rhythmus seines Beckens, küsst mich auf den Hals, gierig, als wollte er mich fressen.

»Genieß es, Elena.« Diesmal klingt es wie ein Befehl. Doch der wäre gar nicht nötig.

Ich spüre sein Gewicht auf mir. Er hält immer noch meine Hände fest. Leonardo hat mich zu seiner Gefangenen gemacht, einer Gefangenen, die nicht die geringste Absicht hat zu fliehen.

Mir bleibt die Luft weg, das Blut rauscht durch meine

Adern und fließt an der Stelle zwischen meinen Beinen zusammen. Eine heimtückische, unaufhaltsame Lust hat von mir Besitz ergriffen, ballt sich in meinem Bauch zusammen und explodiert. Einen Moment lang ist jedes Molekül meine Körpers reiner Orgasmus. Ein Schrei entringt sich meiner Kehle, ehe ich ihn unterdrücken kann. Weil ich jetzt dieser Schrei bin. Auch wenn ich mich nicht mehr kenne. Ich bin verstört, erstaunt über mich selbst: Ich hatte nicht gedacht, dass ich so viel Lust empfinden kann.

Jetzt kommt auch Leonardo, mit einem fast animalischen Stöhnen, ganz nah an meinem Ohr, doch auf seinem Gesicht steht ein Lächeln. Er ist sogar noch schöner so. Und er genießt es für mich.

Ich weiß nicht, wie lange wir einfach nur so daliegen, selbstvergessen, umschlungen. Auge in Auge. Mund an Mund. Haut an Haut. Wir atmen. Es ist ein lebendiger Klang, von Leben durchströmt. Ein Klang, der in mir wahre Bäche von Gefühl freisetzt.

»Nicht bewegen«, befiehlt er mir leise.

Er löst sich von mir, streckt sich neben mir auf dem Boden aus und küsst mich, auf den Brustkorb, dann auf die Stirn, auf den Mund. Dann legt er mir den Arm unter den Kopf. Nackt, wie wir sind, bleiben wir eine Weile so liegen, ohne auf den kalten Boden zu achten, auf den Staub, auf die verschmierte Farbe. Ich lege den Kopf auf seine Brust. Mein Gesicht hebt und senkt sich mit seinen Atemzügen.

Ein ganz besonderes Gefühl, eine Mischung aus vollkommener Zufriedenheit und Verlorenheit, macht sich in mir breit, erfüllt mein Herz, mein Denken. Es fällt mir schwer, wieder zu mir zurückzufinden. Wo bin ich, *wer* bin ich? Und zu wem gehöre ich? Die Elena, die ich noch vor einer Stunde war, erscheint mir auf einmal so weit weg. So unwirklich.

Plötzlich spüre ich ein leichtes Pusten an meinem Hals.

»Nicht, ich bitte dich«, murmele ich. »Ich krieg Gänsehaut, mir ist kalt.« Und ich rolle mich zusammen wie ein Igel.

Leonardo lacht, umarmt mich von hinten, hüllt mich ein und hält mich warm. »Sollen wir in mein Zimmer hochgehen?«

Ja.

Nein!

Na toll, jetzt weiß ich nicht einmal mehr, was ich will, und um Überlegungen anzustellen, bin ich viel zu verwirrt. Plötzlich kommt mir das andere Mal in den Sinn, als ich in letzter Zeit mit jemandem geschlafen habe – mit Filippo. Und mir scheint, dass diese beiden Male rein gar nichts miteinander gemein haben. Vielleicht liegt das jedoch auch daran, dass ich nicht mehr klar denken kann und erst allein sein muss, um das Geschehene verarbeiten zu können.

»Ich geh jetzt wohl besser heim«, beeile ich mich zu sagen und rappele mich hoch. Mir schwirrt ein wenig der Kopf, doch es gelingt mir, einigermaßen würdevoll aufzustehen. Ich greife nach meinem farbverschmierten T-Shirt und ziehe es über, ohne BH, finde auch den zerknüllten Slip zwischen einem leeren Becher und einer Flasche Lösungsmittel und schlüpfe hinein.

Leonardo steht nach mir auf. Nackt und aufrecht ist er eine noch imposantere Erscheinung. Er hat breite Schultern und schmale Hüften. Ein festes Gesäß. Seine Beinmuskeln sind lang und kräftig. Und seine schwarzen Augen lachen: Die kleinen Lachfältchen machen seinen männlichen Blick, in dem noch immer Begehren steht, weicher. Ich muss ihn einfach bewundern, verzückt von dieser geradezu brachialen Physis. Während er seine Hose anzieht, bemerke ich ein Tattoo auf dem Schulterblatt. Es ist ein sonderbares Symbol, eine Art gotisches Zeichen, das ich nicht entziffern kann. Es hat die Form eines Ankers; ebenso gut könnten es aber auch mehrere verschlungene Schriftzeichen sein, die von einer Kordel zusammengehalten werden. Das Tattoo erinnert an Meer und etwas Antikes. Und birgt wie alles, das mit Leonardo zu tun hat, einen Hauch Tragik und die Aura eines Geheimnisses. Fast bin ich versucht, Leonardo nach der Bedeutung zu fragen, traue mich aber nicht.

Er kommt auf mich zu, während er sein Hemd überzieht, es aber offen stehen lässt, und berührt mich am Arm. »He, alles in Ordnung?«

»Ja«, sage ich, ein wenig verlegen. Meine Gedanken fliegen zu unserem Spaziergang nach der Restauranteröffnung, zu dem Abend, an dem er die Augen nicht von mir lassen konnte. Ich denke daran zurück, wie er mich nach Hause brachte und mich dann einfach stehen ließ, mit dem bitteren Geschmack der Enttäuschung auf der Zunge.

»Warum hast du gestern Abend nicht versucht, mich zu küssen?«, frage ich ihn.

»Weil du damit gerechnet hast, deshalb«, erwidert Leonardo, packt mich an den Hüften und drückt mich an sich. »Manche Dinge kann man mehr genießen, wenn man nicht darauf vorbereitet ist.«

Er hat recht. Gestern Abend war ich so verunsichert und dabei derartig erwartungsvoll, dass ich mich vielleicht wirklich nicht hätte gehen lassen können. Leonardo erahnt offenbar meine Gemütszustände und macht sich einen Spaß daraus, meine Wünsche und Begierden zu manipulieren. Irgendwie beunruhigend.

Auf einmal verspüre ich ganz deutlich das Bedürfnis nach Distanz und will nur noch eines: mich vor seinem Röntgenblick in Sicherheit bringen. Sanft löse ich mich aus seiner Umarmung.

»Ich … ich gehe jetzt.«

Ich raffe meine übrigen Kleider zusammen, mache mich, so gut es geht, zurecht und habe es plötzlich furchtbar eilig, hinauszukommen. Was mich begleitet, ist ein unlösbares Rätsel, ein Knäuel aus Fragen, auf die es keine Antwort gibt.

Den Rest des Tages habe ich in einer Art Trance verbracht. Die ganze Zeit war ich wie ein Roboter in meiner Wohnung unterwegs und habe versucht, mich mit praktischen Dingen zu beschäftigen. Dabei war ich in Gedanken aber ständig bei Leonardo. Ab und zu nahmen die Emotionen und Gefühle, die ich nur wenige Stunden zuvor mit ihm erlebt hatte, erneut Gestalt an, drehten sich wie kleine Spiralen in meinem Bauch und hinterließen erbarmungslos ein flaues Gefühl in der Magengrube.

Jetzt ist es neun Uhr abends. Ich habe gerade die paar Löffel Basmatireis gegessen, die ich mir mit minuziöser Genauigkeit zubereitet habe, in dem vergeblichen Versuch, mich abzulenken. Ich aktiviere mein iPhone, das ich absichtlich ausgeschaltet hatte, weil ich meine Ruhe haben wollte, um ohne Störung von außen meine Gedanken neu zu ordnen. Das Display leuchtet auf, das Handy vibriert, dann noch einmal und noch einmal. Drei Mal leuchtet das Zeichen für eine neu eingegangene SMS auf. Alle Nachrichten sind von Filippo.

Bibi, wie geht's?

Warum antwortest du nicht? Mach mir keinen Kummer …

Skypen wir heute Abend?

Als ich das lese, treibt mir die Scham die Hitze ins Gesicht. Die SMS sind ein Schlag in die Magengrube. Auf einmal liegt mir das bisschen Reis, das ich gegessen habe, wie Blei im Bauch. Bis zu diesem Moment bin ich wie auf Wolken geschwebt, doch die SMS von Filippo haben mich rüde auf den Boden der Tatsachen zurückgeholt. *Entschuldige, aber ich konnte dir nicht antworten, weil ich damit beschäftigt war, mit einem anderen zu vögeln.* Wäre ich wirklich ehrlich gewesen, hätte ich ihm das schreiben müssen. Doch offenbar – und ich kann nicht umhin, mich darüber zu wundern – halte ich mich lieber an die Unwahrheit.

Etwas bange setze ich mich aufs Sofa und schalte mein Notebook ein. Filippo ist bereits online und hat auf Skype angeklopft. Ich bin kein großer Freund von Videochats, aber es ist unser einziges Mittel, um uns sehen zu können. Nach dem, was heute geschehen ist, weiß ich beim besten Willen nicht, wie ich ihm gegenübertreten soll, und wenn es nur virtuell ist.

Ich hole tief Luft und klicke das kleine grüne Telefon-Icon an. Filippo ist sofort dran und erscheint vor mir auf dem Bildschirm, nur Kopf und Oberkörper, was ihm nicht ganz gerecht wird: Sein Gesicht sieht anders aus, eingefallen, und er hat einen Dreitagebart. Er sieht abgespannt aus.

»Bibi, wo warst du denn heute?«, fragt er gleich, offenbar besorgt. »Hast du meine Nachrichten gelesen?«

Beim Klang seiner Stimme und dem vertrauten Anblick seines Gesichts wird mir sofort warm ums Herz. Auch wenn sie nur virtuell ist, hat Filippos Anwesenheit die Macht, mir Sicherheit zu geben; sie bringt mich auf den Boden der Tatsachen zurück, zu Gewissheiten, auf die ich mich verlassen kann.

»Ja, entschuldige, der Akku meines Handys war komplett leer, und ich Dussel hatte mein Ladegerät nicht dabei. Außerdem bin ich erst spät heimgekommen.«

»Hängst du immer noch vor deinem Fresko?«

»Äh, ja …« Ich schlucke meine Verlegenheit herunter. Ich war noch nie eine gute Lügnerin.

»Du hattest mir versprochen, dass du dich nicht daran totarbeitest«, sagt er, voller Zärtlichkeit und ein bisschen vorwurfsvoll. »Aber ich freue mich, dass du am Ball bleibst, so wirst du ja vielleicht früher damit fertig.«

»Hoffen wir's.« Ich verziehe die Lippen zu einem nur wenig überzeugten Lächeln. Plötzlich mischt sich unter das Gefühl der Sicherheit, das ich nur wenige Stunden vorher empfunden habe, ein wenig Unbehagen. Und ein schlechtes Gewissen. Doch Filippo sieht mich, wenn auch nur verzerrt und unscharf, und so bemühe ich mich, beide Gefühle zu verdrängen. *Im Grunde habe ich niemanden betrogen und nichts verbrochen*, sage ich mir.

»Und du, lässt du dir einen Bart wachsen? Steht dir gut!« Und tatsächlich sind ein paar Haare im Gesicht vorteilhaft für Filippo; er sieht ein wenig verlebt aus, hat mehr Sex-Appeal. Denn Filippo ist sexy, das darf ich nicht vergessen.

»Du wirst es nicht glauben, aber manchmal habe ich morgens nicht einmal Zeit, um mich zu rasieren.« Er fährt sich mit der Hand über die Wange. »Die schütten mich dermaßen mit Arbeit zu!«

»Und wer schüttet? Renzo Piano?« Ich muss über seine bildliche Formulierung schmunzeln.

»Ach, hör mir mit dem auf … Den hab ich ein einziges Mal gesehen, bei einem Ortstermin auf der Baustelle; danach hat er uns nie wieder mit seiner Anwesenheit beehrt.«

Einen Moment lang tritt Stille ein, und ich frage mich,

was für einen Sinn dieses Gespräch hat. Ich spreche mit Filippo, als wäre nichts passiert. Als wäre alles wie gehabt. Dabei hat sich heute Morgen etwas in mir zutiefst verändert. Ich versuche es mit einer anderen Frage, um nicht weiter über meinen Gemütszustand nachzudenken.

»Also, wie lebt es sich in Rom?«

»Es lebt sich gut, Bibi, aber du fehlst mir. Ansonsten ist es immer noch frühlingshaft hier.«

»Beneidenswert …«

»Weißt du, dass deine Augen heute ganz besonders strahlen?«, entfährt es ihm plötzlich. »Du bist noch schöner als sonst.«

Du meine Güte, man sieht es mir an, dass ich gerade gevögelt habe. Ich kämpfe gegen die Röte an, die mir ins Gesicht steigt.

»Danke …«

»Weißt du was, Bibi? Ich denke ständig an die Nacht, die wir miteinander verbracht haben …« Er senkt die Stimme. »Ich habe schreckliche Lust, in deinen Armen einzuschlafen.«

Ich beiße mir auf die Lippen.

»Na ja, du fehlst mir auch.« *Und wenn du hier geblieben wärst, denke ich, dann hätte ich mit dir Liebe gemacht und nicht mit Leonardo. Liebe* … na ja, wir hatten Sex miteinander. Oder war es vielleicht doch … *wer kann das wissen?*

»Du denkst doch noch über das Wochenende in Rom nach, oder?«

»Ja …«, lüge ich und hoffe, dass Filippo nichts merkt. »Ich muss mich nur ein bisschen sortieren.«

»Ist gut.« Ich sehe die Enttäuschung in seinen Augen. »Aber denk nicht zu lange drüber nach …«

Ich versuche verzweifelt, das Thema zu wechseln.

»Und heute Abend, was machst du da?«

»Ich muss noch eine Zeichnung für die Arbeit fertigstellen«, schnaubt er. »Und wenn meine Inspiration anhält, mache ich vielleicht noch eine von dir. So wie ich dich aus jener Nacht in Erinnerung habe …«

»Oje, hoffentlich steigt mir das nicht zu Kopf …« Ich lächele, obwohl ich ein Nervenbündel bin. »Na dann lass ich dich mal wieder arbeiten.«

»Okay. Aber wir sollten nicht wieder eine ganze Woche vergehen lassen, bevor wir uns sprechen«, bittet Filippo. »Sonst fehlst du mir so sehr, dass ich auf falsche Gedanken komme …«

»Okay.«

»Bibi …« Er schaut mir tief in die Augen, als säße ich direkt vor ihm. »Ich hab dich gern.« Dann drückt er ein Küsschen auf die Webcam.

Ich stoße einen tiefen Seufzer aus.

»Ich dich auch.«

Jetzt halte ich seinen Blick nicht mehr aus.

Die Nacht ist zum Sorgenmachen da, für den Kummer, für die Unruhe. Doch am Morgen, unter der heißen Dusche, sehe ich die Dinge wieder klarer. Die besten Ideen kommen mir immer in diesen zehn Minuten, wenn ich unter dem heißen Wasserschwall stehe, der all meine Bedenken einfach fortwäscht. Und so reduziere ich in dem Moment, als ich mir die Haare wasche und mir der Mandelduft meines Shampoos in die Nase steigt, alles auf die einfachste Lösung: dass ich heute nicht zur Arbeit gehen werde.

Ich habe nicht die geringste Absicht, Leonardo gegenüberzutreten. Ich wüsste nicht, was ich ihm sagen und vor allem auch nicht, was ich von ihm erwarten soll. Im Übrigen haben wir nie unsere Handynummern ausgetauscht – was für ein glücklicher Zufall! –, weshalb er mich nicht erreichen kann und ich auch nicht in die Versuchung kommen werde, ihm eine SMS zu schicken. In gewisser Weise gibt mir diese Pattsituation ein Gefühl der Sicherheit. Was gestern geschehen ist, war schön, stürmisch und wild – das will ich gar nicht leugnen, sonst würde ich heucheln. Doch es ist alles so schnell und unerwartet gekommen, dass ich noch nicht recht daran glauben mag. Mit Leonardo zu vögeln hat mich in einen Abgrund neuer und verwirrender Gefühle gestürzt, aus dem ich mich noch nicht befreien kann, und das Telefonat mit Filippo hat ein Übriges zu meiner Verwirrung getan.

Das alles sind die Gründe, warum ich an diesem Morgen zu Hause bleibe und mir vornehme, mir einen gemütlichen Tag zu machen. Ich werde putzen – das ist irgendwie immer nötig, weshalb es nicht einmal eine Ausrede ist –, und dann werde ich in den Supermarkt gehen und einkaufen, da mein Kühlschrank schon wieder gähnend leer ist. Das wird mich vielleicht ablenken.

Plötzlich klingelt es. Ich glaube zu wissen, wer es ist. Es gibt nur eine Person, die den Klingelknopf mindestens zehn Sekunden lang ununterbrochen gedrückt hält.

Ich hebe den Hörer der Sprechanlage ab und rechne mit dem Schlimmsten. »Gaia?«

»Sag mal, wie lang brauchst du denn noch, um zu antworten?«, schreit sie so laut, dass mir fast das Trommelfell platzt. »Kann ich hochkommen, oder liegt ein nackter Mann in deinem Bett? Na ja, nicht, dass das ein Problem für mich wäre …«

»Komm hoch. Die Tür ist offen.«

Und was mache ich jetzt? Erzähle ich ihr alles oder nicht?

Ich grübele immer noch, als ich Gaia in ihrem typischen Katzengang auf mich zukommen sehe.

»Wieso bist du noch daheim? Ich bin am Palazzo vorbeigegangen und hab nach dir gesucht …«

»Ich gehe heute nicht zur Arbeit.«

»Hä? Ist dir nicht gut?«, fragt sie und schaut mir prüfend ins Gesicht.

Ich beschließe, Gaia in dem Glauben zu lassen, weil mir bewusst wird, dass es viel zu anstrengend wäre, ihr die Wahrheit zu sagen. Dafür fehlt mir im Moment einfach die Energie. *Abgesehen davon ist es weniger eine Lüge als eine Auslassung,* sage ich mir und besänftige damit mein schlechtes Gewissen. Wenigstens ein bisschen.

»Wahrscheinlich kriege ich meine Tage … Ich hab ein bisschen Kopfweh …«, antworte ich, und um mich glaubwürdiger zu machen, werfe ich mich aufs Sofa und lege mir die Patchworkdecke mit dem Muster aus Margeriten und Herzen über die Beine, die mir meine Mutter letzte Weihnachten nach zweieinhalb Monaten fleißigem Einsatz von Nadel und Faden sowie unter Verlust mehrerer Dioptrien Sehkraft geschenkt hat. Es ist meine Decke für trübsinnige und schläfrige Tage geworden.

»Ich bin heute Morgen schon mit Migräne aufgewacht«, jammere ich mit leidender Miene, und Gaia setzt sich sogleich mitfühlend ans Fußende meines Krankenlagers.

»Mein armes Hühnchen …«, sagt sie und streichelt mir fast mütterlich die Wange.

Vielleicht übertreibe ich es ja mit meiner kleinen Schauspieleinlage – weshalb ich ein wenig zurückrudere: »Aber es geht mir schon viel besser.«

»Hast du was genommen?«

»Nein, nein, das hilft nicht. Aber nach einer gewissen Zeit wird's dann immer wieder.«

»Ich hab's dir schon Millionen Mal gesagt: Du musst ab und zu einfach mal einen Gang runterschalten.« Gaia schüttelt den Kopf mit ernster Miene. »Dieses Fresko macht dich noch verrückt.«

Vielleicht nicht nur das Fresko …

»Jedenfalls bin ich vorbeigekommen, um dir was zu erzählen. Weißt du schon das Allerneueste?« Plötzlich setzt meine beste Freundin ein schelmisches Lächeln auf.

»Nein …« Aber ich habe schon begriffen. »Jacopo Brandolini!«

Sie nickt voller Genugtuung. »Es ist am Abend der Einweihung passiert«, sagt sie, strotzend vor Glück. »Ach, entschuldige übrigens, dass ich mich einfach verdünnisiert habe. Aber du kennst mich ja …«

Plötzlich fällt mir wieder ein, dass sie mich mitten am Abend und aus heiterem Himmel im Stich gelassen hat; vorsorglich mache ich schnell ein böses Gesicht. »Genau, das wollte ich dir noch sagen: Blöde Kuh!«

»Ich weiß, ich weiß, aber es gibt einen guten Grund …« Gaia hebt verteidigend die Hände. »Möglicherweise war Leonardo zwar ein bisschen enttäuscht, aber eigentlich hat er uns ja zusammengebracht …«

»Wieso das?«

»An einem bestimmten Punkt kommt er zu mir und sagt: ›Das Dessertbüfett ist eröffnet, willst du nicht mal hingehen und schauen, was es gibt?‹ Ich erkläre ihm, dass ich auf dich warte, aber er besteht darauf. Ich solle sofort mitkommen, weil einige der Leckereien warm gegessen werden müssten.«

Jetzt hat Gaia meine volle Aufmerksamkeit.

»Am Ende beschließe ich, auf ihn zu hören«, fährt sie fort, »na ja, und dann gehe ich gehorsam zum Büfett, und wen treffe ich da? Jacopo höchstpersönlich, der offenbar nur auf mich gewartet hat. Wir fangen an zu reden, und dann habe ich irgendwie mein Zeitgefühl verloren …«

Dann hat Leonardo das alles eingefädelt und Gaia in Jacopos Arme getrieben, damit er mit mir allein sein konnte! Die Begeisterung über diese Entdeckung weckt in mir unwillkürlich einen wohligen Schauder.

»Also: Und wie ist er nun, dieser Brandolini?«, frage ich sie und richte gleich wieder mein ganzes Interesse auf sie.

»Er ist sympathisch, gescheit und durch und durch ein Gentleman. Mir kommt er so anders vor als die Männer, die ich bisher gekannt habe … er gefällt mir.«

Meine Güte, Gaia hat schon Herzchen in den Augen!

»Aber … habt ihr es getrieben?«, wage ich mich vor.

»Äh …« Eine Sekunde lang senkt sie den Blick, hebt ihn dann wieder, und ein triumphierendes Lächeln bringt ihr Gesicht zum Leuchten. »Was denkst du denn! Natürlich haben wir es gemacht! Für wen hältst du mich eigentlich?«

Ich versetze ihr einen kleinen Faustschlag an die Schulter und lache.

»Er hat mich zu sich nach Hause eingeladen«, erzählt Gaia strahlend weiter. »Er wohnt in einem Palazzo, der der helle Wahnsinn ist, hinter Rialto, mit lauter Fresken und Kassettendecken. Ich kam mir vor wie im Märchen, ich schwör's dir, wie so eine Art Cinderella beim Ball. Ich war fast ein bisschen ehrfürchtig, und du weißt, dass das bei mir eigentlich nie vorkommt …«

Ich höre ihr zu, fasziniert von der Art und Weise, wie sie ihre Erzählungen immer ausschmückt. Wenigstens gelingt es ihr, mich von meinen eigenen Gedanken abzulenken. »Und dann?«

»Und dann hat er mich erobert; ich konnte einfach nicht Nein sagen.« Sie seufzt und grinst dann breit. »Nein, ich muss mich korrigieren, ich *wollte* nicht Nein sagen.«

»Und wie war er so?«

»Ich würde sagen, super …« Aus Gaias Gesicht schließe ich, dass Brandolini gut im Bett ist. »Nicht die übliche Bumserei. Er war sehr zärtlich, rücksichtsvoll, wollte, dass ich auch was davon habe …«, sagt sie mit verträumtem Blick.

Einen Moment lang denke ich an die Zärtlichkeiten von Leonardo zurück, und mir geht ein kleines Zucken durch den Bauch, wie ein elektrischer Schlag.

»Und, was meinst du, gibst du ihm noch mal eine Chance? Seht ihr euch wieder?«

»Klar, Ele! Er hat mich für morgen Abend zum Essen eingeladen …« Dabei grinst sie wie ein Honigkuchenpferd, so glücklich ist sie, und ich freue mich wirklich für sie.

»Also, dann hat es sich ja wirklich gelohnt, und ich verzeihe dir, dass du mich versetzt hast«, sage ich feierlich.

»Na gut, und jetzt haben wir genug über mich geredet … was hast du denn hinterher noch gemacht? Du verheimlichst mir doch nicht etwas?«

»Nein, ich bin heimgegangen und fertig.«

Warum, um alles in der Welt, lüge ich eigentlich meine beste Freundin an? Sollte ich es ihr nicht erzählen? Einerseits würde ich gern, aber zuerst muss ich selbst noch Ordnung in meine Gedanken bringen. Wenn ich jetzt mit jemandem darüber rede – selbst mit Gaia, die für mich wie eine Schwester ist –, wird das Chaos in mir nur noch größer, fürchte ich. Ich beiße mir auf die Lippe, damit mir nicht versehentlich Leonardos Name entschlüpft. Dafür beschließe ich jedoch, ihr eine andere kleine Wahrheit zu verraten, sozusagen als Ausgleich.

»Hör zu, ich muss dir auch was sagen.«

Gaia richtet sich kerzengerade auf. Es sieht so aus, als hätte sie alle ihre Antennen ausgefahren. »Dann schieß los, ich bin ganz Ohr.«

»Es betrifft Filippo.«

Gaia schaut mich forschend an und scheint bereits zu ahnen, was ich ihr gleich sagen werde.

»Na ja … wir haben's getan.«

»Halleluja!«, ruft sie begeistert und klatscht in die Hände.

»Aber ich warte erst mal noch ab; das ist besser, als alles gleich zu überstürzen. Immerhin ist alles so schnell passiert, an dem Abend, bevor er abgereist ist. Wir haben uns nichts versprochen, und man weiß auch nicht, was draus wird …«

Sie fängt an, auf dem Sofa auf und ab zu hüpfen. »Was sollte es dich denn jetzt schon kümmern, wie das alles *endet*! Wichtig ist doch erstmal nur, dass es *angefangen* hat.« Auf einmal verstummt sie und schaut mich überrascht an. »Aber freust du dich denn nicht?«

»Doch, schon, aber ich will es langsam angehen. Das mit Fil könnte wirklich etwas Wichtiges werden, und ich möchte unsere Freundschaft nicht aufs Spiel setzen …« Ich holte tief Luft. »Jedenfalls, solange er in Rom ist, hat es keinen Sinn, eine Beziehung anzufangen, da sind wir uns beide einig.«

Gaia winkt ab. »Zu viel Paranoia, Ele, wie immer bei dir. Man sieht, dass ihr füreinander geschaffen seid, das hab ich dir immer schon gesagt.«

Ich versuche mich an einem Lächeln. Ich weiß, dass Filippo möglicherweise die richtige Person ist, mit der ich eine solide und tiefe Beziehung aufbauen könnte. Dazu müsste ich es nur wollen. Und vielleicht wollte ich es ja auch, bevor Leonardo kam und all meine Pläne und Wünsche über den Haufen geworfen hat. Beim jetzigen Stand der Dinge weiß ich nicht mehr, was ich will. Aber davon hat Gaia natürlich nicht den blassesten Schimmer.

»Und, habt ihr noch einmal voneinander gehört?«

»Ja. Erst gestern haben wir geskypt.«

»Überhaupt – Mensch, Ele, Rom ist doch nicht aus der Welt. Ich bin für Belotti sogar bis nach Flandern gereist«, sagt Gaia im Brustton der Überzeugung. Sie hat die verrücktesten Reisen für ihren Radler unternommen, von dem ich, ehrlich gesagt, immer noch nicht weiß, welchen Stellenwert er in ihrem Leben hat. »Meines Erachtens solltest du Filippo einen Überraschungsbesuch abstatten«, fährt sie fort, mich anzustacheln.

»Ich überleg's mir«, verspreche ich vage.

»Und genau das solltest du *nicht* tun, Schätzchen. Du sollst nicht so viel nachdenken.« Sie klopft mir mit den Knöcheln leicht an den Kopf. »Und schalt endlich mal diese Birne ab! Das tut dir nämlich nicht gut.«

Ich lächele. Um ehrlich zu sein: Nachdem ich vorher nur so getan habe, als ob, habe ich jetzt wirklich Kopfweh. Ich bin so verwirrt, dass ich mich am liebsten ins Bett legen und schlafen würde, um an nichts mehr denken zu müssen.

Gaia steht vom Sofa auf und hängt sich energisch ihre Handtasche über die Schulter, ein sicheres Zeichen dafür, dass sie aufbrechen will. Ich bin fast erleichtert.

»Ich gehe jetzt. Wenn du was brauchst, ruf mich an.«

»Mach dir keine Gedanken, mir geht's gut.«

»Ja, sicher … Das würdest du auch sagen, wenn du auf dem Boden liegst und dich vor Schmerzen windest.«

Bitte nicht von Boden reden, denke ich panisch; *ich kann einfach nicht anders, als an Leonardo denken, an dieses Rot überall, auf dem Boden, auf meinen Klamotten …*

»Ciao, und erzähl mir von deinem Abendessen mit Jacopo.«

»Klar, ich halte dich auf dem Laufenden«, strahlt Gaia und umarmt mich stürmisch. Gottergeben halte ich still.

Nachdem Gaia weg ist, mache ich einen kleinen Spaziergang in Richtung Guggenheim-Museum. Es ist fast zwei Uhr nachmittags, und um diese Zeit sind nicht viele Leute unterwegs. Die Touristen fallen in Schwärmen über die Restaurants her, während die Venezianer von Dorsoduro lieber an der Matratze horchen – ihr liebster mittäglicher Zeitvertreib. Ich hingegen habe Lust, mich ein wenig von der milden Oktobersonne streicheln zu lassen, die Venedig heute mit einem besonders schönen gelb-rosa Licht übergießt. Schnellen Schritts gehe ich bis zur Pinta della Dogana und mache auf dem Rückweg einen Abstecher zum Campiello Barbaro, einem meiner Lieblingsplätze der Stadt. Der Campiello Barbaro ist ein kleiner, wenig bekannter Platz, der ein wenig abseits von den eingetretenen Pfaden liegt. Wenn mir vom Nachdenken der Kopf schwirrt, komme ich manchmal hierher, und wer weiß, warum, es passiert immer etwas Magisches.

Ich setze mich auf die letzte Stufe der Steinbrücke, die noch ganz warm von der Sonne ist, und lehne mich mit dem Rücken an die Backsteinmauer, aus der ein paar Grashalme wuchern. Von hier aus sieht alles immer besonders lieblich aus, die Sonnenstrahlen setzen den entlaubten Bäumen viele kleine Lichtpunkte auf, wie Sterne. In der Mitte des Campiello gibt es ein Rosenbeet: Es ist unglaublich, aber diese Rosen blühen immer, selbst im Winter.

Es ist zwecklos, es zu leugnen oder, noch schlimmer, zu unterdrücken: Mein Herz und mein Verstand befinden sich in diesem Moment in einem unentwirrbaren Durcheinander. Ich weiß buchstäblich nicht, wo mir der Kopf steht.

Mehr als Gedanken sind es in Wirklichkeit aber die Bilder von Leonardo, verschwommene Eindrücke, die mir durchs Gedächtnis ziehen: seine geheimnisvollen Augen, die kleinen Knitterfältchen, seine starken Hände, sein nackter, drängender Körper auf meinem. Dann dieses Tattoo. Und ganz plötzlich habe ich eine seltsame Vorahnung: Ich spüre, dass Leonardo mir wehtun könnte, dass der Preis für meine Teilnahme an diesem Spiel vielleicht meine Verdammnis sein wird.

Und Filippo? Welche Rolle spielt er bei dem Ganzen? Auch für ihn hege ich starke Gefühle, das spüre ich, doch sie sind grundlegend anders: Das Einverständnis zwischen uns hat einen vertrauten Beigeschmack; es ist eine Bindung, die in erster Linie intellektuell und von Zuneigung geprägt ist. Der Sex mit ihm war zärtlich und sanft, so wie er es zwischen zwei Menschen sein kann, die sich schon eine Weile kennen und mögen.

Das mit Leonardo hingegen war eine fleischliche Begegnung, die allein von unseren körperlichen Begierden diktiert wurde; etwas, das mir noch nie zuvor passiert ist. Und vielleicht kann ich genau deshalb nicht aufhören, daran zu denken.

Ich wende den Blick von den Rosen und lasse ihn auf dem Wasser des Kanals ruhen, das langsam unter mir hindurchfließt. Es hat eine wenig erquickliche Farbe, es ist trüb, doch sein Anblick ist mir weniger unangenehm als sonst. Auf einmal flößt mir auch der Gedanke, Leonardo wiederzusehen, weniger Angst ein.

Die Wahrheit ist, dass ich ihn trotz allem immer noch begehre. Inmitten von tausend Zweifeln ist das die einzige Gewissheit.

• 8 •

Heute ist also der große Tag. Ich werde Leonardo wiedersehen und mit ihm reden, ihm erklären, wer ich bin und was ich von ihm will. Es ist mir noch nie passiert, dass ich bei einem Mann die Initiative ergriffen habe – ich weiß nicht einmal, wie man das macht, und ich bin auch nicht so gut darin wie Gaia, meine Wünsche zu äußern. Diesmal jedoch muss ich es versuchen, diesmal ist es anders. Und um Leonardo zu bekommen, wird mir offenbar mehr Mut abverlangt als sonst.

Ich trete aus der Dusche und bleibe vor dem Spiegel stehen. Mit einer Hand wische ich ein wenig den Dampf ab; jetzt kann ich mich sehen. Und stelle fest: Das bin immer noch ich. Das runde Gesicht, die dunklen, vom Wasser ein wenig geröteten Augen, der braune Bob, aus dem Wasser auf die Schultern tropft. Und doch hat sich etwas verändert. Seit gestern nimmt ein neues Verlangen Raum in meiner Welt ein, wie eine Art lästiger neuer Mieter, der mit den Bewohnern von früher auf Kriegsfuß steht.

Ich werde versuchen, so zu tun, als wäre es ein Morgen wie jeder andere, und mich so verhalten wie immer. Ich muss mir einreden, dass ich einfach nur zur Arbeit gehe, auch wenn ich weiß, dass ich in Wirklichkeit auf dem Weg zu *ihm* bin.

Ich schiebe alle Gedanken beiseite und mache mich bereit, aus dem Haus zu gehen. Ich trockne mir die Haare, ziehe bequeme Jeans und einen leichten Wollpullover an, lege mir den Trench über die Schultern und nehme das Vaporetto bis Ca' Rezzonico, kaufe mir beim Kiosk unter den Arkaden die *Repubblica*, erreiche den Palazzo und steige die Treppe hoch. Jede einzelne Station meines Weges heute ist ein Schritt in Richtung Leonardo.

Doch als ich zum Palazzo komme, ist er nicht da.

Ich rufe nach ihm; keine Reaktion. Eine Weile warte ich im Vestibül auf ihn, in der Hoffnung, ihn irgendwann aus dem Bad kommen zu sehen, das Handtuch um die Taille geschlungen – doch nichts. Also beschließe ich notgedrungen, zu Franco in den Garten zu gehen und ihn nach Leonardo zu fragen. Der hat ihn auch nicht gesehen. Offenbar ist er heute Morgen schon früh aus dem Haus gegangen. Das ist die erste und einzige Möglichkeit, die ich mir denken kann.

Und so stehe ich nun hier in San Polo vor Brandolinis Restaurant, unentschlossen, ob ich hineingehen soll oder nicht. Mein Herz sagt »Ja«, mein Kopf »Nein«, und alle meine Gedanken kreisen um den Wunsch, der mich seit Stunden peinigt: *Ich will ihn wiedersehen.*

Die Tür steht offen, als würde sie mich hereinbitten. Ich muss einfach nur die Schwelle überschreiten. Und das tue ich jetzt auch.

»Beeilt euch, die sechs Kisten müssen rein! Ich will die in einer Minute hier drinnen haben … Und ein bisschen Vorsicht, verdammt noch mal! Das ist Sassicaia, und die Flaschen sind so teuer wie die Luxuskarosse, von der ihr träumt und die ihr nie haben werdet! Das ist das letzte Mal, dass wir bei eurem Weinkeller was bestellen …«

Leonardos Stimme. Und der Ton ist alles andere als ermutigend. Ich verstehe nicht ganz, woher sie eigentlich kommt: Im Restaurant kann zu dieser frühen Stunde außer ein paar Kellnern keiner sein. Jetzt hat einer von den Servicekräften mich bemerkt und kommt mit einer Miene höflicher Ablehnung auf mich zu: »Wir haben noch zu, kommen Sie bitte später wieder«, will er gerade sagen, aber ich komme ihm zuvor.

»Guten Tag, ich wollte zu Leonardo.« Er wirft mir einen Blick zu, der eine gewisse Neugier durchblicken lässt, auch wenn er von professioneller Höflichkeit verbrämt ist. *Ich will ihn nur sehen und … mit ihm sprechen*, rede ich mir ein. Auf dem Weg hierher habe ich mir eine schöne kleine Ansprache zurechtgelegt und eingeprägt.

»Ich glaube, er ist draußen«, antwortet der Kellner und zeigt in Richtung Garten.

»Danke«, murmele ich und gehe zielstrebig auf die Fenstertür zu, die in den Innenhof führt.

Leonardo bemerkt nicht gleich, dass ich da bin. Er ist allein; offenbar haben die armen Laufburschen schnell ihre Aufgabe erledigt und sich dann sofort aus dem Staub gemacht. Er spricht in sein Handy, und aus seinem finsteren Gesicht schließe ich, dass es kein allzu angenehmes Gespräch ist. Plötzlich beendet er die Unterredung. Seine Miene ist ernst und nachdenklich; den Blick hat er zu Boden gerichtet, auf einen unbestimmten Punkt. Es ist das erste Mal, dass ich ihn so ernst und finster sehe. Was ihn wohl so sehr verstören konnte? Ich würde mich wohl nicht getrauen, ihn danach zu fragen. Andererseits ist das auch gar nicht mehr nötig, weil sein Gesicht, kaum hat er mich erblickt, den gewohnt lächelnden Ausdruck annimmt. Er grüßt mich beiläufig, als wäre es ganz normal, mich hier anzutreffen.

»Wieso bist du denn verschwunden?«, fragt Leonardo und kommt ein paar Schritte auf mich zu. »Ich hätte dich angerufen, wenn ich deine Nummer gehabt hätte …«

»Stimmt, die haben wir ja gar nicht ausgetauscht«, sage ich mit Unschuldsmiene und richte meinen Blick auf die

Füße, weil es mir schwerfällt, der Anziehungskraft seiner Augen Widerstand zu leisten.

»Na gut, dann machen wir es jetzt.« Er hat immer noch das Mobiltelefon in der Hand. Urplötzlich bin ich davon überzeugt, mich nicht mehr an meine eigene Handynummer erinnern zu können. Mit Müh und Not rufe ich sie mir ins Gedächtnis und sage sie ihm auf, als müsste ich in der Schule ein überaus kompliziertes Wort buchstabieren.

Leonardo tippt die Nummer ein und ruft mich kurz an. Zum Glück habe ich den Klingelton mit der schnatternden Ente deaktiviert.

»Du hast meine Frage noch nicht beantwortet«, fährt er fort und betrachtet mich. »Wieso bist du gestern nicht zur Arbeit gekommen?«

Die perfekte Steilvorlage für meine kleine Ansprache! Ich fahre mir durch die Haare und räuspere mich. Ich bin bereit. Und: Los geht's.

»Ich musste eine Weile für mich sein. Weißt du, das, was da vorgestern passiert ist, hat mich ein bisschen aus der Bahn geworfen«, sage ich in einem Atemzug. Leonardo scheint das nicht besonders zu beeindrucken. Ein sonderbares Lächeln spielt um seine Lippen, und in seinen Augen leuchtet eine Art perverses Vergnügen. »Deshalb wollte ich mit dir reden …«, doch ich unterbreche mich sofort.

Der Kellner von vorhin kommt an uns vorbei. Leonardo gibt ihm ein Zeichen, und er nickt. Immerhin ist Leonardo bei der Arbeit, und vielleicht komme ich ungelegen.

»Wenn du zu tun hast, dann können wir uns auch gerne ein andermal treffen«, sage ich und strecke die Hände aus.

Er schaut sich einen Moment um. »Ich brauch hier noch eine halbe Stunde. Ich muss ein paar Fragen klären.« Dann senkt er den Blick auf sein Handy und bleibt einen Moment lang reglos stehen, als würde er etwas überlegen. »Ist es dir recht, wenn du in der Frarikirche auf mich wartest? Ich könnte so um elf bei dir sein.«

»Ist gut«, antworte ich, auch wenn mich sein Vorschlag etwas verblüfft. Noch nie hat sich jemand mit mir in einer Kirche verabredet, erst recht nicht in der Frari-Basilika. »Und warum ausgerechnet dort?«, wage ich zu fragen.

»Na ja, weil es ein schöner Ort ist«, antwortet Leonardo kurz angebunden.

Seit einer Viertelstunde sitze ich auf einer unbequemen Kirchenbank in der dritten Reihe des prächtigen Mittelschiffes von Santa Maria Gloriosa dei Frari. In der Luft liegt eine Mischung aus Weihrauch und der Duft von brennenden Votivkerzen. Draußen ist ein heftiger Wind aufgekommen, und so habe ich beschlossen, hineinzugehen. Ich hoffe, dass niemand mich bemerkt: Hier fühle ich mich sicher und gut aufgehoben, während ich immer wieder nervöse Blicke zur Eingangstür werfe. Der Gedanke, dass Leonardo jeden Moment kommen müsste, erfüllt mich mit einer Mischung aus Anspannung und Vorfreude. Wenn er mich draußen nicht antrifft, wird er sich doch wohl hoffentlich denken können, dass ich hier drinnen bin, oder? Abgesehen davon habe ich ja jetzt seine Handynummer und kann ihn jederzeit anrufen.

Ich schaue mich verstohlen um und fühle mich wie ein ungebetener Gast. Zwischen den Bänken knien Menschen und beten, während einige Besucher sich diskret und leise in der Kirche umschauen, wobei die meisten von ihnen vor Tizians herrlichem Altarbild der *Assunta* stehen und es bewundern. Bei Sonnenlicht ist es noch schöner. Die Strahlen, die durch die Buntglasfenster hereinfallen, zaubern unglaubliche Lichtreflexe auf das Bild, und die Farben wirken zu dieser Tageszeit lebendiger denn je.

»So so, dann hat es dich also aus der Bahn geworfen, mit mir zu vögeln«, flüstert mir plötzlich jemand ins Ohr. Ich zucke zusammen und drehe mich abrupt zu Leonardo, der sich klammheimlich neben mich gesetzt hat. Dabei spüre ich, wie mir das Blut in den Kopf steigt. Er schaut mich an und wartet offenbar darauf, dass ich an dem Punkt weiterrede, an dem ich mich vorhin unterbrochen habe.

»Ja, das stimmt«, gebe ich zu. Dann hole ich tief Luft. »Vielleicht, weil es so gänzlich unerwartet kam. Normalerweise ist es nicht meine Art, mich so leicht gehen zu lassen, aber bei dir …« Ich zögere. Meine vorbereitete kleine Rede nützt mir auf einmal überhaupt nichts, weil sie mir plötzlich sinnlos und überholt vorkommt. »Siehst du, ich weiß nicht recht, wie ich es dir sagen soll, aber …«

»Du hast schon jemanden. Das willst du mir sagen, oder?« Leonardo nimmt wahrlich kein Blatt vor den Mund, sondern bringt mich dazu, die Dinge beim Namen zu nennen, unverblümt und ohne Umschweife.

»Nein, nein, das ist es gar nicht«, sage ich und schüttele den Kopf. »Bis vorgestern glaubte ich, jemand anders zu begehren … aber jetzt bin ich mir da nicht mehr so sicher.«

Plötzlich steht das Bild Filippos vor meinem inneren Auge, und in diesem Moment kommt er mir so vor wie meine ganze kleine vorbereitete Rede – etwas, das der Vergangenheit angehört. Als mir das bewusst wird, bleibt mir kurz das Herz stehen.

»Also, worum geht es dann, Elena?«, drängt er mich.

Ich druckse herum, getraue mich dann aber zu sagen: »Tatsache ist, dass es mir sehr gefallen hat. Vielleicht sogar zu sehr. Ich hab versucht mir einzureden, dass ich einfach nur den Kopf verloren und mich dir hingegeben habe. Und dass wir beide im Grunde nichts miteinander zu tun haben. Jedenfalls wäre mir am liebsten, wenn ich glauben könnte, dass wir nur eine einzige Möglichkeit haben – die Sache nämlich hier und auf der Stelle beenden. Aber ich denke ständig an dich und … ich will, dass es wieder passiert. Obwohl das so gar nicht meine Art ist, mich gleich so hinzugeben, wie ich es bei dir getan habe.«

So. Jetzt habe ich es gesagt, auch wenn ich so etwas noch nie ausgesprochen habe – erst recht nicht auf einer Kirchenbank sitzend! Ich spüre, wie ich vor Scham buchstäblich in Flammen aufgehe.

Leonardo zeigt keinerlei Reaktion, zumindest lässt er sich nichts anmerken, und das trägt ein Übriges zu meiner Verlegenheit bei. Eine kleine Ewigkeit lang wandern seine Blicke über das Altarbild der *Assunta* hinweg. Ich halte die Luft an und warte auf seinen Schiedsspruch wie ein Angeklagter vor Gericht.

Dann nimmt er mich ohne ein Wort an der Hand und führt mich direkt vor das Bild. Leonardo tritt hinter mich und flüstert mir ins Ohr: »Weißt du, warum ich dich hier treffen wollte, Elena?«

Ich schüttele den Kopf, weil ich nicht die geringste Ahnung habe.

»Weil mich dieses Gemälde hier zutiefst beeindruckt hat, als du es mir erklärt hast. Seit jenem Abend habe ich oft daran gedacht.«

Ich hebe den Blick zum Altarbild.

»Und ich glaube sogar zu wissen, warum es dir so sehr gefällt«, flüstert Leonardo weiter, und ich spüre seinen Atem an meinem Haar wie einen leichten Hauch. »Du möchtest so sein wie diese Madonna«, fährt Leonardo fort. »Du wärst gern dort oben in deiner Welt, weit weg von allen Dingen, die dir wehtun könnten. Und im Grunde glaubst du, dass dies dein Schicksal ist: Einsam und allein in irgendwelchen Sphären zu schweben.«

Ich betrachte die Figur der Muttergottes, so fern, so heiter, unverletzlich und stark. Und ich begreife, dass er recht hat, dass auch ich mich gerne so fühlen würde.

Leonardo drückt sich an mich, und ich spüre seine Körperwärme, was ein seltsam erregendes Gefühl ist, hier, an diesem heiligen Ort, mitten unter Menschen, die uns kaum wahrnehmen. Wie ein Dämon flüstert er mir weiter ins Ohr.

»Und jetzt schau dir den Apostel an. An dem Abend hast du mir gesagt, er bete die Jungfrau Maria an und gebe ihr, wie es scheint, eine Art Schubs auf ihrem Weg in den Himmel.«

»Genau, so ist es.« *Wenigstens haben mich meine Kenntnisse in Kunstgeschichte nicht so im Stich gelassen wie alle anderen Gewissheiten im Leben*, denke ich erleichtert.

»Und wenn du dich täuschst?« Er drückt meine Schultern. »Mir gefällt der Gedanke viel besser, dass der Apostel sie zurückruft, statt wegzuschubsen; dass er sie auf Erden halten und sie zu ihrer fleischlichen Natur zurückbringen will …«

Daran habe ich noch nie gedacht. Jetzt betrachte ich das Bild aus einer vollkommen anderen Perspektive und merke, so surreal das auch ist: Man kann es durchaus auch so interpretieren. Was ich jedoch nicht begreife, ist, worauf Leonardo eigentlich hinauswill. Ich habe ihm gerade gesagt, dass ich wieder mit ihm schlafen will – was mich weiß Gott jede Menge Mut gekostet hat –, und statt einer Antwort kommt er mir mit einer neuen Interpretation der *Assunta*. Nun bin ich endgültig verwirrt und fürchte, dass mir die Knie gleich weich werden.

»Warum sagst du mir das alles?«, frage ich Leonardo mit einem winzigen Stimmchen. Lange kann ich ihm nicht mehr widerstehen, so viel ist klar.

Er fasst mich an den Hüften und dreht mich zu sich um, schaut mir fest in die Augen. »Weil *ich* das sein will, was *dich* auf die Erde zurückholt, Elena.«

Wir stehen so eng beieinander, dass sich unsere Gesichter berühren. Ich schaue mich um und hoffe inständig, dass uns niemand bemerkt. Doch Leonardo schert sich nicht um die anderen und fährt mit seinem hitzigen Flüstern fort.

»Ich will dich auch, noch ein Mal – ach was: noch tausend Male. Aber auf *meine* Art. Ich will wissen, was du hinter dieser so ätherischen Maske, hinter deiner vergeistigten Art verbirgst … ich will die wahre Elena kennenlernen. Ich will ihr Leben auf den Kopf stellen.«

Ich schlucke. *Mein Leben auf den Kopf stellen*. Ja. Wenn ich ihn mir so ansehe, könnte er dazu wohl tatsächlich in der Lage sein. Mir läuft ein Schauder über den Rücken.

»Als ich dich zum ersten Mal gesehen habe, ganz konzentriert auf dein Fresko, da hat mich deine scheue und unschuldige Art verzaubert. Es war eine unwiderstehliche Anziehungskraft. Und ich kann nichts dagegen tun und werde keinen Frieden finden, ehe ich dir nicht alles vom Leib gerissen habe«, flüstert er, und plötzlich spüre ich, wie sich ein Feuer in meiner Brust entzündet. Es ist, als hätte er mir Brandbeschleuniger durch die Adern gejagt.

»Aber du musst mich machen lassen«, beschwört er mich. »Du musst es zulassen, dass ich derjenige bin, der dich führt … ich will dir alle Formen der Lust und des Genusses beibringen.« Seine Stimme ist jetzt nur noch ein unendlich verführerisches, stöhnendes Flüstern.

Ich bin sprachlos, glaube nicht verstanden zu haben, was Leonardo mir da vorschlägt. Ich kann es nur erahnen, und in diesem Moment erscheint es mir wie ein Teufelspakt, der meine Existenz grundlegend verändern wird und von dem ich nicht sicher bin, ob ich ihn akzeptieren will. Doch die Versuchung ist groß – ich spüre sie mit jeder Faser meines Körpers, wie bei etwas Unbekanntem, das den Reiz der Gefahr hat.

Leonardo spürt meine Ratlosigkeit, packt mich an der Hand und zieht mich durch den Seiteneingang aus der Kirche. Wir kommen in einer verschwiegenen und entlegenen Gasse heraus. Dort drückt er mich wortlos gegen die raue Wand der Sakristei und legt den Finger unter mein Kinn.

»Hast du verstanden, was ich dir gerade gesagt habe, Elena?«, fragt Leonardo ernst.

»Ich bin mir nicht sicher …«, murmele ich.

»Wenn du nach einer Romanze suchst, dann bin ich nicht der richtige Mann für dich. Und du bist bei mir auch auf dem Holzweg, wenn du nur nach einem kleinen Seitensprung aus einer Beziehung suchst, die langweilige Routine geworden ist, Elena. Was ich dir vorschlage, ist eine Reise, eine Erfahrung, die dich für immer verändern wird.«

Ich bin außer Atem, versuche mich aus seiner Umklammerung zu befreien, auch wenn ich zugleich nichts auf der Welt weniger will, als mich von ihm zu entfernen.

»Ich werde mich um dich kümmern«, verspricht Leonardo. »Ich werde dir beibringen, dass dein Körper nicht für Hemmungen und Tabus gemacht ist. Und ich werde dir zeigen, wie du deine Sinne gebrauchen kannst – alle deine Sinne: nämlich ausschließlich, um zu genießen. Aber du wirst dich mir vollkommen anvertrauen müssen. Und du musst bereit sein, das zu tun, was ich von dir verlange.«

Hier hält er inne und richtet seinen Blick auf mich.

»*Alles.* Auch wenn es dir absurd oder falsch vorkommt.«

Sein Ton ist nicht autoritär, nein. Er ist schmeichelnd und verdammt unwiderstehlich. Würde er mir vorschlagen, das Tanzbein zu schwingen oder ein Glas Wein zu trinken, würde er es auf genau die gleiche Art sagen.

»Ich muss darüber nachdenken«, flüstere ich heiser und flehentlich. Als ich Leonardos unwilligem Blick begegne, füge ich hastig hinzu: »Ich … ich weiß nicht, was ich darauf antworten soll … noch nicht.«

»Nein, du musst dich hier entscheiden. Jetzt.« Er lässt sich nicht erweichen. »Weil das die erste Probe ist, die du bestehen musst. Entweder du willigst ein, oder du lässt es.«

Ich halte die Luft an, schließe die Augen und wappne mich, als würde ich gleich von einer Klippe springen. Ein Sprung ins Leere, das ist es, was ich da gerade mache. Ich, die ich nicht einmal schwimmen kann, die ich meine Entscheidungen immer mit größter Vorsicht getroffen habe. Ich, die ich noch nie ein Typ für Hals über Kopf getroffene Entschlüsse war. Ich bin gerade im Begriff, die unvernünftigste Sache meines Lebens zu tun. Und vielleicht ist sie genau aus diesem Grund auch die richtigste Entscheidung, die ich je getroffen habe.

»Na gut«, sage ich. Das Herz schlägt mir bis zum Hals.

»Na gut?«, wiederholt Leonardo prüfend.

»Ja. Ich bin bereit.« Endlich öffne ich die Augen.

Da bin ich wieder, zurück in seinen Armen, und ich lebe noch, jedenfalls im Moment. Leonardo lächelt mich an und küsst mich gierig, steckt mir seine Zunge in den Mund, der vor Aufregung ganz trocken ist. Er macht sich einen Moment lang los und schaut mir in die Augen, als wolle er sich vergewissern, dass ich auch wirklich da bin. Dann küsst er mich wieder, dieses Mal noch hungriger, und beißt mir zart in die Lippen. Seine Hand gleitet lüstern in meine Jeans und landet genau dort, wo sie nicht landen dürfte. Und prompt entfesselt sie in mir einen Wirbel der Lust.

»Ich will, dass du heute bei der Arbeit intensiv an mich denkst und das, was ich jetzt mit dir mache, selbst tust. So lange, bis du kommst«, flüstert er, ohne mit dem Streicheln aufzuhören.

»Nein, ich bitte dich …«, protestiere ich. »Ich glaube nicht, dass das eine gute Idee ist … das ist mir zu peinlich, das kriege ich nie hin …«

Leonardo schneidet mir das Wort ab, indem er eine Hand auf meinen Mund legt und mich mit einem Mörderblick durchbohrt. »Und genau *deshalb* musst du es machen. Ich entscheide ab jetzt. Du musst dich mir anvertrauen, ohne Wenn und Aber. So ist es abgemacht. Erinnerst du dich, womit du dich gerade einverstanden erklärt hast?«

Auf einmal ist mein Wille wie weggeblasen.

»Na gut. Ich versuch's.«

»So ist's recht, Elena. So gefällst du mir.«

Er fährt fort, sich zwischen meinen Beinen zu schaffen zu machen, und wütet mit der anderen Hand an meiner linken Brustwarze. Ich verdrehe die Augen vor Lust und spüre, dass ich klatschnass vor Erregung bin. Dass es mir genauso viel Lust schenken wird, es mir selbst zu machen, wage ich allerdings zu bezweifeln. Ich habe nicht sonderlich viel Übung darin, mich selbst zu berühren.

Meine Lust wird immer größer, am liebsten würde ich ihr bis auf den Grund gehen, mich von ihm streicheln lassen, bis ich komme – doch auf einmal löst sich Leonardo von mir. Ich stehe vor ihm, atemlos, benommen, unbefriedigt. Das grausame Lächeln auf seinen Lippen sagt mir, dass genau das seine Absicht war.

»Ich muss jetzt gehen. Wir sehen uns heute Abend, wenn ich nach Hause komme«, sagt er, stützt sich mit beiden Händen an der Mauer ab und nähert sein Gesicht dem meinen. »Denk daran, Elena: Von jetzt an gehörst du mir.«

Er drückt mir noch einen Kuss auf den Mund und macht Anstalten zu gehen.

»Leonardo …« Ich halte ihn am Arm fest. »Sag mir nur, noch eines: Warum du das alles machst.«

Er legt den Kopf auf die Seite, und ein ebenso ehrliches wie teuflisches Lächeln stiehlt sich auf seine Lippen. »Weil ich Lust darauf habe. Und weil du mir höllisch gut gefällst.«

Er nimmt meine Befremdung zur Kenntnis und seufzt, als wollte er nach anderen Worten suchen.

»Jetzt hör mir gut zu, Elena: Alles, was ich tue oder beschließe, nicht zu tun, geschieht aus reinem Hedonismus. Ich will mein Leben genießen – das ist mein einziger Antrieb. Ich glaube nicht an die Kraft der Gedanken und noch weniger an die Moral. Ich habe genug gelebt, um zu wissen, dass der Schmerz dich trotzdem und immer wieder einholt, ohne dein Zutun. Und eben weil man ihn nicht vermeiden kann und gerade, weil das absolute Glück nicht existiert, bleibt uns nur die Lust. Nach dieser Lust suche ich mit einer Beharrlichkeit, die du erst noch kennenlernen musst.«

Ich bin sprachlos. Jetzt erkenne ich in Leonardos Gesichtszügen die Härte eines Menschen, der gekämpft hat, und ein Leiden, so verborgen und unauslöschlich wie das Tattoo, das er auf dem Rücken trät. Doch in seinem wilden, stolzen Blick und in diesem Lächeln, das die ganze Welt herauszufordern scheint, sehe ich auch den Hunger nach Leben und den Mut eines Menschen, der sich nie aufgegeben hat.

Du bist ein Mysterium für mich, Leonardo, ein Rätsel, das zu lösen mir momentan nicht möglich ist. Aber ich bin trotzdem mit von der Partie. Und von heute an gehöre ich dir.

Während des restlichen Tages kann ich an nichts anderes denken. Mehrmals verlasse ich das Fresko, ziehe mich ins Bad zurück und versuche das zu tun, was mir Leonardo befohlen hat, aber es ist ein Desaster. Ich fühle mich schmutzig, wenn ich mich streichele. Ja, ich empfinde sogar Schuldgefühle, auch wenn ich nicht einmal genau sagen könnte, wem gegenüber.

Ich vermeide es, mich im Spiegel anzuschauen, und öffne den Reißverschluss meines Overalls bis zu der Jeans. Ich probiere es jetzt schon zum dritten Mal. Aufgeregt schließe ich die Augen und denke an Leonardo. An seine leidenschaftlichen Küsse. An seinen nackten Körper auf mir – und schiebe dann schüchtern eine Hand in meinen Slip, bis sie auf dem Venusberg liegt. Meine Schamlippen sind trocken und stumm. Fast scheint es, als entzögen sie sich deutlich dem Kontakt: Sie reagieren überhaupt nicht auf Berührung, als wollten sie meine unsichere Hand zurückweisen. Ich öffne wieder die Augen und setze mich seufzend auf den Rand der Wanne, lasse die Arme auf meine Knie fallen. Mir ist bewusst, dass ich nicht sonderlich viel Vertrauen in meinen Körper habe, dass ich voller Blockaden und Hemmungen bin. Vielleicht, weil ich nie wirklich probiert habe, mir selbst Lust zu schenken? Ich habe das immer anderen überlassen; den wenigen Männern, mit denen ich geschlafen habe … Ob das wirklich der Gipfel der Lust ist, nach dem man streben kann, wage ich nach dem Zusammensein mit Leonardo zu bezweifeln.

Ich versuche mich wieder zu konzentrieren, doch in diesem Moment macht das Läuten meines Handys alles zunichte. Ich taste in der Außentasche meines Overalls und sehe den Namen von Filippo auf dem Display erscheinen. Unglaublich. *Warum funkst du mich ausgerechnet in diesem Moment an, Fil? Es ist doch so schon kompliziert genug …*

Plötzlich komme ich mir lächerlich vor.

Es reicht, ich gebe auf. Ich weiß nicht, wie Leonardo mich sieht, das ist alles. Meine Sinnlichkeit zu befreien ist ein Vorhaben, das ich nicht allein erreichen kann. Basta.

Ich habe meinen Arbeitsoverall ausgezogen und bin im Begriff, frustriert nach Hause zu gehen. Die erste Etappe meiner erotischen Reise ist leider gescheitert.

Weil ich feige bin, möchte ich mich aus dem Staub machen, bevor Leonardo nach Hause kommt, doch heute erweist sich das Auswaschen meiner Utensilien als besonders schwierig und langwierig. Und so kommt er doch zurück, bevor ich gehen kann, und schließt mich in seine Arme. Obwohl ich das insgeheim auch ein bisschen gehofft habe …

»Ciao, Elena. Na, hast du mir nichts zu sagen?«, fragt er mich leise.

Ich würde ihn gerne anlügen, ihm sagen, dass alles prima gelaufen sei und ich immer noch ganz heiß sei, doch ich schaffe es einfach nicht. Außerdem bin ich überzeugt davon, dass mein Gesicht Bände spricht.

»Ich hab's versucht«, sage ich leise und werde rot.

»Du hast es versucht.« Er blickt mir forschend und ernst ins Gesicht.

»Aber …« Ich hole tief Luft, weil ich seine Reaktion fürchte. »Es hat nicht besonders gut funktioniert.«

»Komm, gehen wir in mein Zimmer«, sagt er darauf nur. Er scheint nicht böse zu sein. Vielleicht hat er ja damit gerechnet, dass ich es allein nicht bringe, und das kränkt mich noch mehr. Zögernd lasse ich mich an der Hand nehmen und folge ihm. Ich weiß nicht, was er vorhat, aber wenn er mich so festhält, fühle ich mich in Sicherheit.

Ich kenne dieses Zimmer. Es herrscht mehr oder weniger das gleiche Chaos wie an dem Tag, als ich mit Gaia hier herumgeschnüffelt habe. Das Bett ist ungemacht. Es fehlen die Champagnerflasche und die Gläser, doch mir scheint, ansonsten liegt die gleiche wollüstige Stimmung in der Luft, ebenso wie Leonardos intensiver Ambra-Duft, der förmlich die Wände und Laken durchdrungen zu haben scheint.

Leonardo schubst mich aufs Bett und bleibt vor mir stehen.

»Zieh dich aus«, befiehlt er. »Ich will sehen, was du alles kannst.«

Ich setze mich auf die Bettkante, grabe die Hände in die Bettlaken. Ein kalter Schweißtropfen läuft mir den Rücken entlang. Auch der Spiegel direkt vor mir übt eine beunruhigende Wirkung auf mich aus, und bei dem Gedanken, dass die sexy Geigerin mit dem perfekten Körper hier war, fühle ich mich sofort schlecht und unzureichend. Was es mir nicht gerade einfacher macht, überhaupt damit anzufangen.

»Na los, Elena«, ermutigt mich Leonardo und nimmt meinen Kopf zwischen seine Hände. »Zieh dich aus. Du machst nichts Schlimmes.«

Mich vor einem Mann auszuziehen ist mir noch nie leichtgefallen, und ich habe es auch nie als eine ganz natürliche Sache empfunden. Ich fühle mich dabei einfach unwohl – so unwohl, dass ich noch während des Vorspiels immer das Licht lösche. Meine Haut vor den Augen eines anderen zu entblößen macht mir einfach Angst.

Ganz langsam stehe ich auf und trete vor ihn. Mit zitternden Händen ziehe ich mein T-Shirt aus. Jetzt habe ich nur noch den BH an, schließe aber aus Leonardos strengem Blick, dass ich auch den ausziehen soll. Ich hake ihn auf, und er hilft mir dabei, aus ihm herauszuschlüpfen.

»Ich bin verrückt nach deinen Brüsten, sie sind so … so weich und voll.« Er streichelt mich ganz sanft. Dann drückt er mir einen so sinnlichen Kuss auf den Nacken, dass mir bei der Berührung seiner Zunge die Knie weich werden. »So, und jetzt musst du allein weitermachen.«

Ich lasse die Hand in die Ritze zwischen meinen Brüsten gleiten und beginne, eine davon zu streicheln, zwicke sie sanft mit den Fingern.

»Ja, so, Elena … Und jetzt die andere.« Er küsst mich wieder auf den Nacken.

Ich versuche, mich zu entspannen und das zu tun, was Leonardo von mir verlangt. Es ist, als wollte er mich mit seinen Worten und seinem Tun dazu ermutigen, mehr Vertrauen in meinen Körper zu haben.

»Sehr gut …« Seine Augen leuchten vor Verlangen. Er nimmt mich am Arm und führt ihn in Richtung Bauch. »Und jetzt geh ganz langsam mit der Hand runter. Steck sie dir rein.«

Ich fühle mich noch nackter und verletzlicher als beim Sex mit ihm. Was wir da tun, hat etwas zutiefst Erotisches. Etwas Verbotenes. Mein Magen krampft sich zusammen, doch ich weiß, dass ich jetzt nicht mehr aufhören kann, nicht mehr aufhören *will*.

Mit den Fingern mache ich mir ein wenig Platz in den Jeans und beginne, sie langsam vor und zurück zu bewegen, als würde ich die Saiten einer Gitarre zupfen. Ich bin mir sicher, dass es Leonardo gefällt, mich dabei anzuschauen. Ich hingegen fühle mich wehrlos und diesen Augen, die mich schier verschlingen wollen, ganz und gar ausgeliefert.

»Du weißt besser als jeder andere, was dir Lust bereitet«, erklärt er. »Lerne dich besser kennen. Dann kannst du noch mehr Spaß haben.«

Jetzt stürzt er sich auf mich und kitzelt mich durch die Jeans hindurch mit der Hand. Trotz des dicken Stoffs spüre ich genau, was er tut. Er umfasst mit der ganzen Hand meine großen Schamlippen und beginnt zu reiben. Es ist eine Art tiefer Massage, von der ich sofort geil werde.

Leonardo zieht sich das Hemd aus und reißt mir die Hose und den Slip herunter. Dann setzt er sich auf die Bettkante und zieht mich zu sich herunter, sodass ich mit dem Rücken auf seiner nackten Brust liege. Er beugt den Kopf leicht vor und küsst mich in den Nacken, was mir beim Kontakt mit seinen weichen Lippen Schauder der Lust über den Rücken jagt. Als sein heißer Atem auf meine Brustwarzen trifft, richten sie sich sofort auf. Auf einmal fällt mein Blick auf meinen nackten Körper im Spiegel. Ich empfinde den Anblick so roh und brutal, dass ich erschrecke, als hätte ich eine Ohrfeige bekommen. Ich kann es nicht ertragen, mich nackt und in einer lüsternen Position zu sehen, und drehe den Kopf zur Seite. Doch Leonardo packt mein Kinn und zwingt mich dazu, erneut mein Spiegelbild zu betrachten.

»Schau nur, wie schön du bist, Elena. Du musst deinen Körper lieben«, murmelt er beschwörend. »Du musst stolz auf ihn sein, weil er dir Lust schenkt. Und mir auch.«

Ich versuche es, aber es fällt mir schwer. Der Anblick meines nackten Fleisches, meines hingereckten Geschlechts, meiner lasziven Pose erfüllt mich nicht mit Stolz, sondern mit Scham. Leonardo nimmt meine Hand und legt sie an meine feuchte, heiße Möse.

»Berühr dich, komm schon, mach weiter«, flüstert er mir ins Ohr. »Nicht aufhören.«

Ich mache mit geschlossenen Augen weiter. So geht es besser; wenn ich mich selbst überliste, ist es mir nicht mehr so peinlich. Ganz langsam spüre ich, wie meine Schamlippen feucht werden, während Leonardos eingeölte Hände sich mit meinen Brüsten beschäftigen. Ein köstlicher Rosenduft umschmeichelt meine Haut. Seine Hände bewegen sich ganz leicht über meinen Körper, dann nimmt er meine steifen Brustwarzen zwischen Zeige- und Mittelfinger. Er drückt die Nippel, zwickt sie sanft und knetet dann meine Brüste mit den Händen, als wären sie eine Masse, die es zu formen gilt. Da ist Leonardo, nur bei ihm kann ich diese unbeschreibliche Lust empfinden.

»Mit den Fingerspitzen. Mit denen musst du jetzt hier sein. Mit deinem ganzen Ich.« Er packt mich am Handgelenk und führt meine Hand an den Venushügel.

Meine Hand beginnt das unbekannte Terrain zu erkunden, geleitet von dem Wunsch, zu wissen, doch sie ist immer noch sehr unsicher zugange.

»Dann probier es jetzt mit meinen Fingern … wenn dir das mehr Lust bereitet …«, flüstert er mir zu und nimmt eine Hand von meiner Brust. »Aber ich will, dass du es machst. Noch ein bisschen.«

Ich nehme ganz vorsichtig seine Hand und führe seine Finger an mich heran, lasse sie mit Druck meine Klitoris rauf- und runtergleiten.

Dann plötzlich macht sich Leonardo von meinen Händen frei. Er beginnt mit einer weichen Liebkosung, bei der er nur ganz leicht das Innere meines Oberschenkels berührt und erst dann weitergeht, als ich die Beine ganz öffne und ihm mein Becken entgegenrecke. Jetzt lässt er langsam die Finger zwischen meine Schamlippen gleiten und liebkost sie mit einer kleinen, kreisenden Bewegung und leichtem Druck. Er nimmt eine der Lippen zwischen Daumen und Zeigefinger, drückt sie zart am Ansatz, fährt dann mit den Fingerspitzen über meine Muschi, von unten nach oben und wieder zurück, als würde er eine Kurve beschreiben. Eine Welle der Lust schießt durch meinen ganzen Körper.

Als ich mich unter seinen Fingern zu winden beginne, streichelt er meine Klitoris mit leichtem Druck, wandert dann hinab, bis meine Schamlippen sich öffnen und ihn willkommen heißen.

»Jetzt mach die Augen auf, Elena«, murmelt er mir ins Ohr. »Ich will, dass du mich anschaust.«

Ich hebe die Lider wie einen Vorhang und habe wieder das Spiegelbild meines Körpers vor mir, umschlossen von dem seinen. Unsere Blicke begegnen sich im Spiegel, während Leonardo ganz sanft den Mittelfinger in mich hineinsteckt und beginnt, ihn kreisen zu lassen und meine Öffnung zu weiten. Besiegt lasse ich los. Das ist das unmissverständliche Zeichen – als hätte es dessen noch bedurft –, dass er weiter gehen kann. An diesem Punkt stößt er den Finger tiefer in mich hinein. Jetzt ist er ganz drinnen. Er hält inne, spielt ein wenig weiter. Jetzt will ich mehr, und er begreift sofort. Geduldig wartet Leonardo, bis sich meine Öffnung noch mehr entspannt, und führt dann einen weiteren Finger ein, was mir ein köstliches Gefühl des Vollseins schenkt. Mein Gesicht im Spiegel ist jetzt von der Lust verwandelt, und alle Muskeln sind angespannt, wie in einem Krampf, als würde ein Stromstoß durch meinen Körper gehen. Fast kenne ich mich nicht wieder: Es ist das erste Mal, dass ich mich beobachte, während ich Lust empfinde. Leonardo lächelt mir im Spiegel zu, als könnte er meine Gedanken erraten. Als ich zu stöhnen beginne, formt er ein L aus seinen Fingern und drückt gegen den Ansatz meines Kitzlers, eine Bewegung, die mir ohne Worte sagt: *Komm her!* Auch seine Augen sagen es. Jetzt werden wir beide zu Augenzeugen des Schauspiels, wie ich selbst langsam zum Höhepunkt komme.

»Ja, Leonardo …«, stöhne ich. Um mich herum dreht sich alles, mir schwinden die Sinne. »Fester!«, flehe ich ihn an.

Ich greife nach hinten, packe ihn an den Schultern, während seine Finger in mir schneller werden und er mir mit der anderen Hand kleine Klapse auf den Venushügel gibt.

»Gefällt es dir *so*?«

»O ja, und wie …«, murmele ich. Ich bestehe nur noch aus Lust. »Noch mehr, ich bitte dich … nicht aufhören.« Jetzt bin ich es, die Forderungen stellt.

Er fährt mit seinem stürmischen Spiel fort, hält mich hin. Es ist eine köstliche Qual, die mich langsam meinem Höhepunkt entgegenträgt. Und er ist mein Herr. Mein Körper wird entfesselt, er zuckt und zuckt. Jetzt bin ich am Höhepunkt angelangt und stöhne hemmungslos. Noch einmal und noch einmal. Dann ein heiserer Schrei, ich sinke unter seinen Fingern in mich zusammen. Mein Rücken bäumt sich gegen seine Brust auf, während in meinem Inneren ein Regen aus kleinen Glassplittern niedergeht.

Leonardo umarmt mich fest von hinten und gibt mir viele kleine Küsse auf den Hals.

»Gut gemacht«, murmelt er an meinem Mund. »Jetzt hast du erlebt, was Lust bedeutet.«

Ich liege auf dem Rücken im Bett, satt und matt. Er betrachtet mich voller Genugtuung, und ich ziehe mir das Leintuch über den Körper. Leonardo lächelt.

»Stört es dich so sehr, wenn man dich anschaut?«

»Schon«, sage ich und nicke matt.

Ich weiß, dass das nur wenig Sinn ergibt, weil ich noch bis vor wenigen Momenten splitterfasernackt in seinen Armen gelegen habe. Und doch verspüre ich jetzt das Bedürfnis, meine Nacktheit zu schützen, sie unter diesen Laken in Sicherheit zu bringen.

»Dann wird das das nächste Tabu sein, von dem du dich befreien musst. Mir gefällt es nämlich sehr, dich zu betrachten.« Seine Stimme ist zärtlich. Er liegt ausgestreckt neben mir, sein Hemd steht auf der Brust offen. Er hat den Kopf in seine Armbeuge gelegt.

Ein flüchtiger Gedanke geht mir durch den Kopf. Gerade eben habe ich mich auf einen irrsinnigen Weg begeben. Irrsinnig, aber schrecklich erregend. Mit seinem Geschmack am Verbotenen führt er mich in Versuchung, aber ein wenig erschreckt er mich auch. Ich weiß nicht, wohin dieser Weg mich bringen wird – ich weiß nur, dass ich ihn bis ans Ende gehen will.

Ich schaue Leonardo an. Sein Gesicht ist so wandelbar, jedes Mal anders. Ich weiß nicht, wieso, aber irgendwie kommen mir seine Züge nicht vertraut vor, als entdeckte ich sie immer wieder aus einer neuen Perspektive. Wer ist dieser Mann eigentlich wirklich? Was hat ihn zu mir gebracht? Fast scheint es mir, als würde ich diese Fragen nie beantworten können. Dennoch ist da eine verzehrende Neugier in mir, die mir keine Ruhe lässt, und so verliere ich auch noch die Kontrolle über das, was ich sage.

»Hast du eigentlich schon viele Frauen gehabt?«, frage ich ihn ohne Umschweife. Er hat mir bereits gesagt, dass er es mit dem Verlobtsein nicht so habe, und die Art und Weise, wie er meinen Körper kennt und ihn zum Schwingen bringt, spricht für große Erfahrung.

Die Frage scheint Leonardo nicht im Geringsten zu überraschen. »Ja, ich habe viele gehabt.« Er stößt einen tiefen Seufzer aus, streckt sich auf dem Rücken aus und verschränkt die Hände im Nacken. »Aber Gefühle sind nicht gerade meine Stärke, das hab ich dir ja bereits gesagt.« Plötzlich scheint sich seine Stimmung zu verfinstern. Er dreht sich zu mir und schaut mich mit ernster Miene an.

»Du bist nicht die Einzige, Elena, wenn es das ist, was du wissen willst. Erwarte nicht von mir, dass ich treu bin.«

Am liebsten würde ich mich unter dem Laken verstecken. Ich komme mir blöd und kindisch vor.

Das muss er gemerkt haben, denn er wirft mir einen etwas verblüfften Blick zu. »Ich dachte, das wäre klar …«, sagt er.

»Sicher ist das klar«, beeile ich mich zu sagen und lächele fröhlich dazu. In Wirklichkeit habe ich das Gefühl, es sei mir Unrecht widerfahren, doch ich schiebe es mit schier übermenschlicher Anstrengung beiseite. »Wenn du nach einer Romanze suchst, dann bin ich nicht der richtige Mann für dich.« Das hat er mir klipp und klar gesagt; ich muss es mir nur immer wieder ins Gedächtnis rufen.

»Jedenfalls ist es jetzt höchste Zeit, dass ich nach Hause gehe«, füge ich hinzu, erhebe mich vom Bett und ziehe das Laken ein Stück weit hinter mir her.

Ich kleide mich schnell an, und Leonardo begleitet mich zur Tür. Plötzlich fühle ich mich schrecklich unterjocht von ihm; beinahe erdrückt von der Gewalt, die er über mich hat. An der Türschwelle bleibt er stehen und schiebt mir eine Haarlocke hinters Ohr.

»Alles in Ordnung?«, fragt er mich drängend.

»Ja«, antworte ich, auch wenn ich mir da, ehrlich gesagt, nicht so sicher bin.

»Dann bis morgen?«

Ich schaffe es nicht einmal, Ja zu sagen, weil sich in diesem Moment sein Mund gierig über dem meinen schließt. Leonardo packt mein Gesicht fest mit den Händen, und unser Kuss wird heftiger. Dann hält er mich ein Stück von sich weg und schaut mich an, als wollte er mich einer Prüfung unterziehen.

»Ich hab mir was ganz Besonderes für dich ausgedacht«,

flüstert er mir in geheimnisvollem Ton zu. »Komm so früh wie möglich.«

»Klar …«, antworte ich benommen.

Ich kann es kaum erwarten bis morgen.

• 9 •

Um mich herum nur Dunkelheit und Stille.

Er hat mich fast nackt zurückgelassen, auf einen Sessel gebunden, mit einer Augenbinde aus schwarzer Seide vor dem Gesicht. Ich fühle mich klein mitten in diesem riesigen Zimmer, dem Festsaal, dem größten Raum des Palazzos.

Heute Morgen, als ich zu Leonardo kam, wusste ich nicht, was mich erwartete. Ich habe mir tausend verschiedene Szenarien ausgemalt und dabei sehr wohl gewusst, dass er mich doch wieder überraschen würde.

Und es ist ihm auch gelungen. Wie immer.

Er hat mir mit diesem selbstsicheren Gesichtsausdruck die Tür geöffnet, von dem er weiß, dass es dann für mich kein Entrinnen gibt. Er hat nichts gefragt, sondern mich nur an sich gezogen und mich geküsst. Dann hat er mich an der Hand genommen und über verschiedene Treppen und Flure bis zu diesem Salon gezogen. Hier blieb er mitten im Raum stehen und begann mich, noch immer wortlos, auszuziehen. Das Herz hämmerte mir in der Brust, weil ich annahm, dass wir uns gleich lieben würden, und ich wünschte mir nichts so sehr wie das. Ich wünschte mir, dass er mich umarmen und mit seinem Körper meine Nacktheit bedecken und damit null und nichtig machen würde, eine Nacktheit, durch die ich mich unbeholfen und nervös fühlte.

»Dreh dich um«, hat er stattdessen gesagt. Und ich habe gehorcht. Bevor ich noch etwas sagen konnte, hat er mir die Augen mit einem schwarzen Tuch verbunden, das er in der Hosentasche hatte. »Heute brauchst du nichts mehr zu sehen, Elena. Ich werde dir beibringen, wie man auf andere Weise sehen kann«, flüstert er geheimnisvoll.

Ich musste mich setzen, dann hat er mir die Handgelenke mit etwas, das ich nicht genau definieren konnte, an die Armlehnen gebunden. Vielleicht waren es die Schnüre der herrlichen Brokatvorhänge in diesem Saal. Das Gleiche hat er danach auch mit meinen Knöcheln getan und sie an den Beinen des Sessels festgebunden.

»Was hast du vor?«, habe ich Leonardo mit brüchiger Stimme gefragt.

»Schhh … das ist nicht der Moment für Fragen«, hat er mir ungeduldig zugeflüstert und ein raues Laken über mich gehängt. Es fühlt sich an wie eins von den Tüchern, mit denen die Leinwände von Künstlern abgedeckt werden, als wäre ich seine Schöpfung, sein Geschöpf. Nur mein Gesicht und die Brüste blieben frei. Er hat mir die Wange gestreichelt, und dann hörte ich, wie sich seine Schritte entfernten.

Jetzt sitze ich seit einer Stunde hier. Wenigstens glaube ich, dass etwa eine Stunde vergangen ist, weil ich einmal die Glocke von San Barnaba habe läuten hören.

Zu Beginn war es die reinste Verwirrung, und meine Gedanken spielten verrückt. Ich geriet in Panik, verlor die Orientierung, fühlte mich, als würde ich einer sinnlosen Quälerei unterzogen. Ich habe mich dafür verflucht, dass ich mich in diese Situation gebracht hatte und auf diesen teuflischen Pakt eingegangen bin. Ich wollte mich nur noch befreien und weglaufen.

Dann aber habe ich begriffen.

Ganz langsam stieg mir der Geruch in diesem Zimmer in die Nase, fein, aber beharrlich: altes Holz, Staub, Feuchtigkeit. Die Samtpolsterung des Sessels fing auf einmal an, mich am Rücken zu kitzeln, während aus einem der Fenster eine leichte Brise hereinwehte, die mir wie ein kühler Schauder über den ganzen Körper strich und meine Brustwarzen steif und hart werden ließ. Und auch aus der Stille drangen allmählich Geräusche an mein Ohr: die Stimmen vom Canal Grande, das ferne Brummen der Vaporetti; irgendwo fiel ein Tropfen herunter. Mein Atem klang in der Stille fast ohrenbetäubend.

Leonardo hat mir die Augen verbunden, weil das Sehen bei mir der gierigste Sinn ist. Das Sehen verschlingt alles und lässt den anderen Sinnen nicht viel Platz. Jeden Tag ist meine Sehkraft unendlich vielen Reizen ausgeliefert: bei der Arbeit, bei allem, woran ich Freude habe; wenn ich die Stadt betrachte, in der ich lebe. Es sind ganze neunundzwanzig Jahre, in denen ich mich an der Schönheit Venedigs berausche, in denen Marmor, Stuck, Temperafarben und Stein meine Nahrung sind. Die Welt lese ich nur mit den Augen. Und die sind jetzt unter einem schwarzen Tuch verborgen; sie schlafen – wie betäubt. Dieser eine Sinn hat mir immer gereicht, um die Dinge zu erfahren. Ich war glücklich und fühlte mich in Sicherheit. Wenigstens bevor ich Leonardo traf.

Ein Sonnenstrahl stiehlt sich durch die Fensterläden und schenkt meiner leicht taub gewordenen rechten Hand etwas Wärme. Ich sehe ihn nicht, aber ich versuche, ihn zu erspüren. Und ich spüre ihn tatsächlich! Ich beginne, die Welt auch ohne Augen zu sehen. *Über die Augen hinaus.* Dort, wo die wahre Elena ist, die, die Leonardo will.

Jetzt beginnen mir jedoch allmählich die Hand- und

Fußgelenke wehzutun. Meine Extremitäten werden immer schlechter durchblutet. Eine kleine Träne kullert unter der Augenbinde hervor und läuft bis zu meinen Lippen – sie ist heiß und salzig –, bis ich ein leichtes Rascheln höre. Ich spüre, dass jemand ins Zimmer getreten ist.

»Leonardo? Bist du das?« Ich winde mich auf dem Sessel.

Ich höre, wie sich seine Schritte nähern. *Wie lange ist er schon hier? Seit wann beobachtet er mich?* Jetzt steht er vor mir, das nehme ich wahr, weil ich seine Körperwärme spüre und seinen unverwechselbaren Ambra-Duft rieche.

»Leonardo, mach mich los … ich bitte dich.«

Er antwortet mir nicht. Er hebt nur einen Zipfel des Lakens an und zieht es mit nervenaufreibender Langsamkeit weg. Jetzt bin ich nackt, vollkommen ausgeliefert, hilflos. Eine Weile, die mir schier endlos vorkommt, spüre ich, wie seine Augen über mich hinwegwandern, jeden Teil von mir mustern. Es ist kein angenehmes Gefühl, sein Blick geht mir durch und durch, wie kleine Stromschläge unter die Haut. Er verletzt und erregt mich zugleich.

Auf einmal ist seine Stimme ganz nah an meinem Ohr. »Ich schaue dich an, Elena. Alles von dir schaue ich mir an.«

Ich möchte ihm sagen, dass es mir gefällt, so angeschaut zu werden, dass ich nicht wusste, wie aufregend das sein kann und dass ich das erst jetzt entdeckt habe – doch ich muss schlucken und bringe keinen Ton heraus.

Er muss sich vor mich hingekniet haben, denn plötzlich liegen seine Hände auf meinen Oberschenkeln. Dann schmiegen sich seine warmen, feuchten Lippen auf die meinen. Sie wandern langsam den Hals hinab – ich spüre seine Bartstoppeln an meiner Wange, meiner Brust, auf meinem Bauchnabel. Bartstoppeln, die mich berühren, mich kitzeln, mich stechen und piesacken. Sein Ohrring streift meine Schulter. Und dann wieder seine Lippen auf meinen. Gebieterisch drängt sich seine Zunge in meinen Mund, verschafft sich beinahe gewaltsam Einlass.

Ein schamloses Gefühl durchläuft mich wie eine Welle und sackt in meinen Bauch – feucht, hinterhältig. Ich möchte auch den Rest seines Körpers spüren, ihn an den Schultern packen, doch ich kann die Hände nur öffnen und wieder schließen, ungeduldig.

»Entspann dich, Elena.« Leonardo pustet mir ins Gesicht. »Heute kann nur ich von uns beiden die Hände benutzen.«

Jetzt hat er wieder seinen gierigen Blick, brennend vor Lust, das weiß ich, auch ohne es zu sehen. Dieses rätselhafte, leicht grausame Lächeln, das über sein Gesicht huscht.

Leonardo zeichnet mit den Fingern meine Gesichtszüge nach, bis zum Kinn. Er packt meine Haare, zieht einige unter der Augenbinde hervor. Seine Zunge in meinem Ohr. Blut, das in den Adern aufwallt.

»Auch wenn du mich nicht siehst«, sagt er mit samtiger Stimme, die sich wie ein Echo um meinen Körper legt, in ihn eindringt, »kannst du mich spüren, das weiß ich.« Leonardo schmiegt sich in meine Halsbeuge, schnuppert, trinkt den Geruch meiner Haut. »Du musst nur deinen Sinnen vertrauen … Elena …«

Dann streift mich etwas Frisches, Lebendiges, ich spüre, wie es träge von meinem Hals zur Kehle wandert, bis zur Brust; spüre, wie es kurz erst auf der einen, dann auf der anderen Brustwarze verweilt. Es hat etwas Unerwartetes, Feuchtes, und es sind seine Hände, die es führen. Er lässt es über meine Schenkel gleiten, zwischen die Beine, dann wieder hoch, wo es sich schließlich auf meinen Mund legt.

»Leck daran«, rät mir die teuflische Stimme, »ganz langsam …«

Ich öffne die Lippen einen Spalt und mache das, was er mir sagt. Auf diese Weise habe ich noch nie eine Apfelsine probiert. Sie hat den scharfen, süßen Geschmack der Sünde, der sich mit dem meinen mischt.

Jetzt fängt Leonardo den Saft mit der Zunge von meinen Lippen auf, folgt seiner Spur bis unterhalb meines Nabels. Ich spüre den Widerstand seiner Hände, die mich daran hindern wollen, instinktiv die Beine zu schließen. Ich will mich bewegen, will mich dieser köstlichen Pein entziehen, aber ich kann es nicht.

Seine Finger sind in mir. Mit dem Mittel-, dem Zeige- und dem kleinen Finger trennt er die großen von den kleinen Schamlippen. Mit dem Mittelfinger dringt er tief in meine Möse ein, führt den Finger dann an meinen Mund, damit ich ihn ablecke. Meine Möse ist nass vor Lust auf ihn.

Jetzt bindet Leonardo einen meiner Füße los. Ich drücke meine Wade gegen seine Hüfte und mache die Beine breit, mache Platz für das, was kommt. Unerwarteterweise zieht sich Leonardo jedoch zurück.

Ich spüre, wie ein Tropfen einer kalten Flüssigkeit auf meinem Knie landet und langsam bis zum Fuß läuft. Dann spüre ich den gleichen dichten Tropfen auf meinem Mund, von Leonardos Finger darauf verschmiert. Er schmeckt nach Alkohol und Lakritze.

»Du weißt doch, dass ich nicht trinke«, murmele ich mit Mühe.

»Ich glaube nicht, dass du daran sterben wirst«, flüstert er mir zu. Seine Stimme ist mürbe vor Lust.

Er gibt mir noch etwas davon, direkt aus der Flasche. Es ist ein starker, intensiver Geschmack, an den ich nicht gewöhnt bin. Ich verziehe das Gesicht, dabei läuft mir ein wenig von der Flüssigkeit über das Kinn und den Hals.

Leonardo lacht und neckt mich, indem er das Rinnsal mit den Lippen auffängt.

»Elena«, flüstert er direkt an meinem Ohr, »du bist kein reiner Engel ohne Sünde … denk jetzt nur an den Genuss.« Beim Sprechen steckt er mir erneut die Hand zwischen die Beine, und ich zucke zusammen. Jetzt nimmt er einen Schluck, legt mir die Hand in den Nacken, zieht mich zu sich und gibt die Flüssigkeit in meinen Mund weiter. Sie brennt mörderisch scharf in meiner Kehle. Sie ist gut, süß und bitter zugleich. Zuerst erfrischt sie, dann brennt sie wie Feuer.

»Das schmeckt dir, stimmt's? Ich weiß es …«

Er steckt mir die Zunge in den Mund, lässt sie um meine kreisen. Dann packt er meinen Kopf und drückt ihn nach unten, Ein Schwarm weißer Pünktchen schwirrt im Dunkel meiner Augäpfel umher. Alles dreht sich, ich fühle mich benommen.

»Leck mich.« Sein Befehl ist sanft, voller Verheißung.

Ich fühle mich in der Schwebe zwischen Angst und unerklärter Lust. Gehorsam berühre ich ihn mit der Zunge, so wie man sich an eine Gefahr herantastet. Ich schmecke seine drängende Lust. Sein Schwanz ist hart, die Haut gespannt. Er wächst in meinem Mund, pulsiert.

Nur wenige Augenblicke, schon legt er mir eine Hand an die Stirn, schiebt mein Gesicht weg von seinem ungeduldigen Glied und macht mit einer entschlossenen Geste mein anderes Bein frei.

Schnell streichen seine Finger über meine Beine; sie drücken und kneten, als wollten sie sie zu neuem Leben erwecken. Unvermittelt fallen meine Arme über die Armlehnen des Sessels – Leonardo hat, ohne dass ich es gemerkt habe, alle Knoten gelöst. Ich bin frei. Frei, ihn zu berühren. Frei, das zu tun, was ich will, worauf ich Lust habe.

Ich hebe eine Hand in Richtung Augenbinde, doch er hält sie fest.

»Nein. Die bleibt.« Das ist ein Befehl. Er zieht den Knoten in meinem Nacken noch fester.

»Ich bitte dich«, flehe ich Leonardo an.

»Nein, Elena … das geht jetzt nicht«, flüstert er mir zu und drückt mir mit heißen, feuchten Lippen einen Kuss auf die verbundenen Augen.

Dann packt er mich an den Hüften, hebt mich hoch und nimmt mich auf den Arm. Er trägt mich zur Wand, drückt mich dagegen. Ich spüre, wie sich seine Hände um mein Gesäß schließen. Sein Schwanz gleitet in mich hinein, macht sich mit erfahrenen Stößen Platz. Er hat keine Eile.

Ich spüre seinen Atem an meinem Ohr.

»Du kennst dich noch nicht. Aber gleich wirst du es, ohne es zu merken.« Seine Stimme vibriert vor Verlangen.

Mein Atem stellt sich auf seinen ein. Jetzt brennt die Lust wie Feuer in unseren verschwitzten Körpern.

Endlich lässt er mich auf den Boden herab, auf das Laken, das mich vorher bedeckt hat, und legt sich auf mich, dringt in mich ein. Ich lasse ihn tief in mich rein, tiefer als vorher. Stöhnen, immer heftiger. Wir seufzen, wir kratzen, wir umschlingen uns. Und dann – von neuem: kurzes Atmen, Schwindel. Alles fließt dahin, zerspringt unter den Stößen seines Fleisches, seines Verlangens. Leonardo sucht die Lust in meinen Eingeweiden, und er findet sie. Der Orgasmus steigt plötzlich in mir auf, und ich ziehe die Muskeln zusammen, als wolle ich ihn aufhalten, doch da ist er, eine heftige, unstillbare Explosion, die meinen ganzen Körper erfüllt, von den Fußspitzen bis zum Schädel. Ich kralle meine Fingernägel in seinen Rücken, während ich meinem inneren Abgrund entgegenstürze. Wie aus weiter Ferne höre ich mich stöhnen. Ich habe vollkommen die

Kontrolle verloren – das bin nicht mehr ich, das ist nicht mehr die Elena, die ich kannte. Ich bin die machtlose Betrachterin meiner selbst.

Leonardo gleitet aus meinem Körper heraus und ergießt sich auf meine Brust, bricht dann keuchend neben mir zusammen.

Butter. Genau so fühle ich mich jetzt. Eine köstliche, sinnliche Trägheit hält mich wie mit Kleister am Boden fest. Jedenfalls will ich mich noch nicht bewegen. Kleine Schauder der Lust laufen mir immer noch über den Rücken.

Eine Hand streichelt mir zart übers Gesicht und befreit mich von der Augenbinde aus schwarzer Seide. Schwach blinzele ich dem milden Nachmittagslicht entgegen. Zu Beginn kann ich noch nicht richtig sehen, doch allmählich gewöhnen sich die Pupillen an das Licht und ziehen sich zusammen. Dieses Zimmer kommt mir anders vor als das von vorhin, als würde ich aus einem Traum erwachen und wäre nie hier gewesen. Die Fensterfront auf den Kanal hinaus, die Lüster aus Muranoglas, die samtbezogenen Stühle, die beiden Mohrenstatuen rechts und links vom Kamin. Nichts ist wie vorher. Der Geruch des Staubes mischt sich mit dem Aroma von Sex.

Leonardos und mein Blick begegnen sich, und er lächelt mir zu wie jemand, der mich gesucht und endlich gefunden hat.

»Das bist du«, sagt er leise und wischt mir die Brust mit einem Tuch ab. »Jetzt bist du noch schöner.«

Mir fehlt die Kraft zu sprechen. Ich lächele ihn an, fahre ihm mit einer Hand durch die Haare, während Leonardo den Kopf senkt und mir einen zarten Kuss auf den Nabel gibt.

»Und, war das jetzt wirklich so schlimm, zur Abwechslung mal nichts zu sehen und nur gesehen zu werden?«, fragt er mich und legt den Mund an meine Schulter.

»Es war wunderschön«, flüstere ich mit winzigem Stimmchen. Ich habe Angst, den Zauber zu zerstören.

»All diese Angst vor Kontrollverlust ist reine Illusion, Elena. Nur wenn du dich gehen lässt, wirst du zu dem, was du wirklich bist.« Er streichelt mir die Stirn und schiebt mir eine Locke hinters Ohr. »Und das gerade eben war nur ein kleiner Vorgeschmack …« Er lächelt mir zu und gibt mir dann einen kleinen Klaps auf die Schulter. »Und jetzt dreh dich um, ich will dir den Rücken massieren.«

Ich gehorche, weil Teile meines Körpers immer noch taub sind. Er sitzt rittlings auf mir, klemmt sich meine Hüften zwischen die Knie und lässt die Hände ziellos über meine nackte Haut wandern. Ich spüre, wie meine Muskeln wieder Kraft gewinnen.

Ich weiß nicht, wie spät es ist – ich habe vor Aufregung nicht mitgezählt, wie oft die Glocken geschlagen haben. Ich weiß nur, dass ich bald gehen muss. Und wenn ich durch diese engen, überfüllten Gassen gehe, wird Leonardos Duft mich begleiten. Er wird mich nicht verlassen, sondern mir bis an meine Haustür folgen, wird nach mir greifen, wenn ich, leichtfüßig und von meinen Gedanken angespornt, die Treppe hochsteige. Dieser Duft wird für den Rest des Tages mein Begleiter sein, und nichts wird ihn wegwaschen können.

»Wo bist du, Elena?« Er zwickt mich in die Schulter, als wollte er mich aus dem Gedankenstrudel reißen, in dem ich versunken bin.

»Ich bin hier. Aber gleich gehe ich.«

Gleich gehe ich, aber ein bisschen bleibe ich noch. Weil es mir gut geht, dort, wo ich gerade bin, in diesem Rechteck aus Licht, das sich auf den Boden ergießt, auf meinen nackten Körper, auf seinen und auf sonst nichts.

• 10 •

Ich habe Leonardo seit Tagen nicht gesehen. Plötzlich ist er verschwunden, ohne eine Nachricht zu hinterlassen, ja, ohne mich anzurufen, und ich schleppe mich mit dem seltsamen Gefühl durch die Tage, amputiert zu sein. Seit dem Tag unseres Paktes – wenn man ihn so nennen will – ist nicht viel Zeit vergangen, doch Leonardo ist mir bereits unverzichtbar geworden. Ich erlebe eine Abhängigkeit, die ich nie empfunden habe, und warte auf unsere nächste Begegnung, als hätten wir uns seit Monaten nicht gesehen: Ich gehöre ihm und will es auch sein, mit Haut und Haaren. Niemand hat mich bisher auf so fundamentale Weise in Besitz genommen.

Im Palazzo hat er sich nicht blicken lassen. Ich habe in sein Zimmer gelugt (fast wahnhaft, was so gar nicht meine Art ist) und dort die gewohnte Unordnung vorgefunden: die üblichen zerknüllten Bettlaken, die üblichen Hemden überall auf dem Teppich verteilt. Ich habe versucht, ihn auf dem Handy zu erreichen, wurde jedoch jedes Mal von der anonymen Stimme seiner Voicemail zurechtgewiesen, die mir riet, es später noch einmal zu versuchen.

Und das habe ich auch getan, ohne jedoch jemals eine Antwort zu bekommen. Leonardo ist wie vom Erdboden verschwunden, und sein Schweigen wirft allerhand Fragen in mir auf. Eine ist besonders drängend: Was, wenn er mich schon satt hat? Ich habe mir die verrücktesten Hypothesen ausgedacht. Ab und zu sehe ich ihn vor mir in einem Krankenhausbett, am Tropf hängend, doch nur eine Minute später stelle ich ihn mir in einem luxuriösen Hotelzimmer vor, wo er es mit einer anderen treibt. Vielleicht hat Leonardo mir ja den Laufpass gegeben, um sich endgültig mit der stattlichen Geigerin zusammenzutun. Im Grunde ist diese Möglichkeit mehr als plausibel, denke ich frustriert.

Die Arbeit hilft mir nicht dabei, mich einigermaßen abzulenken, doch ich bin nicht zufrieden mit dem Ergebnis: Meine Hand ist zittrig, die Augen fokussieren nicht richtig, und mein Verstand flüchtet sich permanent in tausend Mutmaßungen. Ich frage mich, ob ich überhaupt jemals wieder so glücklich sein werde wie dort, nackt und Haut an Haut mit ihm. Doch vor allem frage ich mich, ob Leonardo in diesen Tagen ebenso an mich gedacht hat wie ich an ihn. Ob ich für ihn genauso eine Obsession bin, wie er es für mich ist?

Ich kehre mit dem Vaporetto von der Insel San Servolo zurück. Um nicht vollkommen in meinen Grübeleien zu versinken, habe ich mir die Retrospektive eines bekannten schwedischen Fotoreporters angeschaut. Im Nachhinein weiß ich nicht, ob das wirklich so eine gute Idee war: Die Bilder von iranischen Landschaften nahmen den Blick vollkommen in Beschlag, doch während ich dort war und mich ganz allein inmitten all der Besucher durch die Ausstellungsräume bewegte, musste ich ständig an Filippo denken. Normalerweise besuche ich Ausstellungen immer mit ihm, und es war bislang immer ein herrliches Gefühl, wenn wir uns über alles austauschten und uns ohne viele Worte – oft nur mit einem einzigen Blick – verstanden. Manchmal hatte er die Ausdauer, gleich mehrere Stunden in einer solchen Ausstellung zuzubringen, mit Block und Zeichenstift an eine Wand gelehnt, um Bildunterschriften zu kopieren, Skizzen anzufertigen oder sich Notizen zu machen. Irgendwann tauchte ich dann auf, stibitzte ihm sein geliebtes Moleskin, zog ihn mit mir nach draußen, und wir lachten wie blöd.

Doch wenn Filippo jetzt da wäre, würde es alles nur noch komplizierter machen.

Ein leichter Nebel legt sich über die Lagune, während sich am Horizont der Tag schweigend zur Ruhe begibt. Ich genieße den Sonnenuntergang vom Vaporetto aus und habe das Gefühl, zusammen mit der Sonne meinen Abschied in den Himmel zu nehmen. Zu dieser Stunde liegt in Venedig immer eine seltsame Nostalgie in der Luft.

Ich steige in San Zaccaria aus und dränge mich zwischen den Menschen hindurch, die an der Anlegestelle warten. Rund um die Piers der Vaporetti scheinen sich die Menschen und ihre Gedanken immer besonders nahezustehen – als hätten sie ein gemeinsames Ziel. Wir alle sind dann unfreiwillig Seeleute, auch wenn wir uns nur von einem Viertel der Stadt ins nächste begeben.

Ich habe beschlossen, kurz bei meinen Eltern vorbeizuschauen und auf diese Weise vielleicht zum einzigen Abendessen der Woche zu kommen, das diesen Namen verdient. Nach einigen Tagen der Appetitlosigkeit merke ich, wie sich langsam wieder der Hunger in mir regt; für einen Besuch im Supermarkt fühle ich mich jedoch noch nicht in der richtigen Stimmung. Würde ich jetzt einkaufen, ginge ich das Risiko ein, mit einem ganzen Einkaufswagen voller Schokokekse den Laden zu verlassen und es erst dann zu bereuen, wenn ich sie bezahlt und bereits auf dem Nachhauseweg ein Päckchen davon vernascht habe.

Ich gehe raschen Schritts unter den Arkaden des Florian entlang, wo ich vor den Menschenmassen etwas geschützt bin, und überlasse den Markusplatz den Touristen und ihren Fotokünsten. Ich stemme mich dem kalten Wind entgegen, der mir schneidend ins Gesicht bläst, komme schließlich auf dem Campo Santa Maria del Giglio an und drücke die Klingel der Familie Volpe. Meine Mutter geht an die Sprechanlage, und ihrer Stimme nach zu schließen freut sie sich wie eine Schneekönigin über meinen unangekündigten Spontanbesuch.

Ich steige die Treppe hoch und lasse mich vom verführerischen Duft eines Apfelstrudels einhüllen, der gerade aus dem Ofen kommt. Meine Mama ist eine ausgezeichnete Köchin. Hätte sie mich nicht immer wieder aufgepäppelt, so wäre ich wohl in diesen Jahren strenger vegetarischer Kost verhungert.

Ich ziehe die Jacke aus, schnappe mir ein Stückchen Strudel und lasse mich in das Sofapolster sinken. Ich schalte die Stereoanlage ein, weil um diese Tageszeit nur das gestattet ist: Kein Fernsehen vor neun Uhr abends war schon immer eine eiserne Regel im Hause Volpe. Aus diesem Grunde bin ich auch ohne Zeichentrickfilme aufgewachsen – dafür aber mit den Klängen von italienischen Liedermachern von Mina bis Lucio Battisti.

Meine Mutter lässt den Teig für ihre Kürbis-Gnocchi ruhen – auch das ist eine Spezialität von ihr – und kommt aus der Küche, um mir im Wohnzimmer Gesellschaft zu leisten und mich mit Fragen nach der Einweihung von Brandolinis neuem Restaurant zu bombardieren. Ich habe sie seither nicht gesehen und war mir sicher, dass sie mich über das Event des Monats löchern würde. Ich erzähle ihr in groben Zügen darüber (natürlich ohne Leonardo zu erwähnen), doch sie ist unersättlich in ihrer Neugierde. Wer war da? Und wer nicht? Nach und nach entlockt sie mir selbst die kleinsten Einzelheiten über die anwesenden Gäste.

»Ich hab in der Zeitung gelesen, dass sie einen berühmten Koch haben«, plaudert sie ganz aufgeregt und wartet gespannt auf meine Antwort.

»Ja, klar, Mama, das ist doch der Typ, der in dem Palazzo wohnt, in dem ich gerade ein Fresko restauriere.« Ich bleibe bewusst im Vagen, spüre jedoch, wie mir die Röte ins Gesicht steigt. Wenn sie wüsste, was ihr kleines Mädchen mit diesem »berühmten Koch« so alles treibt … Ich rücke meinen Schal zurecht, den ich deshalb nicht abgenommen habe, weil Leonardo einen unverwechselbaren Knutschfleck an meinem Hals hinterlassen hat.

»Und, wie ist er so?«, fährt meine Mutter mit ihrer peinlichen Befragung fort.

»Ich bin ihm bloß ein paar Mal begegnet«, nuschle ich und senke den Blick zum Teppich, »aber wie es scheint, kocht er wirklich sehr gut.«

»Und was gab es zu essen?«

»Ziemlich viel Fingerfood, alles mögliche edle Zeug … aber nichts im Vergleich zu dem, was du immer zauberst, Mama«, versichere ich ihr mit einem schmeichelnden kleinen Lächeln.

Sie bricht in Begeisterungsstürme aus und rauft sich vor Freude die Haare, die sie seit zwanzig Jahren in dem gleichen Kastanienbraun tönt. Jedes Mal, wenn ihr jemand ein Kompliment zu ihren Kochkünsten macht, ist meine Mutter vollkommen aus dem Häuschen.

»Aber warum ziehst du eigentlich nicht deinen Schal aus?«, fragt sie dann aus heiterem Himmel.

Da haben wir's, ich wusste es. Ihr entgeht nichts. »Ich hab einen steifen Hals und muss mich warm halten«, sage ich und versuche mich an einer Leidensmiene.

»Schatz, du musst dich in dieser feuchten Luft wärmer anziehen!«

»Vielleicht ist ja das Fresko daran schuld. Ich hab viel

zu lange in dieser unbequemen Haltung auf der Leiter gehockt.« Hilfe, die Ausrede mit dem steifen Hals werde ich nicht lange aufrechterhalten können, weil mir gleich ganz andere steife Sachen in den Sinn kommen …

»Klar, wenn du die Muskeln zu sehr anstrengst, hast du natürlich in null Komma nichts eine anständige Kontraktur«, sagt sie im Brustton der Überzeugung.

Ich bitte dich, Mama, hör auf damit. Du hast keine Ahnung – und willst es auch nicht wissen –, welche Muskeln dein kleines Mädchen in letzter Zeit so angestrengt hat. Ich versuche das Thema zu wechseln. »Wo ist Papa eigentlich?«

»Der ist in den Heimwerkerladen gegangen.«

»Wozu?«

»Wer kann das schon wissen«, sagt meine Mutter schulterzuckend und schüttelt resigniert den Kopf. »Seit er im Ruhestand ist, beschäftigt er sich nur noch mit Hämmern und Bohren.«

»Na gut. Dann sag ich ihm, er soll mir ein neues Bücherregal bauen. Auf meinem ist kein Millimeter mehr Platz.«

»Damit würdest du ihm mit Sicherheit eine große Freude machen. Es scheint, sein neuer Bohrer macht ihm einen Riesenspaß.«

In genau diesem Moment höre ich das Handy in meiner Tasche klingeln. Ich schaue auf mein iPhone und sehe eine Nummer aufleuchten, die mit 041 beginnt, der Vorwahl von Venedig. Wer könnte mich von einer Festnetznummer aus anrufen, die ich nicht auswendig kann? O Gott, das wird die Zahnarztpraxis sein, die mich an den Termin morgen erinnern will!

»Hallo?«, antworte ich in abwesendem Ton.

»Ciao, ich bin's«, sagte eine tiefe Stimme am anderen Ende. Es ist *seine* Stimme.

Ich werfe meiner Mutter einen beschwichtigenden Blick zu, der besagt: »Alles in Ordnung, ist was Arbeitsmäßiges« und schlüpfe rasch in mein altes Mädchenzimmer. Das Herz schlägt mir bis zum Hals.

»Leonardo …«

Ich gehe auf die Heizung zu und schaue aus dem Fenster. Einen Moment lang habe ich den Eindruck, als würde die Zeit stillstehen, und das Wasser des Kanals unter mir würde zu fließen aufhören. Ich lege die Stirn an die Scheibe. »Wo hast du nur gesteckt? Ich hab dich so oft versucht anzurufen«, rufe ich aufgeregt.

»Ich weiß«, sagt Leonardo.

»Ich hab schon gedacht, du wolltest mich nicht mehr sehen«, füge ich unsicher hinzu.

»Aber nein, Elena, jetzt mach aber mal halblang … ich war in Sizilien«, fährt Leonardo in beschwichtigendem Ton fort. »Es war eine dringende Angelegenheit, und ich musste Hals über Kopf abreisen. Das ist alles.«

»Du hättest wenigstens anrufen können«, beharre ich in einem Anflug von Ärger.

Er holt tief Luft.

»Rechne bei mir nicht mit Anrufen, Elena. Von mir kannst du nicht erwarten, dass ich irgendwelche Regeln einhalte wie ein x-beliebiger Freund«, sagt er jetzt ernst. »Ich muss mich frei bewegen können; und genau deshalb will ich auch keine Bindung eingehen.«

So ist das also … noch viel einfacher, als ich es mir vorgestellt hatte. Leonardo hätte sich irgendwelche Ausreden zurechtlegen können, doch stattdessen sagt er es mir einfach ins Gesicht: Er hat sich nicht gemeldet, weil er nicht wollte. Und ich muss es hinnehmen. Nach dem Motto: Vogel friss oder stirb.

»Ich bin im Restaurant«, fährt er fort. »Ich bin erst vor

einer Stunde wiedergekommen, und du bist die Erste, die ich anrufe.«

»Um mir was zu sagen?«, frage ich spröde und mit verletztem Stolz.

»Komm hierher. Ich erwarte dich um Mitternacht, wenn wir geschlossen haben.«

»Wieso?« Ich nehme das Handy in die andere Hand und wische mir die verschwitzte Hand an der Hose ab. Ich zittere vor Aufregung.

»Weil ich Lust habe, dich wiederzusehen«, sagt Leonardo einfach.

Ich habe den Verdacht, dass er sich über mein Aufbegehren lustig macht. »Komm in Abendkleidung und bring viel Hunger mit. Wir essen zusammen zu Abend.«

Er rechnet also damit, dass ich Ja sage. Wie immer. Ich hätte gerne die Kraft, ihm abzusagen, und sei es auch nur, um mich zu behaupten und dafür zu rächen, dass er mich so hat sitzen lassen. Doch es ist sinnlos, dass ich mir Illusionen mache: Ich habe selbst viel zu viel Lust, ihn zu sehen, als dass ich mich selbst durch eine Trotzaktion bestrafen wollte.

»Okay. Wir sehen uns später«, sagte ich leichthin. *Zum Teufel mit dem Stolz.*

»Bis später.«

Das Gespräch wird unterbrochen. Ich drücke das Handy so fest, dass mir die Finger wehtun. Ich bin so froh, dass er sich gemeldet hat. Andererseits hatte ich es eigentlich auch erwartet – aber seit ich Spielball seiner finsteren Pläne bin, wächst auch meine Unsicherheit. Wer weiß, was Leonardo so Dringendes in Sizilien zu schaffen hatte, um sich dermaßen überstürzt aus dem Staub zu machen? Ich habe keine Ahnung, warum, aber auf einmal kommen mir die Tränen. Ich weiß nichts von Leonardo – von seiner Vergangenheit oder von dem, was er tut, wenn er nicht mit mir zusammen ist. Obwohl ich jeden Zentimeter seines Körpers kenne, bleibt mir sein Innenleben ein Rätsel.

Ich brauche ein wenig Zeit, um mich wieder zu fassen, und mache, bevor ich ins Wohnzimmer zurückkehre, einen Abstecher ins Bad, um zu kontrollieren, wie mein Gesicht aussieht: Die Hitze in meinem Körper ist mir sichtbar zu Kopfe gestiegen, und zwischen meinen Beinen macht sich eine feuchte Welle breit. Allein der Gedanke an Leonardo löst in mir eine körperliche Reaktion aus. Ich habe Lust auf ihn, große Lust.

Als ich ins Wohnzimmer zurückkehre, sehe ich meine Mutter, die über die Marmorarbeitsplatte in der Küche gebeugt steht und unter Zuhilfenahme einer Gabel die Gnocchi formt, was sie mit einer Fingerfertigkeit tut, die mich jedes Mal sprachlos macht.

»Wer war denn am Telefon?«, fragt sie und rollt dabei in Seelenruhe weiter Teigklößchen.

Ich denke kurz nach und greife dann ganz bewusst zu einer Notlüge. »Das war Gaia«, sage ich.

»Wie geht es ihr? Ich hab sie schon so lange nicht mehr gesehen.«

Ich mache mich auf weitere Fragen gefasst und komme mir plötzlich vor wie damals auf dem Gymnasium. Wenn ich nach einem Schultag erschöpft nach Hause kam und sie mich nach den Noten fragte, die meine Klassenkameraden bekommen hatten, oder nach unseren Themen im Italienischunterricht. Wenn ich nicht aufpasste, kam ich oft gar nicht mehr zu Wort, weil meine Mutter selbst so gerne schwatzte und mir von den Zipperlein ihrer Freundinnen, der schlechten Laune des Mannes auf der Post oder davon erzählte, dass sie beim Gemüsemann zufällig ihre alte Klassenlehrerin aus der Grundschule getroffen hatte … *Seit da-*

mals hat sich nicht viel geändert, denke ich und weiß nicht, ob mir das gefällt oder nicht.

»Gaia geht es gut, sie hat immer viel zu tun«, sage ich kryptisch, gehe zur Garderobe und nehme meine Jacke vom Haken. »Entschuldige, Mama, aber ich kann nicht zum Essen bleiben.«

»Wieso denn das? Du wirst doch nicht einfach so abhauen?« Mama zieht missbilligend die Stirn in Falten und schaut mich schief an. »Ich hab sogar Obstsalat gemacht, weil ich weiß, dass du viel zu wenig Vitamine bekommst.« Sie wirft mir einen besorgten Blick zu. »Elena, du bist so blass … Bist du sicher, dass es dir gut geht?«

Blass? Mir kam es vorhin eher so vor, als würde ich in Flammen stehen. *Scheiße. Hat sie vielleicht etwas gemerkt?* In der Schule wollte ich ihr nie sagen, welche Jungs mir gefielen, weil sie mich sonst ständig gelöchert hätte. Und auch jetzt werde ich ihr kein Sterbenswörtchen verraten. Zu gewissen Themen wird mein Mund versiegelt bleiben. Auch mit meinen fast dreißig Jahren liegt mir immer noch sehr viel daran, dass meine Eltern etwas von mir halten. Meine Mutter, eine Frau, für die der Schlüssel zum Leben in einem Strudelrezept oder irgendwelchen Spitzendeckchen liegt, würde eine Beziehung wie die zwischen mir und Leonardo niemals begreifen, so viel ist klar. Um ehrlich zu sein, begreife ich sie ja selbst nicht.

»Doch, mir geht's gut, Mama. Das liegt bestimmt an meinem steifen Hals, dass ich mich fühle wie ausgelutscht.«

Meine Mutter blickt zu Boden und streicht sich den Rock glatt. Sie ist enttäuscht. Zuerst mache ich ihr Hoffnungen, und dann verkünde ich urplötzlich, dass ich doch nicht zum Essen bleiben kann. Einzelkind zu sein ist ein Fulltimejob, weil es keine Geschwister gibt, die einspringen, wenn man mal eine Auszeit braucht.

»Jetzt komm, sei mir nicht böse …« Ich gehe zu ihr und drücke ihr einen Kuss auf die Wange. »Gaia hat darauf bestanden, sich mit mir zu treffen, und du weißt doch, wie sie ist. Sie will etwas Wichtiges mit mir besprechen.«

»Was ist denn so wichtig?«

Sie versucht es wieder. Wie damals. Vielleicht ahnt sie, dass es um etwas anderes geht als um Gaia, und will testen, ob ich nicht doch nachgebe und es ihr verrate.

»Ich weiß nicht, Mama, aber es scheint dringend zu sein … Ich hau jetzt ab, ja?«

»Na gut, aber bleib brav!« Am Schluss gibt sie auf, lässt mich aber nicht gehen, ohne mir eine Tupperdose mit Kürbis-Gnocchi mitzugeben. »Tu sie in den Kühlschrank, dort halten sie sich bis morgen. Und iss sie auch, Kind!«

Ich hätte zum Abendessen bei meinen Eltern bleiben und danach zu Leonardo gehen können, aber mir gefiel der Gedanke nicht, übergangslos vom heimischen Herd zu den Klauen meines Pygmalion zu wechseln. Das wäre für mein Gefühl zu abrupt gewesen. Allein zu Hause zu bleiben kam jedoch auch nicht in Frage, weil mich das Warten vollkommen zermürbt hätte. Deshalb habe ich Gaia angerufen und sie gefragt, ob sie mit mir essen gehen wolle. Sie hat sofort zugesagt. Als wir das letzte Mal voneinander gehört haben, lief die Sache mit Jacopo gerade auf Hochtouren, und ich kann mir vorstellen, dass es hier einige erwähnenswerte Neuigkeiten gibt und sie es kaum erwarten kann, mir davon zu berichten.

Ich ziehe mir ein Set schwarze Dessous an, die ich mir vor einigen Tagen in einem Laden im Zentrum gekauft habe. Dazu halterlose Strümpfe und ein Spitzenkleid, ebenfalls schwarz, das ich noch im Schrank hatte und nie trage. Gaia hat es mir geschenkt, zu welchem Anlass, weiß ich schon gar nicht mehr, aber ich habe es immer als zu kurz und zu tief ausgeschnitten empfunden. Heute Abend jedoch will ich es anziehen, weil mich allein der Gedanke, dass Leonardo mir später vielleicht die Kleider vom Leib reißen wird, mutig macht.

Mit Gaia treffe ich mich im *Oche*, einer Pizzeria in Zattere. Am Eingang stehen die Leute Schlange, weshalb ich den Vorschlag mache, in das kleine Restaurant ein paar Meter weiter zu gehen. Ich will zu der Verabredung mit Leonardo nicht zu spät kommen, doch Gaia beharrt auf der Pizzeria, weil sie eine Riesenlust auf eine Mafiatorte habe, wie sie grinsend betont. Auf meine Bedenken hin verspricht sie mir gut gelaunt, dass sie eine Szene machen würde, sollte sich die Schlange nicht bald auflösen. Das beruhigt mich natürlich ganz ungeheuer. Während wir warten, betrachte ich meine beste Freundin ein wenig genauer: Heute Abend strahlt sie noch mehr als sonst; ihre Gesichtszüge sind entspannt und die Haare perfekt onduliert. An ihren Ohren baumeln auffallende Ohrringe aus Perlen und Weißgold.

»Hab ich was im Gesicht?«, fragt Gaia irritiert und gibt sich kleine Klapse auf die Wangen.

»Ich hab mir nur deine Ohrringe angeschaut. Sehr schön …«

»Ja, nicht? Die hat mir Jacopo geschenkt«, sagt sie mit einem Lächeln wie aus der Zahnpastareklame.

»Brandolini lässt aber nichts aus, was?«

Sie grinst. Offenbar konnte sie es wirklich kaum erwarten, dass ich das Thema endlich anschneide.

»Er hat mich in ein schönes Hotel in den toskanischen Hügeln mitgenommen, und dort haben wir ein herrliches Wochenende verbracht. Ich hab eine Menge Leute aus seiner Clique kennengelernt«, plaudert Gaia drauflos. »Eigentlich dachte ich ja immer, das seien furchtbare Snobs, aber …« Sie erzählt noch ein bisschen weiter und versüßt uns damit die Wartezeit vor der Pizzeria. Schließlich fragt sie mich, wie *mein* Wochenende eigentlich gewesen sei.

»Ganz toll«, antworte ich sarkastisch. »Ich hab gearbeitet. Weißt du, ich will mit meinem Fresko weiterkommen.«

»Und, hast du noch mal Leonardo getroffen?«, hakt Gaia etwas zerstreut nach, weil man uns gerade an einen Tisch im Obergeschoss bringt. »Ich hab ihn seit der Einweihungsparty im Restaurant nicht mehr gesehen. Wir müssen unbedingt mal dort essen gehen!«

Mein Herz macht einen kleinen Hüpfer. »Das können wir gerne machen, klar.« Ich versuche, mir nichts anmerken zu lassen, stolpere dabei aber fast über eine Treppenstufe.

Schließlich sind wir am Tisch angelangt. Als ich mir den Mantel ausziehe, spiegelt sich Überraschung in Gaias Gesicht.

»Endlich sehe ich dich mal in diesem Kleid!« Sie betrachtet mich wohlgefällig im Licht und lässt mich eine Drehung um die eigene Achse machen. »Und auch das Make-up steht dir gut. Gut so, manchmal hörst du auf mich«, sagt sie zufrieden und fährt fort: »Diese bescheuerte Mär von Wasser und Seife ist doch schon mit den Flintenweibern in den Siebzigern gestorben.«

»Ich höre doch *immer* auf dich«, gebe ich grinsend zurück.

»Wieso auch nicht«, sagt Gaia und stippt ein Selleriestäbchen in den Dip. »Die Kette ist auch schön. Ein bisschen wuchtig, aber sie passt sehr gut.« Schade, dass sie nicht weiß, was sich darunter verbirgt. Jedenfalls steigt angesichts von Gaias Zustimmung meine Vorfreude auf einen lüsternen Abend mit Leonardo.

Der Kellner kommt an unseren Tisch und nimmt die Bestellung auf. Gaia möchte eine Pizza mit Rucola und Bresaola, ich einen Salat. Leonardo hat gesagt, ich solle Hunger mitbringen, und ich will mir auf keinen Fall den Appetit verderben.

Gaia schaut mich erstaunt an. »Nimmst du sonst nichts? Willst du, dass ich mir allein die Kante mit Kohlehydraten gebe?«

Ich versuche sie zu besänftigen. »Ich hab's dir doch gesagt, dass ich bei meinen Eltern praktisch schon gegessen habe. Du kennst doch den Apfelstrudel meiner Mutter ...«

»Ach ja, Bettas berühmter Strudel ... Dann will ich dir ausnahmsweise mal vergeben«, sagt Gaia und zwinkert mir zu.

Sie redet mit mir, schaut dabei jedoch den Kellner an, der immer noch neben uns steht und der, da muss ich ihr recht geben, wirklich schnuckelig ist. Er lächelt ihr zu, und sie schenkt ihm ein kokettes Lächeln.

»Und, bitte ... dass mir die Pizza auch heiß und knusprig ist, ja?« Sie schiebt sich die Haare zur Seite.

Der Kellner nickt und geht. Gaia lässt sich den Anblick seines gut trainierten Hinterteils in der eng anliegenden Hose nicht entgehen.

»Komm schon, der ist doch viel zu jung für dich«, sage ich grinsend und pfeife darauf, dass er noch in Hörweite ist.

»Was denn?«, antworte Gaia mit unschuldiger Miene. »Jetzt komm schon, ich hab nicht mit dem Kerl geflirtet. Aber bloß deshalb nicht, weil er schwul ist, damit das klar ist.«

Wir brechen in Gelächter aus. Brandolini hin oder her – Gaia ist ein Typ, der bei Männern nichts anbrennen lässt. Ich bin da anders: Ich hab ihr immer all meine Geschichten erzählt, doch das mit Leonardo schaffe ich immer noch nicht zu beichten. Beim besten Willen nicht. Denn dann müsste ich ihr nämlich auch erklären, dass wir keine richtige Beziehung haben, sondern eine Art Pakt geschlossen haben und ein perverses Spiel spielen, bei dem er nur gewinnen und ich vor allem eins verlieren kann: mich selbst. Nein, ich glaube, Gaia wäre damit nicht nur nicht einverstanden, sondern sie würde sich auch unnötigerweise Sorgen um mich machen und mir den Rat geben, es sofort sein zu lassen. Aber ich will es nicht sein lassen, noch nicht jedenfalls.

»Du, erzähl doch mal von Filippo …«, rückt Gaia nach einer Weile mit der Sprache heraus und betupft sich die Mundwinkel mit ihrer Serviette. »Wann hast du das letzte Mal von ihm gehört?«

»Vor ein paar Tagen haben wir miteinander geskypt. Er ist total eingespannt in seinem Job.«

»Mamma mia, schon allein deshalb würdet ihr das perfekte Paar abgeben. Ihr seid beide Workaholics!« Gaia hebt in gespielter Resignation die Arme, beugt sich dann vor und sagt im Brustton der Überzeugung: »Ele, ich hab's dir schon gesagt: Bei Filippo musst du dich ein bisschen mehr ins Zeug legen.«

»Ich weiß nicht …«, sage ich, den Blick auf meine Serviette gesenkt. Filippo ist für mich momentan sehr weit weg. Sehr, sehr weit.

Gaia verzieht das Gesicht. »Aber warum hast du denn alles so unter Kontrolle? Entspann dich und hör endlich mal auf deine Gefühle …«, nörgelt sie.

»Ich hab's dir schon gesagt, dass mir die Entfernung Angst macht …« *Ganz zu schweigen davon, dass ich mit einem anderen poppe …*

»Dann besuch ihn doch! Oder du könntest was über Skype machen, zum Beispiel …«, fährt sie in verschwörerischem Ton fort und tuschelt mir eindeutige Zweideutigkeiten zu.

»Jetzt hör doch auf! Meinst du etwa, dass Filippo ein Typ ist, der …«

»Meine Fresse, Ele, wach auf!«, ruft Gaia und fasst sich an den Kopf. »Er ist ein Mann, verdammt noch mal … dein Filippo ist letztlich auch nicht viel anders als die anderen.«

»Jetzt mach mal halblang.« Ich verstecke mich hinter meiner Serviette. Und wie auf Knopfdruck sehe ich wieder mein Spiegelbild vor mir, wie ich in den Armen von Leonardo liege und mich selbst befriedige.

Zum Glück kommt gerade unser Essen.

Ich nehme die erste Gabel voll Salat und weiß jetzt schon, dass ich es nur mit einer gewaltigen Willensanstrengung schaffen werde, ihn aufzuessen. Ich habe keinen Appetit, und das Zeug kommt mir unrettbar fad vor. Im Moment habe ich nur den Geruch und den Geschmack von Leonardo im Sinn, diese Mischung aus Ambra, Meer und fernen Ländern. Ich frage mich, was mich später wohl erwartet, bei unserem Rendezvous, doch ich verdränge den Gedanken rasch.

Um mich abzulenken, versuche ich, Gaia zum Reden zu bringen.

»Also, Jacopo gefällt dir wirklich«, setze ich vielsagend an. »Aber erkläre mir mal bitte eins: Welchen Platz auf der Leiter deines Verlangens nimmt dann eigentlich noch der Radler ein, wenn du auf Jacopo stehst?«

Unerwarteterweise verzieht Gaia ein wenig traurig das Gesicht. Ich hatte nicht damit gerechnet, dass ich ein für sie schmerzliches Thema angeschnitten habe.

»Leider habe ich Belotti noch nicht vergessen.« Sie seufzt. »Ich weiß, dass er mit seinem Team im Trainingslager ist. Wahrscheinlich hat er da keine Zeit – aber früher oder später ruft er mich an, du wirst schon sehen«, sagt sie und lächelt tapfer.

Ich bin überrascht, weil ich nicht gedacht hatte, dass ihre Gefühle für den Typen immer noch so hartnäckig sind. »Und was würdest du dann machen? Würdest du Brandolini postwendend den Laufpass geben?«

»Ich weiß es nicht. Um mit Belotti zusammen zu sein, vielleicht schon.« Sie späht nach dem Kellner und bedeutet ihm mit einem Kringel in der Luft, dass sie bezahlen möchte. »Aber vorerst halt ich mir Jacopo warm.«

»Und du tust gut daran«, kommentiere ich. Wenn ich zwischen dem Conte und dem Radler wählen müsste, wäre ich eindeutig auf Brandolinis Seite.

»Gehen wir im *Skyline* noch was trinken?«, schlägt Gaia vor und kehrt schlagartig zu ihrer gewohnten Sorglosigkeit zurück.

Ich präsentiere ihr die Ausrede, die ich mir schon vorher zurechtgelegt habe: »Im Prinzip wirklich gerne. Aber heute kann ich leider beim besten Willen nicht, ich muss morgen früh raus«, sage ich mit einer betont schläfrigen Stimme und schiebe noch einen kunstvollen Gähner hinterher.

»Ich hätte meine Manolo Blahniks darauf gewettet, dass du Nein sagst«, kommentiert Gaia missmutig.

Gut, dann ist meine kleine Vorführung überzeugend gewesen.

»Aber versprich mir, dass du, wenn du daheim bist, deinen Computer einschaltest und versuchst, mit Filippo zu skypen.«

»Okay … wenn er noch wach ist«, sage ich ergeben.

An der Ecke der Brücke verabschieden wir uns. Ich umarme Gaia und danke ihr für den Abend. Dann gehe ich der Form halber ein paar Schritte in Richtung meiner Wohnung, doch kaum sind wir außer Sichtweite, biege ich in die zweite Gasse rechts ab und laufe los. Zu einer Versuchung, der ich mittlerweile einfach nicht mehr widerstehen kann.

Ich gehe ein Stück am Canal Grande entlang und komme zum Campo San Polo. Hier brennt nur noch in wenigen Palazzi Licht; der größte Teil liegt längst im Halbschatten. Die Dunkelheit wird noch verstärkt durch den typischen nebligen Dunst, der im nächtlichen Venedig alle Kanten weicher macht und die Farben verblassen lässt. Ich friere, und meine Hände sind eiskalt, doch in mir brodelt es. Ich habe sowohl die Kette als auch den Schal abgelegt, denn es gibt keinen Grund mehr, meinen Hals zu verhüllen. Jetzt will ich Leonardo mit jedem Zentimeter meiner Haut gehören.

Das Restaurant ist geschlossen.

Verwirrt rufe ich Leonardo auf dem Handy an. Er geht nicht dran, doch in diesem Moment sehe ich seinen Schatten hinter der Glastür am Eingang. Er öffnet sie und steht vor mir, wie immer mit dem leicht zerknitterten Habitus eines Mannes, der wenig Vertrauen in die Welt und sehr viel in sich selbst hat. Er packt mich an der Taille, zieht mich hinein. Dort gibt er mir einen langen Kuss auf den Mund.

»Herzlich willkommen.«

Ich klammere mich an ihn wie an einen Fels in der Brandung. Er hat mich gequält, ist spurlos verschwunden, doch jetzt ist er wieder da, in meinen Armen, und alles ist vergessen.

Leonardo geleitet mich an den Tischen im Speisesaal vorbei und führt mich in sein Reich: die Küche. Sie ist ein Ort, der durchaus ein wenig furchteinflößend ist, wie er so peinlich sauber und aufgeräumt im Halbdunkel liegt. Wer weiß schon, dass hier die Hölle los ist, während die Gäste draußen gemütlich an ihren Tischen sitzen und auf ihr Essen warten. Ich schaue mich um. Man könnte diese Küche beinahe für ein aseptisches Labor halten – wäre da nicht eine Seite der Arbeitsfläche für zwei Personen gedeckt und mit einem orangeroten Lichtstrahl beleuchtet. Weiter hinten auf dem Tresen stehen mehrere Teller mit silbernen Servierglocken darüber. Besteck, Geschirr und Gläser sind schlicht, aber auf Hochglanz poliert wie Präzisionsinstrumente. Tatsächlich mutet das alles mehr wie eine Versuchsanordnung an als wie ein lauschiges Abendessen.

»Das hier ist dein Platz.« Leonardo hilft mir aus den Mantel und lässt mich auf einem der Hocker Platz nehmen. Dann setzt er sich mir gegenüber.

»Ich hab noch nie in der Küche eines Restaurants gegessen. Genauer gesagt habe ich sogar noch nicht mal eine betreten«, sage ich und schaue mich neugierig um.

»Die müsstest du mal bei Tag sehen, wenn sie voller Leute ist …«, sagt Leonardo lächelnd »… voller Leute und voller Krach, voller Bewegung. Aber mir ist sie nachts lieber, wenn es ganz leer und still hier ist.«

Er lässt den Blick über mein Kleid schweifen. »Du bist heute sehr elegant«, bemerkt er, offenbar zufrieden. Dann fällt sein Blick auf meinen Hals. »Und was ist das da?«

»Den Knutschfleck hast du mir gemacht …« Instinktiv lege ich eine Hand darauf. Leonardo zieht sie weg, reckt den Hals und drückt seine heißen, weichen Lippen auf die Stelle.

»Hast du denn auch Hunger?«, fragte er dann und reicht mir ein Glas Champagner mit Erdbeermark als Aperitif.

»Ziemlich«, antworte ich, während wir anstoßen. In Wirklichkeit habe ich aber einen Kloß im Bauch. Ich will Leonardo, kein Essen. Ich benetze mir die Lippen mit dem Sekt und stelle das Glas dann auf dem Tresen ab.

»Das musst du ganz trinken«, tadelt er mich. Er klingt beiläufig und bedrohlich zugleich.

»Ich kann nicht. Der steigt mir schon beim zweiten Schluck zu Kopf, das weiß ich genau«, winde ich mich.

»Macht nichts. Dann muss ich dich eben noch mal huckepack nach Hause tragen.«

Leonardo lächelt, doch aus seinem Blick schließe ich, dass Widerstand zwecklos ist. Gehorsam lasse ich einen Schluck Aperitif unter meine Zunge gleiten und spüre, kaum habe ich ihn heruntergeschluckt, wie mein Magen sich zusammenrollt wie ein trockenes Blatt. Das Zeug brennt, aber ich muss anerkennend zugeben, dass es gut ist.

»Das ist doch nicht wirklich nur ein Opfer, oder?«, fragt Leonardo lächelnd und nimmt selbst einen Schluck.

Ich schüttele den Kopf und nippe weiter an dem Champagner. Jetzt nimmt er einen Eiswürfel aus dem Kübel und streicht mir damit über den Hals, zieht dann eine Spur bis zu der Wölbung meiner Brust und fährt mit der Zunge über das Schmelzwasser. Sofort läuft mir ein Schauder durch meinen Körper; meine Brustwarzen richten sich auf, verlangen nach einer Zunge und nach Zähnen, die an ihnen knabbern. Doch noch ist es nicht so weit – meine Lust muss noch warten. Mein Hexenmeister hat etwas anderes mit mir vor.

»Heute Abend, Elena, wird es dein Gaumen sein, der deiner Lust den Weg zeigt«, flüstert er mir zu. »Ich möchte, dass du deine Vorlieben und Gewohnheiten vergisst und alles probierst. Auch Dinge, die dir nicht schmecken oder die dir bis jetzt nicht geschmeckt haben.« Während er das sagt, hebt Leonardo eine der silbernen Servierglocken hoch. Darunter befindet sich ein Teller, der randvoll mit marinierten Austern ist. Das hat er also im Sinn: Er will mit meinen Tabus bei Tisch aufräumen. Aber das wird ihm nicht gelingen. Mir wird allein von dem Anblick speiübel.

»Ich bitte dich, nein«, flehe ich ihn mit halb geschlossenen Augen an. Ich weiß wirklich nicht, ob ich das schaffen werde. An einem bestimmten Punkt in meinem Leben, als ich noch ein junges Mädchen war, habe ich begonnen, alle Lebewesen als Individuen zu begreifen – als Lebewesen, die man einfach nicht aufisst. Grob gesagt ist für mich der Gedanke, das Fleisch von einem Tier zu essen, gleichbedeutend mit der Vorstellung, den Tod im Bauch zu haben. Ich weiß, das klingt vielleicht ein wenig melodramatisch, aber es ist nun mal so.

»Austern habe ich schon probiert. Und ich kann dir versichern: Davon kriege ich sofort das Kotzen«, sage ich in der Hoffnung, Leonardo möge sich erbarmen.

Er schüttelt jedoch ungerührt den Kopf. »Erfahrungen aus der Vergangenheit zählen nicht. Lass dich nur von deinen Sinnen leiten. Hier und jetzt.« Entschlossen greift er nach einer Auster und hält sie mir vor den Mund. Zögernd löse ich den Mollusk mit den Zähnen aus der Schale und spüre, wie sich das weiche Fleisch zwischen meine Zunge und den Gaumen schmiegt. Es fühlt sich an, als würde es noch leben.

Doch wider Erwarten schmeckt es gar nicht nach Tod, wie ich befürchtet hatte, sondern nach Meer. Ein Geschmack, der schamlos weiblich und faszinierend ist. Etwas erstaunt schlucke ich die Auster hinunter und bemerke erst jetzt einen leichten Beigeschmack nach kandierter Orange.

»Die Kombination mit Orange ist mein Geheimnis.« Leonardo schaut mich an, als wüsste er ganz genau, was ich gerade empfinde, und verspeist dabei selbst eine Auster.

»Hast du gesehen? Du hast es überlebt … Na komm, nimm dir noch eine«, fordert er mich auf.

Zögernd wähle ich eine weitere Muschel und löse den Mollusk diesmal mit der Zunge aus seiner Hülle, als würde ich ihm einen lasziven Kuss geben. Ich spüre Leonardos magnetischen Blick, der mich ansaugt. Doch etwas hat sich jetzt verändert: Die Sache kostet mich keine Überwindung mehr, sondern erregt mich. Ohne mich aus den Augen zu lassen, greift Leonardo nach einer bereits geöffneten Flasche Valpolicella und schenkt uns zwei große Kelche ein. »Und jetzt versuch den hier.«

Ich trinke einen Schluck von dem Wein, der dunkel und schwer ist. Er schmeckt kräftig, aromatisch, fließt warm durch meine Kehle und steigt mir prompt zu Kopfe. Leonardo steht auf, um noch zwei Teller zu holen, während mir wohlig bewusst wird, dass ich bereits einen kleinen Schwips habe. Ich beobachte, mit welch überraschender Behändigkeit sein gewaltiger Körper sich bewegt, und ein dämliches Lächeln tritt auf meine Lippen. Als er sich umdreht, versuche ich es zu verbergen, indem ich das Kinn in die Hand stütze.

»Du bist ja schon beschwipst …«, sagt er amüsiert. »Aber so gefällst du mir auch. Und versuch es nicht verbergen«, tadelt er mich und dreht sich vorwurfsvoll zu mir, als wäre ich ein kleines Mädchen, das er mit den Fingern im Marmeladentopf erwischt hat. Er stellt die Teller auf dem Tresen ab und betrachtet mich: »Du bist schön mit diesen roten Backen und den glänzenden Augen.«

Instinktiv betrachte ich mich in der spiegelnden Oberfläche der silbernen Servierglocke, die den Teller bedeckt, und stelle fest, dass Leonardo recht hat: Meine Gesichtshaut ist an mehreren Stellen, vor allem an den Wangenknochen, rosig angehaucht, und in meinem Blick liegt ein sonderbares, ein wenig verschwommenes Leuchten. Aber ich finde das auf einmal amüsant.

Ich bin noch dabei, mein Spiegelbild zu studieren, als Leonardo die Glocke anhebt und der Teller darunter sichtbar wird. Ein Tartar aus rotem Fleisch zeigt seine ganze obszöne Grauenhaftigkeit. Ich fahre vor Schreck zusammen. Instinktiv weiche ich zurück und versuche eine angewiderte Miene zu unterdrücken, während mir der Geruch nach Blut, mit Gewürzen vermischt, in die Nase steigt. Ich schaue Leonardo entsetzt an, und er nickt, unnachgiebig.

»Doch, Elena. Du musst davon essen. Roh.«

Ich trinke noch einen Schluck Wein, um mir Mut zu machen. Vielleicht hilft das ja, um mich für den starken Geschmack zu wappnen.

Aber ich schaffe es nicht, es ist zu viel für mich. Ich schlucke.

»Versuch dir nicht auszumalen, wie es schmeckt«, schlägt Leonardo vor. »Entdecke es einfach. Lass es zu und basta.« Dann nimmt er mit der Gabel ein wenig Tartar von seinem Teller und probiert es, taucht den Finger in die dazugehörige Ingwer-Salsa und tupft sie auf meine Lippen, leckt meinen Mund mit der Zunge sauber. Kurz sucht sie sich einen Weg in meinen Mund, der feucht vor Verlangen ist. Zusammen mit seinem Geschmack schmecke ich jetzt, ganz leicht, aber beharrlich, den des Fleisches, gemischt mit Ingwer.

Leonardo nimmt eine Gabel voll Tartar von meinem Teller und hält sie mir vor den Mund. Ich leiste nur schwach Widerstand, und schon habe ich diesen blutigen Geschmack nach Gemetzel auf meinem Gaumen. Es ist nur ein Reflex, der mich kauen und herunterschlucken lässt, doch mein Magen rebelliert, krampft sich zusammen. Schnell bringe ich alles mit einem Schluck Wein hinter mich.

Leonardo beobachtet mich genau.

»Na los, Elena. Probier noch mal. Wenn dir etwas beim

ersten Bissen nicht schmeckt, heißt das noch lange nicht, dass sich das beim zweiten nicht ändern kann. An der Sinneslust ist nichts Angeborenes oder Instinktives; man muss sich ihr langsam annähern, sie erobern.«

Ich senke den Blick auf den Teller, balle die Fäuste. Dann greife ich angewidert zur Gabel und nehme noch einen Bissen. Diesmal koste ich das Fleisch länger und atme ruhig durch beim Kauen. Ich weiß nicht, ob es gut ist, aber es schmeckt nach Verbotenem, nach gebrochenen Regeln. Ganz allmählich fasse ich Mut, nehme noch einen Bissen. Und noch einen. Ich kann es kaum glauben: Ich esse Fleisch, nach Jahren zum ersten Mal. Ich hatte sogar seinen Geruch vergessen. Und nun das: Ich esse rohes, blutiges Fleisch. Es ist eine animalische, wilde, primitive Tat. Ich tue es, weil Leonardo mich darum bittet und weil ich mich genau so unter seinem hungrigen Blick fühle – wie Fleisch, wie eine Beute, wie reiner Instinkt. Und ich muss zugeben, dass es mir mittlerweile sogar schmeckt. Wir sitzen uns gegenüber, wir essen, wir schauen uns an, trinken Wein, und das allein ist schon der pure Sex. Es ist, als würden wir uns gegenseitig verspeisen.

Nachdem wir das Tartar gegessen haben, bereitet Leonardo einen Salat aus Fenchel, Orangen und schwarzen Oliven mit Öl und Chili zu. Er mischt ihn mit den Händen. Dabei hetzt er mich mit den Augen, wie ein Tier; doch ich fliehe nicht, sondern warte gelassen darauf, dass er mich holen kommt. Ich fühle mich kühn und schutzlos zugleich, eine Mischung aus Hingabe und dem Gefühl der Allmacht. Ist das er oder der Wein? Ich weiß es nicht, und es ist mir, ehrlich gesagt, auch gleichgültig. Ich habe die Kontrolle verloren und will sie auch gar nicht wiederfinden. Ganz gleich, was er mit mir im Sinn hat – ich will es schaffen.

Er gibt mir etwas Salat auf den Teller, und während ich

ihn probiere, kommt Leonardo näher. Die Schärfe des Chili wandert meine Kehle hinunter, mischt sich mit der Säure der Orange, dem bitteren Geschmack der Oliven und der knackig-frischen Milde des Fenchels.

»Sei bereit, Elena, denn das Nächste, was ich essen werde«, Leonardo haucht mir aufs Gesicht, »das bist du.«

Seine Hand wandert unter meinen Rock, über den Bund meiner halterlosen Strümpfe, und erreicht den Slip. Ohne einen Moment des Zögerns schieben sich seine Finger unter dem Saum hindurch und dringen in mich ein.

Die Gabel fällt mir aus der Hand, und mir stockt der Atem. Zwischen meinen Beinen brennt das Chili an seinen Fingern wie Feuer. Ich versuche mich zu entziehen, bin vollkommen verwirrt, doch Leonardo hält mich fest.

»Du kommst hier nicht weg, keine Chance.« Er zieht mir den Slip aus, lässt ihn auf den Boden fallen, öffnet meine Beine und geht vor mir in die Hocke. Sein Mund schließt sich über meiner Möse in einem hungrigen Kuss. Er saugt, er kostet, er leckt. Jetzt vereint sich das Kratzen seiner rötlichen Bartstoppeln mit der Schärfe des Chilis, und ich muss mich an der Kante des Tresens festhalten, so überwältigt bin ich von dieser köstlichen Qual. Plötzlich taucht Leonardo unter mir auf und sieht mich an, als wollte er sich anschauen, welche Wirkung das, was er tut, auf mich hat.

»Nicht aufhören, bitte«, flehe ich ihn an. Ich will nichts anderes, als dass er weitermacht – dass er mich verwöhnt, mich vernascht.

Seine roten feuchten Lippen verziehen sich einen Moment lang zu einem perversen Lächeln und wenden sich dann wieder meiner Klitoris zu. Ohne dass er mich aus den Augen lässt, nimmt seine Zunge wieder ihr lustvolles Spiel mit mir auf, liebkost und züngelt weiter. Sein Mund auf meiner Möse, seine Hände auf meinen Schenkeln, sein Blick auf dem meinen. Es ist ein Paradies der Lust, von dem ich niemals gedacht hatte, es betreten zu dürfen. Ich stecke mir zwei Finger in den Mund und beginne zu saugen, dabei stöhne und winde ich mich. Es gibt kein Halten mehr. Das Feuer in mir lodert immer höher, dann ist der Gipfel meiner Lust erreicht. Ich lege den Kopf in den Nacken und stoße einen tiefen Schrei aus. Dann breche ich auf dem Tresen zusammen, zwischen Tellern und Besteck.

Leonardo steht auf, fährt sich mit der Zunge über die Lippen. Ich sehe ihn, während ich aus den Tiefen meines Orgasmus auftauche, die Augen immer noch vernebelt. Ich finde das alles sinnlich und amüsant zugleich. Dann kreuzen sich unsere Blicke, wir lächeln uns an und brechen in Gelächter aus. Wenn es der Wein war, der mir diese Erfülltheit, dieses Glücksgefühl geschenkt hat, dann bedauere ich von Herzen, all die Jahre abstinent gewesen zu sein ... Doch ich glaube nicht, dass es nur das war. Jetzt, wo mich Leonardo umarmt und küsst, weiß ich es mit Gewissheit.

»Du bist schön. Und wenn du lachst, bist du noch schöner«, wispert er mir zu.

Ein seltsames Gefühl macht sich in meinem Bauch breit, und bevor ich es verhindern kann, wünsche ich mir, er würde mich für immer so im Arm halten.

Nach ein paar Momenten köstlicher Glückseligkeit löst Leonardo sich von mir und nimmt mein Gesicht in die Hände. »Das Essen ist noch nicht zu Ende. Es fehlt das Dessert. Hast du Lust?«

»Ja.« Das hätte ich auf alles geantwortet, das er mich gefragt hätte.

Er holt eine Flasche aus dem Kühlschrank, und als er sie auf den Tresen stellt, lese ich den Namen auf dem Etikett: Picolit.

»Das hier ist ein Wein, der mir besonders gut schmeckt«, sagt er, während er ihn öffnet. »Er wird aus einer seltenen Rebsorte gekeltert. Durch einen Gendefekt werden nur wenige Beeren am Stock reif. Wenn man sie sich anschaut, sehen die Trauben verkümmert aus, wie krank, und man kann sich gar nicht vorstellen, dass jemand daraus etwas so Gutes machen kann. Und jetzt schmeck einmal«, schließt er und schenkt mir etwas ein. Ich nehme einen Schluck und schmecke eine schmelzende Süße.

»Köstlich«, sage ich.

»Dieser Wein ist der Beweis dafür, dass sich auch im Makel und im Fehler etwas Herrliches verbergen kann. Man muss nur die Geduld haben, es zu entdecken.«

Er gibt mir mit weichen Lippen einen Kuss auf den Mund und zieht dann sein Seidentuch aus der Hosentasche. Einen Moment lang glaube ich, er wolle mir wieder die Augen verbinden, aber er belehrt mich rasch eines Besseren.

»Keine Sorge, diesmal ist es nicht für die Augen.« Während er das sagt, mit seiner unwiderstehlichen Stimme, dreht er mich herum und bindet mir die Handgelenke auf dem Rücken fest. Dann trinkt er einen Schluck Wein und hält mir das Glas an die Lippen. Ich trinke, als wäre das mittlerweile die natürlichste Sache der Welt.

Als Nächstes holt Leonardo einen Servierteller aus der Gefriertruhe. Nachdem er ihn mit Picolit übergossen hat, stellt er ihn vor mich hin. Darauf liegt ein zylinderförmiges Sorbet aus geschmolzener Schokolade in seiner ganzen, sündhaften Schönheit.

»Nur Mut. Probier's.« Ein spöttisches Lächeln tritt auf sein Gesicht.

Ich beuge mich nach vorn und beginne, an dem Sorbet zu lecken, zuerst langsam, dann mit zunehmender Gier.

Ich spüre, wie die Schokolade in der Hitze meiner Zunge zu schmelzen beginnt. Leonardo umarmt mich von hinten und begleitet mich bei diesem langsamen Tanz. Ich spüre seinen harten Schwanz an meinen Gesäßbacken, fühle, wie sich sein muskelbepackter Brustkorb an meinen Rücken presst, während seine Zunge träge über meinen Hals wandert.

Ich genieße dieses körperliche Gewicht und zugleich die vollkommene Abwesenheit jeglicher Gedanken. Der Picolit hat meinen Schwips wiederhergestellt und Leonardo mein Verlangen.

Plötzlich löst er sich von mir. Aus dem Augenwinkel sehe ich, dass er sich Hemd und Hose auszieht und dann in aller Ruhe mein Kleid hochschiebt. Darunter bin ich bereits nackt und feucht, und als er in mich eindringt, mache ich die Beine breit, um ihn ganz in mich aufzunehmen. Es ist betörend, ihn in mir drin zu spüren, als würde ich das ganze Universum willkommen heißen. Sein gieriger Schwanz wird eins mit meiner Möse. Mir scheint, ich bin kurz vor dem Kommen und kann es kaum erwarten, aber zugleich wünsche ich mir auch, es würde für immer andauern. Seine Bewegungen folgen einem immer schneller werdenden Rhythmus, rein und raus. Meine Hüften haben Lust, ihn dabei zu begleiten. Kurz darauf verliere ich mich erneut in einem Orgasmus, in einer Ohnmacht aus Speichel, Schweiß und Schreien der Lust.

Leonardo gibt mir jedoch kaum Zeit, um mich zu erholen, sondern bindet mir die Hände los und dreht mich um.

»Jetzt bist du dran, Elena«, sagt er, legt meine Hand an seinen steifen Schwanz und lehnt sich an den Tresen.

Ein wenig zögernd beginne ich ihn zu streicheln, zuerst langsam, dann immer kräftiger. Ich knie mich vor ihn und benetze meine Lippen und die Zunge mit ein wenig Speichel. Sein Schwanz reckt sich mir entgegen. Ich packe ihn am Schaft, nehme die Eichel zwischen Daumen und Zeigefinger und liebkose Leonardo dabei an der Innenseite der Schenkel und den Eiern. Ich lecke behutsam und bedächtig; lasse meine Zunge ganz langsam über die Unterseite seines Schwanzes gleiten, ein Mal, zwei Mal, und fange dann an, ihn zu lutschen.

Leonardo hält mir sanft den Kopf und beginnt, sich langsam in meinem Mund vor und zurück zu bewegen, immer meiner zuckenden Zunge entgegen. Er wächst in mir, und eine tiefe Welle der Lust steigt in mir auf. Ich gleite nach oben, zur Schwanzspitze, lasse die Zunge ein paar Mal um die Eichel kreisen, konzentriere mich dann wieder auf den Schaft, fahre mit der Zungenspitze unter die Eichel, drücke zart auf das kleine Bändchen der Vorhaut.

»Ja, Elena, so«, stöhnt er. »Das ist schön, was du machst.«

Ich schaue ihn an. Seine Augen und der Mund sind halb geschlossen. Er genießt es. Und auch mir gefällt der Gedanke, dass ich diesen großen, starken Mann nehmen und auf ein Häuflein Lust reduzieren kann. Es gibt mir ein Gefühl der Macht.

So mache ich weiter, bis Leonardos Stöhnen lauter wird und ich spüre, wie er kommt. Ich lasse ihn in meinem Mund, nehme den heißen Schwall in mich auf, den sein pulsierender Schwanz in mich ergießt. Als sein Zucken abebbt, löse ich mich sanft von ihm. Wortlos nimmt Leonardo mich an den Schultern, zieht mich zu sich hoch, umfasst meine Taille und schaut mich an. Das Sperma habe ich noch im Mund. Ich habe es noch nie geschluckt, doch diesmal frage ich mich, wie es wohl wäre, es zu kosten. Doch ich will es mir nicht vorstellen, ich mache es einfach. Es ist süß und glitschig, hat aber auch einen aufregenden Beigeschmack, wie alles von Leonardo. Das weiß ich jetzt.

Das bin nicht ich. Oder vielleicht bin ich es doch, und ich muss nur noch lernen, mich zu entdecken, mit dieser Elena ins Reine zu kommen, die anscheinend neunundzwanzig Jahre in mir geschlummert hat. Leonardo lächelt mich ein wenig benommen an, legt seine Stirn an die meine.

»Jetzt weißt du auch, wie ich schmecke, Elena.« Er gibt mir einen tiefen Kuss.

Ich lege den Kopf an seine Brust und lausche dem Schlag seines Herzens. Es ist ein ruhiges, gleichmäßiges Pochen, und ich könnte ihm stundenlang lauschen.

Während wir uns wieder anziehen, denke ich an die vergangenen Tage zurück, die ich ohne Leonardo verbracht habe, an die Kälte dieses Getrenntseins, und dann an das tiefe Einverständnis, das nur zwischen uns herrscht, an die Natürlichkeit, mit der wir nun miteinander umgehen. Mit ihm erlebe ich immer eine Art Entfremdung: Ich habe ihm mein intimstes, geheimstes Leben anvertraut, doch ihn kenne ich immer noch nicht.

Es ist so, als hätte ich eine doppelte Seele: eine sonnige und genießerische Seite, die sich gerne zeigt, und eine geheimnisvolle, verschlossene Seite, wie ein schwarzer Schatten, der eifrig darauf bedacht ist, im Verborgenen zu leben, dabei jedoch untrennbar mit meinem restlichen Ich verbunden ist und nur von demjenigen nicht gesehen werden kann, der ihn nicht kennt.

Als ich mich umdrehe und ihn anschaue, fällt mein Blick wieder auf das seltsame Tattoo, das Leonardo zwischen den Schulterblättern hat. Ich gehe auf ihn zu und berühre es mit den Fingerspitzen, denn ich weiß, dass sich darin sein Geheimnis verbirgt. »Wann hast du dir das machen lassen?«, wage ich zu fragen.

Seine Miene verfinstert sich sofort und wird versteinert. »Ich will nicht darüber reden«, erwidert er, düster und mit einem Anflug von Ärger.

»Aber damit erhöhst du meine Neugierde nur«, teile ich ihm mit.

»Ich weiß. Leider muss die aber unbefriedigt bleiben.« Schnell zieht er sein Hemd über. Plötzlich schaut er mich genau an, als hielte er es für nötig, das Gesagte zu präzisieren. »Es gibt Dinge, die ich für mich behalten will, Elena. Es ist nicht nötig, dass wir alles voneinander wissen.«

Zwischen uns kann es nur Sex geben und sonst nichts – das will er mir damit sagen. Ich versiegele meine Lippen, weil ich Leonardo nicht zeigen will, wie schwer es mir fällt, diese Bedingung zu akzeptieren.

Auf einmal ist es eisig in der Küche.

»Jetzt komm, ich bringe dich nach Hause«, sagt er, wieder freundlich. Doch ich merke, dass er es eilig hat, von mir wegzukommen.

Ohne Zeit zu verlieren, schlüpfe ich in den Mantel und gehe ihm mit raschen Schritten voraus in Richtung Ausgang. Bevor ich jedoch die Tür öffnen kann, nimmt er mich am Arm und zieht mich an sich. »Hör mal, Elena ... es tut mir leid, wenn ich dich brüskiert habe«, sagt er aufrichtig und drückt mich so fest an sich, dass er mir beinahe wehtut. Verblüfft hebe ich den Blick und entdecke in seinem Gesicht einen so kummervollen Ausdruck, wie ich ihn noch nie dort gesehen habe. »Aber du musst mir etwas versprechen.«

»Was denn?«

»Dass du dich nie in mich verliebst.«

Warum sagt er mir das ausgerechnet jetzt? Diese stumme Frage stelle ich eigentlich mehr mir selbst als ihm, während ich ihn mit aufgerissenen Augen betrachte.

»Ich sage das in deinem Interesse …«, fährt Leonardo fort und drückt seine Finger in das Fleisch meiner Arme. »Weil ich mich nicht in dich verlieben werde. Wenn ich eines Tages merken sollte, dass bei dir Gefühle im Spiel sind, ist alles aus zwischen uns. Und ich schwöre dir, dass ich es mir nicht zweimal überlege.«

Ich schlucke, weil ich einen Kloß im Hals habe, besinne mich dann auf meine Rolle als starke und emanzipierte Frau. Ich habe auch meinen Stolz.

»Na klar, das hast du ja von Anfang an gesagt«, erwidere ich in der Hoffnung, ruhig und selbstsicher zu klingen.

»Dann versprich es mir«, drängt Leonardo, ohne seinen Griff zu lockern.

»Ja, ich verspreche es dir.«

Endlich lässt er mich los, und wir gehen zusammen zur offenen Tür hinaus. Ich reibe mir die Arme und folge ihm schweigend die Gasse entlang. *Natürlich werde ich mich nicht in ihn verlieben*, sage ich mir, während sich eine ohnmächtige Wut in mir breitmacht. Ich weiß nichts von ihm, er ist ausweichend, verrückt, manchmal sogar brutal. Und ich bin eine unabhängige Frau, die durchaus in der Lage ist, eine rein sexuelle Beziehung zu führen, ohne sie gleich mit Gefühlen zu befrachten und dadurch alles zu komplizieren. Sie wird noch eine Weile andauern, unsere Affäre, und dann werden sich unsere Wege trennen. *Was soll's, das war von vornherein klar*, tröste ich mich.

Ich werde mich nicht in ihn verlieben.

Ich werde mich nicht in ihn verlieben.

Da sage ich mir im Stillen vor – wieder und wieder, bis die Worte ihre Bedeutung verloren haben und nichts anderes mehr sind als leere Hülsen.

• 11 •

Nach dem Kino gehe ich direkt nach Hause. Im *Giorgione* haben sie den dritten Film einer Tornatore-Werkschau gezeigt, den ich mir ganz allein angeschaut habe. Nur Filippo hätte es geschafft, sich zweieinhalb Stunden mit mir zusammen *Baarià* einzuverleiben, doch er ist nicht hier, und ich empfinde die Distanz zwischen uns immer größer. Unsere Rendezvous über Skype sind in letzter Zeit etwas seltener geworden, was vor allem an mir lag. Seine physische Abwesenheit spiegelt sich auch in meinen Gedanken wider, und ab und zu habe ich das Gefühl, mich gar nicht mehr genau an sein Gesicht oder seine Stimme erinnern zu können.

In mir herrscht momentan nur ein Gedanke: Leonardo. Alles erinnert mich an ihn; er begleitet mich bei fast allem, was ich tue. Es gelingt mir einfach nicht, mich von ihm freizumachen. Nicht eine Sekunde. Während ich dort im Kinosaal saß und mich von diesen sonnenverbrannten Landschaften mitreißen ließ, von diesen vom Wind ausgehöhlten Gesichtern – da konnte ich gar nicht anders, als an Sizilien zu denken. An seine Heimat. Wer weiß, was für Gesichter seine Eltern haben oder seine Freunde, und wie es in dem Dorf aussieht, in dem er geboren wurde und aufwuchs. Träume ich etwa davon, eines Tages dorthin zu fahren? Vielleicht sogar mit ihm zusammen?

Genug. Meine Fantasie geht mit mir durch, und das ist nicht in Ordnung. Ich darf mich von dem Gedanken, mich zu verlieben, nicht verführen lassen. Ich muss die Situation im Griff behalten, muss rational an die Sache herangehen, muss Herz, Verstand und Körper trennen.

Es ist mehr als ein Monat vergangen, seit wir es das erste Mal miteinander getrieben haben, und ich weiß nicht, wo das alles hinführen soll. Vielleicht geht es ja ganz schlecht für mich aus. Aber ich habe nicht die Absicht, auf Leonardo zu verzichten. Dieses Abenteuer will ich erleben, bis zum Ende.

Es ist zehn Uhr abends. Draußen ist es kalt, und die vorweihnachtlichen Lichterketten, mit denen die Palazzi geschmückt sind, spiegeln sich in den Kanälen. Nur noch vierzehn Tage bis Weihnachten – ich kann es kaum glauben. Die Zeit ist buchstäblich verflogen.

Ich höre ein Pfeifen auf der Gasse, dann eine männliche Stimme, die ruft: »Schau dir die an!«, gefolgt von einer anzüglichen Bemerkung. Zwei Jungs mit deutlich römischem Akzent gehen an mir vorbei, grinsen breit – nachdem sie mich mit ihren unverschämten Blicken ausgezogen haben – und laufen tuschelnd weiter. Das ist mir kürzlich auch mit einem Typen passiert, der auf der Straße an mir vorbeiging und mit dem sich mein Blick gekreuzt hat. Das hat mich überrascht, weil ich nicht daran gewöhnt bin. Vor Leonardo ist mir das nicht so oft passiert, vielleicht weil ich mich Männern gegenüber unnahbar gegeben habe, ohne dass mir das richtig bewusst war. Doch ich bin nicht mehr die Gleiche wie vorher; ich verströme eine neue Energie, eine sinnliche Aura. Das müssen auch andere bemerkt haben, denn mir scheint, dass man mich anders wahrnimmt. Und auch ich selbst sehe mein Spiegelbild voller Genugtuung – ich gefalle mir mittlerweile. Das ist sicher. Der Anblick meines nackten Körpers ist nichts, das ich zu vermeiden suche, sondern etwas Intimes und Vertrautes, wie eine Landschaft, in der ich lebe. Ich genieße mich aus vollen Zügen und ohne Hemmungen. Und ich habe keine Angst mehr davor, meinen Körper zu zeigen oder zu benutzen, um zu provozieren: Schwarze Spitzenunterwäsche, Schuhe mit Absatz, ein leichtes Make-up oder tiefe Ausschnitte sind kein Tabu mehr für mich. Es war Leonardo, der mir half, meine Weiblichkeit zu entdecken, die mir vorher gar nicht bewusst gewesen war. Weil ich mit allen Mitteln für ihn *Frau* sein will, bin ich es auch für mich selbst und für andere geworden.

Bevor ich endgültig nach Hause gehe, mache ich einen kleinen Umweg ... Ganz langsam nähere ich mich von hinten Brandolinis Palazzo, nur um das Gefühl zu haben, Leonardo nahe zu sein. Von hier aus kann ich seine Gemächer im oberen Stock sehen. Es brennt Licht. Ich bin versucht, zu klingeln, doch ich weiß, das wäre gegen unsere Abmachung. Ich warte immer, bis er mich anruft und mir ein unzüchtiges Angebot macht. Sicher, es gibt Momente, in denen mir dieses Warten schrecklich schwerfällt, weil ich eigentlich immer Lust habe, ihn zu sehen. Nachdenklich hebe ich den Blick zu seinen Fenstern.

Komm, Leonardo, zeig dich und sag mir, dass du mich willst. Ich bin hier, für dich.

Auf einmal nehme ich am Fenster einen dunklen Schatten wahr, doch es ist nicht der seine. Es ist der Umriss einer Frau, das sehe ich an der geschwungenen Brust und der langen, fließenden Haarmähne. Eine nackte Frau ... die Geigerin! Ich bin mir sicher, dass sie es ist. Mein Herz setzt einen Schlag aus, und mir stockt das Blut in den Adern. Ich träume nicht – das alles passiert gerade vor meinen Augen.

Mit einem Kloß im Hals und zitternden Beinen laufe ich die Gasse entlang, die auf den Canal Grande mündet, und stelle mich innerlich auf das ein, was ich gleich sehen werde. Und tatsächlich: An der Anlegestelle vor dem Palazzo dümpelt das weiße Motorboot im Wasser. Genau *das* Motorboot.

Mir ist, als hätte mir jemand einen Schlag ins Gesicht verpasst. Ich balle die Fäuste, so fest ich nur kann, drücke die Nägel in meine Handflächen. Ich möchte weinen, doch die Tränen wollen nicht kommen, erstickt von der Wut, die wie ein Klumpen in mir sitzt. *Du bist nicht die Einzige, Elena. Erwarte nicht von mir, dass ich dir treu bin.* Leonardos Worte hallen in meinem Kopf wider wie ein Mantra. Unerträglich. Er hat mich von Anfang an gewarnt und immer mit offenen Karten gespielt. Trotzdem bin ich außer mir, und dass ich auf eine solche Situation vorbereitet war, macht die Sache nicht besser. Ein Faustschlag ist ein Faustschlag, und er tut auch weh, wenn man ihn hat kommen sehen.

Ich hätte gute Lust, dieser blöden Kuh das Motorboot mit Benzin zu überschütten und dann ein brennendes Streichholz drauf zu werfen, wie im Film. Oder bei Leonardo Sturm zu klingeln, um die beiden in ihrem Schäferstündchen zu unterbrechen und sie mit wüsten Beschimpfungen zu überhäufen. Stattdessen gehe ich aber einfach nur weiter und räume das Schlachtfeld, gekränkt und machtlos.

Seit jenem Abend sind mehrere lange Tage und noch längere Nächte vergangen. Leonardo ist wieder einmal verschwunden, und ich vermeide es, zu den Zeiten, in denen er sich im Palazzo aufhält, zur Arbeit zu gehen. Ich weiß nicht mehr, was ich denken soll. Vielleicht sollte ich ja gar nicht denken. Meine wilden Rachegelüste oder, noch schlimmer, der Wunsch nach Vergeltung, sind irgendwann einer tiefen Traurigkeit gewichen. Und dennoch fehlt mir Leonardo, und seine Abwesenheit schmerzt mich mehr als alles andere. Ich kann nicht glauben, dass ich ihn für immer verloren haben könnte. Und vor allem will ich nicht hinnehmen, dass diese Frau ihn mir ausgespannt hat. Jede Nacht beim Einschlafen denke ich an ihn und weiß bereits, dass er mich mit seinen schwarzen Augen bis in meine Träume verfolgen wird. Ich hasse Leonardo, aber ihn zu vergessen ist unmöglich.

Dann, eines Morgens, als ich schon fast jede Hoffnung verloren habe, taucht er urplötzlich wieder auf. Es ist fast Mittag, und ich gebe einer Stelle des Freskos den letzten Schliff. Das iPhone in der Tasche meines Overalls klingelt einmal. Eine neue SMS.

Um 17 Uhr in der Mendicoli.
Ich will dich in Rock und halterlosen Strümpfen.

Die SMS ist selbstverständlich von Leonardo, und er ist sich seiner Sache so verdammt sicher wie immer. Mir zittern ein wenig die Hände, als ich meine Antwort eintippe.

Wart auf mich. Ich werde dort sein.

Was hätte ich ihm auch sonst antworten sollen? Dass ich die Nase voll von ihm habe und ihn nicht mehr sehen will? Das stimmt nicht, und es wäre sinnlos, mich selbst zu belügen.

Und so beschließe ich, mich wieder einmal auf Leonardos Spiel einzulassen, zumal mir ja auch keine große Wahl bleibt. Ich werde keine Szene machen, keine sinnlosen Ansprüche stellen, sondern ihm in die Augen schauen und versuchen zu begreifen, ob sich an der Abmachung, die wir getroffen haben, etwas geändert hat. Vor allem jedoch will ich herausfinden, ob ich wirklich in der Lage dazu bin, seine Bedingungen zu befolgen.

Es ist kurz vor fünf und nahezu komplett dunkel. Ich weiß nicht, warum sich Leonardo mit mir ausgerechnet in San Nicolò dei Mendicoli verabreden wollte, einem der verlassensten Flecken der Stadt. Nur wenige kennen die Kirche, doch ich habe sie immer sehr beeindruckend gefunden. Sie ist einer der Orte, die sich ins Gedächtnis einprägen, weil sie so losgelöst vom Rest der Welt wirken. Als ich noch am Institut für Architektur studierte, kam ich auf dem Weg zu meinen Lehrveranstaltungen immer daran vorbei. Ab und zu, zu Beginn des Sommers, flüchtete ich mich vor der unerträglichen Hitze der Stadt hierher, um in der Kühle der Kirche zu lesen und mich von der geistlichen Musik einlullen zu lassen, die aus einem Lautsprecher von der Kanzel hinter dem Altar kommt. Soweit ich weiß, ist dies hier die einzige Kirche in Venedig, in der rund um die Uhr Musik vom Band gespielt wird, die die Luft mit himmlischen Klängen erfüllt. Trotzdem ist mir schleierhaft, warum Leonardo ausgerechnet den Campo dei Mendicoli als Treffpunkt ausgewählt hat. *Vielleicht gibt es ja auch gar keinen besonderen Grund?* Ich hoffe nur, dass er pünktlich ist, denn in dieser Kluft werde ich nicht lange hier aushalten: Halterlose Strümpfe sind im Winter alles andere als die richtige Beinbekleidung für unsere Breitengrade. Obwohl ich meinen knöchellangen Babuschka-Mantel angezogen habe, fühle ich mich wie nackt, die feuchte Kälte zieht mir die Beine hoch und bringt mich zum Bibbern.

Leonardo ist pünktlich. Noch nicht einmal fünf, und er ist bereits da. Den Blick wie in die Ferne gerichtet, kommt er auf mich zu. Er trägt einen langen, dunklen Wollmantel, wie ihn Keanu Reeves in *Matrix* getragen hat. Als er mich erblickt, stürzt er sich auf mich, zieht mich an sich und küsst mich stürmisch zur Begrüßung.

»Du wirst immer schöner ... Jedes Mal hab ich den Eindruck, dass ich eine andere Frau treffe«, sagt er und schickt den Radar seines Blickes über meinen ganzen Körper.

Ich sehe Leonardo forschend an. Seine dunklen Augen sind wie immer und blicken mich mit einer Feurigkeit an, die das Eis um mein Herz sogleich zum Schmelzen bringt. Wieder in seinen Armen zu liegen fühlt sich an, als würde ich nach Hause kommen.

»Warum treffen wir uns hier?«, frage ich und richte den Blick auf den Glockenturm, wo es gerade fünf zu schlagen beginnt.

»Weil es mir gefällt. Diese Kirche hier habe ich vor ein paar Tagen zufällig entdeckt, als ich zur Anlegestelle Santa Marta unterwegs war, um eine Warenladung entgegenzunehmen.« Er blickt sich um, streicht mir mit beiden Händen übers Gesicht, um es zu wärmen. »Es ist schön, so entlegen vom Rest der Welt.«

»Das stimmt.« Wieder einmal haben wir den gleichen Gedanken.

Muss ich mir langsam Sorgen machen?

Ich lege meine Hände auf die seinen und vergesse einen Augenblick lang jene nackte Frau am Fenster seines Zimmers, die traurigen Gedanken der vergangenen Tage und die Alpträume, die mich in den letzten Nächten heimgesucht haben. Wenn er mich küsst, weiß ich nur eines: dass er mich noch will. Und ich will ihn.

An der Ecke bleiben wir stehen, um uns ein wenig zu küssen, und gehen dann ein paar Meter weiter zu einer kleinen Weinbar. Ich habe keine Lust auf Wein, doch Leonardo hat darauf bestanden, dass wir hineingehen. Seine Hand legt sich auf meinen Rücken und wandert schnell zu meinem Po hinab, während er mich zum Tresen dirigiert. Das Lokal ist fast menschenleer, und so richtet der Wirt seinen neugierigen Blick allein auf uns, während wir uns auf die Hocker setzen. Auch wenn ich mich innerlich immer noch vor Eifersucht verzehre, genieße ich Leonardos Zärtlichkeiten, seine Hände, die sich in mein Haar wühlen, die Berührung seiner Beine. Wir schauen in die Weinkarte und bestellen einen Pinot Grigio. Leonardo zahlt, und mit den Gläsern in der Hand gehen wir nach draußen und benutzen ein Mäuerchen am Kanal, um unsere Gläser abzustellen, so wie man es in Venedig gerne tut.

Ich bin jetzt halbwegs entspannt, doch es genügt, dass Leonardos Blick einen Moment zu lange bei einem Mädchen verweilt, das an uns vorbeigeht, um die Eifersucht in mir mit voller Wucht wiederaufleben zu lassen und mir die Stimmung zu vergällen. Ich war mit dem Vorsatz hierhergekommen, keine Szene zu machen, doch es fällt mir schwer, ihn auch einzuhalten. Ich trinke einen Schluck Wein, stelle das Glas auf die Mauer und schaue zum anderen Ufer des Kanals. Mein Gesicht ist sehr ernst, und das hat er gemerkt.

»Was ist denn?«, fragt Leonardo und schüttelt den Kopf.

»Ich hab sie gesehen, weißt du …« In diesem Moment löst sich der Knoten der Wut in mir, ergießt sich bitter wie Galle in meinen Magen.

Leonardo fällt aus allen Wolken. »Wen hast du gesehen?«, fragt er.

»Hör schon auf, ja? Lügen ist zwecklos.« Ich wende mich ihm mit loderndem Blick zu. »Deine Geliebte habe ich gesehen. In deinem Zimmer, abends, vor ein paar Tagen.«

Ich stoße einen Seufzer aus und trete ein paar Schritte zurück.

Leonardo verdreht die Augen, dann wird seine Miene

schlagartig wieder ruhig und entspannt. »So so, dann spionierst du mir also nach«, sagt er mit einem hämischen Grinsen. »Pass bloß auf, was du noch alles entdecken könntest, du Naseweis.« Er tippt mir mit dem Finger an die Nasenspitze.

Ich schiebe seine Hand energisch von mir weg. »Sag mir wenigstens, wer sie ist und was sie dir bedeutet …«

»Sie heißt Arina«, klärt er mich bereitwillig auf.

»… diese Arina, oder wie zum Teufel sie heißt!« Das Bild der Frau erscheint wieder vor meinem inneren Auge, und ich fühle mich sofort klein und unscheinbar. Die Sicherheit, die ich in letzter Zeit geglaubt hatte, erlangt zu haben, ist auf einen Schlag wie weggeblasen. »Hast du sie die ganze Zeit getroffen?«, frage ich.

»Natürlich habe ich sie weiter getroffen«, sagt Leonardo erstaunt. »Sie ist eine Freundin von mir. Aber miteinander ins Bett gegangen sind wir nur ein paar Mal«, fügt er in provokantem Ton und mit einer Gemütsruhe hinzu, die mich wahnsinnig macht.

Die Leichtigkeit, mit der ich eine Antwort von ihm bekommen habe, bringt mich vollkommen aus dem Konzept. Leonardo hat nichts zu verbergen, weil er mir nichts schuldig ist. So einfach ist das.

Meine Augen werden feucht und brennen von den Zornestränen, die ich eisern versuche zurückzuhalten. Er zieht mich an sich, indem er mir einen Arm um die Hüfte legt und mein Gesicht mit einer Hand umschließt. »Elena, tu das nicht. Willst du wissen, was diese Frau mir bedeutet? Sie ist ein Abenteuer, eine Reise, so wie alle anderen …«

»Und ich? Bin ich auch so wie alle anderen?«

»Nein, das bist du nicht.« Er blickt mir direkt in die Augen. »Weil jede Reise anders ist. Jede einzelne ist schön auf ihre Weise.«

»Aber ich genüge dir nicht«, murmele ich verbiestert. *Das war direkt.*

»Wie kommst du darauf? Ich kapiere nicht, wie du zu diesem Schluss kommst …«, sagt Leonardo mit hochgezogenen Brauen. »Weißt du, wenn du andere Liebhaber hättest, würde ich mich für dich freuen, ich hätte nichts dagegen.« Meine Prinzipienreiterei scheint ihn erst recht in Fahrt zu bringen. »Die Eifersucht ist ein Käfig, der dir aber nur die Illusion verschafft, einen anderen Menschen zu besitzen. Doch sein Verlangen kann man nicht einfach einsperren«, doziert er und sperrt mich dabei in den Schraubstock seiner Arme.

Ich möchte mich von Leonardo losreißen, möchte mit Fäusten nach ihm schlagen. Ich hasse ihn und seine Freiheit und beneide ihn zugleich darum. Auch ich wäre gern zu einer solchen geistigen Offenheit in der Lage, doch es ist schwer, sich von alten Denkmustern und Wunschvorstellungen zu befreien. Andererseits: Würde er mir jetzt mit großen Treueschwüren kommen, würde ich ihm ohnehin nicht glauben. Ich muss der Wirklichkeit ins Gesicht sehen: Leonardo wird mir nie ganz allein gehören, ich werde ihn nie einsperren können wie ein schönes Tier in einem Gehege. Ich kann einzig und allein hoffen, dass ihn die Wege seines Vagabundenlebens immer wieder zu mir zurückführen.

Wir gehen in Richtung Campo Sant' Angelo. Ich bin immer noch schweigsam und abweisend. Leonardo nimmt mich um die Taille und wartet einfach ab, dass ich aufhöre zu schmollen. Plötzlich schaue ich auf und sehe in wenigen Metern Entfernung eine vertraute Gestalt. Es ist Jacopo Brandolini, und er kommt direkt auf uns zu. Ich löse mich rasch aus Leonardos Umarmung, genau in dem Moment, als der Conte uns bemerkt. *O Gott, er wird uns fragen, was wir hier machen, und wir haben nicht einmal Zeit, uns eine Geschichte zurechtzulegen!*

»Hallo, Jacopo!«, sagt Leonardo lächelnd, gelassen wie immer.

»Oh, guten Abend.« Brandolinis Gruß gilt uns beiden. Ich sehe, wie seine Augen einen kurzen Abstecher zu meinem Gesicht machen. »Was macht ihr denn hier in der Gegend?« Er lässt den Riemen seiner Ledertasche von einer Schulter zur anderen wandern und schenkt uns ein überraschtes Lächeln.

Ich lache nervös. »Und Sie?«, frage ich. Es ist ein verzweifelter Versuch, ein paar Sekunden Bedenkzeit herauszuschinden.

Ich bin schrecklich angespannt. Schlagfertigkeit war noch nie meine Stärke.

»Ich gehe zum einzigen anständigen Schneider, den es in der Stadt noch gibt. Er fertigt Hemden nach Maß an«, sagt Brandolini. Und in der Tat: Erst jetzt fällt mir auf, dass alle seine Hemden die Initialen JB an der Manschette tragen.

Mist, mein rechtes Bein hört gar nicht mehr auf zu zittern. Ich bin zu aufgeregt. *Beruhig dich, Elena. Er hat nicht gesehen, dass wir Arm in Arm gingen. Atme.*

»Ich komme gerade von Santa Marta, wo ich eine Ladung kontrolliert habe«, sagt Leonardo. Er ist vollkommen Herr der Lage. »Und da hab ich Elena vor der Kirche getroffen …«

»… San Nicolò dei Mendicoli …«, werfe ich voller Eifer ein. »Der Priester sucht einen Restaurator für einen hochinteressanten Auftrag.« *Aha, und da stelle ich mich im Minirock, mit halterlosen Strümpfen und hochhackigen Stiefeln vor? Denk nach, Elena.* Verschämt knöpfe ich schnell meinen Mantel zu. »Wissen Sie, ich denke, gegen Weihnachten werde ich im Palazzo fertig …«

»Ja, das Fresko ist wirklich schön geworden. Sie haben erstklassige Arbeit geleistet, Elena«, erwidert Brandolini, offensichtlich hochzufrieden.

»Danke.« Ich möchte noch etwas hinzufügen, um mich zu verabschieden, doch er ist schneller.

»Darf ich euch auf ein Glas einladen?«, fragt er und zeigt auf eine Bar hinter uns.

Ich brumme und murmele irgendetwas Unverständliches. Dann richte ich hilfesuchend den Blick auf Leonardo.

»Danke, aber ich muss jetzt wirklich ins Restaurant«, zieht er sich mit unfehlbarer Geschicklichkeit aus der Affäre. »Vielleicht ein anderes Mal.«

Ich nehme all meinen Mut zusammen und finde ebenfalls eine Ausrede.

»Liebend gerne, aber ich muss leider noch Weihnachtseinkäufe erledigen.« Das ist das Erste, was mir in den Sinn kommt. Leonardo macht wirklich eine schreckliche Lügnerin aus mir.

»Na gut, dann sehen wir uns im Palazzo«, verabschiedet sich Jacopo und gibt uns die Hand. Ich begreife einfach nicht, was ihn dazu bewegt, einerseits mit Gaia ins Bett zu gehen und andererseits mir gegenüber immer noch so förmlich zu sein, obwohl er sich doch bestimmt vorstellen kann, dass ich über alles im Bilde bin.

»Auf Wiedersehen«, grüßen wir ihn.

Leonardo und ich bleiben stehen und schauen ihm so lange hinterher, bis Jacopo die Schneiderwerkstatt auf der anderen Seite des Gehwegs betritt. Ich stoße einen Seufzer der Erleichterung aus.

»Was für ein Zufall«, kommentiert Leonardo.

»Venedig ist ein Dorf«, füge ich hinzu, halte mich aber

immer noch ein wenig abseits. »Das müsstest du langsam wissen.«

Doch statt zu antworten, zieht er mich einfach an sich und drückt mir einen Kuss auf die Wange. Diese kleine Scharade hat uns unweigerlich zu Komplizen gemacht, und offenbar fühlt er sich jetzt bemüßigt, die Distanz zu überwinden, die ich zwischen uns gebracht habe. Ich drehe mich um und prüfe, ob Brandolini nicht doch noch in der Nähe ist. Leonardo lacht über meine übergroße Vorsicht.

»Der ist weg, sei ganz beruhigt ... Außerdem wäre es doch auch gar nicht so schlimm, wenn er uns zusammen sähe.«

»Nein, gar nicht. Bloß habe ich keine Lust, für eine deiner Liebhaberinnen gehalten zu werden«, sage ich bissig und gehe weiter. Aus dem Augenwinkel sehe ich, wie Leonardo den Kopf schüttelt und mir mit einer Mischung aus Resignation und Amüsement im Gesicht folgt. Fast hatte ich es gehofft.

Wir gehen Seite an Seite ein Stück weiter, bis wir zur Calle dell' Avogaria gelangen. Hier hängt ein Schild an einer Mauer: TANGOSCHULE.

Hier bin ich einmal mit Filippo gewesen, als wir musikalisch gerade unsere Carlos-Gardel-Phase durchmachten. Ein katastrophaler Abend. Nachdem wir uns beide permanent auf die Füße getreten waren, hatten wir begriffen, dass der Tango nicht gerade unser Tanz war.

Leonardo überholt mich und fängt an, rückwärts vor mir herzulaufen. Es sieht lustig aus. Seltsam, auch das ist in gewisser Weise ein Tango. »Wie lange willst du noch diese Schnute ziehen?«, fragt er und sucht meinen Blick.

»Ich weiß nicht«, sage ich, immer noch finster schmollend.

»Du bist ein Kindskopf, weißt du das?« Plötzlich bleibt

er stehen, und ich rumple gegen seine Brust. Sofort schließt Leonardo seine starken Arme um mich, und ich sitze in der Falle.

»Komm, gib mir einen Kuss, und wir vertragen uns wieder«, befiehlt er mir lachend.

Fast wäre mir auch ein Lachen entwischt. »Nein.« Dabei sterbe ich vor Lust darauf, ihn zu küssen.

»Na gut, dann hol ich ihn mir.«

Er küsst mich, drückt mir die Zunge gegen die Zähne, die aus Protest geschlossen bleiben. Statt sich entmutigen zu lassen, presst Leonardo mich an die Wand, schlüpft mit der Hand unter meinen Pullover und streichelt meine Brust.

»Lass das«, sage ich ohne große Überzeugung.

»Nein.«

Jetzt wandern seine Finger über meine nackte Haut, und ich vibriere unter seiner Berührung wie ein empfindliches Instrument. Mit der Zunge leckt er ganz leicht über meinen Hals, lässt sie in meinen Ohren kreisen. Ich spüre, wie sich unter dieser langsamen, köstlichen Tortur etwas in mir löst, und auf einmal ist unser Streit vergessen. Ich ergebe mich, öffne den Mund und lasse seine Zunge herein, streichele ihm mit einer Hand den Hals, während die andere zu seinem Schwanz wandert. Er hat Lust auf mich, das spüre ich durch den Stoff seiner Hose.

»Komm, gehen wir nach Hause«, flüstere ich ihm ins Ohr.

Stattdessen nimmt Leonardo mich jedoch an der Hand und zieht mich in einen Toreingang, seitlich in der Gasse. Wie ein Tunnel mündet das Gässchen in einen kleinen, abgeschlossenen Hof. Hier ist es mucksmäuschenstill. Leonardo bewegt sich mit solcher Selbstsicherheit, dass ich den Eindruck habe, er kenne sich hier aus. In die Mauer des Torbogens eingelassen ist eine alte Tür. Leonardo drückt mich gegen das Holz, packt mich an den Pobacken und presst mein Becken gegen das seine, sodass ich seine Erregung umso deutlicher spüre.

»Was hast du denn vor?«, frage ich aufgeregt und fürchte bereits seine Antwort.

»Das, was du auch willst«, antwortet Leonardo knapp und beißt mich in den Hals.

»Hier?«

»Warum nicht?«

Plötzlich klingelt mein Handy. Ich kann mich gerade so weit freimachen, um es aus meiner Manteltasche zu ziehen und zu schauen, wer es ist, wobei ich mir bereits vornehme, nicht dranzugehen. Du meine Güte, es ist Brandolini! Ich schaue Leonardo an, weil ich nicht weiß, was ich jetzt machen soll.

»Geh dran«, schlägt er mir mit seiner ganzen Nonchalance vor.

Ich tue, was er sagt, jedoch nicht ohne Beunruhigung. »Ja bitte?«, frage ich und versuche, ganz natürlich zu klingen.

»Elena. Salve.« Der Conte hat seine übliche gelassene Stimme. Leonardo schiebt eine Hand unter meinen Rock. »Ich habe vorhin noch vergessen, Ihnen zu sagen, dass ich Ihnen gerne behilflich sein kann, wenn Sie wegen der Arbeit in der Mendicoli eine Empfehlung an Don Marco brauchen. Ich kenne ihn gut.«

Ich bin mir nicht sicher, ob ich alles begriffen habe, was er gesagt hat. Er will mich dem Priester empfehlen? Jetzt streichelt Leonardo mich ganz leicht durch den Slip, während seine andere Hand meine linke Brust knetet. Ich stöhne leise auf. »Ach, ja danke.« Meine Stimme ist belegt vor Verlangen.

»Gern geschehen. Ich habe schließlich vollstes Vertrauen in Sie.«

»Das ist sehr nett von Ihnen, aber ich würde lieber noch abwarten. Ich bin mir noch nicht sicher, ob ich diese Arbeit tatsächlich annehmen kann oder ob sich ein Zeitproblem ergibt. … Entschuldigen Sie, aber ich kann Sie nur schlecht hören …« Ich tue so, als hätte mein Handy einen schlechten Empfang. In Wirklichkeit höre ich ihn sehr gut, aber in der Zwischenzeit haben sich Leonardos Finger an meinem Spitzenslip vorbeigeschoben und tasten sich zu meiner feuchten Möse vor. »Außerdem ich muss jetzt sowieso Schluss machen.«

»In Ordnung, Elena«, schließt Brandolini. »Wir sehen uns in den nächsten Tagen.«

»Sicher. Auf Wiedersehen.«

»Das hast du toll gemacht«, brummt Leonardo, bahnt sich einen Weg zwischen meine Schamlippen und steckt mir einen Finger rein.

Ich schalte das Handy aus und lasse es in meine Manteltasche gleiten, während er mit der Zunge zwischen meine Brüste gleitet, mitten in den Ausschnitt des Hemdchens. Er schiebt eines der Körbchen beiseite und saugt an meiner Brustwarze.

»Komm schon, ich bitte dich. Es kann uns jeder sehen …«, versuche ich ihm entgegenzuhalten.

»Pst. Ich weiß«, sagt er leise. »Genau deshalb sind wir ja hier.«

Erst jetzt begreife ich, dass das alles geplant war und dass das hier eines seiner Experimente ist: Er hat mich hierhergebracht, um mich – genauer gesagt, mein Schamgefühl – wieder einmal auf die Probe zu stellen.

Die Situation ist längst außer meiner Kontrolle. Leonardo hebt ein wenig meinen Rock an, der ohnehin schon kurz ist, und reißt mir den Slip vom Leib, wobei er den Saum mit den Händen zerfetzt. Jetzt bin ich von der Taille abwärts nackt. Ich habe wahnsinnige Angst, dass uns jemand entdecken könnte, doch die Vorstellung erregt mich zugleich. Leonardo macht seine Hose auf und zieht seinen prallen, harten Schwanz heraus. Er drängt mich in die Ecke zwischen dem Torbogen und dem marmornen Türpfosten und hebt eines meiner Beine an. Dann packt er mit den Händen meine Gesäßbacken und ist im selben Moment in mir drin. Wir sind beide von seinem weiten Mantel bedeckt. Einen Moment lang verharrt Leonardo reglos, als wollte er, dass ich seine Lust auskoste; dann beginnt er sich langsam in mir zu bewegen.

Ich sterbe vor Lust. Es ist ein Sehnen, von dem ich mir wünsche, es würde nie enden, etwas, das sich ganz langsam öffnet wie eine Blume und dann an meinem Rückgrat hochsteigt bis zum Schädel. Ich stöhne, weil ich diese Explosion von Lust in mir nicht mehr zurückhalten kann.

Leonardo küsst mich auf den Mund und auf den Hals, und auch wenn ich in der eisigen Luft halb nackt bin, wärmt er mich, denn sein Körper gibt eine gewaltige Hitze ab.

Plötzlich hören wir Stimmen, die sich nähern, und halten still. Leonardo drückt mich noch enger an die Wand, bleibt aber in mir. Wir atmen leise; unsere Gesichter sind sich ganz nah, und mein Herz klopft wie wild an seiner Brust. Zwei Männer kommen auf der Gasse an uns vorbei und passieren den Torbogen, ohne uns zu bemerken. Ich schaue Leonardo entsetzt an, während der nur grinst. Kaum bemerken wir, dass sich die Schritte wieder entfernen, hebt er auch mein anderes Bein an, sodass ich praktisch auf ihm reite, und beginnt sich noch heftiger in mir zu bewegen.

»Was machen wir hier eigentlich, Elena?«, provoziert er mich. »Wenn die uns sehen könnten, so ein braves Mädchen wie du …«, flüstert er mir mit teuflischer Stimme ins Ohr.

Es ist alles so verrückt, so abgefahren, so erregend. Ich kapiere nichts mehr, ich weiß nur, dass ich es genieße. Jetzt ist sowieso schon alles egal. Ich klammere mich mit den Beinen an seine Hüften und greife nach einer seiner widerspenstigen Locken. Dabei stöhne ich ihm ins Ohr.

»Verdammt.«

Noch ein Stoß, tiefer, fester. Ich stöhne noch lauter als vorher.

Jetzt wächst eine neue, süße Qual in mir heran, wie kleine Stromschläge, die mich zusammenzucken lassen. Ich spüre, wie mein Orgasmus sich nähert, wild und ungezügelt. Jetzt gibt es kein Halten mehr, ich stoße einen rauen, lauten Schrei aus, und Leonardo legt mir rasch die Hand auf den Mund, um ihn zu ersticken. Ohne auf meine Umgebung zu achten, schreie und schreie ich in seine Handfläche hinein, während vor meinen Augen alles verschwimmt und mir eine heiße Träne aus dem Augenwinkel quillt. Kurz darauf kommt auch Leonardo, stößt einen hohlen Seufzer aus, ergießt sich in mich und lässt den Kopf an meinen Hals sinken.

Eine kurze Zeit hält er mich noch so, meine Beine um seinen Leib geschlungen, küsst mich zärtlich auf die geschlossenen Augen, ohne sich zu rühren, wartet einen Moment lang ab. Jetzt mischen sich die Geräusche der Stadt unter unser angestrengtes Atmen und tauchen allmählich wieder auf: das ferne Brummen eines Vaporettos, ein Fenster, das irgendwo zugeschlagen wird, die Stimmen von Leuten auf dem nahen Campo. Während ich langsam aus meiner verzückten Benommenheit aufwache, gleitet Leonardo sanft aus mir heraus und stützt mich, während ich einen Fuß nach dem anderen auf den Boden setze. Die heiße Aura um uns herum hebt sich langsam und löst sich in der feuchten Winterluft auf.

»Jetzt ja. *Jetzt* können wir gehen«, kommentiert er lächelnd.

Ich lächele auch und schüttele den Kopf, staunend, amüsiert, fassungslos.

Rasch ziehen wir uns an. Er muss ins Restaurant, und ich werde nach Hause gehen. Ich ziehe meinen Rock herunter und bemerke meinen Slip, der zerrissen am Boden liegt. Unsicher schaue ich ihn an, weil ich mich nicht traue, ihn aufzuheben.

Das macht Leonardo für mich, steckt ihn in seine Tasche, nimmt mich an der Hand und führt mich aus dem Innenhof.

»Steht dir sowieso besser ohne«, sagte er und zwinkert mir zu. Dann gibt er mir einen leidenschaftlichen Kuss, der in einem zärtlichen Biss endet.

Ich habe nicht die Kraft, ihm zu widersprechen. Dieser Mann entwaffnet mich jedes Mal. Und so muss ich mich wohl damit abfinden, mich so auf den Heimweg machen zu müssen, ohne etwas darunter außer dem Geruch nach Sex.

Na gut, Leonardo. Du hast wieder mal gewonnen.

• 12 •

Ich bin schon seit ein paar Stunden wach. Für das Frühstück habe ich mir Zeit gelassen, was ich sonst fast nie tue: Ich habe mir starken Kaffee gekocht, ein wenig Obst aufgeschnitten und mir ein paar Zwiebäcke mit Nutella bestrichen. Man könnte sagen, ich bin zufrieden.

Jetzt habe ich mich vor mein Notebook gesetzt, und es überkommt mich das verzweifelte Bedürfnis nach jemandem, der mir sagt, was ich tun soll. Ich schaue aus dem Fenster. Die Bäume auf dem Campo San Vio sind mit roten Schleifchen geschmückt und bei Nacht mit lauter funkelnden gelben Lämpchen besetzt, während über der Pizzeria in meinem Haus ein leuchtender, ein wenig kitschiger Komet mit der Aufschrift FROHE FESTTAGE niedergeht. Die Zeit ist wie im Fluge vergangen – in fünf Tagen ist schon Weihnachten. Auch ich habe meinen Weihnachtsschmuck ausgepackt und meinen umweltfreundlichen Christbaum aufgestellt, für den keine echte Tanne ihr Leben lassen musste. Doch dieses Jahr gibt es auch etwas Neues: Ich habe meine Ikea-Glaskugeln mit Versen aus Liebesgedichten verschiedener berühmter Dichter beschrieben. Es ist ein romantischer Weihnachtsbaum und ein kleines Zugeständnis an mein geknebeltes Herz.

Ich wende mich wieder meinem Notebook zu. Es gibt nur einen einzigen, wenngleich immens wichtigen Grund, warum ich es jetzt einschalte: Filippo. Auf seine letzte Mail habe ich ihm nicht geantwortet. Ich habe es einfach nicht geschafft. Was eine Schande ist, nachdem er mir mehrere Male geschrieben und mich mit wachsender Hartnäckigkeit gefragt hat, was eigentlich aus mir geworden sei. Und nach Rom hat er mich eingeladen. Ich habe das Gefühl, ihn betrogen zu haben. Auch wenn wir gemeinsam beschlossen haben, dass wir kein Paar sind, schnüren mir meine Schuldgefühle dennoch die Kehle zu, sobald ich an ihn denke.

Ich habe einen Entschluss gefasst. Jetzt schreibe ich ihm. Die weiße Seite breitet sich vor mir auf dem Bildschirm aus, und ich lasse meinen Gedanken freien Lauf. Nun müssen nur noch meine Finger das niederschreiben, was sie mir sagen.

Von: Elena Volpe
An: Filippo De Nardi
Betreff: Von Herzen

Mein lieber Fil,
nach langer Funkstille melde ich mich wieder einmal …

Es ist keine leichte Zeit für mich gewesen. Ich könnte mich jetzt in irgendwelche Ausflüchte retten, doch es würde nichts bringen zu lügen: Die Wahrheit ist, dass ich erst den Mut finden musste, mit der ganzen Ehrlichkeit, die du verdienst, mit dir zu sprechen. Fil, ich habe einen Mann kennengelernt, ohne den ich nicht mehr leben kann. Ich kann es weder mir selbst noch erst recht einem anderen erklären, doch ich will es versuchen: Wir sind kein Paar – zwischen uns besteht eine rein körperliche Beziehung. Er hat mich genommen und mein Leben durcheinandergewirbelt, weil er sich in den Kopf gesetzt hat, all meine Blockaden und Hemmungen zu

überwinden, und zwar mit allen Mitteln – mit Macht oder spielerisch. Nun, und ich habe es ihm erlaubt. Und tatsächlich ist einiges geschehen: Ich habe gelernt zu genießen, wie ich es noch nie getan habe. Meine Sinne sind zu neuem Leben erwacht und fordern immer lauter und heftiger ihren Tribut. In gewisser Weise hat er mich befreit.

Nach alledem kann ich aber nicht wieder die Person werden, die ich einmal war, verstehst du? Ich bin wie besessen von ihm, denke jeden Moment des Tages an ihn, und jedes Mal, wenn wir uns wieder getroffen haben, wird meine Sehnsucht nach ihm größer.

Ich erwarte nicht von dir, dass du mich verstehst, und mir ist bewusst, dass das alles dir absurd vorkommen muss.

Es tut mir furchtbar leid, doch ich glaube, eben weil wir sind, wer wir sind oder was wir geglaubt haben zu sein, wäre ein Besuch von mir in Rom mehr als nur ein einfacher Urlaub: Es wäre der Beginn einer Beziehung, die ich mir so sehr gewünscht hatte, die ich mir jetzt jedoch nicht mehr vorstellen kann. Ich kann nicht, Fil. Ich kann es wirklich nicht.

Du wirst mich hassen, das weiß ich, und mich nie wiedersehen wollen. Doch ich habe momentan nur den Wunsch, diese Sache auszukosten bis zum letzten Moment, ganz gleich, wohin mein Weg mich führt.

Verzeih mir, wenn von meiner Seite aus nach diesem Brief wieder Funkstille sein wird.

Bibi

Ich habe mir das alles rasch von der Seele geschrieben, fast wie in Trance, und deshalb sind das alles meine unverstellten Gedanken, schwarz auf weiß. Sie sind einfach aus mir herausgeflossen – beinahe gegen meinen Willen. Ich habe es mehr für mich niedergeschrieben als für ihn, das ist mir jetzt klar.

Ich lese mir die Mail noch zwei Mal durch und drehe eine Runde in meinem Wohnzimmer, um Distanz zwischen mir und dem Geschriebenen zu schaffen. Dann setze ich mich wieder hin und lasse den Zeigefinger über der Tastatur schweben. Noch nie hat mir der Button SENDEN so viel Angst gemacht. Würde Filippo diesen Brief tatsächlich lesen, wäre er zutiefst verletzt, aber er wüsste wenigstens Bescheid. Plötzlich leuchtet auf meinem Bildschirm das Skype-Zeichen auf, das mir zeigt, dass er online ist. Nach wenigen Sekunden erscheint seine Nachricht:

Bibi, bist du online? Können wir skypen?

Ich fühle mich schmutzig, als hätte mich jemand beim Klauen erwischt. Ich antworte mit Ja und nehme seinen Skype-Antrag an.

Er ist nicht zu Hause, wie es aussieht, sondern ruft mich von einem Ort in Rom an, den ich sofort erkenne.

»Hallo, Bibi! Kommst du bei *Babington's* einen Tee trinken?«, ist das Erste, was er mir mit diesem Lächeln sagt, das direkt ins Herz trifft. Seine grünen Augen funkeln in der Sonne. Wie soll ich nur den Mut aufbringen, diesem Märchenprinzen wehzutun?

»Nur zu gern, Fil!« Ich lehne mich ein wenig unbeholfen in meinem Stuhl zurück. »Bist du auf der Piazza di Spagna?«

»Ja. Ich sitze auf der Treppe.« Er schwenkt den Monitor, und vor meinen Augen entfaltet sich ein Panoramabild bis hoch zur Trinità dei Monti in ihrer ganzen Pracht. Es ist wie in einem Film, in dem er der Regisseur ist. »Siehst du?«

»Was für ein herrlicher Anblick! Das ist einfach immer toll.« Das letzte Mal bin ich mit Filippo dort gewesen, bei einer Exkursion im dritten Studienjahr.

»Also, wann wirst du denn jetzt endlich beschließen zu kommen?«

Da haben wir's. Ich wusste, dass er mich das fragen würde, aber ich weiß nicht, was ich antworten soll.

»Früher oder später …«, sage ich vage und verstecke mein Dilemma hinter einem Lächeln.

»Bist du denn mit dem Fresko fertig?«

»Ja, heute ist der letzte Tag«, sage ich mit einem Seufzer.

»Kommst du jetzt an Weihnachten oder nicht?«

»Aber bist du nicht hier in Venedig?«, erwidere ich, eine eher erbärmliche Methode, der Frage aus dem Weg zu gehen und Zeit zu schinden.

»Am 27. muss ich leider arbeiten«, antwortet er mit einem leicht genervten Schnaufen und zuckt mit den Achseln. »Ach Bibi, komm doch. Du fehlst mir, und du darfst mich nicht so vernachlässigen …«

O mein Gott, ich kann diesen Blick nicht mehr aushalten. Du fehlst mir auch, Fil, aber nicht so wie ich dir. Seit du weggegangen bist, haben sich so viele Dinge verändert.

»Fil, an Weihnachten kann ich nicht.« Ich habe jetzt einen Kloß im Hals, schaffe es aber noch, weiterzureden. »An Heiligabend ist das große Essen bei meinen Eltern …« Ich versuche mich an einer Leidensmiene, um überzeugend zu wirken. »Sie hängen daran, du weißt ja, wie sie sind. Ich sehe sie sowieso so selten …«

»Ich hab schon verstanden. *Weihnachten bei den Eltern …*«, sagt er mit resignierter Miene. »Ich bin offenbar der einzige Sohn, der so ein Arschloch ist, die Zusammenkünfte seiner Familie zu boykottieren.«

»Du bist kein Arschloch.«

»Meinst du nicht?«

»Nein.« *Das einzige Arschloch hier bin ich.*

Er lächelt etwas betrübt und dreht sich dann plötzlich um, als hätte er jemanden oder etwas gesehen. »Ich muss jetzt Schluss machen. Gleich kommt der Assistent von Renzo Piani, um mit mir über das Projekt zu sprechen«, sagt er und wirft mir einen Luftkuss zu.

»Okay, dann frohes Schaffen.«

»Danke, dir auch.« Er schaut mir direkt in die Augen, als wolle er meine Gedanken lesen. Vielleicht ist es aber auch nur mein schlechtes Gewissen, das mir langsam Paranoia macht. »Dann hören wir uns wieder, um uns frohe Weihnachten zu wünschen … aber ich lasse nicht locker. Ich bin guter Hoffnung, dich bald zu sehen«, schließt er.

»Ich auch.« Ich erwidere seinen Luftkuss und sehe, wie sein Gesicht vom Bildschirm verschwindet.

Ich schließe die Anwendung, und auf dem Schirm meines Notebooks erscheint erneut der Brief, wie eine dunkle Wolke aus heiterem Himmel. Jetzt kommt es mir wie der reine Wahnsinn vor, ihn überhaupt geschrieben zu haben. Was habe ich mir nur dabei gedacht? Ich kann Filippo nicht aus meinem Leben ausschließen. Jedenfalls nicht so, nicht mit einer gefühllosen Mail. Das hat er nicht verdient.

Der Cursor wandert zum Button LÖSCHEN. Ich klicke ihn an, ohne Erbarmen, ohne jeden Zweifel. Ja, ich möchte diese Mail löschen. Und löschen möchte ich auch meine Schuldgefühle, meine Unsicherheit und die moralischen Vorwürfe, die ich mir mache und die mich irgendwann erdrücken werden. Mag sein, dass ich eine Heuchlerin und Egoistin bin, doch ich brauche das Wissen, dass Filippo da ist, ich habe das Bedürfnis, irgendwo in meinem Hinterstübchen daran zu glauben, dass wir beide uns immer noch etwas zu geben haben. Wenn es einen Abschied geben soll, dann wird es ihn geben, aber nicht jetzt. Nicht auf diese Weise.

Mir kommen wieder die Worte von Leonardo in den Sinn, als er mir gesagt hat, dass man Wünsche und Sehnsüchte nicht in einen Käfig einsperren kann. Außerhalb des Käfigs, das wird mir jetzt bewusst, herrscht emotionales Chaos, doch einen Weg zurück gibt es für mich nicht mehr.

Am frühen Nachmittag mache ich mich zum Ausgehen bereit: Ich wasche mir die Haare und ziehe mich sorgfältig an, wie für einen wichtigen Termin, was es auch tatsächlich ist. Ich bin mit der Restaurierung des Freskos fertig und gehe jetzt zum Palazzo, um meine Schlüssel abzugeben. Wenn man aus dem saftigen Honorar schließen will, das auf meinem Girokonto verbucht wurde – höher als die abgemachte Summe –, muss Brandolini mehr als zufrieden mit meiner Arbeit gewesen sein. Und das heißt, dass ich dieses Jahr zum ersten Mal seit dem Studium meine Weihnachtseinkäufe ohne Geldsorgen tätigen kann … Es ist eine echte Genugtuung.

Ich betrete den Palazoo durch den Haupteingang und steige rasch die Treppe hoch, bis ich im Vestibül stehe. Und da ist es, mein Fresko, und heißt mich mit seinen endlich wieder leuchtend-lebendigen Farben willkommen. Ein stilles Lächeln huscht über mein Gesicht, und ich trete ein paar Schritte näher, um es mir genauer anzuschauen. Dabei geht meine Fantasie ein wenig mit mir durch, und ich stelle mir vor, wie der anonyme Schöpfer des Werkes vor mich hintritt und mir zum Zeichen seines Dankes ein paar Granatapfelkerne anbietet. Wie viele Tage Arbeit, wie viel Mühe, wie viele vergebliche Versuche hat mich gerade dieses Detail gekostet! Wahrscheinlich hätte ich ohne Leonardos Hilfe nie die richtige Nuance gefunden. Ihm habe ich es zu verdanken, dass meine Augen anders sehen gelernt haben und nun nicht nur diesen Granatapfel, sondern die ganze Welt anders betrachten. Dieses Fresko hat mich in den vergangenen Monaten meines Lebens begleitet, es hat meine eigene Wandlung erlebt, und so erfüllt es mich mit einer gewissen Melancholie, es nun einfach zurückzulassen. Beim nächsten Mal, wenn ich in diesen Palazzo zurückkehre – *wenn* ich es denn tue –, besuche ich nicht mehr dieses Kunstwerk, sondern Leonardo.

Es genügt, ihn mir nur einen Augenblick ins Gedächtnis zu rufen, und schon steht er höchstpersönlich vor mir im Vestibül, wie von einer bösen Fee herbeigezaubert. Mein Herz klopft wie wild in meiner Brust. Das ist immer so, wenn wir uns sehen.

»Hallo«, sage ich, »gerade habe ich an dich gedacht.«

»Ach ja? Und woran genau hast du gedacht?« Er kommt näher, den Blick auf das Fresko gerichtet.

»Dass wir uns ohne dieses Fresko nie kennengelernt hätten.« Ich drehe mich ein wenig und begegne seinem dunklen Blick. Die kleinen Knitterfältchen an seinen Augen verraten mir, dass Leonardo lächelt.

Ich würde ihn so gerne küssen, warte jedoch wie immer darauf, dass er den ersten Schritt macht.

»Sehr gute Arbeit, Elena. Es ist wirklich schön geworden.«

»Das sollten wir feiern.« Ich kann nicht widerstehen und drehe mich ganz um. Gerade will ich meinen Mund dem seinen nähern und gehe auf die Zehenspitzen, als er sich vor mir zurückzieht. Ich bin wie versteinert.

»Wir feiern bei meiner Rückkehr«, sagt er in gefasstem und entschlossenem Ton.

»Bei deiner Rückkehr?« Ich reiße die Augen auf. Seine

brüske Zurückweisung muss ich erst noch verdauen. »Du fährst weg?«

»Heute Abend. Nach Sizilien.«

»Für wie lange?«

»Keine Ahnung. Das entscheide ich, wenn ich dort bin.« Sein Blick ist betrübt, fast traurig. Auf einmal scheint er mir kalt und distanziert.

»Und das Restaurant?«, erkundige ich mich.

»Ich lasse mich vertreten.« Er hebt die Schultern. »Meine Mitarbeiter sind mittlerweile vollkommen selbstständig.«

Die Nachricht wirft mich aus der Bahn. Ich hatte mir schon tausend Dinge ausgedacht – Fantasien wäre vielleicht das bessere Wort –, was man während der Feiertage alles tun könnte, habe Filippo auch deshalb abgesagt, weil ich gehofft hatte, die ganze Zeit mit Leonardo verbringen zu können. Und jetzt das …

»Aber musst du denn wirklich?«, frage ich und versuche meine Enttäuschung zu verbergen.

»Ich will es«, antwortet er mit entschiedener Miene. »Wenigstens einmal im Jahr, ganz gleich, wohin auf der Welt es mich verschlagen hat, kehre ich nach Sizilien zurück.«

»Hast du denn dort noch Menschen, die dir am Herzen liegen?«

»Meine Vergangenheit ist dort.«

Am liebsten würde ich ihm noch mehr Fragen stellen, doch ich beiße mir auf die Zunge. Leonardo kann es nicht ausstehen, wenn man sich in sein Privatleben einmischt, und genau aus diesem Grunde ist seine Beziehung zur alten Heimat ein Thema, das für mich tabu ist.

»Versuch dich auch ohne mich zu amüsieren.« Er fasst mir mit der Hand unters Kinn und bringt mich zum Lächeln, als wollte er die Wendung, die unser Gespräch genommen hat, vergessen machen.

Ich möchte ihm so gerne sagen, dass er nicht gehen oder dass er mich wenigstens mitnehmen soll, weil ich den Gedanken nicht ertragen kann, so lange von ihm getrennt zu sein.

»Wirst du mich wenigstens anrufen?«, ist das Einzige, was ich mich zu fragen traue.

Er schüttelt den Kopf. »Nein, Elena. Mir ist es lieber, wir hören nichts voneinander, solange ich weg bin.«

»Warum?« Ich packe ihn am Arm. Ich weiß, dass ich nicht auf einer Antwort beharren sollte, aber ich brauche eine Erklärung.

»Weil ich für mich sein muss. Weil mein Leben nicht nur aus dem besteht, was ich hier mache, und ich die Dinge nicht miteinander vermischen will.« Sein Blick lässt keine Einwände zu. »Ich ruf dich an, sobald ich zurück bin.« Leonardo streichelt mich ein letztes Mal und geht auf die Treppe zu, ohne sich noch einmal nach mir umzudrehen.

Ich bin wie benommen. Er ist einfach gegangen, ohne Ausrede oder Rechtfertigung. Wie schon so oft stehe ich hilflos da, mit einem Kloß im Hals und hängenden Schultern.

Das reicht. Ich muss hier weg, und zwar sofort. Ich suche im Garten nach dem Faktotum und überreiche ihm den Schlüsselbund.

»Auf Wiedersehen, Franco, und frohe Weihnachten«, grüße ich ihn eilig und ohne große Umschweife.

»Ihnen auch, Signorina, schöne Weihnachten.« Franco macht einen kleinen Diener, wie es seine Art ist. »Lassen Sie es sich gut gehen.«

Ich hebe den Kopf, werfe einen letzten Blick auf die ominösen Fenster, und dann gehe ich, stürze mich forschen Schritts in die Gasse.

Leb wohl, mein Fresko.

Leb wohl, Leonardo.

Es ist Heiligabend, und es hat mich eine geradezu übermenschliche Anstrengung gekostet, diese letzten Tage vorweihnachtlicher Euphorie zu überstehen, nachdem mich Leonardo derartig vor den Kopf gestoßen hat. Die langen Pilgerwege von einem Geschäft zum anderen, um Geschenke von zweifelhafter Nützlichkeit zu kaufen und dabei all die glücklichen und beschäftigten Menschen zu sehen, hat mich in einen Zustand tiefster Melancholie versetzt: Ich, die ich Weihnachten sonst liebe, hasse es dieses Jahr von ganzem Herzen.

Doch immerhin habe ich es geschafft, die vergangenen vier Tage zu überleben. Auch wenn ich weiß, dass mir das Schlimmste noch bevorsteht. Es ist acht Uhr abends, und in weniger als einer Stunde werde ich zum traditionellen Festtagsmahl bei meinen Eltern erwartet. Wenn ich auch das überstanden habe, bin ich so gut wie gerettet.

Um Viertel nach neun, nachdem ich ein Vaporetto verpasst und mir die Absätze meiner neuen Stiefel durchgelaufen habe, weil ich den ganzen Weg zu Fuß gehen musste, stehe ich endlich vor der Tür der Familie Volpe. Ich klingele, was sich als nicht ganz einfach herausstellt, weil ich mit Päckchen beladen bin.

Meine Mutter macht mir auf. Sie trägt ein kirschrotes Kostüm und eine besorgte Miene zur Schau. »Elena! Wir hatten schon geglaubt, du seist verschollen. Wir haben nur noch auf dich gewartet.« Im Hintergrund höre ich bereits das Geplauder von Verwandten zu den üblichen Klängen von Mariah Carey, die ihr Weihnachtsrepertoire trällert.

»Entschuldige, Mama, ich hab das Boot verpasst.«

In einer einzigen Bewegung gelingt es ihr, mich zu küssen, mir den Mantel abzunehmen, ihn schwungvoll an die Garderobe zu hängen, mir die Haare glattzustreichen und eine gehörige Portion schlechtes Gewissen einzuflößen. »Schatz, ist dieser Rock nicht ein bisschen zu kurz?«, fragt sie und wirft einen erstaunten Blick auf mein Spitzenkleid, dasjenige, das ich auch bei dem Abendessen mit Leonardo in der Küche seines Restaurants getragen habe.

»Finde ich nicht«, antworte ich nonchalant. »Du beklagst dich immer, dass ich nie Röcke trage … heute Abend müsstest du doch eigentlich zufrieden sein.«

Als ich das Esszimmer betrete, übermannt mich kurzzeitig ein Fluchtreflex: Da sitzen sie alle, rund um den festlich gedeckten Tisch; ein ganzes Rudel Verwandter in Festtagskluft, die hinter gezücktem Besteck mit den Hufen scharren und auf den Startschuss zum Essen warten, als hätten sie seit Tagen gehungert. Ich schüttele kurz den Kopf, um den Gedanken zu vertreiben. *Alles unter Kontrolle. Elena, du schaffst das schon.*

Alle sind da: Großmutter, die Tanten und Onkel, Cousins und Cousinen. Sogar meinen schwulen Onkel Bruno, der ansonsten immer mit seinen Freunden in der Weltgeschichte herumreist, hat meine Mutter anlocken können. Ich grüße in die Runde, werde von allen Seiten mit einem Lächeln belohnt und gehe rasch an meinen Platz. Offenbar hat man mich neben meine Cousine Donatella gesetzt, die in etwa so alt ist wie ich. Mit fünfundzwanzig Jahren hat sie Umberto, die venezianische Variante von Flavio Briatore, geheiratet, und nur ein Jahr später kam bereits die kleine Angelica aus dem Bratrohr, die mittlerweile sieben und eine Miniaturausgabe von Barbie ist. Sie sitzt zu meiner Linken und winkt mir zu.

»Hallo, Tante Elena!«

Ich streichele ihr über den Kopf, zwinkere ihr zu und schenke ihr ein eher falsches Lächeln.

»Elena, du siehst toll aus«, sagt Donatella, gibt mir zwei Küsschen auf die Wangen und bringt mich mit einem Schwall ihres schwülen Iris-Parfüms an den Rand einer Ohnmacht.

»Danke, du bist aber auch in Bestform.«

»Nein, sag das bitte nicht. Ich habe fünf Kilo zugenommen.« Sie setzt eine verzweifelte Miene und zieht ihren Rock ein Stück hoch, um mir ihren Oberschenkel zu zeigen. »Schau nur, alles hier.«

So, da haben wir's. Jedes Jahr das gleiche Gelaber, aber dieses Jahr habe ich wirklich nicht den Nerv, mir ihr Gesülze anzuhören. Ich muss mich retten, bevor wir in höhere Diskussionen über die Fortschritte der Kosmetikindustrie in Sachen Anti-Cellulite-Creme eintreten.

»Was hat dir denn der Weihnachtsmann gebracht?«, frage ich ihre Tochter, um das Thema zu wechseln.

»Ein neues Handy«, kräht die Kleine und zeigt mir stolz ein iPhone der allerneuesten Generation.

»Toll …« Ich habe nicht den blassesten Schimmer, was man in ihrem Alter mit so einem Ding anfängt.

»Kann ich deins mal sehen, Tante Elena?« *Und du hör endlich auf, mich Tante zu nennen, ich kenne dich ja kaum.*

Ich ziehe mein eigenes Handy aus der Tasche. Sie macht ein überraschtes Gesicht und nimmt es in die Pfoten.

»Aber das ist ja das 4! Weißt du nicht, dass das 5 schon raus ist?«, fragt sie entsetzt.

Hässliches, dummes kleines Gör! Einen Moment lang werde ich wieder zum kleinen Mädchen, und mich überkommt eine unbändige Lust, sie an den Haaren zu ziehen.

Stattdessen zeige ich ihr wieder ein Plastiklächeln und

beschließe, sie zu ignorieren, indem ich meine ganze Aufmerksamkeit der Vorspeise zuwende, die gerade aus der Küche kommt. Traditionsgemäß isst man im Hause Volpe an Heiligabend fleischlos, weshalb es nur Fischgerichte gibt. Stockfisch auf venezianische Art, gratinierte Jakobsmuscheln und Crostini mit Lachs.

Meine Mutter sonnt sich in den Komplimenten der buckligen Verwandtschaft.

Damit ich nicht hungers sterbe, wie sonst bei solchen Anlässen, hat sie extra für mich eine vegetarische Variante des Menüs gezaubert. Offensichtlich weiß sie noch nicht von meiner jüngsten Bekehrung zum Fleischesser, doch um Fragen aus dem Weg zu gehen und ihre Mühen nicht vergeblich zu machen, beschließe ich, darüber hinwegzugehen.

»Danke, Mama, du bist ein Schatz«, sage ich, knabbere an einem Grissino und nehme mir eine kleine Portion Radicchio-Risotto, das sie mit so viel Liebe für ihr kleines Mädchen gekocht hat.

Ich betrachte mir meine Verwandtschaft, einen nach dem anderen. Mir kommt es so vor, als hätte ich es mit einer Gruppe Fremder zu tun: *Ich will hier nicht bleiben*! Ich will wieder zu meinem Leben zurück, wenigstens zu dem, das ich in den vergangenen zwei Monaten hatte. Jeder Tag ohne Leonardo kommt mir vor wie ein verlorener Tag. Ich schenke mir ein Glas Prosecco ein. Vielleicht versetzt mich das ja in bessere Laune.

Meine Mutter schaut mich an, als wären mir plötzlich Schuppen gewachsen. »Elena, was machst du denn?«, fragt sie entsetzt.

»Wieso? Ist das etwa verboten?« Ich werfe ihr einen unschuldigen Blick zu und schenke mir großzügig nach.

»Aber seit wann trinkst du denn Wein?« Sie lässt nicht

locker und legt eine Hartnäckigkeit an den Tag, die mich nervt. Meine Mutter kann es einfach nicht ertragen, wenn sich etwas ihrer Kontrolle und ihrer Billigung entzieht.

»Seit heute, wenn du nichts dagegen hast«, antworte ich schnippisch.

»Wenn ich ehrlich bin, schon …«

»Jetzt geh mir nicht auf den Keks, Mama«, bringe ich sie brüsk zum Schweigen. Meine Eltern schauen mich ungläubig an. Am Tisch wird es mucksmäuschenstill. Meine Großmutter, die ein wenig taub ist, fragte einen meiner Cousins, was denn los sei, während die Tante hüstelnd ihre Serviette auf dem Schoß zurechtrückt. Ich schaue leicht beschämt in die Runde. Meine Reaktion ist offenbar etwas heftig ausgefallen, denn normalerweise gebe ich keine frechen Antworten und bin zu Hause immer nett und zuvorkommend. In diesem Moment begreife ich, dass nicht sie die Fremden sind, sondern dass ich mich verändert habe.

Zum Glück kommt mir Onkel Bruno zu Hilfe. »Jetzt komm schon, Betta, ein Gläschen in Ehren kann niemand verwehren«, sagt er und zwickt meine Mutter kumpelhaft in den Arm. »Außerdem ist heute Weihnachten, und wir sollten sowieso mal alle anstoßen!« Er hebt sein Glas, prostet mir zu und zwinkert.

»Du hast recht! Prost!«, ruft mein Vater und hebt seinerseits das Glas. Aus dem Blick, den er mir zuwirft, schließe ich, dass man mir vergeben hat.

Das Abendessen verläuft ohne weitere Stolpersteine bis zum traditonellen Verzehr des Panettone, gefolgt von Glückwünschen und der Verteilung der Geschenke. Ich bekomme ein Patchworkkissen, handgemacht von meiner Mutter – es müsste perfekt zu der Decke passen, die sie mir letztes Jahr geschenkt hat –, eine Wollmütze, zwei

Paar handgestrickte Strümpfe sowie einen Kaschmirschal. Offenbar wirke ich wie eine Person, die immer fröstelt. Bloß dass gegen die Kälte, die sich im Moment in mir breitmacht, keine Wolle hilft.

Sobald sich die Gelegenheit ergibt, gebe ich meiner Mutter einen Versöhnungskuss, verabschiede mich von meiner Verwandtschaft und mache mich auf den Heimweg. Froh darüber, es einmal wieder geschafft zu haben und endlich allein zu sein.

Es ist fast eins. Die Glockentürme Venedigs verkünden feierlich das Ende der Christmette, während sich die wenigen Gondolieri, die noch bei der Arbeit sind, beeilen, ihre letzten Fahrten hinter sich zu bringen. Ich gehe schnell und versuche mich auf das Dampfwölkchen zu konzentrieren, das mein Atem macht. Ich will nicht nachdenken. Nur kurz bevor ich meine Haustür aufschließe, hebe ich den Blick und schaue zu den Sternen. Wer weiß, ob auch Leonardo sie betrachtet.

Am späten Nachmittag des ersten Weihnachtsfeiertages besuche ich Gaia, die in einem kleinen Loft in der Nähe der Biennale wohnt. Ab und zu taucht unter ihrem Fenster eine seltsame Installation auf, wie das letzte Werk eines brasilianischen Künstlers: eine Reihe von Totempfählen aus weißem Kunststoff, die nachts mit floureszierenden Lämpchen beleuchtet wird. Sie sehen weniger wie Totems als wie seltsame Schneemänner aus und passen damit wunderbar zu Weihnachten, auch wenn der Künstler das wohl kaum beabsichtigt hat. Als Geschenk habe ich Gaia ein mit Glitter besetztes Kästchen mit einem Volume-Mascara von Lancôme und eine Wimpernzange von Shu Uemura gekauft. Sie ist verrückt nach solchen Sachen und wird sich bestimmt darüber freuen.

Kaum geht die Tür auf, schließt sie mich auf ihre typisch energische Art in die Arme und schleudert mich fast gegen die riesige Fotografie von Marilyn Monroe, die an der Wand hängt.

»Frohe Weihnachten!«, wünscht sie mir gut gelaunt und geht mir in Pantoffeln voraus in Richtung Wohnzimmer. Nur zu Hause trägt sie keine Schuhe mit Absätzen.

»Dir auch, Gaia!«, antworte ich und ziehe mir den Mantel aus.

»Komm, wir machen es uns auf dem Sofa bequem«, sagt sie und schaltet den Fernseher aus.

Jedes Mal, wenn ich mich auf ihr sauteures weißes Ledersofa setze, kann ich nicht umhin, mir vorzustellen, was sie darauf mit ihren Myriaden von Liebhabern treibt.

»Du bist nicht etwa geheilt und hast Lust auf einen Bellini?«, fragt sie.

»Klar.«

»So ist's recht!« Sie schaut mich an, positiv überrascht über meine Wahl eines alkoholischen Getränks.

Schnurstracks verschwindet Gaia in der offenen Küche, und als sie mit den Gläsern auf dem Tablett zurückkehrt, bemerke ich den Brilli an ihrem Finger.

»Und das da?«, frage ich sofort.

»Den hat mir Jacopo geschenkt«, sagt sie und hält mir den Klunker stolz vors Gesicht.

»Ein Verlobungsring?« Ich reiße die Augen auf.

»Na ja, ein Ring eben.«

»Gaia, verkauf mich nicht für blöd«, sage ich vorwurfsvoll.

»Okay, ich gebe zu, dass Jacopo es ernst meint …«

»Du aber nicht«, beende ich den Satz für sie.

»Ist ein bisschen arg früh, findest du nicht?«, fragt meine beste Freundin und schaut mich Zustimmung heischend an. Irgendwie scheint sie in der Zwickmühle zu stecken. Verliebt ist sie jedenfalls nicht, das sehe ich ihr an – und es hätte mich auch gewundert, nachdem es vorher nur selten bei ihr vorgekommen ist.

»Aber warum hast du dann ein so teures Geschenk angenommen?«

»Was sollte ich denn machen, entschuldige mal«, rechtfertigt sie sich. »Ihn zurückgeben? An Weihnachten?«

»Ich weiß nicht, Gaia, vielleicht solltet ihr zwei ja mal miteinander reden.«

»Ich hänge schon an Jacopo«, sagt sie und nimmt einen Schluck von ihrem Aperitif.

»Sicher. Aber vielleicht hängst du noch mehr an jemand anders, der in der Versenkung verschwunden ist …«

Sie hat begriffen, wen ich meine. »Lies mal«, sagt sie und reicht mir ihr BlackBerry. Darauf ist die letzte SMS von Belotti zu lesen.

Frohe Weihnachten, Kleines. Irgendwann hole ich dich ab.

Auf einmal sind Gaias Augen herzförmig. Zu anderen Zeiten hätte ich sie gewarnt, hätte die Rolle der ernsthaften und ein bisschen moralinsauren Freundin gespielt, die dich auf den Boden der Tatsachen zurückholt und dir sagt, was du machen sollst. Mittlerweile verstehe ich sie jedoch besser denn je, und nichts liegt mir ferner, als ihr einen Vorwurf zu machen.

»Aber wird er dich denn wirklich abholen?«, frage ich nur.

»Wer weiß«, antwortet Gaia mit hoffnungsvoller Miene. Offenbar hat sie keinerlei Gewissensbisse dem Conte gegenüber, und es ist ihr nicht wichtig, dass er ihretwegen leiden könnte. Sie hat nur Interesse daran, glücklich zu sein. Und wenn möglich mit Belotti.

Vielleicht ist es ja kein Zufall, dass in diesem Moment auch auf meinem iPhone eine SMS eintrudelt. Tief in meinem Herzen flammt Hoffnung auf. *Gott, mach, dass es Leonardo ist.*

»Wer ist es, wer ist es?«, quiekt Gaia neugierig.

Ich lese die Nachricht und versuche meine Enttäuschung zu verbergen. »Ach, von Filippo. Er wünscht mir frohe Weihnachten.«

»Und das sagst du so?« Vielleicht bin ich doch keine so gute Schauspielerin.

»Wieso, wie soll ich es denn sonst sagen?«

»Mit ein bisschen mehr Begeisterung, Ele!« Sie rüttelt mich liebevoll an der Schulter. »Was ist denn nur los? Bist du auf einmal nicht mehr überzeugt von ihm?«

»Aber nein, denk dir nichts«, gebe ich rasch zur Antwort. »Ein bisschen fehlt er mir schon …«

Sie schaut mich erstaunt an. »Nur ein bisschen? Wenn du mich fragst, ist Filippo genau der Richtige für dich.«

Meine Güte, Gaia, jetzt mach du mir doch nicht auch noch das Leben schwer! Bei mir herrscht ein solches Chaos im Kopf … Filippo ist der richtige Mann, aber er ist nicht derjenige, nach dem ich mich im Moment verzehre.

»Man wird sehen …«, beschränke ich mich zu sagen.

»Antworte ihm gleich«, befiehlt sie mir. »In der Zwischenzeit hole ich dein Geschenk.«

Ich tippe eine etwas kühle und formelle Antwort ein, was ich jedoch erst merke, als ich sie abgeschickt habe. Als ich aufblicke, ist Gaia zurück im Wohnzimmer und steht mit einem triumphierenden Lächeln vor mir.

»Voilà!« Sie überreicht mir ein Päckchen und bekommt auch eins von mir.

Gaia braucht nur eine Nanosekunde, um das Papier aufzureißen. Aus ihrem Gesicht kann ich nur schließen, dass ich ins Schwarze getroffen habe und das Geschenk ihr gefällt. Ich hingegen habe mir immer schon gerne Zeit gelassen, wenn ich etwas auspacke: Ich tue es in aller Ruhe, weil ich die Überraschung mit allen Sinnen genießen will.

Ich schüttele leicht die Verpackung und tippe auf ein Körperöl oder ein Parfüm, weil es klappert wie eine Glasflasche.

»Es ist sinnlos zu raten, weil du sowieso nicht draufkommst …«, sagt Gaia ganz aufgeregt.

Endlich öffne ich die Schachtel und werde knallrot.

»Ein Vibrator? Aus Kristall?«

»In Kristall*optik*, um genau zu sein.«

Ich nehme das Ding in die Hand und weiß nicht, ob ich böse, amüsiert, entsetzt oder traurig sein soll. Am Ende fange ich an zu lachen, weil mir nichts Besseres einfällt. Gaia lacht mit und hat offenbar genau die Reaktion erzielt, die sie sich gewünscht hat.

Voilà, das sind wir mitten in einer Szene aus *Sex and the City*.

»Da du noch keinen hast und dir nie einen kaufen würdest, hab ich das für dich gemacht.« Sie betätigt fachmännisch den Schalter und zwinkert mir zu. »Angeblich ist der toll in Aktion.«

»Na ja, jedenfalls ist er sehr stylish.« Ich schüttele den Kopf, beobachte, wie sich das Licht in dem Ding fängt und Reflexe an die Wand wirft. »Aber du bist nicht beleidigt, wenn ich ihn nicht benutze, oder?«

»Sag niemals nie. Jedenfalls ist es immer gut, einen zu haben …«, antwortet sie im Brustton der Überzeugung.

»Na ja, wenigstens ist es nicht das übliche Paar Socken«, sage ich mit einstudierter Selbstsicherheit.

Wir lachen, und tief in meinem Herzen denke ich, dass man nur mit Gaia ein solches Weihnachten verbringen kann.

Kaum bin ich zu Hause, überkommt mich wieder die Traurigkeit und dieses Gefühl der Machtlosigkeit, das sich immer einstellt, wenn man nicht das haben kann, was man will. Sosehr ich auch versuche, den Gedanken an Leonardo zu verscheuchen, dominiert er doch unweigerlich mein Denken. Warum ist er so hart zu mir gewesen? Warum bleibt er immer so ausweichend, umgibt sich mit all den Geheimnissen und spielt den Unnahbaren? Einen Moment lang bin ich versucht, ihn anzurufen oder ihm eine SMS zu schreiben, aber um der Versuchung zu widerstehen, schalte ich mein Handy aus.

Ich lege die Tüte mit Gaias Geschenk auf den Schreibtisch, hole den Vibrator heraus und verstecke ihn rasch im Badezimmerschrank. Was soll ich bloß mit dem Ding?

Ich habe Lust auf Leonardo. Und das ist eine Sehnsucht, die nichts und niemand stillen kann außer ihm.

• 13 •

Das Letzte, wozu ich mich körperlich und gefühlsmäßig in der Lage fühle, ist eine Komplettrestaurierung meiner selbst vor der Silvesterparty im Hilton. Gaia und Brandolini haben mich dazu eingeladen, und jeder Versuch meinerseits, mich aus der Affäre zu ziehen, hat sich als zwecklos erwiesen. Eigentlich müsste ich meiner Freundin und ihrem »Verlobten« dankbar sein, aber mit der Laune, die ich derzeit habe, finde ich die Aussicht darauf, einen ganzen Abend lang das fünfte Rad am Wagen zu sein, ausgesprochen niederschmetternd. Ich bin allein, ohne Leonardo, und werde es auch inmitten eines rauschenden Festes sein. Ich fühle mich wie eine Kratzbürste und Spielverderberin, vielleicht auch, weil ich an Wetterfühligkeit leide und sich vor meinem Fenster gerade ein eher bedrohlicher, bleierner Himmel zeigt.

Heute Abend wäre ich am allerliebsten zu Hause geblieben, hätte mir im Schlafanzug und in meine Patchworkdecke gehüllt einen Film angeschaut und mit einer extragroßen Packung After Eight mein Diabetesrisiko erhöht.

Stattdessen stehe ich vor dem Spiegel und fechte meine alten Kämpfe aus. Ich glätte meine Haare, mache eine Ganzkörperenthaarung, creme mir Busen und Oberschenkel mit straffender Creme ein, schlüpfe in rote Reizwäsche, tupfe mir Rouge auf die Wangen, glitzernden Lidschatten auf die Augen und lang anhaltenden Lippenstift auf die Lippen. Und das alles für wen? Es für Leonardo zu tun hatte einen

Sinn, weil ich für ihn attraktiv sein wollte, aber jetzt erscheint es mir vollkommen umsonst. Wer weiß, was er im Moment macht, und mit wem? Je länger ich getrennt von ihm bin, desto mehr begehre ich ihn, wie ein Junkie auf Entzug. Nur schade, dass es momentan keinen Dealer gibt, der mir meine Droge besorgen kann.

Es klingelt an der Haustür. Das müssen Gaia und Jacopo sein, die auf die Minute genau kommen, um mich abzuholen und zu *ihrer* Silvesterparty zu zerren.

»Ich komme runter«, sage ich lustlos in den Hörer der Sprechanlage.

»Okay, beeil dich«, antwortet Gaia, die offenbar total gut drauf ist.

Ich werfe einen letzten Blick in den Spiegel, bringe eine vorwitzige Haarlocke zur Räson – langsam wird es wirklich Zeit, dass ich mir diesen Bob nachschneiden lasse – und stürze mich die Treppe hinunter, wobei ich aufpassen muss, mich nicht in meinem langen Mantel zu verheddern.

Als ich die Tür aufmache, stehen Gaia und Jacopo händchenhaltend davor. »Meint ihr nicht, man braucht einen Schirm?«, frage ich. Dann hebe ich den Blick und bemerke im Dunkeln hinter ihnen eine vertraute Gestalt.

»Ach was, Schirm, man sieht die Sterne.« Seine Stimme ist unverwechselbar und streift mich sanft wie eine unerwartete Liebkosung.

Gaia zwinkert mir zu, und Brandolini tritt beiseite, um mich vorbeizulassen.

Da steht Filippo vor mir, in seinen grünen Burberry gehüllt. Ich kann es kaum glauben – einen Moment lang habe ich den Eindruck, ich träume. »Fil! Was machst du denn hier?«

»Ich bin wieder da«, sagt er und zeigt sein wunderschönes Lächeln.

In meinem Herzen prallen die widersprüchlichsten Gefühle aufeinander und richten eine ebenso aufregende wie unerwartete Verwirrung an. Doch über allem steht eine gewaltige Zärtlichkeit, und urplötzlich habe ich Lust, ihn zu umarmen. Stattdessen stehe ich wie angewurzelt und mit hängenden Armen da. Was macht man in solchen Fällen? Küsst man sich? Vor einigen Monaten haben wir uns äußerst leidenschaftlich voneinander verabschiedet, doch inzwischen ist so viel passiert, und ich weiß nicht, ob … Zum Glück unterbricht Filippo mein Zögern, kommt auf mich zu und drückt mir einen leichten Kuss auf die Lippen, was Gaia natürlich sofort bemerkt. *Na gut*. Ich umarme ihn mit der Verzweiflung einer Schiffbrüchigen, die endlich Land sieht. Ich bin ihm dankbar dafür, dass er da ist, und Gaia für die wunderschöne Überraschung. Aber ich bin mir sicher, dass diese Sache irgendwo einen Haken hat.

Auf dem Weg gehen uns Gaia und Jacopo voran und halten sich ein paar Meter entfernt. Filippo bietet mir den Arm. Ich nehme ihn gerne und genieße seine Körperwärme.

»Ich bin glücklich, dass du hier bist«, sage ich.

»Ich auch.«

»Aber wann bist du angekommen?«

»Praktisch erst vor zwei Stunden.«

Ich schaue ihn mir im schummrigen Licht einer Straßenlaterne genauer an. Sein glattrasiertes Gesicht wirkt ein wenig ausgemergelt, man sieht ihm die durchwachten Nächte voller Arbeit an, doch seine Augen leuchten noch mehr als sonst.

»Ich dachte, du hättest in Rom zu tun.«

»Ja, aber zwei Tage habe ich mir freinehmen können.« Er lächelt mich an. »Ich hatte einfach zu große Lust, dich zu sehen.«

Auch ich hatte Lust, ihn wiederzusehen, aber das ist mir erst jetzt bewusst geworden. Bis zu diesem Moment war ich mit den Gedanken ganz woanders.

»Nur zwei Tage?«, frage ich enttäuscht.

»Leider ja. Am zweiten Januar muss ich wieder im Büro sein. Das sind echte Sklaventreiber dort. Aber weißt du was? Ich lasse mich gerne zum Sklaven machen.«

Er wird langsamer, löst einen Moment den Arm von meinem, schaut mir in die Augen. »Freust du dich wirklich, mich zu sehen? Wenn ich nach dem Gesicht gehe, das du vorhin gemacht hast, offenbar nicht so sehr …«

Er ist so sensibel, auch die kleinsten Nuancen in meiner Gemütsverfassung wahrzunehmen. Das hatte ich ganz vergessen.

»Klar freue ich mich«, sage ich und verziehe die Lippen zu einem Lächeln. »Ich hatte nur nicht damit gerechnet, dich heute Abend zu sehen.«

Auf einmal läuft es mir kalt über den Rücken. Nein, das ist nicht der kalte Winterwind. Es ist die Tatsache, dass ich nicht die Wahrheit sage. *Ich bin glücklich, dich zu sehen, Fil, aber während du weg warst, hat mich ein anderer verhext, und ich weiß nicht, ob du einen Gegenzauber für mich hast und mich befreien kannst.*

Wir gehen weiter, ich halte mich an seinem Arm fest. Insgeheim nehme ich mir noch einmal vor, Leonardo wenigstens für ein paar Stunden zu vergessen und diesen Moment einfach zu genießen. Jetzt bin ich froh, jene Mail an Filippo nie abgeschickt zu haben. Hätte ich es getan, wäre all das hier nicht geschehen. Und wenn es geschieht, dann bedeutet es, dass das Schicksal, zumindest heute Abend, auf unserer Seite ist.

Wir besteigen zu viert ein Motorboot zu den Zattere, haben in zwei Minuten den Kanal der Giudecca überquert und stehen vor dem Eingang des Hilton. Es ist sonderbar, die Stadt von hier aus zu sehen, als hätte man das Bild auf den Kopf gedreht. Wir schliddern über den Catwalk aus rotem Samt und kommen dank Brandolini durch den VIP-Eingang hinein, vorbei an mehreren überheblichen Türstehern. Ich war noch nie hier. Es ist ein teures Luxushotel, weit über meinem Budget, das Personal ist extrem elegant und hat so feine Manieren, dass es fast widerlich ist.

Nach einem Zwischenstopp an der Garderobe und einer ersten Runde Cocktails gehen wir zu unserem Tisch, wo bereits einige Bekannte von Brandolini sitzen. Der Saal ist groß und festlich geschmückt. Die Gäste an den über fünfzig Tischen sind bester Laune, doch auch in Feierstimmung sieht man, dass es ein sehr vornehmes Publikum ist: Alle benehmen sich so, als wäre da eine Überwachungskamera, die immer eingeschaltet ist.

»Gaia verkehrt jetzt offenbar in den besten Kreisen«, flüstert Filippo mir ins Ohr. Wie ich, ist auch er nicht an ein solches Brimborium gewöhnt.

»Nein, die besten Kreise verkehren mit ihr …«, antworte ich, und wir lächeln uns verschwörerisch an.

Das Diner verläuft reibungslos und angenehm, und ich entdecke, dass die Freunde des Conte weniger eingebildet sind, als man denken könnte. Gaia hatte recht. Ich bemühe mich, gelegentlich ein Lächeln in die Runde zu werfen und ansonsten nicht allzu viel nachzudenken; schließlich ist es nur für einen Abend. Die Tatsache, dass Filippo an meiner Seite ist, gibt mir ein gewisses Gefühl der Sicherheit, und je länger wir zusammen sind, desto mehr scheint auch wieder das Einverständnis da zu sein, das immer zwischen uns geherrscht hat. An einem gewissen Punkt merke ich, wie sein Blick auf meinen Ausschnitt fällt. Mir wird bewusst, dass er mich noch nie in Abendkleidung gesehen hat – dies ist der erste elegante Anlass, den wir gemeinsam besuchen. Das finde ich amüsant, und statt mich zu bedecken, wie ich das früher getan hätte, halte ich seinem Blick stand.

»Gefällt dir mein Kleid?«, frage ich ihn rundheraus.

Offenbar fühlt er sich ertappt und blickt zur Seite. »Es steht dir ausgezeichnet … aber es ist nicht nur das Kleid. Du bist so anders, Bibi, wie ausgewechselt.«

»Dann lass uns auf die positiven Veränderungen anstoßen«, sage ich, hebe mein Weinglas und proste ihm zu.

Filippo hat mich auch noch nie trinken sehen. Erstaunt fragt er: »Du trinkst Alkohol?«

»Ja, ja, unsere Elena ist ein kleiner Schluckspecht … Wurde auch Zeit!«, mischt sich Gaia ein und stößt mit uns an.

Filippo zeigt ein etwas verwirrtes Lächeln. »Ich dachte immer, du seiest abstinent.« Er schaut mich, plötzlich neugierig geworden, an. »Du hast ja nicht mal bei deiner Abschlussfeier an der Uni was getrunken.«

»Abstinent … na ja, das hab ich auch gedacht.« Ich zucke mit den Achseln und nehme einen großen Schluck. »Aber vielleicht hab ich mich ja getäuscht.« *So wie ich mich in vielen Dingen getäuscht habe.*

»Okay, dann also auf die Neuigkeiten.« Er kippt sein Glas grinsend in einem Zug hinunter.

Während wir fröhlich zechen und dabei den Häppchen und winzigen Blätterteigtaschen zusprechen, lausche ich scheinbar interessiert den feuchtfröhlichen Tischgesprächen rundum und lächele dabei. Langsam tut der Alkohol seine Wirkung: Ich fühle mich entspannt und beschwingt, genauso, wie ich es wollte. An einem gewissen Punkt jedoch stoße ich versehentlich gegen eine Flasche Wein und kippe sie über dem Kleid des Mädchens aus, das mir gegenüber sitzt. Ein Kellner eilt herbei, um das Malheur zu beheben, während meine Tischgenossen sich zum Glück nicht weiter um die peinliche Situation kümmern, sondern sie sogar zum Anlass nehmen, noch einmal anzustoßen. Das Mädchen ist jedoch alles andere als begeistert und wirft mir einen vernichtenden Blick zu.

»Alles in Ordnung mit dir, Bibi? Du wirst doch nicht zu tief ins Glas geschaut haben?«, flüstert mir Filippo fürsorglich zu.

»Ein bisschen vielleicht …«, antworte ich und lege die Hand an die Schläfe. Ich fürchte, tatsächlich einen Schwips zu haben; vielleicht vertrage ich Wein ja doch schlechter, als ich dachte. »Ich bin eine Katastrophe, stimmt's?«

»Eine wunderschöne Katastrophe.« Filippo zwinkert mir zu. »Und die da drüben hat sowieso ein Arschgesicht.«

Wie schön, ihn hier zu haben, denke ich benebelt. *Wie schön, umsorgt und geschätzt zu werden, auch wenn man Mist baut*. Nur Filippo gibt mir dieses Gefühl.

In der Zwischenzeit ist Gaia aufgestanden und hat sich zusammen mit einigen anderen Leuten von unserem Tisch auf die Tanzfläche begeben. Der DJ hat gerade einen Dancefloor-Titel aufgelegt, der ihr, wie ich weiß, besonders gut gefällt, von David Guetta oder so. Meine Freundin bewegt sich mit lasziver Anmut und beherrscht ihren Körper perfekt. Auf ihrem paillettenbesetzten Chiffonkleidchen bricht sich das Licht der Tanzfläche tausendfach, und vom Schwitzen kräuselt sich ihr Haar ein wenig. Ihre Wangen schimmern rosig. Ich habe Lust, auch zu tanzen – auch das mache ich sonst nie –, und stehe auf, um mich den anderen anzuschließen. Energisch ziehe ich Filippo mit, obwohl er protestiert.

»Keine Widerrede!«, sage ich gebieterisch und zupfe ihn am Ärmel.

Mir kommt wieder unser besagter Abend in der Tangoschule in den Sinn, der mit zertrampelten und schmerzenden Füßen geendet hat, und weiß, dass auch er daran denkt, während er lächelnd ein paar steife Tanzschritte macht. Auf einmal muss ich lachen, kann kaum noch an mich halten. Filippo fragt, was ich habe, aber ich muss so lachen, dass ich ihm nicht antworten kann. Es ist eine Heiterkeit, die ganz plötzlich und ohne Grund kommt, einfach so. Auch Gaia bemerkt sie, kommt amüsiert auf mich zu und packt mich an den Handgelenken.

»Bist du etwa schon betrunken, Ele?«

»Ich hoffe, ja«, antworte ich und wische mir die Tränen ab. Bloß weiß ich nicht mehr, ob es Tränen des Glücks oder der Verzweiflung sind.

Wenige Minuten vor Mitternacht gehen wir alle auf die Dachterrasse hinaus, um uns das Feuerwerk anzuschauen. Feuerwerk hat mir immer schon gefallen – allerdings nicht nur das Anschauen: Ich zündele selbst gerne. Ich weiß noch, wie ich als Kind jedes Jahr zu Silvester mein rosa Sparschwein plünderte, um Feuerräder und Kracher zu kaufen, die ich dann mit meinem Vater zündete, was uns einen Höllenspaß machte. Meine Freundinnen sagten, das sei nichts für Mädchen, doch meinem Papa war das offenbar egal, und ich freute mich jedes Jahr von neuem, diesen Moment mit ihm zu teilen.

Am Himmel hat sich die Wolkendecke ein wenig gelichtet, und man sieht sogar ein paar Sterne hervorblitzen. Die Sicht von hier oben ist, gelinde gesagt, spektakulär, all die kleinen Lichtpünktchen, die sich über Wasser, Erde und Himmel verteilen wie Stecknadeln. Jetzt ist der nervige

Teil des Countdowns gekommen. Gaia und Jacopo gehen nach vorn, in den Schutz der Brüstung, während Filippo und ich weiter hinten bleiben, etwas abgesondert von der Menge.

»Fünf.«

Filippo schlingt die Arme um meine Taille.

»Vier.«

Ich drücke mich an ihn.

»Drei.«

Er schaut mich an.

»Zwei.«

Ich hebe das Kinn.

»Eins.«

Sein Gesicht ist nur wenige Zentimeter von meinem entfernt.

»Ein gutes neues Jahr!« Wir sagen es im Chor, schauen uns dabei in die Augen und lassen es zu, dass sich unsere Münder suchen und finden. Es ist der erste richtige Kuss an diesem Abend, und es liegt die ganze Zärtlichkeit darin, die ich in den letzten Wochen vergessen hatte. Filippo lässt den Korken der Flasche Moët & Chandon knallen, die er in der Hand hält, und wir nehmen ein paar Schlucke direkt aus der Flasche, während das Feuerwerk als Funkenregen über der Stadt niedergeht und die Häuser und den Kanal unter uns in buntes Licht taucht. Schweigend betrachten wir das Spektakel.

»Jetzt ist die Zeit gekommen, sich etwas zu wünschen«, flüstert mir Filippo ins Ohr.

»Okay.« Ich schließe die Augen, um mich zu konzentrieren. So schön dieser Moment mit ihm ist und sosehr ich es mir anders wünsche, erfüllt mich doch nur ein Gedanke: Leonardo. Als ich die Augen wieder öffne, kommen mir fast die Tränen.

»Fertig?«, fragt mich Filippo.

Ich nicke und weiche seinem Blick aus, nehme ihm die Flasche aus der Hand und setze sie an den Mund

»Und du? Hast du dir auch was gewünscht?«, frage ich ihn mit einem Lächeln.

»Das brauche ich nicht. Mein Wunsch hat sich bereits erfüllt«, sagt er, nimmt mich in die Arme und küsst mich noch einmal.

Ich könnte sterben. Ich bin die erbärmlichste Person auf der ganzen Welt. Ich klammere mich mit meinem ganzen Wesen an diesen Kuss, erwidere ihn mit der gleichen Inbrunst, mit der ich Filippo gerne um Verzeihung bäte.

Filippo drückt mich an sich, hält mich fest an seiner Brust. So bleiben wir, wer weiß wie lange, stehen, und ich komme mir vor wie jemand, der von einer langen Reise heimgekehrt ist. Nach dem Ende des Feuerwerks ist ein Großteil der Leute bereits wieder hineingegangen, und nur wenige halten sich noch auf der Terrasse auf. Ich spüre Filippos Körperwärme, die sich mit der meinen mischt, und allein der Gedanke, wie nah sich unsere Körper unter der Kleidung sind, bringt mein Blut in Wallung. Vielleicht habe ich ja wirklich einen Schwips, doch plötzlich habe ich unbändige Lust, mit ihm zu schlafen. Ich weiß nicht, ob es echtes Begehren ist oder Wut, ob Freude oder Verzweiflung, ich weiß nur, dass ich diese Nacht alles vergessen und noch einmal ihm gehören will. An die Konsequenzen werde ich erst morgen denken.

Und so packe ich sein Gesicht mit beiden Händen und beginne, Filippo leidenschaftlich zu küssen. Ich dränge mit meiner Zunge in seinen Mund und lege ihm eine Hand zwischen die Beine.

Filippo weicht zurück und schaut mich entgeistert an.

»Was ist los? Magst du das nicht?«, frage ich ihn.

»Klar mag ich das ...«, erwidert er und schaut sich rasch um.

»Also dann ...«, flüstere ich ihm zu und dränge ihn in eine dunklere Ecke der Terrasse.

»Bibi, die Leute schauen schon.« Es gefällt ihm, das weiß ich, aber zugleich ist es ihm peinlich.

»Lass sie doch schauen.« Ich nehme seine Hand und lege sie an meinen Busen.

»Aber was ist denn heute Abend mit dir los?«, fragt Filippo, und in seinen grünen Augen brennt ein Licht, das ich noch nie gesehen habe.

»Was los ist? Ich habe Lust auf dich«, sage ich herausfordernd und ziehe einen Träger meines Kleides herunter, sodass meine Brust zu sehen ist.

»Aber was tust du denn? Mach sofort den Träger wieder hoch!« Filippo ist bestürzt und wütend, und ich bedecke meine Schulter rasch wieder.

»Warum bist du denn so streng?« Jetzt bin auch ich verärgert und frustriert. Leonardo hätte mir keinen Einhalt geboten. Leonardo hätte so etwas nicht zu mir gesagt. Leonardo hätte mich hier und jetzt genommen, an dieser Mauer. *Leonardo, immer nur Leonardo, verdammt, ich kann an nichts anderes denken als an ihn. Warum tust du nicht etwas, damit ich ihn vergesse*, würde ich Filippo am liebsten zuschreien.

»Du bist doch vollkommen besoffen«, sagt er zu mir und streicht sich eine Haarsträhne aus dem Gesicht. Er ist noch viel anziehender, wenn er wütend ist ... sein Kinn wirkt dann auf einmal viel wuchtiger.

Jetzt will ich ihn erst recht, aus Trotz, weil seine Zurückweisung mich erregt. Ich will ihn bewusst provozieren, will ihm die neue Elena um die Ohren hauen, die nicht mehr die seine ist. Ungeduldig nestele ich an seiner Gürtelschnalle.

»Na los, Fil! Willst du mich oder nicht?«, raune ich siegesgewiss.

Er lässt mich auflaufen, hält mir die Hand fest. »Hör auf, Elena. Du übertreibst«, stottert er. Er nennt mich *nie* Elena. Offenbar ist er vollkommen außer sich.

»Dann übertreiben wir es doch!«, äffe ich ihn genervt nach. »Kannst du dich denn nicht wenigstens *einmal* gehen lassen?«

»Hör auf, hab ich dir gesagt.«

»Was ist denn? Musst du es dir erst noch überlegen? Müssen wir uns auch für so was Zeit nehmen?« Jetzt bin ich so wütend und böse auf ihn, dass ich die Worte, die sich aus meinem Mund ergießen wie Gift, nicht mehr zurückhalten kann. »Wo bleibt die Leidenschaft, Fil? Gibt es, verflucht noch mal, keine einzige Entscheidung, über die du nicht tagelang herumgrübeln musst, und können wir nicht einfach mal den Kopf verlieren? Bei dir ist alles immer so voraussehbar!«

Ich habe es gesagt, habe es ihm ins Gesicht geschrien, und schon bedauere ich es. Filippo schaut mich ungläubig an.

»Ich bin sechs Stunden unterwegs gewesen, um dich zu sehen«, sagt er bleich, mit verkniffenen Lippen. »Ich dachte, das mit uns sei mehr als eine alberne Bumserei auf einer Hotelterrasse.«

Ich schlage die Hände vors Gesicht. Jetzt schäme ich mich schrecklich.

Er weicht ein paar Schritte vor mir zurück. Das Feuer in Filippos Augen ist erloschen. Er will keinen Kontakt mehr mit meinem Körper.

»Ich weiß nicht, was in diesen vergangenen Monaten mit dir passiert ist, Elena, ich erkenne dich jedenfalls nicht wieder. Und das, was ich heute Abend gesehen habe … gefällt mir gar nicht«, sagt er ernst.

Er macht Anstalten zu gehen, doch ich halte ihn am Arm fest. »Entschuldige, ich wollte nicht …«

Filippo windet sich aus meinem Griff heraus. »Klar wolltest du …« Er wirft mir einen eiskalten Blick zu, hat die Fäuste geballt. »Du hast gesagt, was du denkst, das ist mehr als klar geworden. Ich wünsche dir ein gutes neues Jahr.« Mit diesen Worten stürzt er auf die Treppe zu, die zum Ausgang führt.

Ich kann ihn nicht aufhalten und versuche es auch gar nicht erst. Plötzlich kraftlos, lasse ich mich gegen die Mauer sinken. Alles dreht sich um mich; eine Welle der Übelkeit steigt in mir hoch, doch ich kann sie glücklicherweise unterdrücken. Ich hole ein paar Mal tief Luft und stehe ganz ruhig auf, gehe auf wackeligen Beinen hinein, bis zu unserem Tisch. Jetzt werde auch ich gehen; an diesem Punkt ist es sinnlos, noch zu bleiben. Ich hole meine Tasche und verabschiede mich in aller Eile von Gaia und Brandolini, ohne ihnen etwas zu erklären. Zum Glück ist Gaia noch betrunkener als ich und hat weder das Verschwinden von Filippo noch meinen katastrophalen Zustand bemerkt. Sie wünscht mir noch einmal ein glückliches neues Jahr, kneift mir kurz in den Hintern und lässt mich dann zufrieden davonziehen.

Und da bin ich nun. Allein in meinem Single-Apartment, um drei Uhr früh am Silvestermorgen. Mir ist so schlecht, dass ich gleich brechen muss, und ich habe mörderisches Kopfweh, das wie ein eiserner Ring um meinen Schädel liegt. *Was für ein schönes Neujahr. Ohne Leonardo. Und jetzt auch ohne Filippo. Wie habe ich das nur verdient?* Ich fühle mich müde, ausgelaugt: Meine Entscheidung habe ich bereits getroffen, doch das Schicksal macht sich einen Spaß daraus, mich dafür auch noch zu ohrfeigen. Ich will das, was ich nicht haben kann.

Ich kann mich kaum auf den Beinen halten, als ich zur Küche torkele und nach etwas suche, das den Alkohol aufsaugen könnte, der mir sauer im Magen liegt. Ich finde ein Stück Brot, ohne mich zu fragen, wie lange es schon da liegt, und stecke es mir in den Mund. Dann gehe ich ins Bad und lasse die Wanne vollaufen, gebe ein paar Tropfen Öl dazu. Es ist ein Schuss zu viel, aber das ist mir egal. Während ich warte, bis die Wanne voll ist, kehre ich ins Wohnzimmer zurück, und mein Blick fällt auf den Weihnachtsbaum, dessen Lämpchen immer noch eingeschaltet sind. Ich setze mich auf den Boden und betrachte ihn. Auf einer der Kugeln lese ich einen Vers, den ich selbst kürzlich daraufgeschrieben habe:

Liebe und Hass zugleich mich erfüllt.
Wie das komme? Nicht weiß ich's.
Aber ich fühl's,
und gar schwer dieses Gefühl mich bedrückt.

Catull

Mir kommen die Tränen. Der Knoten in meinem Hals löst sich. Ich bin eine sentimentale Kuh mit roten Augen, ein kleines Mädchen, das Frausein gespielt und nur Blödsinn angerichtet hat.

Ich befreie mich von meinem zerknitterten Kleid und der bescheuerten Reizwäsche aus roter Spitze, lasse alles auf den Boden fallen und kehre ins Bad zurück. Dann sinke ich ganz langsam in die volle Wanne, tauche auch mit dem Kopf unter und löse meine Tränen im Badewasser auf.

Das ist sie, die neue Elena. Allein, verwirrt, schuldbewusst. Opfer und zugleich ihre eigene Scharfrichterin.

• 14 •

Die Feiertage sind vorüber, und ich habe das alte Jahr mit Dankbarkeit, aber ohne Bedauern hinter mir gelassen. Auch wenn es so katastrophal begonnen hat, muss ich im neuen Jahr nach vorn schauen, habe ich beschlossen. Die übliche Liste mit guten Vorsätzen habe ich vermieden, aber ich habe mir vorgenommen, dass es ein Jahr der mutigen Entscheidungen werden soll.

Vor allem will ich beruflich voll einsteigen. Ich hatte mehrere Vorstellungsgespräche, doch offenbar tut sich in Venedig momentan nichts von Interesse. Schließlich habe ich Kontakt mit Frau Professor Borraccini aufgenommen, der Direktorin des Restaurierungsinstituts, mit dem ich noch zusammenarbeite, und sie hat mir ein Projekt in Padua vorgeschlagen. Ich soll, zusammen mit einer Gruppe anderer Kollegen, unter ihrer Leitung an der Restaurierung der Scrovegni-Kapelle teilnehmen. Es ist ein renommiertes Projekt, das sich in jedem Lebenslauf gut ausnimmt, aber es würde bedeuten, dass ich die Strecke zwei Mal am Tag mit dem Zug pendeln müsste, weshalb ich erst einmal das Colloquium abwarte, um mich zu entscheiden.

Dann habe ich meinen ganzen Mut zusammengenommen und mich bei einem Fitnessstudio angemeldet. Dienstags habe ich Pilates, montags und donnerstags Zumba. Pilates liegt mir offenbar mehr, vielleicht, weil man in der Stunde nicht viel mehr macht als ein paar Dehnübungen am Platz. Gewiss bin ich nicht gerade die Gelenkigste, aber immerhin komme ich mittlerweile mit den Fingern bis zu meinen Fußspitzen. Über die Zumbastunde hingegen würde ich gerne den Mantel des Schweigens breiten. Gaia hat mich dazu überredet – wer sonst? –, und ich verfluche den Tag, an dem ich zugesagt habe. Die Trainerin ist eine Wahnsinnige, und ich kann mich im Spiegel des Gymnastikraums nicht anschauen, ohne mich inmitten dieser Horde von entfesselten, hinternschwingenden und zu aberwitzigen Rhythmen herumzappelnden Grazien lächerlich zu fühlen – immerhin hinke ich immer mindestens einen Takt hinter. Am Ende der Stunde bin ich jedes Mal kurz vor dem Herztod, doch ich muss zugeben, dass ich mich hinterher leichter fühle; müde im besten Sinne des Wortes. Und gut gelaunt – so gut gelaunt, dass ich beinahe schon wieder über meine eigene Tölpelhaftigkeit lachen kann.

Was hingegen mein Liebesleben angeht, so ist die Situation wirklich aussichtslos.

Nach der furchtbaren Silvesternacht hat sich Filippo nicht mehr bei mir gemeldet. Gaia löchert mich permanent nach den Gründen unseres Streits, doch ich bin ihr bislang immer ausgewichen und vage geblieben. Ich habe ihr gesagt, dass wir beschlossen hätten, eine Auszeit zu nehmen, ohne ihr von meinen Heldentaten zu erzählen und zu gestehen, dass ich an dem Zerwürfnis schuld bin. Mein Verhalten gegenüber Filippo war wirklich unverzeihlich. Im Nachhinein glaube ich, dass ich ihm nur deshalb all die Dinge an den Kopf geworfen habe, weil ich ihn unbewusst loswerden und ihn dazu bringen wollte, mich zu verachten. Das ist mir am Ende hervorragend gelungen, und die Tatsache, dass es zwischen uns aus ist, noch bevor es richtig angefangen hat, hinterlässt in mir einen schalen Beigeschmack. Was bleibt, ist der unangenehme Zweifel, eine Gelegenheit verpasst zu haben, um glücklich zu sein. Doch ich kann nichts dagegen tun, solange mein Herz, wie jetzt, in eine andere Richtung schlägt.

Immer wieder kehren meine Gedanken zu Leonardo zurück. Ich weiß nicht, wie ich gegen dieses wahnsinnige Bedürfnis, ihn anzurufen, ankämpfen soll, doch zu widerstehen ist meine einzige Möglichkeit, ihn zurückzubekommen. Die Zeit, die mich von ihm trennt, erscheint mir manchmal unerträglich, doch ich bin zuversichtlich: Jetzt, wo die Feiertage hinter uns liegen, wird es nicht mehr lange dauern, und er ist wieder hier. Wir werden wieder zusammen sein. Ich und er, auch wenn ich nicht weiß, wie und wann. Im Grunde glaube ich nämlich, dass es bei manchen Dingen besser ist, das Wie und Wann nicht zu kennen.

Ich komme gerade aus dem Fitnessstudio und fühle mich, als würde ich fliegen; all die Giftstoffe, die ich im Körper hatte, sind in einer Trainingsstunde, die sogar Gaia auf die Matte geschickt hat, aus mir herausgeschwemmt worden. Heute Abend kann ich über die Stränge schlagen, ohne dafür ein schlechtes Gewissen haben zu müssen. Ich schmiere mir jeweils zwei Tramezzini mit Rucola und Bresaola – na ja, die sind sowieso kein Problem –, mit Briekäse und Walnüssen sowie mit Gorgonzola und Artischocken. Ich belege sie richtig üppig, wie man das im *Toletta*, der venezianischen Bar mit den besten Tramezzini der Welt, macht.

Es ist kurz vor acht, als es an der Haustür klingelt. Wer kann das sein? Ich erwarte niemanden. Ich lasse das mit Brie verschmierte Messer auf dem Teller liegen und lecke mir die Finger ab, während ich zur Tür gehe und den Hörer der Sprechanlage abnehme.

»Ja?«, frage ich.

»Leonardo.« Eine tiefe, entschlossene Stimme. Seine.

O Gott, mir wird gleich schlecht! Instinktiv schaue ich mich im Wandspiegel an. Ich sehe furchtbar aus: zerrissene Jeans, Pantoffeln aus Merinowolle und ein ausgeleiertes Adidas-Sweatshirt, das ich nur noch zu Hause anziehe. Und das ich schon in der Schule getragen habe. Wenigstens habe ich nicht den Fleece-Schlafanzug mit dem Eisbärmuster an.

»Leonardo?«, rufe ich, um mich vergewissern, dass ich nicht träume.

»Ja. Machst du mir auf?«

Warte ein paar Minuten, während ich mich umziehe. Nein, lieber ein paar Stunden. Damit ich mich auf Vordermann bringen kann.

»Komm hoch.« Ich drücke auf den Türöffner und laufe in der Zwischenzeit ins Bad, um mir rasch ein wenig Kompaktpuder auf die Wangen zu tupfen. Meine Haare sind in einem Zustand, den Gaia als hoffnungslos bezeichnen würde. Aber mir bleibt keine Zeit. Ich binde sie rasch zu einem improvisierten Pferdeschwanz.

Er kommt die Treppe hoch.

Ich hätte nicht gedacht, dass er einfach so kommen würde, sogar ohne sich telefonisch anzumelden. Darauf bin ich nicht vorbereitet. Mein Herz rast, meine Beine zittern, aber ich muss sicher und entspannt wirken, weil ich ihn nicht merken lassen will, wie sehr er mir gefehlt hat. Auch wenn er sich das vielleicht schon denkt und es absolut sinnlos ist, es vor ihm zu verbergen.

Ich öffne Leonardo die Tür und setze bewusst eine Miene gelinden Erstaunens auf. »Was für eine Überraschung …«

»… mit der du gerechnet hast«, antwortet er mit diabolischem Grinsen und macht damit all mein Bemühen zunichte. Er ist so sexy mit seinem Dreitagebart, den lässig ungekämmten Haaren und dem etwas dunkleren Teint als sonst.

»Komm«, sage ich, bitte ihn mit einer Kopfbewegung

herein und kann mich nur mühsam davon abhalten, ihm um den Hals zu fallen.

Leonardo geht ein paar Schritte in Richtung Wohnzimmer, lässt seinen grünen Seesack auf den Boden fallen und haucht mir ein zerstreutes Küsschen auf die Wange, während er sich umschaut.

»Wie ist es dir denn ohne mich ergangen?«

»Gut.«

»Du lügst.«

Er zieht mich an sich und küsst mich, wieder und wieder. Kurz wandern seine Lippen zu meinem Hals, dann nimmt er mein Gesicht in die Hände, drückt mich gegen den Küchentresen und steckt mir die Zunge in den Hals. Warum lässt er sich bloß nicht packen, Leonardo, warum will er nicht mir gehören? Wie sehr haben sie mir gefehlt, diese gierigen Lippen, diese starken Arme! Wie ich ihn vermisst habe, diesen Körper, der nach Ambra und Leben duftet ... Aber warum kann ich nicht einfach über ihn verfügen, wann immer mir danach ist?

Jetzt kann ich mich nicht mehr länger zusammenreißen und erwidere seine Küsse mit der gleichen Leidenschaft.

»Isst du so?«, fragt Leonardo mich auf einmal und löst sich aus meiner Umarmung, nachdem er auf dem Tisch das Schneidebrett und die Scheibe Brot mit Brie darauf entdeckt hat.

»Ja. Ich liebe venezianische Tramezzini.«

Leonardo schüttelt den Kopf und lächelt abfällig. Auch wenn er ein Meisterkoch ist – an meinen Tramezzini hat noch keiner etwas auszusetzen gehabt.

»Nur zu, die sind hervorragend«, beharre ich voller Überzeugung.

Leonardo beginnt zu lachen, als hätte ich gerade den größten Blödsinn gesagt. »Dann schauen wir mal, ob sie wirklich *hervorragend* sind«, äfft er mich nach. Er beißt in ein Sandwich mit Brie und Walnüssen, kaut langsam und andächtig.

Ich fühle mich wie in einer Prüfung, wie irgendeine Teilnehmerin einer Kochshow, die gleich herausfliegt – mit dem einzigen Unterschied, dass Leonardo nicht nur so streng ist wie die Kochjury, sondern auch schrecklich sexy, was mich natürlich noch stärker hemmt.

Er bedenkt mich mit einem Blick, der nichts Gutes verheißt. Dann seufzt er und zieht mich wieder an sich, fasst mich um die Taille. »Sehr gut«, kommentiert er und leckt sich die Lippen. »Dich könnte ich mir durchaus als meine Assistentin vorstellen.«

»Danke, ich habe bekanntlich schon einen Job. Mehr oder weniger zumindest …«, antworte ich. Er gibt mir einen Klaps auf den Hintern.

»Jedenfalls, wenn du Hunger hast, gibt es noch welche …«, sage ich und zeige auf das Schneidebrett.

»Okay«, erwidert Leonardo. Er zieht seine Lederjacke aus, und wir beziehen Lager auf dem Sofa. Er bewegt sich mit der größten Selbstverständlichkeit, während es für mich ein wenig seltsam ist, ihn hier bei mir zu Hause zu haben. Es ist das erste Mal. Bestimmt hat er sich an die Adresse von jenem Tag mit dem Hochwasser erinnert …

Er schnappt sich ein Sandwich mit Rucola und Bresaola, während ich bei einem mit Gorgonzola und Artischocken die Ecke abbeiße. Doch ich kaue lustlos, weil mir der Appetit vergangen ist. Ich habe plötzlich nur noch Lust auf ihn.

»Schmeckt es dir nicht mehr?«, fragt er mich.

»Klar schmeckt es mir«, lüge ich schamlos. Dann habe ich plötzlich eine Idee. »Soll ich uns was zu trinken holen? Ich hab drüben eine Flasche Dom Perignon …«

»Seit wann hast du denn Alkohol im Kühlschrank? Du

lässt es dir also gut gehen, mein Fräulein …«, kommentiert Leonardo und nickt.

Ich stehe vom Sofa auf und schleiche mich unter dem Vorwand, in die Küche zu gehen, rasch ins Bad, wo ich mir prüfend den Slip herunterziehe. Ich stoße einen Seufzer der Erleichterung aus. Meine Brüste sind sehr angeschwollen, offenbar bekomme ich meine Tage, aber es wäre schade gewesen, wenn das ausgerechnet heute Abend passieren würde … Ich richte meinen Pferdeschwanz vor dem Spiegel her oder versuche es zumindest, hole dann rasch den Champagner und kehre ins Wohnzimmer zurück.

»Da bin ich wieder.« Ich stelle den Dom Perignon auf das Tischchen und hole zwei Gläser. Leonardos Blick folgt mir, während er die Flasche öffnet.

»Alles okay?«, fragt er, als ich die beiden Gläser auf das Sofatischchen stelle.

»Ja«, antworte ich und setze mich wieder zu ihm. Merkt man das wirklich so deutlich, dass mir nicht wohl in meiner Haut ist? Der Schnellkurs in der Kunst der Verstellung, den ich in den letzten Wochen notgedrungen absolviert habe, scheint nicht besonders gefruchtet zu haben: Es ist einfach unmöglich, die Gefühle zu verbergen, die Leonardo in mir entfacht hat.

»Worauf trinken wir?«, frage ich.

»Auf uns«, antwortet er, schaut mir tief in die Augen und stößt klirrend sein Glas an meines. Dann steht er auf und holt ein weißes Päckchen aus seinem Seesack.

»Das hier ist für dich, direkt aus Sizilien importiert«, sagt er.

Ein Geschenk. Damit habe ich wirklich nicht gerechnet.

»Danke«, murmele ich, ein wenig verlegen. »Aber ich hab nichts für dich.«

»Na los, mach es auf«, unterbricht mich Leonardo.

Ich reiße die Verpackung mit größter Sorgfalt auf. Es scheint etwas Weiches darin zu sein. »Wie war denn die Reise?«, frage ich ihn in der Zwischenzeit.

»Sehr gut«, antwortet er im Telegrammstil. Dabei blickt er gedankenverloren in die Ferne, wenn ich mich nicht ganz täusche, auch ein wenig melancholisch. Es müssen große Gefühle sein, die ihn an seine Heimat binden. Etwas, von dem ich nichts wissen soll.

Als ich die zweite Papierschicht ablöse, habe ich ein Stück glatten Stoff in den Fingern. Ich halte ihn mir vor den Brustkorb und entrolle ihn langsam, wie ein Poster. Dann senke ich den Blick, um das Kleidungsstück zu bewundern. Es ist ein prächtiger Umhang aus schwarzer Seide mit einer in Satin eingefassten Kapuze.

»Das nennt man *armuscinu*«, erklärt mir Leonardo, bevor ich ihn danach fragen kann. »Er ist handgemacht. Früher trugen ihn die Sizilianerinnen, wenn sie aus dem Haus gingen, aber heute findet man ihn fast gar nicht mehr.«

»Er ist wirklich wunderschön«, sage ich und drücke ihn an meine Brust. Das muss etwas Rares sein. Mir kommen Bilder aus den Filmen von Tornatore in den Sinn; weil ich nie auf Sizilien war, sind sie meine einzige Quelle.

»Man kann ihn auf zwei Arten tragen.« Leonardo legt mir den *armuscinu* über die Schultern. »Mit der Kapuze nach unten, wenn man Erledigungen macht. Oder mit der Kapuze auf dem Kopf«, er setzt sie mir auf, »wenn man in die Kirche geht oder hochstehende Personen besucht.«

Ich lächele. So sehe ich aus wie eine russische Matrjoschka-Puppe. Von Monica Bellucci in *Malèna* keine Spur!

Leonardo richtet mich her wie ein Modeschöpfer, der seinem Model den letzten Schliff vor dem Laufsteg gibt, dann schaut er mich zufrieden, aber auch ein wenig amüsiert an. »*Assabinidica*, Donna Elena. Es steht dir sehr gut.«

Ich weiß nicht, was ich antworten soll, und nicke nur würdevoll. Er kommt auf mich zu und zupft an dem Umhang. »Aber noch besser siehst du aus, wenn du gar nichts anhast.«

Er zieht mir den Umhang aus, dann das Sweatshirt und schließlich auch noch das Baumwollhemdchen. Als er zart auf meine nackten Brüste pustet, richten sich meine Brustwarzen sofort auf. Er setzt sich aufs Sofa, dreht mich um und zieht mich auf seinen Schoß. Ich lasse mich von seinen kundigen Händen massieren, spüre, wie seine Finger sanft den Hals hochstreichen und dann wieder bis zu den Hüften hinab, wie sie entlang der Wirbelsäule lauter kleine Kreise ziehen. Dann berührt er mich nur kurz an meinen Brüsten. Ein Schauder der Lust geht durch meinen ganzen Körper.

»Du riechst wundervoll. So süß.« Seine Nase schmiegt sich in meine Halskuhle; dann nimmt er seine heiße Zunge dazu. Sogleich gerät mein Blut in Wallung. Ich habe wahnsinnige Lust auf ihn.

»Du hast mir gefehlt, Elena«, flüstert Leonardo mir zu.

Er küsst mich auf den Nacken und drückt sich dann von hinten an mich, sodass ich jeden seiner Körperteile an meinem Rücken spüre: seine Brust, seine Wangen, seinen Mund. Einen Augenblick lang ruht er sich an mir aus. Dann drehe ich mich um, weil ich der Anziehungskraft seines Mundes, seiner heißen Lippen nicht mehr widerstehen kann. Mit einer schnellen Bewegung ziehe ich Leonardo den Pullover über den Kopf, setze mich rittlings auf ihn und küsse ihn weiter, bis er mich herumrollt, sodass ich unter ihm liege. Er packt mit den Händen meine Oberschenkel, dann ist sein Mund wieder auf mir. Er knabbert zärtlich an meiner Scham, durch die Jeans hindurch, während sich meine Finger in sein Haar wühlen. Ich stöhne. Jetzt ist meine Lust nicht mehr aufzuhalten.

Plötzlich hebt er mich hoch und legt mich über seine Schulter wie einen Sack. Ich hänge mit dem Kopf nach unten und muss mich mit den Fingern in seine Jeanstaschen einhaken, um nicht zu rutschen. Doch in Leonardos starken Armen fühle ich mich sicher.

»Wohin bringst du mich?«, frage ich lachend.

Er bewegt sich mit der größten Selbstverständlichkeit durch meinen Flur – beinahe so, als würde er meine Wohnung schon seit Ewigkeiten kennen.

»Ich will dein Schlafzimmer sehen.«

Er schiebt sich durch die angelehnte Tür und legt mich aufs Bett. »Hübsch. Gefällt mir«, kommentiert er, schaut sich um und dreht eine meiner Brustwarzen zwischen den Fingern.

Mein Herz schlägt wie rasend, und die Lust fährt mir wie ein Pfeil durch den Körper. Leonardo zieht mir Jeans und Slip aus und beginnt mich langsam zu lecken, von ganz unten bis hoch zu meiner Klitoris. Ich glühe. Er will mich: Das ist es, was mir seine kundigen Lippen sagen wollen – seine Lippen und seine unermüdliche Zunge.

»Du schmeckst gut, Elena. Wie warmes Brot, und drinnen wie Salz.« Seine Zunge dringt weiter und weiter vor; unersättlich.

In diesem Moment habe ich das Gefühl, im Nichts zu verschwinden, als wäre ich nichts anderes mehr als dieses zuckende, von Lust durchtränkte Geschlecht.

Plötzlich richtet er sich über mir auf, die Augen dunkel vor Begehren, die Brustmuskeln angespannt. Rasch reißt er sich die Kleider vom Leib und wirft sich dann auf mich, hält mir die Hände rechts und links vom Kopf fest. Dann dringt er mit einem einzigen, lustvollen, ungeduldigen Stoß in mich ein und beginnt sich stöhnend und qualvoll langsam in mir zu bewegen.

Wie ein Molekül mitten in einer alchemistischen Umwandlung mache ich einen Sprung in eine andere Dimension. Unsere beiden Körper geben so viel Hitze ab, dass mir schwindelig wird. Es ist, als hätte das Getrenntsein unser Verlangen so stark vergrößert, dass wir jetzt einer ganz anderen Lust entgegentreiben, die überwältigend, verstörend, ja brachial ist.

Leonardo dreht mich um. Ich füge mich, packe mit beiden Händen das Kopfende des Bettes, stöhne hemmungslos und recke ihm meinen Hintern entgegen. Gleichzeitig spüre ich seine Hände auf meinen Hüften, seinen Schwanz tief in mir. Jetzt legt Leonardo richtig los, immer schneller, immer härter, doch ich genieße es.

»Du gehörst mir, Elena«, sagt er und streichelt meine Pobacken. Und stößt weiter, bis ich kurz davor bin, abzuheben.

Ich kann nicht mehr aufhören zu schreien, das Kopfteil des Bettes hämmert gegen die Wand. Dann lasse ich mich kopfüber in meinen Orgasmus fallen wie in einen Abgrund. Ich spüre, wie jeder Muskel in mir zittert, wie das Blut heiß in mir pulsiert, wie mir im Kopf ganz leicht zumute wird. Auch Leonardo folgt mir, hält mich fest, bis wir beide keuchend auf die Laken fallen und er mich in seine Arme schließt.

Ich liege ihm gegenüber und bewundere, zusammengekauert an seiner Brust, seinen ganzen Körper, atme tief seinen betörenden Duft ein. Ich fühle mich vollkommen verloren in ihm, an ihn.

»Clelia hat uns bestimmt gehört …«, murmele ich.

»Wer ist Clelia?«

»Meine Nachbarin.« *Ich habe mehr Lärm gemacht als ihre rolligen Katzen,* denke ich lächelnd.

»Ich weiß ja nicht, was Clelia dazu sagt, aber es ist

schön, deine Lust zu hören.« Leonardo tupft mir mit dem Finger an die Nase, schaut mich wohlgefällig an.

Mach das nicht, sonst bekomme ich Lust, dich zu liebkosen … ich darf mich derlei zärtlichen Gefühlen auf keinen Fall hingeben. Ich streiche mit den Fingern durch sein Brusthaar.

»Was hältst du von einem heißen Bad?«, frage ich ihn. Die Idee ist mir plötzlich gekommen.

»Warum nicht …«

Ich mache Anstalten, mich zu bewegen, doch Leonardo hält mich fest. »Bleib hier; ich lasse das Wasser ein.« Er steht auf, und meine Augen streicheln seinen stattlichen Körper. Es gefällt mir, wie er die Initiative ergreift. Es gefällt mir, dass Leonardo hier ist. Mir gefällt einfach alles an ihm. Bis auf die Tatsache, dass er nie mir gehören wird.

Ich befinde mich immer noch in einem Zustand süßer Benommenheit, als Leonardo ins Schlafzimmer zurückkehrt, auf dem Gesicht eine Mischung aus Spott und Amüsiertheit. »Und was ist das da?«

Du meine Güte, der Vibrator! Er hat ihn in dem Schränkchen mit den Badezusätzen gefunden. Nein! Vor Scham würde ich mich am liebsten unter der Bettdecke verstecken.

»Den hat mir Gaia geschenkt. Zu Weihnachten«, rechtfertige ich mich.

Leonardo schüttelt lächelnd den Kopf. »Und, hast du ihn schon benutzt?« Er nähert sich dem Bett. Das kalte Objekt in seinen Händen hat etwas erschreckend Erotisches.

»Ehrlich gesagt: nein.«

»Warum nicht?«

»Ich weiß nicht, ich glaube, es würde mir nicht gefallen.«

»Du glaubst?« Leonardos Blick spricht Bände, während er langsam neben mir ins Bett steigt.

Ich muss mich noch von dem Orgasmus von vorhin erholen. Dieser Mann bringt mich noch um! Er streichelt mich zwischen den Beinen, fährt sanft mit dem Finger hin und her. Meine Lustknospe wird wieder prall – sie ist noch nicht satt, und ich spüre, wie etwas in mich eindringt, das die Beschaffenheit von Glas hat. Es ist glatt und eisig und gleitet schnell in mich hinein. Ich stoße einen kleinen Schrei aus.

Leonardo schiebt den Vibrator noch tiefer in mich hinein, bewegt ihn hin und her, schaltet ihn dann ein. Das ist ein ganz neues, herrliches, erregendes Gefühl, wie alles, was ich mit ihm mache. Ich mache die Augen auf und schaue an mir herunter. Der Dildo schimmert im Licht der Nachttischlampe. Der Anblick dieses unbelebten Objekts in meinem Körper ist befremdlich, aber er gefällt mir irgendwie auch.

Leonardo lässt den Luststab aus mir herausgleiten und legt ihn in meine Hand. »Jetzt mach du weiter, Elena«, sagt er und packt seinen Schwanz. »Ich möchte dir dabei zusehen, wie du es dir machst.« Seine Augen sind voller Begehren und Lust.

Wie hypnotisiert befolge ich seine Anweisung, weil ich nicht die Kraft finde, mich ihm zu widersetzen. Der Dildo schenkt mir ein wollüstiges Gefühl, das durch Leonardos Blicke noch verstärkt wird. Ich begreife gar nichts mehr, bin wehrlos: Alles dreht sich um mich, meine Hände haben keine Kraft mehr. Leonardo schaut mich an, nimmt mir dann das Spielzeug aus den Händen, packt mich an den Hüften und dringt hart in mich ein. Ich stöhne noch lauter als vorher.

»Und das, das gefällt dir besser, stimmt's?«, flüstert er mir ins Ohr.

Ein Stöhnen, das mehr sagt als tausend Worte, entringt sich meinen Lippen.

Er gleitet aus mir heraus und führt mich am Arm ins Bad. Das Wasser steht fast bis zum Rand der Wanne. Leonardo beugt sich darüber, dreht den Wasserhahn zu und wirft eine Brausekugel mit Patschuliduft ins Wasser, von der sofort tausend kleine Bläschen aufsteigen, während sie sich auflöst. *Gut gemacht, Leonardo. Du weißt immer ganz genau, was mir gefällt.*

Ich stoße einen tiefen Seufzer aus und steige als Erste in die Wanne, lasse mich in die schaumigen Fluten gleiten. Leonardo betrachtet mich lüstern und nimmt mir gegenüber Platz, wobei ein wenig Wasser über den Rand schwappt. Meine Wanne ist klein – unsere Beine umschlingen sich.

Leonardos Augen verdunkeln sich vor Begehren, als er sich meinem Gesicht nähert und beginnt, mich zu küssen. Er nimmt mein Gesicht in beide Hände und bemächtigt sich meines Mundes. »Komm her«, stöhnt er und zieht mich rittlings auf sich. Er streichelt den kleinen Leberfleck unter meiner Brust, lächelt mich an. »Immer, wenn ich an dich denke, denke ich auch an den hier.«

Jetzt spüre ich ihn, spüre, wie er wieder in meine nasse, heiße Höhle eindringt. Ich setze mich auf ihn, lasse mich ganz von seinem Schwanz erfüllen, krümme den Rücken, stöhne. Dann packe ich seinen Kopf und ziehe ihn an meine Brust, recke ihm meine Brustwarzen entgegen. Ich will seinen Mund auf mir spüren, will ihm zeigen, wie geil ich auf ihn bin.

Wir bewegen uns im Takt im beschränkten Raum der Wanne; unsere Körper sind nass und glitschig, unsere Augen feucht vor Lust, unsere Münder gierig. Das Wasser schwappt weiter über den Wannenrand.

Langsam breitet sich ein neuer Orgasmus in mir aus, verschlingt meinen Körper, meine Seele. Er droht mich zu überwältigen, und ich spüre, dass auch Leonardo beginnt, die Kontrolle zu verlieren. Wir kommen gleichzeitig, in einem innigen Kuss ineinander verschlungen.

Ich gehöre ihm. Und er gehört mir, wenigstens für diese Nacht.

Das Bad ist jetzt voller Dampf. Ganz langsam wird das Wasser klar, nachdem sich der Schaum aufgelöst hat. Wir bleiben noch einen Moment so sitzen, ich mit dem Bauch nach oben, zwischen seine Beine geschmiegt wie in einer Wiege.

»Du hast dich verändert, Elena, weißt du das?«, fragt Leonardo mich, spielt mit meinen Haaren.

»Was meinst du damit?«

»Der Sex mit dir ist anders. Du bist freier, sinnlicher.«

»Du hast mich verändert.«

»Vielleicht. Zum Teil. Aber eigentlich habe ich nur das zutage gefördert, was du bereits in dir hattest.«

Das ist ein unerwartetes Kompliment, das mich mit Stolz und Zärtlichkeit erfüllt. Weil ich nicht weiß, wie ich damit umgehen soll, nehme ich Zuflucht in Ironie: »Dann komme ich also ins nächste Semester, Herr Professor?«

Seine einzige Antwort ist, dass er meinen Kopf unter Wasser drückt. Mit einem Schrei tauche ich wieder auf, stürze mich auf ihn, beiße ihn in den Arm. Wir lachen.

Dann hebt er mich ein wenig hoch und beginnt, meinen Rücken mit Hilfe des Schwammes zu massieren. Wenn er will, kann er schrecklich zärtlich und behutsam sein. Ich schließe die Augen und entspanne mich, liebkost von seinen Händen und dem steten Geräusch der Tropfen, die von der Brause ins Wasser fallen.

»Bleibst du über Nacht?« Die Worte sind mir spontan

herausgerutscht, bevor ich sie aufhalten kann. Habe ich jetzt einen Fehler gemacht? Das war keine Frage, die man einem wie ihm stellen darf.

»Ja.«

Ich reiße erstaunt die Augen auf. Mit dieser Antwort habe ich nicht gerechnet. Liebhaber bleiben doch nie über Nacht. Ich drehe mich um und schaue ihn an, weil ich wissen will, ob er es ernst meint.

»Ich hab keine Probleme damit, wenn du sie nicht hast.«

Aha. Was auch immer gelten mag – für Leonardo gilt es natürlich nicht.

Ich küsse ihn voller Leidenschaft – so wie ich ihn vielleicht noch nie geküsst habe, als wäre er mein Mann und ich seine Frau, und als gäbe es ihn nicht, diesen verfluchten Pakt zwischen uns, der uns vereint und doch trennt.

Ich darf mich nicht verlieben, das weiß ich. Aber ich will auch diesen Moment des Glücks nicht verschwenden, ihn nicht mit sinnlosen Gedanken befrachten. Ich möchte ihn leben, ihn auskosten. Jetzt.

Duftend und erhitzt von dem langen Bad steigen wir ins Bett. Leonardo ist hier, in *meinem* Bett, und er ist meinetwegen hier. Unter der Bettdecke nehme ich ihn in die Arme. Es macht mich glücklich zu wissen, dass er auch morgen noch da sein wird.

Wir schlafen nicht gleich ein, sondern drehen und wenden uns noch eine Weile im Bett, küssen uns wieder und wieder, als könnten wir gar nicht genug voneinander kriegen, und liegen uns in den Armen, als wollten unsere Körper einfach alles festhalten, auch unseren Atem. Dann gleite ich, ehe ich mich's versehe, von diesem Zustand des Dämmerns in einen tiefen Schlaf hinüber.

Um Viertel vor sieben reißt mich das nervige Summen meines Telefons unsanft auf dem Schlaf. Ich öffne die Augen und bin schlagartig wach, als mir bewusst wird, was für ein Tag heute ist: Verdammt, das Gespräch mit der Borraccini!

In zwei Stunden muss ich in Padua sein. Ich habe meine Mutter gebeten, mich telefonisch zu wecken, damit ich auch wirklich wach werde. Das mache ich immer, wenn ich sehr früh aufstehen muss.

Um Leonardo nicht zu wecken, flüstere ich am Telefon. »Ciao, Mama«, murmele ich mit schläfrig belegter Stimme. Auf Zehenspitzen schleiche ich ins Wohnzimmer.

»Aber wieso redest du denn so leise?«, zischt meine Mutter in der Leitung.

»Vielleicht ist kein guter Empfang.« Ich habe ganz vergessen, dass sie mich auf dem Festnetz angerufen hat und nicht auf dem Handy, aber zum Glück merkt sie solche Sachen nicht.

»Also, bist du jetzt wach? Um wie viel Uhr geht dein Zug?«

Ich weiß es nicht, Mama. Ich weiß nicht mal, in welcher Welt ich mich eigentlich befinde. »Um acht«, antworte ich aufs Geratewohl.

»Schaffst du das?«

»Klar. Ich bin prima in der Zeit.« Jedenfalls hoffe ich das.

»Umso besser. Sei ganz du selbst und gib dein Bestes, wie immer … Toi toi toi, mein Schatz!«

»Danke. Bis dann.«

Ich kehre ins Schlafzimmer zurück. Als ich mit nackten Füßen über den kalten Boden tapse, läuft mir ein Schauder über den Rücken, pikst mich wie mit Nadeln auf der noch erhitzten Haut. Ich ziehe mir meinen übergroßen Wollpullover an.

Leonardo öffnet einen Moment lang die Augen und schließt sie gleich wieder, geblendet von dem Sonnenstrahl, der durchs Fenster hereinfällt. »Hat das Telefon geklingelt? Wie spät ist es?«, fragt er und taucht langsam aus den Tiefen des Schlafes auf. Er ist ganz zerknautscht, sieht aber auch so gut aus. Ich hingegen muss mit den zerzausten Haaren und den Ringen unter den Augen aussehen wie eine Hexe.

»Es ist noch früh, aber ich muss los. Ich habe einen Geschäftstermin. Schlaf ruhig noch.« Kaum habe ich das gesagt, wird mir mit einem Krampf in der Magengrube klar, dass ich vor ein paar Monaten eine ganz ähnliche Situation mit Filippo erlebt habe. Nur sind jetzt die Rollen vertauscht.

Ich schiebe den lästigen Gedanken rasch von mir, und während Leonardo weiterdöst, mache ich eine Tür meines Kleiderschranks auf. Rasch wähle ich mein Outfit und schleiche mit den Kleidern in der Hand ins Bad. Weiße Hermès-Bluse, schön anliegend, schwarze Röhrenjeans, anthrazitgraue Strickjacke, schwarze Stiefeletten mit halbhohem Absatz. Ich trage unter den Augen etwas Korrekturstift auf, lege Rouge und ein wenig Lipgloss auf und fasse meine Haare in zwei Strähnen im Nacken zusammen; so sieht das perfekte brave Mädchen aus. *Glückwunsch, Elena. Auch wenn du schon lange nicht mehr weißt, was ein braves Mädchen eigentlich ist …*

Ich kehre ins Schlafzimmer zurück, um Tasche und Mantel zu holen, und sehe, dass Leonardo die Arme hinter dem Nacken verschränkt hat und mich mit großen Augen beobachtet.

»Ich weiß noch nicht, wann ich zurück bin«, erkläre ich und gehe auf ihn zu. »Aber du kannst so lange bleiben, wie du willst.«

»Ich gehe dann auch gleich«, murmelt er, noch etwas verschlafen. Seine Stimme ist rau. Dann packt er mich an der Hand und holt mich zu sich aufs Bett.

»Du ziehst die Tür einfach von außen ins Schloss«, fahre ich fort.

»Bist du am frühen Morgen immer so schön?«, fragt er, ohne mir zuzuhören, und küsst mich.

Ich lasse auf seinen Lippen einen Hauch Lipgloss zurück und finde, dass Leonardo auf einmal lustig aussieht: In diesem Licht habe ich ihn noch nie gesehen. »Ciao«, flüstere ich ihm ins Ohr und eile hinaus, wobei ich mir Mühe gebe, nicht irgendwo hängen zu bleiben oder gegen etwas zu stoßen, wie es sonst meine Art ist.

»Ciao«, erwidert er meinen Gruß. »Hab einen schönen Tag.«

Um halb zwei bin ich wieder aus Padua zurück. Ich weiß noch nicht, ob ich den Auftrag annehmen soll, den man mir angeboten hat, aber ich bin glücklich und würde am liebsten der ganzen Welt zulächeln. Das haben alle bemerkt, sogar diese Harpye von Frau, die Borraccini, die mich bei meinem Eintreffen heute Morgen mit den herzlichen Worten begrüßt hat: »Guten Tag, Elena. Sie sehen heute ganz besonders gut aus.« Offenbar hat der Sex mit Leonardo genau diese Wirkung auf mich, viel besser als ein Peeling oder ein paar Vitaminpillen.

Ich gehe raschen Schritts die Straße in Richtung Zuhause entlang. Ich bin voller Hoffnung, in meinem Kopf läuft ein romantischer Film ab, in dem Leonardo die Hauptrolle spielt. Auf der Treppe zu meiner Wohnung nehme ich zwei Stufen auf einmal, weiche Clelias Blick aus, als ich ihr im Erdgeschoss begegne, schließe leise die Tür auf und schaue mich um. Von Leonardo keine Spur.

Ich gehe ins Schlafzimmer. Es würde mir gefallen, wenn er noch da wäre und auf dem Bett läge, genau so, wie ich ihn am Morgen zurückgelassen habe. Ich habe immer noch Lust auf ihn, auf seine Haut, seinen Geruch, seine Kraft. Auch hier ist er nicht, doch sein Duft hängt immer noch im Zimmer. Er hat sorgfältig das Bett gemacht und den Seidenumhang kunstvoll darauf drapiert. Auf dem Kissen liegt ein in der Mitte gefalteter Zettel.

Ich öffne das Briefchen und lese.

Wenn man nicht vom Morgen, sondern von der vorigen Nacht auf den Tag schließen will, dann wird das ein herrlicher Tag.

Bis bald

Leo

Ich lasse mich aufs Bett fallen und drücke das Brieflein an mein Herz. Ich schaue zur Decke, lächele und denke: *Ja, er hat recht. Das ist jetzt schon ein herrlicher Tag.*

• 15 •

Seit Tagen befindet sich Venedig im Karnevalsfieber. Die Werkstätten der Maskenbauer und die Schneidereien arbeiten auf Hochtouren, und überall in der Stadt sind Stände aufgebaut, die Masken, Hüte und Perücken jeglicher Form und Farbe feilbieten. Horden von Touristen aus aller Welt sind in die Stadt eingefallen. Wenn diese Menschenmassen unterwegs sind, wird es unglaublich beschwerlich, in den Gassen vorwärtszukommen oder ein Vaporetto zu nehmen. Man muss sich mit Geduld wappnen und mit dem Gedanken abfinden, dass man, ganz gleich, zu welchem Ziel man unterwegs ist, zu spät kommt, wenn man nicht deutlich früher aufbricht als sonst.

Es ist Faschingsdienstag, und ich gehe zu Leonardo. In letzter Zeit war ich des Öfteren bei ihm im Palazzo und freue mich jedes Mal, das Fresko wiederzusehen, das von der Wand auf mich herunterblickt wie ein vertrautes Gesicht. Mittlerweile gibt es zwischen Leonardo und mir eine Art Routine, eine Reihe kleiner Gewohnheiten, die uns vereinen, ohne uns aneinander zu binden. Zum Beispiel seine kleinen Nachrichten, die ab und zu bei mir eintreffen und in denen er sich mit mir verabredet, wie eine Aufforderung zur Lust. »Komm gegen fünf bei mir vorbei«, hat er mir gestern geschrieben. »Zieh dir was Elegantes an und trag den Umhang. Wir gehen auf ein privates Fest.«

Als ich mich das letzte Mal verkleidet habe, war ich zwölf Jahre alt und trug ein Pierrot-Kostüm, hatte mir das

Gesicht mit weißer Theaterschminke bemalt und bewegte mich mit der Ungelenkigkeit eines Mädchens, das kein Kind mehr und noch keine Frau ist. Ich schämte mich ein bisschen, eingezwängt in dieses Kostüm, das mir nicht gehörte, und erinnere mich, dass ich erst dann Spaß an der Sache hatte, als ich endlich vergessen hatte, dass ich überhaupt kostümiert war.

Für diesen Abend hingegen habe ich ein langes Kleid aus blauer Seide angezogen und mir den *armuscinu* von Leonardo über die Schultern geworfen. Ich kann es kaum erwarten, mich zusammen mit ihm in die berauschende, verheißungsvolle Karnevalsatmosphäre zu stürzen. Man munkelt, bei den Festen, die während des Karnevals in Venedig in verschiedenen privaten Palazzi stattfinden, passiere alles Mögliche. Ich habe nie eine solche Party besucht und auch ein wenig Angst davor, doch die Tatsache, dass Leonardo an meiner Seite ist, schenkt mir Sicherheit.

Ich grüße mein Fresko und gehe die Treppe hoch in Leonardos Zimmer. Er macht sich gerade fertig, und ich bleibe, an den Türstock gelehnt, stehen, um ihm dabei zuzuschauen. Er trägt einen glänzend schwarzen Smoking und darüber einen Umhang aus dunkelgrüner Seide, ganz ähnlich wie der meine. Es ist ein Outfit, das seiner etwas düsteren Schönheit einen besonderen Touch verleiht.

Jetzt kommt er mir entgegen und küsst mich zur Begrüßung.

»Du siehst perfekt aus«, sagt Leonardo und bewundert mich von allen Seiten. »Aber da fehlt noch was.« Mit diesen Worten nimmt er eine prächtige Colombina-Maske aus dem Schrank und zieht sie mir übers Gesicht.

»Die ist toll«, kommentiere ich und betrachte mich im Spiegel. Die Maske bedeckt die Augen und einen Großteil der Wangen, nur der Mund schaut heraus.

»Die habe ich bei Nicolao gekauft. Extra für dich.«

Ich wage kaum daran zu denken, wie wertvoll sie ist. Es ist eine authentische venezianische Maske aus Pappmaché, handgemacht und mit kostbarem weißem Samt bezogen, der bestickt und mit aufwändigen Schnörkeln bemalt ist. Auf der einen Seite, etwa auf der Höhe der linken Schläfe, sind eine Rose aus weißer Seide sowie eine weiche, versilberte Feder angebracht.

Leonardo befestigt die Maske in meinem Nacken und zieht sich selbst eine über. Die seine ist durchgängig weiß und schmucklos, eine Bauta wie aus dem achtzehnten Jahrhundert. Sie bedeckt das ganze Gesicht und spitzt sich über der Mundpartie zu.

Jetzt sind wir nicht mehr wir selbst und hinter unseren neuen Gesichtern bereit, in die Welt hinauszugehen.

Es ist ein grauer und feuchter Abend; wahrscheinlich wird es regnen, doch wir brauchen keine Sonne. In mir herrscht eine Heiterkeit, die nicht weichen will, und es ist mir egal, wenn sich meine Haare von der Feuchtigkeit kräuseln. Wir stürzen uns unter die Massen, während wir die festlich geschmückte Stadt durchqueren, lassen uns inmitten eines farbenprächtigen Taumels aus Musik, Farben, Federn, Schleiern, Rasseln und Geschrei treiben. Die Studenten der Accademia di Belle Arti haben an verschiedenen Standorten mobile Schminkstationen eingerichtet und sind mit Feuereifer dabei, die Gesichter der Menschen mit kunterbunten Pinselstrichen und einer Handvoll Glitzerpuder zu verwandeln. Überall herrscht Chaos und eine Begeisterung, die kaum zu überbieten ist.

Leonardo und ich legen einen Zwischenstopp an einer Bude ein und kaufen uns eine Portion Kürbiskrapfen. Dieses venezianische Schmalzgebäck schmeckt göttlich, eine Süßigkeit, von der man nie genug bekommen kann und die vom Mund direkt ins Herz geht. Eine Weile schlendern wir ziellos umher, lassen uns von der ausgelassenen Menge treiben oder folgen einfach nur der Inspiration des Moments.

Am Markusplatz angekommen, schauen wir uns die *sfilata delle Marie* an, eine Art Schönheitswettbewerb. Wie jedes Jahr hat in den Wochen vor dem Karneval in der Stadt ein Vorentscheid unter den schönen Venezianerinnen stattgefunden, um die zwölf Marien auszuwählen, die sich am Karnevalsdienstag bei der großen Parade präsentieren. In wenigen Stunden wird dann die offizielle Gewinnerin präsentiert, die »Maria des Jahres«, der für diesen Sieg ein stolzes Preisgeld winkt. Um unter die letzten zwölf zu kommen, herrscht unter den Venezianerinnen alljährlich ein harter Kampf. Bis letztes Jahr hat auch Gaia immer mitgemacht – und dank ihrer überaus nützlichen Beziehungen hat sie es immer geschafft, das Kränzlein der zwölf Finalistinnen zu erreichen, doch gewonnen hat sie nie (vielleicht deshalb, weil der Juryvorsitzende Dunkelhaarige bevorzugt). Für Gaia eine große Schmach, erst recht, als sie aufhören musste, weil sie die zugelassene Altersgrenze überschritten hatte. Glücklicherweise lässt sich meine Unbeholfenheit nur schlecht mit dem Gedanken vereinbaren, über einen wackeligen Laufsteg zu stolzieren, und mein unsicherer Charakter trägt ein Übriges dazu bei, mich von jeglichen Schönheitswettbewerben fernzuhalten.

Wir gehen an der Seufzerbrücke vorbei, biegen in eine verschwiegene Gasse ab und stehen kurz darauf vor dem Eingang des Palazzo Soranzo.

»Das Fest ist hier?«, frage ich und rücke meine Maske auf dem Gesicht zurecht.

»Ja«, antwortet Leonardo mit einem diabolischen Lächeln auf den Lippen.

Ein Majordomus, etwas eigenwillig gekleidet in der Maske eines Pestarztes mit der typischen langen Nase, die einem Storchenschnabel ähnelt, macht uns die Tür auf und bittet uns herein, wobei er uns mit silbrigem Konfetti bewirft. Man hat den Eindruck, in eine andere Dimension überzugehen, stelle ich spontan fest. Selbst das Konfetti hier ist anders als das draußen.

Unter einem Laubengang durchqueren wir den Garten. Efeu hat sich der Mauer bemächtigt; seine großen Blätter leuchten in verschiedenen Gelb- und Rottönen. Einige Maskierte stehen am Rande des Innenhofes, andere spielen Verstecken zwischen den bemoosten Statuen, sie lachen und laufen einander rund um einen Brunnen mit Putten hinterher. Alles hier ist wie verwunschen, eine Oase des Zaubers und der Verführung.

Von hier aus betreten wir den Palazzo und tauchen sogleich in eine Atmosphäre frivoler Anzüglichkeit ein, die jedoch innerhalb dieser Mauern die natürlichste Sache der Welt zu sein scheint. Es wimmelt nur so von Menschen, und es herrscht großer Lärm. Überall Stimmengewirr und Geräusche jeder Art. Fast alle sind maskiert und bereits bester Stimmung. Männer küssen Männer im Frauengewand, junge Frauen zeigen schamlos ihre Brüste und Gesäße, es wird auf Tischen und Samtsofas getanzt, Pärchen vergnügen sich in dunklen Ecken. Lippen schließen sich gierig um Weinflaschen, Zungen züngeln, Hände tasten und erkunden. Es ist Karneval: Es gibt kein Halten mehr. Erlaubt ist, was gefällt, und Grenzen sind einzig und allein dazu da, überschritten zu werden. Wer weiß, ob ich alldem gerecht werden kann. Ich komme mir ein wenig wie ein Eindringling vor, auch wenn dieses Klima absoluter Hemmungslosigkeit – ich gebe es zu – nicht ohne Wirkung auf mich bleibt.

Wie verzaubert durchqueren wir mehrere Zimmer, bis wir in den Hauptsalon gelangen. Auf einem erhöhten und in psychedelisches Licht gebadeten Podium ist eine Musikanlage aufgebaut. Den DJ kenne ich: Es ist Tommaso Vianello, Künstlername Tommy Vee. In der Schule hatten wir ein Stück gemeinsamen Weges – ich war in der ersten Klasse, er in der vierten –, und ich war total verschossen in ihn, hatte aber nie den Mut, ihm das zu sagen. Ich winke ihm zu, er erwidert meinen Gruß mit einem Augenzwinkern, doch wenn ich es recht bedenke, habe ich meine Zweifel, ob er mich unter der Maske überhaupt erkannt hat. Gerade hat er sein Meisterstück aufgelegt: *Rondo Veneziano* als Remix. Das ist Musik für Gaia, aber auch ich habe nichts dagegen, weil sie unwiderstehlich ist und einen Rhythmus hat, der einen überallhin verfolgt und bei dem man einfach nicht stillsitzen kann. Die Leute bewegen sich und tanzen immer wilder.

Im Mittelpunkt des Saales hat eine Gruppe freizügig bekleideter Mädchen einen sinnlichen Tanz begonnen und lenkt damit die Aufmerksamkeit der Gäste auf sich. Sogleich bildet sich ein Kreis um sie, und wir alle werden Zeugen ihrer lasziven Improvisation. Leonardo steht hinter mir, legt die Hände um meine Taille, schiebt seine Maske hoch und nähert sein Gesicht dem meinen, während ich mich in seinen Armen zur Musik wiege. Ich kann den Blick nicht von den Mädchen wenden und denke fasziniert, dass es sich ja vielleicht doch um eine ausgetüftelte Choreografie handelt. Eine von den jungen Frauen ragt besonders heraus; man bemerkt sie unweigerlich, weil sie eine betörende Mischung aus Engel und Magd ist, eine moderne Salomé mit einem geradezu unverschämt vollkommenen Gesicht. Sie trägt ein superkurzes, halb durchsichtiges Kleid, das aus mehreren hauchdünnen weißen Schleiern besteht.

Die blonden Haare sind im Nacken zusammengefasst, und mitten in den Locken trägt sie ein Strasskettchen, das anmutig in einen tropfenförmigen Anhänger auf der Stirn mündet. Sie bewegt sich mit Leichtigkeit und Grazie, setzt die Füße elegant auf in den Spitzenschuhen. Alles an ihr ist weich und geschmeidig, jede ihrer Bewegungen verzaubert und erobert zugleich.

An einem gewissen Punkt lüftet sie ihre Maske und gibt den Blick auf zwei schwindelerregend grüne Augen frei, die durch aufwendige Schminke noch zusätzlich betont sind. Alle Augen richten sich auf sie. Die anderen Mädchen stellen sich jetzt im Halbkreis um sie auf und überlassen ihr die Mitte der Bühne. Salomé ist eine stolze Frau, die ihren Körper ohne jegliche Angst zeigt, während sie der Musik folgt, ihr die Stirn bietet. Als sie an uns vorbeitanzt, begegnen sich unsere Blicke, und sie zwinkert Leonardo zu. Als ich mich umdrehe, sehe ich, dass er ihr zulächelt. Ich bin nicht eifersüchtig. Sie ist so schön, dass auch ich Lust bekomme, ihr zuzulächeln.

»Kennst du die?«, frage ich ihn.

»Sie heißt Claudia«, antwortet er in neutralem Ton und offenbar ohne jeden Hintergedanken. »Ich hab sie ein paar Mal im Restaurant gesehen.«

Ich würde gerne mehr über ihre Bekanntschaft wissen, doch Leonardo lässt mir keine Zeit zu reden und lenkt meine Aufmerksamkeit wieder auf sie. Jetzt ist Claudia bei der Mohrenstatue in der Ecke des Salons angelangt und umgarnt die schwarze Figur mit gekonntem, laszivem Hüftschwung, als wäre es ein Mann aus Fleisch und Blut. Dann hält sie sich am Hals des Mohren fest, geht auf die Zehenspitzen und schwingt sich mit einer eleganten Bewegung auf seine Schultern, wo sie sitzt wie eine Königin auf ihrem Thron. Die Musik verstummt, und im Publikum brandet

Applaus auf, gefolgt von Jubelrufen. Salome steigt von den Schultern des Mohren, dreht noch zwei Pirouetten und verbeugt sich vor den Zuschauern, während ein Harlekin ihr mit einer roten Rose das Gesicht liebkost. Geschickt nimmt sie den Stiel zwischen die Zähne und geht lächelnd davon.

Meine Güte, diese Frau hat eine unwiderstehliche Anziehungskraft – auch auf mich –, und die Gedanken der Männer wage ich mir gar nicht erst vorzustellen. Ich bin hingerissen und kann den Blick nicht von ihr wenden … Jetzt kommt sie direkt auf uns zu, lächelt Leonardo an.

»Herzlich willkommen, Leo«, sagt sie mit einem betörenden Lächeln und haucht ihm ein Küsschen auf die Wange. Sie ist noch ein wenig außer Atem von ihrem Tanz, und kleine Schweißperlen liegen auf ihrer Haut. Dann wendet sie sich an mich. »Auch du bist herzlich willkommen … Wer bist du?« Sie hat also bemerkt, dass ich existiere, die Göttin.

»Angenehm, ich bin Elena«, antworte ich und gebe ihr die Hand.

»Ich hoffe, der Abend verläuft ganz nach eurem Geschmack …« Sie betrachtet mich. Dabei hat sie ein seltsames Leuchten in den Augen.

»Gewiss«, sage ich, ein wenig aus dem Konzept gebracht. »Dich tanzen zu sehen … du warst wundervoll … nein, du *bist* wundervoll.«

»Danke.« Offenbar ist sie an Komplimente gewöhnt. Kurz lüftet sie meine Maske und betrachtet mich neugierig. »Und wenn eine Frau wie du das sagt, freut es mich noch mehr.« Bei ihren Worten erfasst mich ein sonderbarer Schwindel, den ich mir nicht recht erklären kann.

»Wir haben den gleichen Geschmack, Leo. Und nicht nur beim Essen«, fährt sie mit verschmitzter Miene fort.

Was sie damit meint, habe ich nicht genau begriffen,

doch ich sehe, wie Leonardo lächelt. Er hingegen scheint genau verstanden zu haben, was sie im Sinn hat. »Elena und ich haben was zu rauchen dabei. Wenn du Lust hast, komm doch mit.«

Elena und ich? Rauchen? Ich habe nichts davon gewusst und werfe ihm einen erstaunten Blick zu, den er jedoch nicht weiter beachtet.

»Ich habe jetzt noch etwas zu tun«, erwidert Claudia, die seinem Vorschlag offenbar nicht abgeneigt ist. »Aber ich suche später nach euch. Also – nicht einfach verschwinden …« Dann stürzt sie sich, mit einem letzten etwas anzüglichen Lächeln, wieder in die Menge.

Ich schaue Leonardo an, weil ich eine Erklärung von ihm haben will.

»Ist das eine von deinen Geliebten?«, frage ich ihn gerade heraus. Leonardo hebt eine Augenbraue und setzt eine amüsierte Miene auf.

»Nein, wenigstens nicht bis heute Abend …«

»Was hast du vor?«, frage ich beunruhigt.

»Deine Fantasien befriedigen, wie immer«, antwortet er mit einer gespielten Fügsamkeit, die mich an einen Tiger im Käfig erinnert. »Ich hab gesehen, wie du sie vorhin angeschaut hast.«

»Und *wie* hab ich sie angeschaut, bitte schön?«

»So, wie du mich anschaust.«

Ich werde knallrot. »Weil sie wunderschön ist, oder? Das wirst du ja wohl auch bemerkt haben, oder täusche ich mich?«, sage ich, wie um mich zu rechtfertigen.

»Hast du jemals eine Frau geküsst?« Seine Augen sind wie feine Nadeln, die mir unter die Haut gehen.

»Ehrlich gesagt, nein.«

»Und hattest du nie Lust darauf?« Leonardo schaut mich herausfordernd an.

»Nein …«

»… Wenigstens nicht bis heute Abend«, beendet er den Satz für mich.

»Jetzt reicht's«, sage ich und zeige mit dem Finger auf ihn. »Hör sofort auf damit!«

Er lacht laut hinaus, ohne auf meine Drohungen zu reagieren, nimmt mich an der Hand und führt mich in Richtung Bar, wo er zwei Gläser Champagner bestellt. Während ich trinke, denke ich über diese Frau nach, die, wie ich zugeben muss, eine gewisse Verwirrung in mir verursacht hat. *Kann es sein, dass Leonardo mich wirklich in ihre Arme treiben will*, frage ich mich und schaue ihn an. Nein, etwas Derartiges würde ich niemals zulassen. Und doch ist die allgemein lüsterne Stimmung um uns herum ansteckend, denn sie weckt in mir den Gedanken, dass wenigstens heute Nacht alles möglich ist.

Leonardo und ich lassen uns eine Weile durch die verschlungenen Korridore des Palazzos treiben und ziehen uns schließlich in einen kleinen, halbdunklen Salon zurück. Mehrere, offenbar schon angetrunkene Personen sind in einen hitzigen Disput verwickelt, dessen Inhalt sich mir allerdings nicht ganz erschließt. Ihre Stimmen mischen sich unter die Musik, die durch die Gänge hallt, sodass sie uns nicht bemerken, als wir uns hinter ihnen auf einem Sofa niederlassen. Wir nehmen die Masken ab, Leonardo zaubert aus seiner Tasche einen Joint hervor und zündet ihn an. Eine Rauchspirale mit etwas herbem Geruch kitzelt mich in der Nase. Es riecht nach verbranntem Heu. Leonardo nimmt einen tiefen Zug und gibt mir dann den Joint weiter. Ich schaue ihn unsicher an, weil ich in meinem ganzen Leben nicht einmal eine Zigarette geraucht habe, von einem Joint ganz zu schweigen …

»Na los«, ermuntert er mich. »Ein kleiner Zug, dann holst du tief Luft und atmest wieder aus.«

Okay, ich versuch's. Offenbar ist der erste Probedurchlauf eine Katastrophe: Der Rauch bleibt mir im Hals stecken und trifft auf meine Lunge wie ein Messerstich. Unter Leonardos amüsiertem Blick huste ich, bis mir fast die Augen aus den Höhlen treten. Der zweite Versuch läuft besser, und beim dritten bin ich schon ein alter Hase. Ich schließe die Augen, schiebe den Joint zwischen meine Lippen, inhaliere. Dann behalte ich den Rauch zwei Sekunden im Mund, genieße seinen verbotenen Geschmack, und lasse ihn wieder heraus. Der Geruch gefällt mir, in mir dreht sich alles, und meine Muskeln entspannen sich. Ich mache es mir auf dem Sofa bequem und gebe mich ganz diesem Zustand süßer Benebelung hin. Dann reiche ich Leonardo den Joint weiter. Er steckt ihn sich zwischen Mittelfinger und Ringfinger, schließt die Hand wie eine Faust darum und inhaliert. Plötzlich erscheint mir die Welt draußen weit, weit weg, ich spüre, wie mir ganz leicht im Kopf wird und vermute, dass sich ein seliges Grinsen auf meinen Lippen breitmacht. Ich verliere den Kontakt mit der Wirklichkeit. Und das gefällt mir. Als ich mich umdrehe, sehe ich Claudia neben mir.

»Hallo«, sage ich, etwas überrascht.

»Hallo«, antwortet sie mit weicher Stimme und nimmt den Joint entgegen, den ihr Leonardo unter meiner Nase hindurchreicht. Ich beobachte, wie sich Claudias Lippen um die Zigarette schließen und sich dann ganz leicht öffnen, um einen feinen Rauchfaden herauszulassen. Sie sind fleischig, und ich möchte sie berühren.

»Wenn man sich die Wirkung auf dich anschaut, muss das ziemlich gutes Gras sein.« Sie schiebt mir zärtlich eine Haarsträhne hinters Ohr.

»Na ja, es ist das erste Mal, dass ich rauche ... ich weiß nicht, aber mir gefällt es ziemlich gut«, antworte ich ihr und spüre dabei, wie auf einmal auch das letzte Restchen Widerstand oder Verlegenheit von mir abgleitet.

Claudia schaut Leonardo amüsiert an. »Sie ist hübsch, deine Freundin.« Dann nimmt sie uns beide ins Visier. »Ihr seid alle beide so schön, dass ich nicht wüsste, wen ich mir aussuchen würde.«

»Aber du musst ja gar nicht wählen ...«, antwortet Leonardo schlicht. Bevor mir die Bedeutung dieses Satzes klar wird, spüre ich, wie sich Lippen auf meinen Hals legen. Und es sind nicht Leonardos Lippen. Trotzdem sind sie genauso weich und sinnlich, und ich habe nicht einen Moment lang den Instinkt, mich ihnen zu entziehen. Ich spüre, dass gleich etwas geschehen wird, dass ich von einer Welle ergriffen werde und nicht die geringste Lust verspüre, sie aufzuhalten. Ich wende mich Claudia zu und begegne ihrem trägen, lüsternen Blick. Sie nimmt einen Mund voll Rauch, presst ihre Lippen an meine und gibt den Rauch an mich weiter. Der Rauch dringt tief in mich ein, breitet sich aus. Das, was bleibt, ist ihr kleiner fleischiger Mund und ihre Zunge, die die meine sucht und auf Anhieb findet. Er ist gut, dieser Kuss, so ganz anders als jeder andere, und während mich Leonardo von hinten umarmt, spüre ich, dass auch das ein Geschenk von ihm ist. Und es ist ganz natürlich, so wie alles, was ich mit ihm getan habe, von dem ich jedoch nie zu träumen gewagt hatte.

Claudia löst sich von mir und wendet sich Leonardo zu. Vor meinen Augen tauschen sie einen gierigen Kuss, doch ich weiß nicht, warum mich das nicht eifersüchtig macht. Ihre Erregung übt eine verführerische Wirkung auf mich aus, und alles, was zuvor noch einen Sinn hatte – Worte, Gedanken, Prinzipien –, scheint ihn jetzt verloren zu haben.

»Was haltet ihr davon, an ein ruhigeres Plätzchen umzuziehen?«, schlägt sie auf einmal vor. Ohne die Antwort abzuwarten, erhebt sie sich vom Sofa und nimmt meine Hand. Ich suche Leonardos Blick, und er ergreift lächelnd meine andere Hand. Wir lächeln uns zu – auf einmal sind wir Komplizen geworden – und folgen Claudia. Jetzt bin ich Herrin meiner selbst: Ich weiß, was gleich passieren wird.

Wir steigen in den ersten Stock hoch und finden uns in einem langen Korridor wieder, der nur schummrig beleuchtet ist und auf den sich mehrere Türen öffnen. Claudia kennt den Weg ganz genau, macht eine davon auf und lässt uns eintreten.

Das Zimmer liegt im Halbschatten, und die Umrisse der Gegenstände darin verschwimmen, so wie die Gefühle, die in mir toben. In der Mitte des Zimmers steht ein breites Himmelbett, und in einer Ecke brennt eine große, schwarze Kerze in Form einer Pyramide auf einem Kerzenständer und verströmt ein intensives Weihraucharoma. Claudia dreht sich zu uns. Sie ist herrlich, sieht aus wie eine antike Marmorstatue aus dem alten Griechenland. Sie streift mich kurz am Hals und schiebt mich dann in Richtung Leonardo, fordert uns zum Küssen auf. Dabei streichelt sie mir eine Schulter, lässt langsam von hinten die Hand zu meiner Brust hinabgleiten. Ihre Hand liegt ganz leicht auf meiner Haut. Sie ist *anders,* heiß, zart. Ich löse mich von Leonardo, schaue sie an. Ihre grünen Augen ziehen mich in ihren Bann wie Magnete. Ohne dass ich damit gerechnet hätte, lodert eine Flamme in mir auf und verbrennt auch die letzten Überreste meines Zögerns, meiner Hemmungen. Wie von selbst legt sich mein Mund auf den Claudias. Unsere Lippen verzehren einander, heiß und feucht, und unsere Zungen umschlingen sich, während Leonardos starke Hände über unsere glühenden Körper gleiten, sie umschlingen.

Ich küsse eine Frau.

Eine Unbekannte.

Und mein Mann berührt sie, hier, zusammen mit mir.

Von der Elena von früher ist nichts mehr da, nicht die geringste Spur.

Plötzlich löst sich Claudia von mir. Ohne meine Hand loszulassen, küsst sie Leonardo, wendet sich dann wieder mir zu. Ihr Speichel mischt sich in meinem Mund, den es vor Verlangen dürstet. Indessen beginnt Leonardo, ihr die Brüste zu streicheln, und knöpft das Kleid auf, das sie trägt. Claudias Körper ist geschmeidig, zart, kostbar; ganz langsam zeigt sie ihn uns. Leonardo zieht zuerst sie ganz aus, dann mich. Dann befreien ihn Claudia und ich gemeinsam von seiner Kleidung.

Jetzt sind wir alle drei vollkommen nackt. Beim Anblick dieser beiden so verschiedenen Körper – so nahe bei mir und so überaus lebendig – durchzuckt mich eine Welle der Erregung. Die Geräusche des Salons, das Rufen, die Musik dringen nur noch gedämpft zu uns, nur noch unser Atmen ist hier hörbar. Wir strecken uns auf dem Bett aus, lassen den Baldachin herunter, und dann sind wir allein, drei Liebende, dreimal Lust, die sich begegnet. Einzig und allein, um zu genießen, sich gegenseitig Lust zu verschaffen.

Claudia kommt mir entgegen und lädt mich ein, mutiger zu werden, indem sie mir mit ihrem ganzen Körper zu verstehen gibt, dass ich mich ihr hingeben soll. Ihre Beine, heiß und kraftvoll, öffnen sich vor mir, und ich spüre ihr heißes Geschlecht an meinem. Es ist feucht. Sie leckt meine Brüste, reibt sich mit ihrer weichen, fordernden Scham an mir, während sich Leonardo neben mir ausstreckt und mich küsst. Dann wechseln wir die Position, und ich bin auf ihr, weil ich der Versuchung nicht widerstehen kann, ihre herrlichen Brüste zu kosten, zu liebkosen. Leonardo spreizt zärtlich meine Beine, dringt mit weichen Fingern in mich ein. Er schaut mich an, scheint mich mit einer Mischung aus Strenge und Bosheit fragen zu wollen, ob ich wirklich in der Lage bin, Lust zu empfinden, mit ihr zu spielen. Jetzt überlassen seine Finger denen von Claudia ihren Platz, die mich kundig und fast wie vertraut liebkosen, während Leonardo meine Hand packt und sie zwischen Claudias Beine zieht. Es ist ein heißer, glitschiger Spalt, einladend. Ich zögere nur kurz, dann stecke ich meine Finger in ihre nasse Möse und erkunde sie. Ihre Muskeln lösen sich, mein Denken wird vogelfrei, und schließlich besitze ich sie und lasse mich von ihr besitzen.

Es ist mein erstes Mal. Es ist meine Nacht. Doch es ist Leonardo, der uns führt und lenkt, der unseren Genuss dosiert. Bevor wir an unserem Höhepunkt ankommen, stöhnend, verschwitzt, trennt er uns und küsst uns abwechselnd die Brüste. Dann lässt er Claudia meine küssen und dringt von hinten in mich ein. Ich spüre, wie sich ihre Lippen fester um meine Brustwarze schließen, je mehr die Lust in mir wächst. Sie kommt über mir, vergräbt das Gesicht zwischen meinen Brüsten, und ich drücke sie fest an mich, genieße ihren Orgasmus, während sich Leonardos und mein Blick begegnen, lüstern, fordernd.

Claudia erhebt sich von meiner Brust, noch schöner mit ihren geröteten Wangen, ihren glänzenden Augen, und lässt sich satt und erfüllt aufs Bett sinken, sucht aber noch nach unseren Händen.

»Jetzt seid ihr dran«, sagt sie und schaut uns beide an. Sie legt mir sanft zwei Kissen unter den Kopf und bindet mich dann mit zwei Streifen ihres Flatterkleides an das schmiedeeiserne Kopfende des Bettes. Leonardo lässt sie gewähren, begleitet ihr Tun mit wohlgefälligem Blick.

Sie nähert sich mir sanft; sie verführt mich. Sie will

mich! Ihre Art, mich zu beobachten, auf mich zu achten, weckt in mir das Gefühl, eine Göttin zu sein, während sie ganz langsam den Kopf zwischen meine Beine gleiten lässt. Mein Leib bereitet sich auf einen Genuss vor, der mich zerreißen, zerstören wird. Es gibt keine Elena mehr, nur noch meine Sinne, ihre Zunge, ihre Hände und die von Leonardo. Ich bin ein Körper, der nimmt, der empfängt; ich bin Haut, die spricht und die lauscht.

An diesem Punkt fordere ich Leonardo mit den Augen dazu auf, sich auch lecken zu lassen, seinen Schwanz, der prall und glänzend vor Lust ist. Jetzt ist er auf mir, steckt mir seinen Prügel in den Mund.

Claudias Zunge verweilt noch einen Moment lang in mir, dann überlässt sie mich Leonardo, der in mich eindringt, mich erfüllt mit seinem steifen Schwanz, seinem Stoßen, das ich so gut kenne. Unsere hungrigen Körper umschlingen sich, sie suchen und besitzen einander, angestachelt durch Claudias lüsterne Blicke. Jetzt ist sie an der Reihe, mich zu küssen, mir mit den Händen über die Brüste zu streichen, sie zu meinem Geschlecht wandern zu lassen, in das Leonardo immer noch stößt und stößt. Sie streichelt uns beide, genießt mit uns, für uns, und ihre Lust verstärkt die unsere bis ins Unermessliche.

Mein Orgasmus kommt plötzlich, wie ein angeschwollener Fluss, der über die Ufer tritt; er sprüht Funken in meinen Augen, bringt Farbe auf meine Lippen und entflammt meine Kehle. Er ist wie frischer Sauerstoff für meine Lunge, neues Blut in meinen Adern, Nahrung für meine Gefühle, meine Sinne. Und Leonardo ist bei mir, auch er kommt, auch er gibt sich der Wollust unserer Körper hin, dem wilden Knäuel der Lust, zu dem wir geworden sind.

Wir lassen uns auf das Bett sinken und umarmen uns noch einmal, wie erschöpfte Komplizen.

Als wir den Palazzo verlassen, fühle ich mich orientierungslos, als hätte ich all meine Bezugspunkte verloren, und ich brauche eine Weile, bis ich mich in der Welt wieder zurechtfinde. Wir verabschieden uns von Claudia, unserer Reisegefährtin für eine Nacht, und da ist keine Peinlichkeit, keine Verlegenheit, nur das angenehme Gefühl von Ruhe nach dem Sturm. Leonardo und ich machen uns auf den Heimweg. Der Morgen ist nicht mehr fern. Sein Licht liegt bereits als schwacher Schimmer am Himmel über uns. Dabei ist es auf der Erde immer noch Nacht.

Mit langsamen Schritten bahnen wir uns einen Weg durch das Schlachtfeld, das die Feiernden hinterlassen haben: Berge von Abfällen, Flaschen, Pappe. Einige Zecher sind noch auf wackeligen Beinen unterwegs. Heute Nacht ist die Welt auf den Kopf gestellt worden, und es fällt ihr schwer, wieder auf die Füße zu kommen. Wir drehen uns im selben Moment noch einmal um, schauen uns an, finden uns wieder. Die Masken haben wir nicht mehr – wir haben sie dort vergessen. Ich lächele. Über das Leben, über die Nacht, die langsam dahinschwindet, über die Verrücktheit des Karnevals, der zu Ende geht, über all die Masken, derer ich mich entledigt habe, und über den Körper der Frau, den ich gekostet habe. Dankbar lächele ich Leonardo zu. Ohne ihn wäre dies nie geschehen.

• 16 •

Morgens um halb zehn herrscht an der Piazzale Roma ein Tohuwabohu aus Menschen, Autos, Bussen und Mopeds: Hier verläuft die Grenze zwischen dem Venedig der Kanäle und der Provinz Venedig mit ihren asphaltierten Straßen. Ich bin hier, weil Leonardo beschlossen hat, mit mir ins Hügelland von Treviso zu fahren. Er will mich mit einem Mietauto abholen. Ich weiß nicht genau, wohin wir fahren werden, nur dass er mit einem Winzer verabredet ist. »Hauptsächlich ist es ein geschäftlicher Termin, aber es würde mich freuen, wenn du mich begleiten würdest«, hat er mir eines Nachts gesagt, während wir miteinander im Bett waren. Es lag auf der Hand, dass ich mich über sein Angebot gefreut habe, versuchte dies jedoch, so gut ich konnte, vor ihm zu verbergen. Seit wir uns kennen, haben wir noch nie gemeinsam die Stadt verlassen oder auch nur einen ganzen Tag miteinander verbracht.

Ich warte bereits seit ein paar Minuten an der vereinbarten Stelle und schaue mich ständig um, weil ich nicht genau weiß, aus welcher Richtung Leonardo auftauchen wird, doch es herrscht ein solches Gewühle, dass ich kaum weiter als zwei Meter sehen kann. Plötzlich lässt mich ein lautes Hupen herumfahren. Da ist er – Leonardo am Steuer eines weißen BMW x6, auf Hochglanz gewienert. Er fährt auf mich zu, schaltet die Warnblinkanlage ein. Ohne aus dem Wagen zu steigen, beugt er sich einfach über den

Beifahrersitz, macht mir die Tür von innen auf und lässt mich einsteigen.

»Bist du bereit?« Er gibt mir einen weichen Kuss auf den Mund und legt den ersten Gang ein.

»Ja.« Ich schnalle mich an, lehne mich in den Ledersitz zurück.

Leonardo setzt seine schwarze RayBan auf und tritt aufs Gas, während wir auf die Ponte della Libertà einbiegen, die Brücke, die Venedig mit dem Festland verbindet. Die blasse Februarsonne schimmert auf der Lagune, und einige Möwenschwärme sprenkeln den Himmel weiß.

Ich bemerke, wie der Tacho bereits auf über hundert steigt. »Pass auf, sonst kriegst du einen Strafzettel …« Ich sage das nur, damit er langsamer fährt; Schnelligkeit hat mich schon immer nervös gemacht.

Leonardo fängt an zu lachen und streichelt mir den Oberschenkel, um mich zu beruhigen. Dann fährt er mit den Fingern übers Armaturenbrett und schaltet das Radio ein. »Machen wir ein bisschen Musik, dann entspannst du dich.« Am Steuer ist er lässig und selbstsicher. So wie in allen anderen Bereichen des Lebens auch.

Es läuft »Starlight« von Muse. Eine Weile schweigen wir und hören zu. Beim Refrain fängt Leonardo an, mit dem Kopf im Takt zu wippen, singt mit und klopft dabei den Rhythmus auf das Steuer, als wäre es ein Schlagzeug.

»Du singst toll …«, kommentiere ich. Ich meine es ironisch.

Er schaut mich aus dem Augenwinkel an. »Nimmst du mich auf den Arm?«

»Ja.«

»Ich lass dich gleich hier am nächsten Parkplatz raus, wie ein ausgesetztes Hündchen …«, droht er mir, biegt auf die Autobahn nach Treviso ab und verwuschelt mir die Haare.

»Wo fahren wir eigentlich genau hin?«, frage ich und richte meine Frisur wieder her.

»Nach Valdobbiadene, im Prosecco-Gebiet. Die Zanin sind wichtige Lieferanten für das Restaurant und besitzen ein berühmtes Weingut.« Er schiebt sich eine widerspenstige Haarlocke aus der Stirn.

Zanin. Den Namen kenne ich. Die waren auch beim Einweihungsabend, als Leonardo noch kaum mehr war als eine Fantasie in meinem Kopf. Seither ist so viel Unglaubliches geschehen, und es kommt mir unwirklich vor, jetzt neben ihm im Auto zu sitzen.

»Musst du für das Restaurant einkaufen?«, frage ich und schaue aus dem Fenster, wo die Landschaft an uns vorbeizieht.

»Ja. Wir wollen unseren Gästen etwas Besonderes bieten, einen Cartizze von höchster Qualität.«

»Ich dachte, um solche Dinge kümmern sich deine Mitarbeiter«, erwidere ich, weil mir einfällt, dass Leonardo genau das vor ein paar Monaten gesagt hat.

»Heute nicht, da kümmere ich mich drum«, antwortet er mit entschlossener Stimme. »Außerdem hatte ich Lust, mit dir einen kleinen Ausflug zu machen.«

Heute gibt es keine Probe zu bestehen, und es gibt auch keine Herausforderungen. Nur ich und er und ein ganzer Tag, den wir zusammen verbringen. Es ist eine Verheißung von Normalität in einer Beziehung, die alles andere als normal ist; eine Ausnahme in unserer Routine, die aus Schäferstündchen und flüchtigen Begegnungen besteht, und das erfüllt mich mit Freude. Leonardo schenkt mir die Illusion, dass wir ein richtiges Paar sind.

Er gibt die genaue Adresse in sein Navi ein. »In einer Dreiviertelstunde müssten wir da sein.«

Ich schaue ihn an und fühle mich einen Moment lang

vollkommen losgelöst. Ich habe keine Ängste, keine Wünsche, keine Erwartungen. Es ist ein Moment, den ich nur als vollkommen bezeichnen kann. »Leo?«

»Ja …« Er dreht das Gesicht zu mir, anscheinend überrascht. Es ist das erste Mal, dass ich ihn so nenne.

»Ich bin glücklich.« Ich würde gerne noch viel mehr sagen, aber mir fehlt der Mut.

Damit hat er offenbar nicht gerechnet. »Es freut mich, dass du glücklich bist«, sagt er mit einem leichten Lächeln, und auch die kleinen Fältchen um seine wunderschönen schwarzen Augen scheinen zu lächeln. Dann konzentriert er sich wieder aufs Fahren. *Genug jetzt, weiter darf ich nicht gehen,* das habe ich begriffen.

Der Besuch bei Zanin ist angenehm und dauert den ganzen Morgen. Der Inhaber, ein Mann um die sechzig mit der Haltung und dem Aussehen eines englischen Lords, führt uns auf dem Weingut und in den Obstgärten herum. Dann zeigt er uns den Weinkeller und erklärt uns die Methoden der Kelterung. Während er und Leonardo über Tartrate, Flaschengärung und die Perlage fachsimpeln – Sachverhalte, von denen ich nur ansatzweise etwas verstehe –, schlendere ich an den vielen Fässern vorbei, die mir wie riesige Bäuche vorkommen. Schließlich zeigt uns Zanin stolz die Flaschenmauer, in der der Prosecco ruht, bevor er konsumiert werden kann, und lädt uns zu einer Verkostung prämierter Schaumweine ein, die von einem Imbiss aus Brot und Salamispezialitäten begleitet wird.

Später, während ich die Bekanntschaft der Hunde des Hauses mache – einer Pointerhündin mit ihren beiden Welpen –, regelt Leonardo noch das Geschäftliche. Dann verabschieden wir uns von Zanin und fahren davon.

Zurück im Auto, nehmen wir erneut die herrliche Panoramastraße in Richtung Hügelland. Obwohl es noch Februar ist, ist es an diesem frühen Nachmittag mild und einladend genug, um ein wenig frische Luft zu schnappen.

»Was hältst du davon, ein paar Schritte zu gehen?«, fragt Leonardo. Genau das hatte ich gehofft.

Wir lassen den Wagen an einem Rastplatz stehen und gehen zu Fuß weiter, indem wir auf eine kleine steingepflasterte Straße einbiegen, die von säuberlich aufgereihten Rebstöcken gesäumt ist. Wenn man in Venedig lebt, vergisst man manchmal, dass es noch ein Festland gibt – eine weite Landschaft aus Erde mit richtigen Straßen und Wegen, auf denen man ebenso gut gehen kann wie über die Brücken der Kanäle. Der Hügel fällt sanft zum Tal hinab, wo eine Reihe großer Zypressen stehen. Es ist eine liebliche Landschaft, die das Herz mit Frieden und entspannten Gedanken erfüllt. Leonardo und ich gehen schweigend, Hand in Hand. Wir holen tief Luft, atmen genießerisch den Duft von Gras und feuchter Erde ein. Plötzlich trifft mich etwas Kaltes an der Wange.

»Es regnet.« Ich hebe den Blick zum Himmel. Der Horizont ist pechschwarz geworden.

»Gerade habe ich einen Tropfen abgekriegt.«

Leonardo hält prüfend eine Handfläche nach oben.

»Noch einer.« Ich berühre mich am Kopf, um mich zu vergewissern. »Kann das sein, dass nur ich das spüre?«

»Jetzt hat mich auch einer getroffen«, sagt Leonardo und schließt die Hand um einen Regentropfen.

Innerhalb nur weniger Minuten hat sich der Himmel vollkommen zugezogen, und es beginnt, wie aus Kübeln zu regnen. Fast scheint es ein Vorgeschmack auf den Frühling zu sein, einer dieser Wolkenbrüche, die einen normalerweise eher im März erwischen.

»Und was machen wir jetzt?«, frage ich ratlos. Es macht mich traurig, dass unser Spaziergang so endet. Weil es eine so seltene, möglicherweise nie wiederkehrende Gelegenheit war …

Leonardo legt mir seine Lederjacke über den Kopf. »Wir sind zu weit weg, um es zum Auto zu schaffen.« Er schaut sich nach einer anderen Möglichkeit um. »Komm. Wenn wir rennen, schaffen wir es bis dort«, sagt er und zeigt auf ein Gebäude in der Ferne, ein rotes Bauernhaus, das ganz isoliert mitten im Tal steht. Wir nehmen uns an der Hand und laufen bei strömendem Regen etwa hundert Meter weit. Überall Wasser – es ist, als würden wir uns plötzlich in einer flüssigen Welt bewegen. Eigentlich hätte es das nicht gebraucht, aber dieses unerwartete Gewitter hat den Geschmack von Abenteuer.

Schließlich bringen wir uns unter dem Portikus des Bauernhauses ins Trockene. Ich bin außer Atem und durchnässt. Das Hemd von Leonardo ist so nass, dass es durchsichtig geworden ist und an seinen Brustwarzen klebt, Wasser tropft aus seinem Haar und dem Bart. Ich schaue ihn an und würde am liebsten lachen, aber auf einmal ist mir so kalt, dass mir ein Schauder über den Rücken und durch den ganzen Körper läuft. Ich schlinge die Arme um meine Brust. Leonardo umarmt mich und versucht, mich mit seinem Körper zu wärmen.

»Das Haus scheint bewohnt zu sein«, bemerkt er, weil er Licht im Haus gesehen hat. »Sollen wir klingeln?«

»Ich weiß nicht … Was meinst du?«

Indessen ist ein älterer Herr, groß und hager, aus einer Art Scheune neben dem Hauptgebäude getreten und läuft auf uns zu, unter dem Arm einen Korb, der randvoll mit Radicchio ist. Das muss der Hausherr sein. Bevor er erschrecken kann, winkt ihm Leonardo zu.

»Salve. Sie müssen entschuldigen, aber wir haben uns rasch hier untergestellt …«

»Aber was macht ihr denn hier draußen? Kommt doch bitte herein«, erwidert der Mann in einem Ton, der keine Widerrede duldet, und wir werfen uns nur kurz einen Blick der Verständigung zu und folgen seiner Aufforderung. »Kommt ins Warme, sonst holt ihr euch noch den Tod«, sagt er und öffnet die Tür zum Bauernhaus.

Das Innere des Hauses wirkt würdevoll und einladend. Es ist mit schlichten, schnörkellosen Möbeln eingerichtet, die aus einer ganz anderen Zeit zu kommen scheinen. Es riecht gut, nach aromatischen Essenzen und Holz – das ist der typische Geruch von Landhäusern, und in allen Ecken stehen Zierpflanzen und Vasen mit frischen Blumen.

Unser noch namenloser Gastgeber führt uns in die Küche, wo sich eine Frau um die siebzig am Herd zu schaffen macht.

»Adele, wir haben Gäste«, sagt er laut und stellt den Korb mit dem Gemüse auf den Tisch. Die Frau dreht sich um und betrachtet uns neugierig. »Guten Abend.«

»Sie sind ziemlich durchnässt und haben unter unserem Portikus Schutz gesucht, die Ärmsten«, erklärt er und zeigt auf unsere klatschnassen Klamotten.

Adele lässt uns vor der großen Feuerstelle Platz nehmen, in der ein munteres Feuer brennt. »Kommt, setzt euch nur hier ins Warme.« Sie hat eine zarte Stimme, die zu ihren blassen und faltigen Händen passt. Händen, die ein Leben lang hart gearbeitet haben.

»Danke«, antworten wir im Chor.

So viel Freundlichkeit macht mich betroffen. Ich weiß nicht, ob ich selbst so leicht einen Fremden bei mir aufnehmen würde. Vor allem jedoch beeindruckt mich die heitere und beruhigende Atmosphäre, die hier herrscht.

»Ich schaue oben mal, ob ich was Trockenes zum Anziehen finde«, sagt Adele und geht langsamen Schritts in Richtung Treppe.

»Nur keine Umstände, Signora.« Ich versuche sie aufzuhalten. »Sie sind bereits so freundlich gewesen.«

»Geh nur, Adele, geh nur«, spornt der Ehemann sie an. »Die können doch nicht so nass hier sitzen!«

Die Frau verschwindet im oberen Stockwerk, und ihr Mann nimmt neben uns Platz, wärmt sich die Hände am Feuer und fragt uns nach unseren Namen.

»Ich bin Sebastiano«, stellt er sich dann vor, »aber alle hier nennen mich Tane.«

Er will wissen, woher wir kommen und was uns hierher verschlagen hat. Dabei scheint er sich wirklich darüber zu freuen, uns hier zu haben, und lauscht uns mit den aufrichtigen Augen eines Menschen, der im Leben gelernt hat, zuzuhören.

Kurz darauf kehrt Adele mit zwei Kleiderbügeln zurück, an denen saubere, schlichte, wenn auch etwas aus der Mode gekommene Kleidungsstücke hängen. »Nehmt nur, die sind von unseren Kindern. Was Besseres konnte ich nicht finden«, sagt sie und reicht uns die Bügel. »Wenn ihr derweil eure Sachen dort ans Feuer hängen wollt … dann werden sie schneller trocken.«

Ich kenne sie erst seit einer halben Stunde, aber ich würde diese wunderbare Frau am liebsten umarmen.

»Wenn ihr ein Bad braucht, das ist dahinten«, erklärt sie und zeigt auf eine Tür, die vom Flur abgeht.

»Tausend Dank, Adele, wir sind gleich wieder da«, antwortet Leonardo, nimmt mich an der Hand und führt mich aus dem Raum.

Wir ziehen uns rasch um. Ich nehme mir Jeans, die mir zu groß sind, und ein altes Benetton-Sweatshirt mit bunten Streifen, während Leonardo einen Wollpullover und eine Cordsamthose anzieht. Einmal schaut er mich liebevoll an und drückt mir einen zärtlichen Kuss auf die Stirn, als wolle er sich vergewissern, dass es mir auch gut geht. Bevor wir hinausgehen, bleiben wir nebeneinander vor dem Spiegel stehen und lächeln uns zu.

Dann kehren wir in die Küche zurück und hängen unsere Klamotten auf zwei Stühle vor dem Kamin. Adele reicht uns zwei Gläser mit Glühwein und jeweils ein Stück Apfelkuchen.

»Und Sie, nehmen Sie nichts?«, fragt Leonardo Sebastiano.

Der schüttelt den Kopf. »Ich habe Diabetes. Und diese Tyrannin hier hält mich kurz.« Er streckt die Hand nach seiner Frau aus, die sie nimmt und lachend mit beiden Händen umschließt. In der Art, wie sie sich anschauen, liegt eine unendliche Zärtlichkeit, eine unerschütterliche, bedingungslose Liebe, die offenbar beide als ihr Schicksal hingenommen haben. Leonardo und ich tauschen ein flüchtiges Lächeln. Vielleicht haben wir ja den selben Gedanken – dass Adele und Sebastiano ein seltener Anblick sind, bei dem einem warm ums Herz wird, während sie sich an der Hand halten. Aber ich weiß nicht, ob auch Leonardo sie beneidet, ob er sich wie ich fragt, was die Zukunft wohl für uns beide bereithält.

»Wie lange sind Sie denn schon verheiratet?«, frage ich.

»Zweiundfünfzig Jahre«, antworten die beiden alten Leutchen im Chor.

»Und Sie? Wann wollen Sie denn Ihren Verlobten heiraten?«, fragt Adele mich aus heiterem Himmel. »Verzeihen Sie, Signorina, aber ich habe gesehen, dass Sie keinen Ehering am Finger haben … Sie werden ihn sich doch nicht entgehen lassen, oder?«, tadelt sie mich gutmütig.

Ich bin kurz davor, Nein zu sagen, dass das alles nicht in Frage komme, dass wir in Wirklichkeit nicht einmal ein Paar sind, doch bevor ich mir eine Antwort überlegen kann, kommt mir Sebastiano zuvor. »Kümmer dich doch um deine Sachen, Schatz, bring sie nicht in Verlegenheit … das sieht man doch meilenweit, wie verliebt die beiden sind.«

Mein Herz macht einen kleinen Satz. Es war nur dahingesagt, ein Satz voller Unbedarftheit, doch die Wirkung ist so verheerend, als wäre eine Bombe geplatzt. In den Augen dieses Fremden ist sichtbar geworden, was wir selbst nie sehen wollten, und seine Worte machen das, was wir immer für unmöglich gehalten haben, unwiderruflich real. Ich traue mich nicht, zu Leonardo hinzuschauen, höre aber, wie er urplötzlich aufspringt und vom Kamin weggeht, als wäre er auf der Flucht. Er geht zu einem Möbelstück, auf dem einige Fotos stehen, und betrachtet sie, wobei er uns den Rücken zukehrt.

»Sind das Ihre Kinder?«, fragt er, nimmt einen der Rahmen in die Hand und wechselt so das Thema mit gespielter Nonchalance, was ihm diesmal jedoch in meinen Augen nicht besonders gut gelingen will.

Adele tritt zu ihm und erklärt: »Das hier ist Marco, unser Ältester. Er arbeitet in Deutschland. Und das ist Francesca, die mit ihrem Mann in Padua wohnt.«

»Mittlerweile leben hier in der Gegend fast keine jungen Leute mehr«, kommentiert Sebastiano, an mich gerichtet, und klingt dabei ein wenig resigniert. Ich bin immer noch aufgewühlt, und mir fällt nichts ein, was ich sagen könnte, um das Gespräch in Gang zu halten.

Indessen redet Adele weiter über ihre Kinder und zeigt Fotos: »Schaut nur, da waren sie noch ganz klein und gingen in die Grundschule …« Ich hebe die Augen in ihre

Richtung, und in diesem Moment begegnen sich Leonardos und mein Blick. Er hält das gerahmte Foto in Händen, schaut mich aber an. Und ich sehe in seinen Augen etwas, das ich vorher nie gesehen habe, ein wildes Begehren, ein verzweifeltes Verlangen, eine unendliche Zärtlichkeit. Liebe. Einen winzigen Augenblick lang bin ich mir dessen sicher.

Doch es ist nur ein flüchtiger Moment, dann wendet Leonardo sich ab, und sein Blick weicht meinem aus. Auf einmal bin ich gar nicht mehr sicher. Und mein Herz weiß mit Gewissheit, dass ihm das, was es bereits hat, nicht mehr genügt.

Mittlerweile ist es fünf Uhr nachmittags, und es hat endlich aufgehört zu regnen. Unsere Kleider sind trocken, und obwohl unsere Gastgeber uns eingeladen haben, noch ein wenig zu bleiben, beschließen wir aufzubrechen. Wir ziehen uns um und verabschieden uns herzlich von ihnen.

»Und bitte, wenn ihr mal wieder in der Gegend seid, dann kommt doch vorbei«, sagt Sebastiano warmherzig und drückt uns die Hand.

»Wer weiß …«, erwidert Leonardo. In Gedanken ist er allerdings schon weit weg.

Das Bauernhaus zu verlassen ist wie die Rückkehr aus einer anderen Epoche in die Gegenwart. Draußen ist es dunkel und die Welt seltsam verändert. Über allem liegt Dunkelheit und Kälte, auch Leonardo wirkt düster. Sein Blick ist erloschen und sein Gesicht so starr, dass es mich auf einmal ängstigt. Er nimmt mich an der Hand und bringt mich zum Wagen zurück, ohne ein Wort zu sagen. Ich wage es nicht, ihn zu fragen, was er denkt, will dieses so gewichtige Schweigen nicht stören.

Einen Moment lang habe ich die klare und deutliche

Vorahnung, dass etwas Schreckliches passieren wird, doch ich versuche den Gedanken abzuschütteln.

Wir setzen uns wieder ins Auto, und während der ganzen Rückfahrt ist Leonardo distanziert, schweigsam, als würde er über irgendetwas nachdenken. Manchmal, wenn sich unsere Blicke begegnen, versucht er mich mit einer Zärtlichkeit zu beruhigen, aber auch seine Berührungen sind kalt, das spüre ich auf der Haut. Kurz kommt mir der seltsame Gedanke, dass dieser Mann vielleicht vor sich selbst gerettet werden muss.

»Jetzt komm schon, kann man erfahren, was du hast? Was soll denn dieses finstere Gesicht?«, bricht es plötzlich aus mir hervor, als wir nach der Rückgabe des Leihwagens zu Fuß auf dem Weg nach Hause sind.

Er stößt einen tiefen Seufzer aus und bleibt unvermittelt stehen, zwingt mich dazu, es ihm nachzutun. Wir sind ganz in der Nähe meiner Wohnung, an derselben Stelle, wo wir vor ein paar Monaten standen, nachdem er mich wegen des Hochwassers huckepack durch die Stadt getragen hatte.

»Wir sehen uns heute zum letzten Mal, Elena.« Das sagt er seelenruhig und schaut mir dabei in die Augen. Es ist eine schlichte Feststellung, die anscheinend keinen Widerspruch duldet.

Ich spüre, wie mir das Blut in den Adern zu Eis gefriert und in tausend Stücke zerspringt. »Warum? Ich verstehe das nicht …«, stammle ich verwirrt.

»Es hat keinen Sinn, diesen Moment aufzuschieben. Ich spüre das schon eine ganze Weile, wollte aber immer noch warten, ich Idiot, weil ich mir einbildete … Wir hatten eine Vereinbarung getroffen, und die ist jetzt hinfällig geworden.«

»Was?« Ich bin vollkommen überrumpelt, bringe kaum einen Ton heraus. »Wieso kommst du mir jetzt mit einer Vereinbarung?«

»Weil das, was wir uns zu Beginn gesagt haben, für mich immer noch gilt. Ich habe dich bis hierher geführt, und jetzt ist unsere gemeinsame Reise zu Ende.« Seine Entscheidung ist offenbar unverrückbar, und es besteht keine Hoffnung, dass ich Leonardo davon abbringen kann.

»Aber warum kann denn nicht einfach alles so bleiben, wie es ist?«, beharre ich. »Können wir uns nicht einfach weiter sehen, wie wir es immer getan haben?«

Leonardo schüttelt den Kopf. »Wir haben uns alles gegeben, was wir uns geben konnten, Elena, und es war schön. Aber jetzt ist der Moment gekommen, an dem wir uns trennen müssen, bevor die Lust zwischen uns zur Gewohnheit oder zum Bedürfnis wird.« Während er das sagt, bildet sich eine tiefe Falte auf seiner Stirn. Offenbar kämpft er mit sich selbst.

Das kann einfach nicht wahr sein, dass Leonardo nach einem Tag wie diesem, dem schönsten, den wir miteinander verbracht haben, beschließt, sich von mir zu trennen! Aber vielleicht liegt gerade hier der Grund, und die Gefühle, die wir heute durchlebt haben, machen ihm Angst.

»Was ist denn? Befürchtest du, dass du dich in mich verlieben könntest? Oder umgekehrt?«, schreie ich ihn wütend an. Ich habe keine Kontrolle mehr über mich. Ich habe es mehr aus Provokation als aus Überzeugung gesagt, hoffe aber, einen wunden Punkt bei ihm getroffen zu haben. Leonardo sieht mich fassungslos an. Vielleicht hat er nicht mit so viel Mut von meiner Seite gerechnet.

Er verschanzt sich hinter einem sarkastischen Lächeln. »Wie kann ich denn vor etwas Angst haben, das ich nicht einen Moment lang in Erwägung gezogen habe?«

Mehr als seine Worte ist es seine plötzliche Kälte, seine Distanziertheit, die mir wehtut.

»Elena, zwischen uns war Sex, war Leichtigkeit. Wir waren Verbündete – aber nicht mehr. *Liebe* hat es nie gegeben zwischen uns …«

»Ich beneide dich, weißt du das?«, unterbreche ich Leonardo bissig. »Diese Gewissheit möchte ich auch gerne haben, und ich würde auch gerne wissen, was genau Liebe ist und was nicht, so wie du.« Und außerdem möchte ich die Fassung bewahren und nicht anfangen zu weinen, aber die Augen werden mir schon feucht, weil Leonardo mir nicht einmal mehr ins Gesicht schauen kann.

»Ich bitte dich, mach nicht alles so kompliziert.« Er schluckt, zieht mich an sich. Drückt mich so fest, als wollte er mich vor dem Schmerz beschützen, den – Ironie des Schicksals – ausgerechnet er mir zufügt. Dann hält er mich von sich weg und wischt mir eine Träne von der Wange.

»Ganz zu Beginn, als ich dich kennengelernt habe, war ich davon überzeugt, du wärst einfach nur eine Herausforderung für mich, ein Spiel. Ich dachte, du wärst ein junges Ding, das ich aufrütteln und provozieren kann, aber dann habe ich viel mehr in dir entdeckt. Ich hab gesehen, wie du dich gewandelt hast, wie du unter meinen Augen aus deinem Kokon geschlüpft bist. Du bist eine wundervolle Frau, Elena, du bist frei und stark, und du brauchst mich nicht.«

»Aber ich *will* dich noch«, sage ich in dem schmerzlichen Bewusstsein, dass ich Leonardo bereits verloren habe.

Er schließt einen Moment lang die Augen. Ich sehe eine Myriade von Gefühlen über sein Gesicht huschen. Als er die Augen wieder öffnet, ist sein Blick abwesend, ins Leere gerichtet. »Verzeih mir, Elena, ich muss jetzt gehen«, sagt er dringlich. Ein Kuss auf die Stirn, und dann die Worte, die ich doch nie von ihm hören wollte: »Leb wohl.«

Er löst sich aus unserer Umarmung und nimmt einen Teil von mir mit sich fort.

Ich bleibe dort stehen, wie amputiert, die Arme schmerzlich leer, und meine Augen füllen sich mit Tränen. Alles, was ich durch den Tränenschleier noch erkennen kann, ist sein Rücken, der sich unweigerlich von mir entfernt. Dieser Rücken war das Erste, was ich von Leonardo gesehen habe, und ist das Letzte, was mir von ihm bleibt.

• 17 •

Jetzt weine ich schon seit zwei Stunden am Stück. Es sind dicke, schmerzliche Tränen, gegen die ich nicht einmal versucht habe anzukämpfen. Ein weiterer Tag des Kummers, der sich zu denen gesellt, die ich bereits durchlitten habe. Seit vier Tagen habe ich mich zu Hause verschanzt, mit einem Druck auf dem Herzen, der mich schier erstickt. Ich kann an nichts anderes denken als an ihn. Manchmal fällt mir ein, dass ich etwas essen muss, kriege aber nur ein paar Bissen herunter. Nur das Notwendigste, um nicht zu verhungern. Mein Magen ist wie abgesperrt, mein Körper schwach, mein Kopf schwer wie ein Stein, mein Herz ein Knäuel aus Wut. Ich hasse Leonardo dafür, dass er mich so verlassen hat. Ich hasse mich selbst, weil ich mich der Illusion hingegeben habe, das alles könne auch anders ausgehen. Kann man eigentlich noch blöder sein? Es hat mir nichts genutzt, dass ich mir immer wieder vorgenommen habe, mich nicht zu verlieben – am Schluss bin ich doch meinen Gefühlen auf den Leim gegangen. Und was war bei mir auch anders zu erwarten? Weshalb sollte ich eine andere geworden sein – eine Frau, die stärker, unabhängiger, mutiger ist als mein Alter Ego? Es ist mir nicht gelungen, eine emanzipierte Frau zu werden, wie ich geglaubt habe. Das war alles nur eine herrliche Illusion. Und jetzt geht es mir schlecht, so schlecht, dass mir jegliche Kraft fehlt und meine Seele wund ist vor Kummer und Schmerz.

Ich gehe nicht ans Telefon. Gaia hat in den vergangenen

Tagen mehrfach versucht, mich zu erreichen, aber ich bin nie drangegangen. Nicht einmal bei meiner Mutter gehe ich dran, und wahrscheinlich ist sie mittlerweile kurz davor, bei *Bitte melde dich!* anzurufen. Doch ich will allein sein, will mich in meiner Einsamkeit und meinem Kummer suhlen. Manchmal bin ich so fertig mit den Nerven, dass ich mich kaum bewegen kann und es mich sogar die größte Kraft kostet, mich vom Bett zum Sofa zu schleppen. In anderen Momenten bin ich so wütend, dass ich am liebsten alles kaputtmachen würde, was ich in die Finger kriege. Vor kurzem habe ich eine Packung Kekse so lange mit Fäusten traktiert, bis nur noch Krümel übrig waren. Dann habe ich alles aus dem Fenster geworfen. Ich hätte nie gedacht, dass die Trennung von Leonardo mich so mitnehmen könnte, und wage mir kaum vorzustellen, wie lange es noch dauern wird, bis ich mich wieder fange.

Ich schaue mich um. In meiner Wohnung ist noch nie so viel Chaos gewesen: Der Boden ist voller Staub und Krümel; in der Küche steht jede Menge ungespültes Geschirr, Klamotten liegen wild verstreut auf dem ungemachten Bett. Dem Bett, das immer noch nach ihm, nach *uns* duftet. In den Laken haben sich die Umrisse unserer Körper eingeprägt. Ich möchte wieder dort sein, mich Leonardo näher fühlen.

Ich ziehe meine Filzpantoffel aus und schlüpfe unter die Decke. Obwohl es drei Uhr nachmittags ist, trage ich meinen Fleecepyjama mit dem Eisbärmuster. Ich rutsche bis ganz unten an die Matratze, stütze die Füße am Fußende ab, und meine Sinne füllen sich wieder mit ihm. Ich sehe sein Gesicht, rieche den Duft seines Körpers, spüre seine Hände und seinen Mund auf mir. Es ist eine Qual. Doch ich kann nicht anders, obwohl ich mir zugleich wünsche, alle meine Erinnerungen würden mit einem Mal ausgelöscht.

Draußen bläst der Scirocco. Er rüttelt an den Fensterscheiben und dringt mit einem beunruhigenden Heulen durch die Ritzen. Mich überkommt eine schreckliche Angst. Da sind sie wieder, all meine Ängste von früher, mit denen so schwer umzugehen ist – die Angst, nicht zu genügen, nicht geliebt zu werden.

Die Angst, allein zu bleiben.

In seinen Armen war alles wunderbar. Ich war glücklich, ich habe viel gelacht, und jetzt kann ich nur noch weinen.

In einem irrationalen Moment kommen mir Gedanken, die zu haben die meisten Menschen sich nicht eingestehen, und ich stelle mir vor, ein Dutzend Schlaftabletten mit Wodka zu schlucken oder mich aus dem zwölften Stock eines Palazzos zu stürzen. Aber gibt es in Venedig überhaupt so hohe Palazzi? Nicht dass ich wüsste …

Wie blöd ich doch bin, aber wenigstens ist bei diesem ganzen Elend immer noch Platz für ein Lächeln.

Wäre es denn so falsch, Leonardo eine SMS zu schicken, ihm zu sagen, wie sehr er mir fehlt, und ihn zu bitten, zu mir zurückzukommen?

Ja, es ist falsch – das weiß ich. Aber im Grunde habe ich doch nichts zu verlieren …

Ich nehme das iPhone vom Nachttischchen und beginne seinen Namen einzugeben, mit zitternden Fingern und einem heftig klopfenden Herzen. Doch plötzlich, noch bevor ich eine Nachricht formulieren kann, schaltet sich das Handy von selbst aus, das Display wird schwarz. Ich schalte es ein und wieder aus, fürchte schon, alle Daten verloren zu haben, und werde erst wieder ruhiger, als das Icon langsam wieder auf dem Display erscheint.

Das ist ein Zeichen, da bin ich mir sicher. Das Universum will mir etwas mitteilen, und weil es nicht besonders originell ist, tut es das mittels meines Handys: Ich soll keinen Kontakt mehr zu Leonardo aufnehmen, ich muss ihn vergessen! Er ist ein Arschloch, ein Egozentriker, ein Egoist, ein Feigling. *Merk dir das gut, Elena. Willst du dir denn noch mehr wehtun?* Nein, das will ich nicht.

Mit dem ganzen Mut, der mir geblieben ist, lösche ich Leonardo aus meinen Kontakten. Ich fühle mich furchtbar dabei, doch es ist die einzige Methode, nicht noch einmal in Versuchung zu kommen.

Ab jetzt ist Leonardo kein Teil meines Lebens mehr. Ich bin ganz unten angelangt, aber ich gehöre zu denjenigen, die sich wehtun müssen, bevor sie aufwachen und begreifen. Und das ist es auch, wozu dieser Schmerz nützlich ist – er öffnet mir die Augen über die Wahrheit. Leonardo ist ein Fehler gewesen, ein Irrtum, eine Gefahr, die ich nicht hätte eingehen dürfen; ein Sprung ins Ungewisse, der mit einer gewaltigen Bauchlandung geendet hat.

Und jetzt ist endlich der Moment gekommen, um zu sagen: *Es reicht.*

Ich denke an all die Menschen, die in diesem Moment Liebeskummer haben, in Venedig ebenso wie auf der ganzen Welt, und schon fühle ich mich weniger allein. Ich sage mir immer wieder, dass ich es schaffen werde, dass es nicht so schwer sein wird, wie es aussieht.

Ich weine nicht mehr und konzentriere mich auf die Atmung, so wie ich es bei Pilates gelernt habe. Ich atme ein, atme aus. Langsam.

Und was mache ich jetzt?

Während ich im Geiste noch mit einer schier unerträglichen Menge von Gedanken jongliere, läutet es an der Haustür. Es ist Gaia – das kann nur sie sein, so hartnäckig klingelt sonst niemand. Ich habe nicht die geringste Absicht, aus diesem Bett aufzustehen und zu öffnen. Ich will nicht, dass sie mich unter diesen Umständen sieht, und könnte ihre Fragen nicht ertragen.

Ich verhalte mich mucksmäuschenstill. Jetzt hat es aufgehört zu klingeln. Vielleicht denkt Gaia ja, es sei niemand zu Hause, und hat es aufgegeben. Aber dafür ist sie überhaupt nicht der Typ, und tatsächlich fängt es nach ein paar Sekunden wieder zu klingeln an – diesmal noch hartnäckiger. Dann erneut Stille.

»Elena!« Ich höre, wie ihre Stimme in meinem Kopf widerhallt, wie in einem leeren Zimmer. »Elena, mach auf, ich mach mir wirklich langsam Sorgen um dich!«

Aus reiner Antriebslosigkeit schleppe ich mich zur Wohnungstür und stehe still davor.

»Ich weiß, dass du da bist! Wenn du mir nicht aufmachst, rufe ich die Feuerwehr und lasse sie diese verdammte Tür hier eintreten!«, schreit Gaia jetzt und trommelt mit den Fäusten auf das Holz.

Am Schluss mache ich auf und lasse sie herein.

Als sie mich sieht, reißt sie erstaunt die Augen auf. »Darf man erfahren, was hier vorgeht?«, fragt sie. Ohne auf meine Antwort zu warten, reißt sie mich in ihre Arme und gibt mir einen Kuss auf die Wange.

Bei der Wärme und Herzlichkeit dieser Umarmung geht mir das Herz auf, und ich gebe jeden Widerstand auf, lasse mich gehen. Wie hatte ich nur glauben können, dass ich es ohne sie schaffe? Gaia ist der einzige Mensch, dem ich das anvertrauen kann, was noch von mir übrig ist.

Und so erzähle ich ihr alles. Mit Mut, Aufrichtigkeit und ohne Scham. All die bittere Wahrheit über Leonardo ergießt sich aus meinen Lippen, Tropfen für Tropfen: das erste Stelldichein im Palazzo, der teuflische Pakt, meine lüsternen Aufgaben, der Sex. Wie ich mich gewehrt und schließlich doch ergeben habe.

Gaia hört mir schweigend zu, sitzt vor mir auf dem Sofa, schüttelt nicht nur einmal den Kopf und lässt mich dabei nicht aus den großen Augen.

Am Ende meiner Erzählung ist Gaia schockiert und bewegt, eine Träne läuft ihr über die Wange. Ich habe es wirklich geschafft, sie sprachlos zu machen, und das will bei ihr etwas heißen. Sie sagt nichts und schließt mich einfach nur in die Arme, eine Umarmung, die alles sagt und in die ich eintauche wie in ein warmes Schwimmbecken. Jetzt spüre ich, wie wahre Zuneigung beschaffen ist. In den wenigen Augenblicken, in denen Gaia mich im Arm hält, Wange an Wange, flößt sie mir eine Ruhe ein, die ich nur mit Mühe akzeptieren kann. Jetzt bin ich wirklich nicht mehr allein.

»Warum hast du mir das denn nicht früher erzählt?«, fragt sie ungläubig und streicht mir eine Haarlocke aus dem Gesicht.

»Weil ich Angst hatte, du würdest mich verurteilen.«

»Ich?«, ruft sie aus. »Ele, wie könnte ich dich denn verurteilen?«

Ich senke den Blick, schaue dann wieder hoch. »Ich hab mich geschämt.« In Wirklichkeit schäme ich mich jetzt auch, sie angelogen zu haben, aber in ihren grünen Augen ist deutlich zu sehen, dass sie mir verziehen hat.

»Ach was …«, flüstert Gaia und versetzt mir einen Klaps auf die Schulter. »Du weißt doch, dass ich immer für dich da bin – egal, was geschieht.«

»Ich weiß …« Und es ist schön, das aus ihrem Munde zu hören.

»Und jetzt? Was willst du denn mit Leonardo machen?«, fragt sie mit einer Behutsamkeit, die ich noch gar nicht an ihr kenne.

»Ihn vergessen, ihn abschütteln wie eine lästige Erinnerung. Ich leide wie ein Hund, aber ich bin auch so wütend auf ihn.«

Gaia nimmt meine Hände und ermutigt mich damit, weiterzusprechen.

»Ich bin auch wütend auf mich selbst. Darauf, dass ich mich verknallt habe wie ein alberner Teenager!«, rede ich mich in Rage. »Er hatte mich mehrfach davor gewarnt. Ich dachte, ich hätte das Spiel im Griff, und stattdessen … Mein Gott, wie bescheuert kann man bloß sein!« Die Worte bleiben mir fast im Halse stecken.

Gaia schüttelt den Kopf. »Wenn du früher mit mir geredet hättest, hätte ich dir vielleicht helfen können. So aber hast du alles für dich behalten … und ich hab nichts gemerkt!« Fast macht sie sich selbst Vorwürfe, meine beste Freundin, die ich bewusst über alles im Dunklen gelassen habe.

»Es ist meine Schuld … Ich hab alles falsch gemacht, was man nur falsch machen kann«, flüstere ich betreten. »Leonardo hat mich dazu gebracht, die Menschen anzulügen, die mir am meisten bedeuten. Es ist schrecklich, ich weiß. Und es tut mir leid.«

»Nein! Hör endlich auf, von *Schuld* zu reden«, sagt Gaia fast zornig. »Dich trifft keine Schuld. Alles ist schiefgegangen, aber dafür brauchst du dir jetzt keine Vorwürfe zu machen.«

»O Gott, Gaia …« Ich lasse mein Kinn auf die Brust sinken, verzweifelt. Einen Moment lang schließe ich die Augen, und als ich sie wieder öffne, fließen schon wieder die Tränen.

»Ach komm, hör doch auf zu weinen. Du hast nichts falsch gemacht, du bist nur deinem Herzen gefolgt.« Gaia streckt die Hände aus und verzieht mit den Fingern meinen Mund zu einem Lächeln. »Sag mir wenigstens, dass es auch ein bisschen Spaß gemacht hat ...«, versucht sie mir zu entlocken.

Jetzt muss ich wirklich lächeln, und ich wische mir die Tränen ab.

»Aber wie geht es eigentlich dir?«, frage ich sie und spüre, wie ich mich aus meinen Grübeleien befreie. »Wir haben die ganze Zeit nur von mir geredet.«

Gaia seufzt tief. »Es gibt Neuigkeiten. Deshalb wollte ich auch mit dir sprechen.«

»Gute oder schlechte?«

»Das weiß ich selber nicht genau.« Sie zuckt die Achseln.

»Und zwar?«

»Ich hab mit Jacopo Schluss gemacht.« Ihr Gesicht verfinstert sich sichtlich.

»Nein!« Ich bin aufrichtig entsetzt. Ich habe an ihre Liebesgeschichte geglaubt. »Was ist denn passiert?«

»Er hat mich gefragt, ob wir zusammenziehen«, erklärt sie mit leiser und ausdrucksloser Stimme. »Aber angesichts eines so großen Sprunges in unserer Beziehung habe ich begriffen, dass ich ihn und mich selbst nicht mehr länger anlügen kann.« Auf einmal scheint in ihr, die sonst so impulsiv und leichtfüßig handelt, doch tatsächlich so etwas wie Verantwortungsbewusstsein aufzukommen.

»Hat Belotti was damit zu tun?«, frage ich, weil ich darauf fast wetten könnte.

»Ele, ich hab versucht, ihn zu vergessen, aber es ist mir einfach nicht gelungen.« Gaias Augen schimmern verdächtig, während sie das sagt. »Jacopo war ohne Fehl und Tadel zu mir, er hat mich mit Aufmerksamkeit und Geschenken überhäuft, aber das hat letztendlich nicht genügt. Ich muss einfach immer noch an diesen anderen Blödmann denken.«

»Habt ihr euch denn mittlerweile gesehen?«

»Wir haben nur telefoniert«, antwortet Gaia tonlos und

klingt dabei fast resigniert. »Er trainiert hart. Das ist ein extrem wichtiges Jahr für ihn, er muss sich nach den Stürzen der letzten Monate wieder hocharbeiten.«

»Und dann?«

»Das Dann ist nicht wichtig.« Ein Hauch von Traurigkeit zerfurcht Gaias Gesicht. »Auch wenn er weit weg ist, auch wenn ich ihn erst am Ende des Saison sehe ... ich werde auf ihn warten. Was bleibt mir schon anderes übrig?«

Ich nicke, weil ich meiner Freundin zeigen will, dass ich ihr Nähe und Verständnis entgegenbringe.

»Vielleicht habe ich aber auch Mist gebaut, den ich noch bitter bereuen werde«, seufzt Gaia jetzt. »Jacopo hat es ziemlich schlecht aufgenommen. Er ist wirklich verliebt, weißt du?«

»Ich weiß. Ich war ein großer Fan von ihm. Und ich hätte gerne eine Contessa zur Freundin gehabt ...«, versuche ich es auf die heitere Art. Einen Moment lang tritt ein Lächeln auf ihre Lippen, aber Gaia lässt es schnell wieder verblassen.

»Und jetzt hast du bloß eine Freundin, die blöd ist.«

»Na ja, dann sind wir schon zu zweit.«

Nachdem Gaia gegangen ist, löst sich der Gedankenwust in mir allmählich auf, als wäre mir ein gewaltiger Stein vom Herzen gefallen und hätte nur ein Gefühl der Befreiung und der Leichtigkeit in mir zurückgelassen. Mit Gaia zu sprechen hat mir gutgetan. Die Tatsache, dass ich mir alles von der Seele geredet habe, hilft mir dabei, die Dinge aus einer anderen Warte und mit größerer Distanz zu betrachten.

Ich war glücklich, und ich bin es nicht mehr, aber ich kann es womöglich wieder werden. Ich muss meinen Schmerz relativieren, Leonardo als eine Episode in meinem

Leben betrachten: wunderschön, aber unwiderruflich vorbei. Die Zukunft wartet auf mich – ich muss nur begreifen, in welche Richtung es geht. Ich könnte mich zum Beispiel wieder in die Arbeit stürzen, könnte mir überlegen, ob ich den Auftrag in Padua doch annehme, für den Fall, dass ich meine Chance nicht schon vertan habe. Ich will stark sein und rational. Verdammt noch mal, ich bin fast dreißig Jahre alt und möchte mein Leben endlich aktiv gestalten, mich auf die Dinge konzentrieren, die mir wichtig sind, meinen Platz auf der Welt finden. Die Elena, die in den Armen von Leonardo höchste Sinnesfreuden erlebte, die treu wie ein Hündchen auf jede seiner Gesten und jedes seiner Worte wartete, die bereit war, fast alles zu tun, was er von ihr verlangte, existiert nicht mehr. Jene Frau war nicht ich. Ich war die Frau, die Leonardo wollte. Jetzt muss ich endlich wieder ich selbst sein: Ich ohne Leonardo; eine Elena, die nur sich selbst gehört.

Ich seufze. Das ist leichter gesagt als getan. Aber ich muss mit den kleinen Dingen beginnen: Ich gehe ins Schlafzimmer und mache mein Bett. Beziehe es und werfe die benutzten Laken in den Wäschekorb, um mich endlich von seinem Duft, seinem Bild in meinem Kopf zu befreien. Es muss ein frischer Wind her, der all die Erinnerungen einfach davonbläst. Während ich all das tue, keimt in mir ein Gedanke auf: Ist es möglich, dass die Gefühle, die ich für Leonardo empfunden habe, gar keine Liebe waren, sondern mehr mit dem Geschmack des Verbotenen zu tun hatten; mit der Lust, Regeln zu brechen? Die Idee verstört mich. Sehr. Aber wenn es so wäre?

Genug, ich will nicht daran denken.

Auch wenn es mir vielleicht helfen könnte, alles wieder ins rechte Lot zu bringen, wenn ich unsere Geschichte auf das verborgene Bedürfnis reduzierte, Grenzen zu überschreiten …

Ich gehe ins Wohnzimmer hinüber und hole mir einen wunderschönen Bildband über Michelangelo und die Sixtinische Kapelle aus dem Regal. Meistens hilft es mir, mich zu entspannen, wenn ich Kunstwerke großer Meister anschaue. Ich strecke mich auf dem Sofa aus, lege mir ein Kissen unter den Kopf und beginne in dem Buch zu blättern, wobei ich immer wieder bei Einzelheiten innehalte, die meine Aufmerksamkeit erregen.

Als ich etwa in der Mitte angelangt bin, flattert ein Blatt Papier heraus und fällt mir auf die Brust. Ich schaue es an: Es ist die Zeichnung, die Filippo von mir angefertigt hat, in der Nacht, bevor er abreiste. Ich hatte sie zwischen die Seiten gelegt, damit sie keinen Schaden nimmt, und fast vergessen. Jetzt setzt mein Herz einen Schlag aus, als ich sie wiederfinde.

Wie schön du bist … Du hast heute Nacht so tief geschlafen …

Plötzlich habe ich große Sehnsucht nach ihm. Fil, warum habe ich nicht begriffen, dass du der Mann bist, von dem ich mich lieben lassen sollte? Du warst es, der mir wirklich ein Gefühl der Sicherheit geschenkt hat. Du warst es, der mich mit all meinen Makeln und Fehlern akzeptierte, ohne mich verändern zu wollen. Und ich habe nichts getan, um dieses reine und ehrliche Gefühl zu beschützen, das uns einte; ich habe keine Sorge dafür getragen, habe es mit Füßen getreten, nur um irgendwelchen Hirngespinsten hinterherzulaufen. Erst jetzt wird mir bewusst, was ich verloren habe.

Langsam kullert eine Träne aus meinen Augen, dann noch eine und noch eine. Ich weine, aber es ist ein befreiendes Weinen, keine Tränen des Zorns oder des Schmerzes – es ist ein Weinen, das den Menschen gilt, die uns wirklich wichtig sind, denen wir durch etwas verbunden sind, das über das Herz, den Körper und den Verstand hinausgeht. Diese Tränen waschen alle Gefühle weg, die ich in den vergangenen Monaten empfunden habe, und als sie versiegt sind, ist die Erschöpfung in mir groß. Doch da ist auch eine neue Entschlossenheit, eine neue Kraft. Ich bin bereit dazu, wiedergeboren zu werden, und das Erste, was ich tun werde, ist, denjenigen Menschen um Verzeihung zu bitten, der zum Opfer meiner Verirrungen geworden ist.

• 18 •

Ich betrachte die Landschaft durch das Zugfenster, den Kopf ans Polster gelehnt, die Hände auf den Knien. Der Anblick der toskanischen Hügellandschaft hat mir immer schon ein Gefühl des tiefen Friedens geschenkt: Vom Zug aus gesehen, scheinen sich diese Hügel zu bewegen und mir mit ihrem Auf und Ab aus roter Erde zu folgen. Ich sitze reglos da, bringe die Grübeleien in mir zum Schweigen und konzentriere mich auf das, was um mich herum geschieht. Das Geräusch der Zugräder; Stimmen, die sich gegenseitig übertönen; Handyklingeln; Türen, die sich öffnen und schließen. Tunnels, Dunkel, dann Sonne, dann wieder Dunkel, dann wieder Sonne.

Ich fange ganz von vorne an, hier in diesem Zug nach Rom. In weniger als zwei Stunden werde ich in der Hauptstadt sein, bei Filippo. Es ist ein gewagter Schachzug, eine Unternehmung, die eigentlich gar nicht zu mir passt, aber ich habe viel darüber nachgedacht und bin zu dem Schluss gekommen, dass es das Beste und Richtigste ist, was ich tun kann. Ich schleppe keinen Ballast mit mir herum; nur den Wunsch, um Verzeihung zu bitten, ohne damit zu rechnen, sie wirklich gewährt zu bekommen. Vielleicht freut sich Filippo gar nicht, mich zu sehen. Vielleicht kommen wir auch nie über unseren letzten Zwist hinweg und bleiben an dem Punkt stehen, an dem wir beim letzten Mal im Streit auseinandergegangen sind. Aber ich möchte wenigstens mit ihm reden, ihm sagen, dass es mir leidtut und dass ich meinen Fehler eingesehen habe. Ich hätte ihm auch schreiben oder ihn anrufen können, aber ich dachte, diese Reise könnte immerhin ein Stück weit Buße sein. Ich habe mir ein Zimmer in einem kleinen Hotel nahe San Giovanni gebucht. Schlimmstenfalls wird es eben ein kleiner Urlaub.

Gegen drei Uhr nachmittags komme ich in Termini an. Als ich aus dem Bahnhof trete, heißt mich gleißender Sonnenschein willkommen, und ich muss mir gleich den Mantel ausziehen. Die Luft in Rom ist warm und liebkost das Herz mit der Verheißung auf Neues. Ich ziehe meinen kleinen Trolley hinter mir her und steige in das erste freie Taxi.

»Viale della Musica, bitte«, sage ich höflich zu dem Taxifahrer.

Ich will auf die Baustelle fahren. Als wir das letzte Mal miteinander gesprochen haben, hat mir Filippo gesagt, wo sie sich befindet. Mir scheint seither eine halbe Ewigkeit vergangen zu sein, und ich bin mir gar nicht sicher, ob ich sie finde. Doch ich will es versuchen; es ist der einzige Anhaltspunkt, den er mir während unserer Skype-Gespräche gegeben hat.

Das Taxi durchquert die Stadt, die voller Lärm und Verkehr ist. Dann erhebt sich schließlich das EUR mit seiner ganzen wuchtigen Strenge vor uns.

Ich steige aus dem Wagen und gehe ein paar Meter, ohne genau zu wissen, wohin.

Aus der Ferne sehe ich eine riesige Konstruktion aus Glas und Beton, umgeben von Kränen und Gerüsten; dorthin richte ich meine Schritte. Als ich direkt darunterstehe, hebe ich den Blick. Das Gebäude ist noch nicht fertig, und wer weiß, wie lange es noch dauert, aber man spürt bereits seine Harmonie und jene gefragte Schönheit, die direkt in die Zukunft weist.

Mit unsicheren Schritten betrete ich die Baustelle, halte mein iPhone in der einen Hand und ziehe mit der anderen mein Köfferchen hinter mir her. Ich schaue mich ein wenig schüchtern um. Ein paar Arbeiter betrachten mich neugierig, aber niemand hält mich auf. Auf einmal bin ich von einer gewaltigen Hoffnung erfüllt. Der Hoffnung, ihn gleich wiederzusehen.

Und da ist er, ich erkenne ihn aus der Ferne. Er steht mit dem Rücken zu mir und hat einen Schutzhelm auf. Ich bin mir sicher, dass er es ist. Nur Filippo hat diese lustige Art zu gestikulieren. Er redet mit einigen Arbeitern, zeigt mit dem Finger auf eine Seite des Rohbaus. Wie sicher seine Bewegungen und seine Art zu reden wirken! Mein Herz schlägt schneller, und mich durchströmt ein warmes Gefühl. Aber ich darf keine Angst haben. Jetzt weiß ich, was am Ende und am Anfang einer Reise steht: das Leben, die Liebe, ein einziger Moment und die wundervolle Gewissheit – nichts zu wissen.

Als die Arbeiter weggegangen sind, wähle ich seine Nummer auf dem Handy. Filippo kramt in der Tasche seines Burberry-Mantels. Ich sehe, wie er kurz zögert. Er schüttelt den Kopf, hebt die Augenbrauen, verzieht das Gesicht. Vor Überraschung? Jetzt habe ich doch ein wenig Angst. Offenbar will er das Gespräch gar nicht annehmen. Mir sinkt das Herz in die Hose. Er hat endgültig mit mir abgeschlossen.

Eine Moment lang bete ich, dass er drangeht, und da kommt sie, seine Stimme, wie ein lauer Wind in meiner Ohrmuschel.

»Ja bitte?«

»Dreh dich um«, sage ich nur.

Als er es tut, kreuzen sich unsere Blicke. Er reißt die Augen auf, steckt wie gelähmt da, dann nimmt er seinen Schutzhelm ab, legt ihn auf einen Stapel Bauteile und kommt mir langsam entgegen. Ich habe einen Kloß im Hals, und meine Knie werden schwach, aber ich bin bereit, ihm gegenüberzutreten.

Einen halben Meter vor mir bleibt Filippo stehen. Sein Blick ist hart, undurchdringlich. »Und was machst du hier?«

»Ich bin gekommen, um dich um Verzeihung zu bitten«, sage ich in einem Atemzug. »Ich hab einen Fehler gemacht, Fil, das wollte ich dir sagen.«

»Du bist verrückt …« Er wirkt ungläubig.

»Ja, aber noch verrückter war ich, als ich dir diese Sachen gesagt und dich dann einfach habe gehen lassen. Ich weiß, dass ich das nicht wiedergutmachen kann, aber dich um Verzeihung zu bitten ist das Mindeste, was ich tun kann. Und ich wünsche es mir von ganzem Herzen. Das ja auch ein bisschen dir gehört …«

Während ich das alles sage, ohne einmal Luft zu holen, wird Filippos Blick weicher, und seine Lippen verziehen sich zu seinem wunderschönen Lächeln.

»Komm her, Bibi«, sagt er plötzlich und zieht mich an sich.

Meine Güte, wie sehr haben mir diese Umarmung und diese wunderbare Wärme gefehlt! Endlich kann ich mich in seinen Armen entspannen und fühle mich zum ersten Mal nach so langer Zeit wieder geborgen. Die Vergangenheit scheint mir auf einmal nur noch eine Illusion, die es zu vergessen gilt, und die Zukunft eine Wundertüte voller Verheißungen.

Ich schaue Filippo an.

Er schaut mich an. Dann legt er die Wange an die

meine. Ich spüre seinen Herzschlag. Spüre seine Hände. Spüre seine Lippen, die langsam zu meinem Mund wandern. Filippo will mich immer noch, und ich will ihn auch.

Alles andere zählt nicht.

DANKE

- Celestina, meiner Mutter.
- Carlo, meinem Vater.
- Manuel, meinem Bruder.
- Caterina, Michele, Stefano, meinen Leuchtfeuern bei Tage und bei Nacht.
- Silvia, meiner unverzichtbaren Ratgeberin.
- allen bei Rizzoli, meinem Verlag, vom obersten bis zum untersten Stockwerk.
- Laura und Al, wichtigen Begleitern.
- allen Freunden, ohne Wenn und Aber.
- Diana und Annamaria, Tanten im Herzen und in der Seele.
- Filippo P. und dem Zug der Rückkehr.
- dem vierzehnten September 2012 um sechzehn Uhr zehn.
- Venedig.
- dem Schicksal.

Irene Cao

wurde 1979 in Pordenone geboren und lebt heute in einem kleinen Ort im Friaul. Sie hat an der Universität von Venedig Altphilologie studiert und in alter Geschichte promoviert. Bevor sie mit ihrer erotischen Trilogie sehr erfolgreich als Schriftstellerin debütierte, hat Irene Cao im Öffentlichkeitsbereich gearbeitet und Kolumnen für Frauenmagazine geschrieben.

GOLDMANN
Lesen erleben